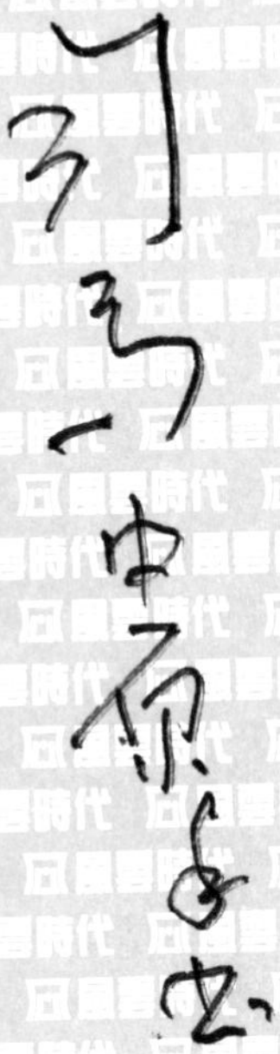
司馬中原

割緣

司馬中原 著

割緣　目錄

第一章　孤狼

無數盞霓虹燈在雨夜裏追逐著，變幻著，乳色的燈球朝遠處滾延過去，兩旁重疊著高高低低的樓影，這裏是都市的心臟，人生的展示場。一切可歌頌的，可咒詛的，可嘆息的，可悲憐的事件，都在這些重疊的樓影間，在滔滔的人潮裏，在長廊的陰影下面，在高高的陸橋上演出過。像浪潮湧起又落下，過去就過去了，很少有人去追懷既往，以別的生命或別的事件去燭照自我？現代人似乎不耐於這種方式了。多變幻的霓虹彷彿就是一種象徵，它們以多樣的彩色，劃破漆黑的夜空，乍看是滿眼豐繁的，看久了，覺得也就是那麼一回事，變來變去，仍然是同一種調子，同一種格局。

人生也就是那麼一回事，七情六慾是事先佈妥的霓虹管，人生儘可在管裏變出不同的顏色，總難變到管外去，脫出那種古老的圖案。所謂現代也者，掛在嘴頭上，雖然能作些空幻的自我安慰，其實，內心裏仍然是一片迷茫。現代，多麼豪氣的一種字眼，它除了證明說話的人仍在呼吸之外，能給人空洞的靈魂填進什麼呢？

戲劇作家葛德，在凝望著一城的夜雨，一城變幻的燈……。這年頭，銀幕上沒有戲劇，螢光幕上沒有戲劇，偌大的都市裏沒有舞臺，一切的戲劇卻在人潮裏不斷上演著，因此，生活僅僅是一種繁忙紛雜的逐鹿，而不是一種導引和提昇。葛德是寂寞的。

愁紅慘綠的年華，早在幾十年前，就扔在無邊的戰火裏焚燒掉了。火灰裏並沒飛出展翅的鳳凰來。葛德從那時就愛上了煙，也愛呷幾口老酒。早年在軍中搞康樂，葛德確曾下過功夫，寫過若干既悲且壯的劇本。無論外間的評價如何，葛德總抱持著一種堅信，他的本子，有著他自己生命的底色——至少是燃燒過的。

退役後，他抱著更大的希望，跑到都市裏來，想對戲劇的發展工作，多少盡一份力，很快的，他便失望了。這伴隨著經濟繁榮而急劇變革的社會，全不是他想像的那麼單純；商業的陰影，籠罩了眾多的傳播機構，影響了眾多的視聽節目，使他自認為有價值的那些戲劇內容，都成了明日黃花。他耿介的性格使他無法和這種現實相調和，因此，他便在半失業的狀況下，改寫些小說和雜文，維持他一個人的生活。

按照知名度來看，葛德是個陌生的名字，沒有沉迷於他作品的讀者，沒有廣大的群眾，他算不得是一個知名的職業作家，缺乏固定的上稿的地盤，他只是一個投稿者，時而溫飽，時而飢餓，他自己形容說：

「老子算啥？……算他媽一條吃浮食的魚。」

他還記得很早很早之前，聽孩子們唱過的一首嘲笑光棍的歌謠，說是：

王老五，王老五，年紀過了三十五，衣裳破了無人補……。

如今他的年紀早已過了四十五啦，還是一條老光棍，飄來飄去的打浪蕩。他很不願意用浪跡飄零的字眼兒加諸於自己的頭上，每遇著老朋友們關心到他成家的事，他總強溢出一串哈哈來，很豁達的說：「不必為這事費神，我是兩個肩膀扛著一張嘴，一人飽，一家飽，了無牽掛，哪點兒不好？」

也並非故意倔強，他把都市人繁忙瑣碎的生活做過一番估評，直認這種類型的生活，意義和價值實在令人懷疑。以他而言，他對於戲劇的熱狂和所懷的信念未曾減低，就他的年齡，從事戲劇創作的日子不多了，如果一個人溫飽一個人，事情比較單純，他也許還會遇著志同道合的，也許還能握得住一點發揮所長的機會，把一生投擲在他一向執著的戲劇事業，使人生發一點光熱。要是成了家，有了孩子，那可就很難說了。房租、奶粉、尿布……以至於柴米油鹽和水電賬單，那會像五行山一般的沉重，他就是具有七十二變能耐的孫悟空，怕也脫不出那種現實生活的重壓了。

這倒不光是憑藉直感而形成的空頭理論，他的若干朋友，都正被這種近乎殘酷的現實折磨著。所謂作家，所謂藝術家，只是聽來悅耳的名號。空米缸奏出來的象徵飢餓的音樂，遠比貝多芬的交響樂更能使人留下深刻的記憶，這世上，再沒有比生活和藝術衝突更痛苦的事了——那是一種肉體與靈魂雙重的煎熬。

說是犧牲也罷，那就淺水裏撐船——一竿子到底，繼續打光棍罷。不過，在葛德的意識裏，不成家也不算完全為藝術犧牲。他認為，藝術起源於人類的性欲這種論點是有根據的，一個從事藝術工作的人，無論在現實生活或是精神生活方面，都應該處於半飢渴狀況，他的創作動力才能得以激發；如果一切需求都滿足，創作的動力，一樣會隨之減弱，甚至會逐漸的消失無蹤。

不過，這僅僅是在他腦際盤旋的一種意念，他並沒把它當成理論說給誰聽。不久之前，他讀過一首詩人紀弦寫的詩，題名為「狼之獨步」，他喜歡得不得了，特意把那首詩剪下來，貼在他書桌對面的牆壁上，他抬眼就能看見它，正像少女抬眼就能看見妝臺上的鏡子一樣。事實上，「狼之獨步」那首詩，在他感覺裏面，比鏡子更為明亮，鏡子只能映出一個人的面孔，而那首詩卻映出了他的骨骼和他的靈魂。

「葛德，你是一匹孤獨的狼，
在人潮洶湧的、精神的曠野上。

獨來獨往。」

當他這樣喃喃唸著的時候，他彷彿也成為一個詩人了。但他明白，這都市並非真的是一座容他獨來獨往的曠野，缺少一毛錢，照樣搭不上公車，有無數現實使他狠不起來；變狗，也只是一條沒有頸牌的野狗罷了。每當遇上這類困惑時，他便聳聳肩膀，在內心裏解嘲似的說給自己聽：管它呢，人群都是演戲的，老子不花一毛錢，活在世上白看一輩子的戲，總不會賠本。

但當他把這話說給朋友聽的時刻，朋友卻笑指著他的鼻子說：

「葛德，有一首詩不知你讀過沒？大意是：你小立橋頭看風景，看風景的人在窗前看你，明月裝飾了你的窗子，你卻裝飾了別人的夢。……我不相信你是跳出三界外、不在五行中的人物，你只知看旁人演戲，焉知旁人沒在看你演戲呢？」

「嘿嘿，」葛德的笑聲有些酸苦：「我有什麼戲好給別人看？是獨角戲還是啞劇？只怕連我自己都搞不清了！……我如今一個人飄來飄去的，連悲歡離合四個字的邊兒全沾不上，還能算是戲嗎？」

嘴上雖是這樣說，葛德心裏明白，自己的生活，仍然是一場戲，但並非是通俗的那一種罷了。他把它喻為另一種形式的戲劇——創造性的戲劇。都市生活是紛繁複雜的，他盡量使自己孤獨起來，過著一種比較單純的生活。他在一條小街的狹巷裏，租賃了一間小木樓，六蓆大的木樓，空間很狹隘，除去一桌一椅和一張木床之外，就放不下別的東西了，因此，他的書籍和雜物，零亂雜遝的到處堆放著，他習慣於這種壅塞和零亂，彷彿這種狹隘中的堆積，能填補他內心深處的空洞。

即使如此，他也很難定下心來，守著木樓，守著一盞熒熒的燈。他必須到外面去透透氣，接觸一些生活，尋覓一些題材。在西門熱鬧的地區附近，他像一隻高頸的瘦鶴，漠漠然的蹓躂著。講義夾裏，夾著稿紙和原子筆，當他覺得靈感來時，就隨意挑一家咖啡廳坐坐，像明星、天琴、音樂廳那些地方，音樂輕柔，不甚聒耳，燈光也很適度，他喜歡在那些地方寫稿，而且在那裏，經常可以遇到很貧困、很寂寞的文壇上的朋友。

和他們比較起來，使葛德能夠得著很深的寬慰，這些朋友，或是從事繪畫，或是從事筆耕，也都是十幾廿年的歷史了。其中大部分人，除了比自己多一份家累，誰都跟自己一樣，混得秋裏秋氣的，眉額間鎖著一份生活的沉愁。由此可見，為藝術忍受煎熬的不單是自己，還有許多人在，生活可以折磨人，卻無法困陷住人的精神。貧困很難阻滯他們對於藝術的執持。……作家和藝術家都生就的是窮命嗎？這倒未必，葛德為這事認真思考過，在當代文壇上，名利兼收的同樣大有人在，貧困寂寞的，當然為數更多。

這種現象，和藝術本身關聯極小，大體上說，應和他們的性格有關。有些人比較忠於純粹藝術，不自覺的和人群脫節；有些人對於藝術之外的實際人生事務，處置無方，又缺乏經驗；也有些作品表現不足，受先天資質所限，無法作更進一步的自我超越。有了這些複雜因素，再加上性格的保守或孤僻，便成為貧困寂寞的一群了。

即使不寫稿，在這些地方遇著幾個朋友，聚在一起聊聊天也是好的。葛德很滿意於這種不集而會的小型集會，因為它很自然，又很方便，有時候人多，有時候人少，各人端著自己的紅茶、咖啡或是冷飲，愛聊就湊上來聊，愛走擺擺手就走。像詩人古晉、畫家彭東、小說家秦牧野幾個，都是這個圈兒裏最熱心的聊客。日子久了，葛德便很自然地把這種聊天，當成他生活裏重要的內容。

「不聊白不聊，」他說：「端著茶杯空瞪天花板，不也是乾耗著嗎？」

葛德打心底承認，他的這些朋友因為有家有室的關係，各種觀念都顯得溫和厚實，和他的激動和尖銳作為對比，有著極大的差異，他能夠藉著這種聊天，獲得一部分的，感覺上的調和。朋友們對於他一直過著單身漢的生活，都懷有一份善意的關切，也都真心希望他能找個適合的對象，砌個小小的窩巢，安定下來。古晉是最熱切的一個，每次和葛德見面，總不厭其煩的催促著他。

「我說葛德，咱們催你成家，絕不是嘴皮上說話，鬧著玩的事情，你四十四五歲，三飄兩盪，就是望五之年啦，難道你真想打一輩子光棍？」

「誰說我打光棍來著？」葛德又盪出酸苦的哈哈來，盡力想沖淡什麼似的說：「我不是早就結了婚了嗎？」

「活見鬼了！」彭東說：「你是頭昏？你跟誰結了婚啦?!」

「戲劇！」葛德說：「我這一輩子侍候它都侍候不了呢。」

「又是老一套，」古晉搖頭說：「你那戲劇至上的酸論，早點兒收拾起來罷。哪天你要能生活得踏實點兒就好了……人說：人吃五穀雜糧，難免疾病災殃。人到咱們這樣的年紀，哪還能像孩子似的任性？萬一有個病病痛痛的，連一口熱茶水也得要人端才成。」

「古兄說的，都是至理。」彭東說：「瞧你打光棍還像跟誰嘔氣似的，你究竟是跟誰嘔氣呢？」

「罪過罪過。」葛德每到認真的當口，他的那雙手就會不由自主的輕輕發抖，蒼白的臉頰也微露出一些紅潮來：「這樣說，就太冤枉我了，甭說那些不孝有三，無後為大的大道理，抬過來能壓死我，就算為自己想，我也不會笨得跟自己過不去呀？如今問題是：不是我挑揀人家，是人家挑揀我，誰肯要我這個破爛的古董？」

「這倒也是真話，」古晉嘆了一口氣：「不過，只要你不關上門，早晚總會遇上個投緣的，世上疤麻癩醜的人都有人要，甭說你了。」

「我的長相雖談不上，卻比疤麻癩醜要強些。」葛德說：「問題是我混一個人都混不飽了，哪有餘錢養活老婆？你們關心的好意，我心領了！真的，你們總不願我甘心吃軟飯過日子罷。」

說著說著，葛德便自覺鼻尖有些酸楚；這些年來，自己的生活過得飄盪零亂，但心裏仍然抱著古老的觀念，認為自己年紀大了，事業無成，假如光為自私著想，閉上眼，娶個年紀輕不解事的，那可不是娶妻，那是活作孽，無論如何，他也不幹這種事。但他和一般人一樣，是有血有肉有情感的人，多年來也不是沒遇著過合適的人，也不是沒動過真情，最後如何呢？……那些不堪回首的煙雲。人，困於情很容易，解脫它卻非常痛苦艱難。他堅持要把日子弄得單純些，也許就是怕再為情所累罷？四十幾的人了，不能糊裏糊塗的頂著日子朝前撞過去，總得要有點兒自知之明。

逃避情困，日子當真就變得單純了嗎？事實卻並不如此。葛德也想過，那些有家室的朋友，雖然生活擔子沉重，但也只是經濟壓力大，精神壓力輕，夜晚回家，關起門來，自有一種窩巢的溫暖。自己打光棍，自以為一個人生活比較容易打發，其實，也有若干不可避免的浪費。夜晚回到清冷的木樓上去，只有面對牆壁上的自己的影子，那股寒冷，能滲進人的骨縫裏去。

日子當真就過得單純了嗎？正因為缺少某一種固定的重量壓著自己，精神空盪，像在鞦韆架上，有時候竟盪出許多糾葛和矛盾來。這些糾葛和矛盾，只是潛藏在自己內心深處的感覺，它卻那樣強烈的使自己內心產生了類乎分裂的痛楚。

從若干實際的生活事例當中，葛德體悟到用語言表露的世界和內心感覺世界大不相同。他住的小巷口，有一家山東老鄉開的小飯鋪，對面長廊下面，有一個孀居的老太婆擺設的香煙攤子，對於這兩位做小本生意的人來說，葛德該是他們最感覺頭痛的主顧了；葛德沒有固定的收入，經常賒欠，而且把賬掛在那兒，不知等到什麼時候才能歸還？葛德自己也明白做小本生意的人，有他們的苦處，等他領到一筆數目微薄的稿費，原打算還賬，但一考慮到眼前的生活，他便不得不躊躇起來，繼續賒欠下去。

我當真會是存心拖債的人嗎？葛德用拳頭搥著額角，痛苦的責問自己，答案是否定的，無論在精神上或意識上，他都不願拖欠別人，不幸在事實上他卻拖欠了。有時欠得太多又拖得太久，使他良心越發不安，他便連走路都繞彎兒，避開巷口，他在日記上寫著：

「早些時，我總把精神生活和現實生活分開，認為它們沒有關聯性，事實上我錯了，那只是我不切實際的意想。我發現一個人在貧窮時，連人格都減了價，在飯鋪老闆和賣香煙的老太太的眼裏，我變成怎樣的一個人？我真的不敢想了！……杜甫有詩說：安得樓臺廣廈千萬間，得庇天下寒士盡歡顏。我不是也具有同樣的心胸嗎？但我連自己都庇不了啦。精神生活和物質生活明顯的界限該在何處呢？」

葛德承認這種感覺，是很難用語言表露的，說給誰聽呢？他不是一個虛偽的、假道學的人，他毫不隱諱自己對於物質的需求。那並不過分，人人都有基本的物質需求，所謂衣食足，而後知榮辱。為什麼他不能有一棟簡單的，屬於自己的房子，可以吃得飽的生活費用。如果說這社會上的人群是互惠互助的，他已經盡其所能的作了貢獻。戲劇和文學藝術不僅僅是一種裝飾，它是社會人們的精神食糧，但他恆常忍受飢餓、孤伶和無邊的苦寂，感覺到眾聲紛囂，獨我無聲，這是很不公平的。

他只是感覺著，承受著，並不責怨和憤懣。社會是紛繁的，人類的生存處境，永也無法達致那種理想的高度；再是承平安樂的社會裏，也會存在著某些痛苦、不幸和悲愁。他所遭遇的貧困和飢餓，並不算什麼，比他更痛苦的人還多得很。人能保留一些這樣的感知是好的，對於現實環境的不滿，可分成廣義的和狹義的兩種。就廣義而言，那實在是奮鬥的動力，它要改進社會，提昇生活，若干哲學家、政治家、文學家們，不都是把持著創造新的、更合理的生存現實的理想在努力嗎？就狹義而言，那僅是由個人的生活慾望所推動，追求個人生活的改進與提高罷了。葛德認定他是屬於前者——一個廣義的不滿於現實的人物。並且直認若干生活的痛楚，是戲劇和文學的根源，也是戲劇和文學的價值保證。一個詩人曾經那樣直截了當的說過：

「如果生活真的美得像一首詩，我敢保證這世界上就再沒有詩人了。大家都去過詩的日子，誰還再願去寫詩？誰還再願去看詩？」

因此，感覺和承受一些痛楚，逐漸變成葛德生活裏的習慣，不但習慣，而且像吸煙一樣的上了癮。「找點兒感覺」，或說是「在痛苦裏洗把澡去」，已經變成了他的口頭禪了。

有些事情即使葛德不說，認識他的朋友們也都清楚，葛德經常會涉足什麼地方。一個四十多歲的單身漢，不可能像苦行僧一般的壓抑他自己。葛德很厭惡一些假作正經的人，把花街柳巷看成汙穢不潔的地方，彷彿那裏只是一堆腐肉，找不出能夠發光的靈魂。實際上，社會一般人只是隔岸觀火，自鳴清高，葛德極難同意這一點。若說世上有靈魂卑污之說，這些假正經的人就是。

葛德接觸過許多以娼妓為職業的女人，她們在社會的需求之下，被逼走上這條路，他形容那些神女是「帶著含淚的微笑走上人生祭壇的供物」。假如容許她們抖露內心意願，敢說是絕少有人出諸自願。要過這種專為各式男人分開雙腿的日子，從嫩蕊到殘花，她們的眼淚匯集起來，足能成雲成雨，局外的人，誰經歷過那種酸苦和鹹濕?!概括說來，非自願的賣身，應是極不人道的行為，在古今中外，任何一個自認為文明的國度，都不該默許它的存在。而它偏偏綿續的存在著，作為人類慾望的表徵。他去那些地方的時候，一陣強烈的恥辱感，幾乎使他抬不起頭來。誰那樣說過：人人都知善知惡，卻不能左右本身行善行惡，確然有些道理。他不願意來的地方，偏偏來了；不願意做的事情，偏偏也做了。一剎之後，他恨過自己，卻也像悲憐過所有人類一樣，悲憐自己的軟弱。

無論如何，他並沒有在別人痛苦上建築他的快樂。他沒像某些酗酒宿娼而理直氣壯的人物，認為出錢購買別人的肉體，是天之經也、地之義也，因而便可風暴雨狂，把對方當成玩物。他用人對人的態度接觸那些女人，在他滿足生理飢渴的時刻，他的心，充滿了痛苦和潮濕。

我是什麼?是什麼?!我真的是一匹飢餓的食肉獸，一匹貪婪的野狼?!……抱著無可奈何的心情，在夜晚，在雨中，他茫茫然的順遂肉慾，去到那種紅紅綠綠的燈的花園裏，和一些不幸的女人們結緣。

這些擠在陰黯巷弄裏討生活的女人，並不像一般人想像的，都是些虛情假意、煙視媚行的邪物。剝去那一張職業性的笑臉，人便很容易看出她們真實的一面來。她們有的來自山區，有的來自農村，有的被輾轉販賣過，有的是血淚斑斑的養女，幾乎每個人都有一頁不堪回首的生活歷史，那全是真實而悲愁的戲劇的題材。

他已經忘卻是哪一天了，他結識了一個花名叫素月的姑娘。她還沒滿十七足歲，儘管她狡黠的對人謊稱她已經滿了廿歲。她的身材扁平瘦弱，過分蒼白的臉，和楚楚的肩膀，使人觸目生憐。他原無意選擇她，是他經過巷子轉折處，被她一把抓住的。他看過她一眼之後，有意擺脫，謊稱他有急事要辦，而她轉動眼珠，一針見血的拆穿了他的謊話說：

「先生，有急事的人，不會走到這條巷子裏來，在這種時辰，你就做做好事罷，我一晚上沒接著客人了。」

他在路燈光裏看著她，她眼光裏的懇求的神情，使他的心變軟了。她挽著他，走進陰黯的屋子，走進她的那間鴿籠般的小房裏。對於這種事，他已經有很多次的經歷了，他自信懂得妓院裏的各種情形，像這樣一個雛兒，若是接不著客，老鴇會遷怒到她的身上，即令不對她施以毒打，也會用多種別的花樣折磨她的身心。通常，花錢的客人對於這樣一個雛妓，也很少有什麼樣的憐惜，關起的門裏像是一座與世隔絕的孤島，可以為所欲為的藉她滿足慾望。但葛德只是鬱鬱的坐在床緣上望著她。

「妳叫什麼？」他說。

「叫素月。」女孩說。

她一面說著，一面窸窸窣窣的脫著衣服，她的素黃色的裸體，看來更是瘦弱，像一隻拔光了毛的病雞。他仍然呆呆的看著她，心裏毫無慾念，反而有些酸楚，毛蟲般的在鼻腔裏蠕動，等到滴落下來，他才知道那是眼淚。

「好不好快一點，不要那樣看人，」她說：「有什麼好看？」

「算了，」他說：「這點錢妳留著罷，我得走了。」他把一張票子塞在她微帶潮溼的手裏，懶懶的站了起來。這回，發呆的卻變成了素月，她捏著錢，不知所措的望著他。突然她搖著頭，尖聲的說：

「我為什麼要拿你的錢？你這樣……這樣是看我不起。你還是拿著你的錢走罷。」

「快別這樣說，素月。」他說：「我們就算交個朋友罷。妳穿起衣服，我再坐一會兒，我們聊聊天好了。」

從那夜起，他真的和素月交了朋友，純然是關起門聊聊天的朋友，臨走的時候，總塞給她一點錢。他告訴她，他不能常來，因為他是個很窮困的人。他這樣看望她，前後仍有不少次。素月沒把他當成狎客，對他說了很多心裏的言語，說她願意跟他過苦日子，他搖頭婉拒了。

「我實在養活不起一個女人。」他說。

後來素月離開了，他跑去問過，據說是轉了戶，轉到很遠的地方去了。陰雨天的夜晚，他在街廊下走著，仍然會記罣著她，那不是愛情，也並非憐憫，那是一片浮萍在飄流中偶然碰上的另一片浮萍。人在精神意識上，有許多事是難以解釋的，他自己都弄不明白，為什麼他和素月在一起時，相處得那麼純淨，他甚至沒有碰觸過她瘦小的身體。有一回，素月主動的袒開胸脯，露出高聳得異樣的乳房來，對他說：

「你摸摸看，全是假的，灌滿了石蠟的。」

「我看得出來。」他並沒伸出手去摸捏，只是向她說：「妳怕胸脯太扁了，接不到客人？」

「這不是我的意思，」素月黯然的低下頭去：「是他們帶我去動的手術。」

素月走後不久，他又遇著一個叫小洋馬的，她的皮膚白，體格壯，愛穿緊身的黑色衣服。他和小洋馬一開始就沒談過正經的，完全是一般交易買賣那樣的做法。小洋馬倚仗她的年紀輕，本錢足，嬌蠻野悍得使他招架不住。小洋馬很討厭誰來同情她，她直接認定所有狎客的同情和憐憫都是假的，她根本不吃那一杯。

葛德倒真心喜歡上小洋馬這種女人，這使他自覺花了錢並沒買罪受，他能夠得到痛痛快快的發洩。實際上，這才是他的本性，也是大多數男人的本性。他和素月的交往，只是一開始就弄錯了氣氛，那氣氛感染了他，也催眠了他，使他轉不過圜來了，他自認並不是柳下惠那種坐懷不亂的人物。

早先他一度惶懼過，恐怕有一天，愛情突然來到他的身上，會像一把烈火，將他的骨頭全都烤乾，如今他似乎又建立了一點自信，相信他很難再對這方面認真。也就是說，他希望用這種逢場作戲的方式，覓求一種逃遁，使自己在爾後的日子裏，能不為情所苦。他在朋友面前，毫不隱諱他的這方面的生活。

「這沒有什麼難為情的。」他說：「我的精神戶籍一直寄在寶斗里和江山樓。我只是一個單身漢，卻不是一個受了戒的和尚。怎麼著？黃嗎？誰要存這種心看我，我的三字經就要出口了。」

「少那麼神經兮兮好不好？葛德，」秦牧野說：「瞧你那副心虛情怯的德性。……不過，依我們做朋友的看法，你目前這種生活型態，多少有點問題。你需要安定下來。婚姻和家庭，是最能幫助你安定的，你值得為它去受貧受困，忍飢挨餓。」

「也許是我太不成材了罷，」葛德苦笑笑：「看來對於諸位老朋友的關心和責難，我除了說聲謝謝之外，沒有旁的可講啦！」

真的是沒有什麼可講的了，葛德思考過這些，倒沒著意於個人的生活如何，他沒有存心捨棄家室，捨棄一個能夠遮得風、擋得雨的小小的窩巢。真實說來，他所逃遁的只是現實生活中經濟的壓力，相反的，在精神上，他一直在奮力覓取什麼。而那些有家室的人，他們慣用一扇門，把多風多雨的世界關在外面，那才是一種精神上的逃遁。他不願意把這種內心的感覺吐露出來，反擊那些關心他的朋友。

總有一天，我要孵出一些作品來，把我的心，餵給這個世界。……這寂寞的聲音是一隻溫暖的歌，火燄般的在他心裏燃著，同時也形成他生命的燭照，靠著這點亮光，他才有勇氣繼續朝前衝撞，在寒冷中尋覓人性的故事。他瘦削微佝的影子，像一隻疲倦而憔悴的灰羽鶴，顛顛躓躓的在人群裏走著，在茶座的音樂裏沉思著，許多無形的命運的蛛絲纏繞著他，但他並沒心灰氣餒。生活可以折磨他，但沒有什麼力量，能阻止他對於生命的體認和尋覓。他抓著筆，極不願意靠著空幻的臆想和抽離了生活的論點去從事創作。——儘管他的名字並不響亮，他的作品也缺乏廣大的讀者群。他要寫，源於內心膨脹的感覺，至於生前名和身後事，倒不在他的意念之中，因此，忍受一些寂寞，根本算不得什麼了。

無數盞霓虹燈在雨夜裏追逐著。他在尋覓的過程當中，已經創造了一個故事，黯色的生存背景中，亮出濃烈的生命的顏采。

整個說來，這故事裏面沒有什麼樣閃光的字眼，但卻是無比真實的——他是他自己的主人。

第二章 軟性生活

小說家秦牧野搬家了，葛德特意跑去幫忙。

秦牧野是他少數幾個要好朋友之一，也很真心的關切著他。葛德是一個微帶神經質的人，外表看起來激動而尖銳，實際上卻具有極端內向的性格。這一點，秦牧野弄得很清楚，他總是主動的幫助葛德，盡量不損及對方的自尊，當葛德需錢孔亟的時候，他不需等對方紅著臉向他伸手，就悄悄的把錢塞在他的衣袋裏。

「真好意長期借你的？牧野。」葛德說。

「這叫什麼話？」秦牧野說：「朋友有通財之義，這幾個錢算得了什麼？」

「倒不是錢多錢少的問題，」葛德期期艾艾的：「俗說：好借好還，再借不難。我這樣有借無還，自己臉面都掛不住了。真的，牧野，我拿了你的錢，使我的精神上吊，這種難受的滋味，你是想不到的。」

「甭來這一套了，葛德，精神上吊吊不死你。」秦牧野說：「等哪天你的戲劇得了獎，打總還我，不是一樣嗎？我可沒逼過你還債。我借錢給你，是要你安心寫稿，你如果把它放在心上，那是你不夠朋友。」

秦牧野是有家有室的人，生活擔子不算輕，但他還能這樣盡力的照顧朋友，葛德不能不佩服，並且由衷的感激著他。

秦牧野性格粗豪莽撞，他的作品，無論在題材取擇上，或是文字的運用上，也處處顯示出他個人的生活經歷和內在性格。葛德深知對方有過一段極不平凡的戰鬥經歷，他擔任過海上突擊隊的軍官，經常駕著快艇在怒海上游弋，並且覓機突襲閩粵沿海地區的敵人，那種生死俄頃的英雄式生活，便成為他筆下重要的題材。他的小說是剛性的，雄武的，充滿了新英雄主義的色彩。按理說，秦牧野應該被社會所接納，成為一個重要的作家；事實上，他所展露的特殊生活面，並沒能引起這社會普遍的震撼。他小說中展露的前線生活，距離後方安定的實際生活彷彿太遙遠了，沒有青春期夢幻式的熱狂，沒有卿卿我我的情愛，社會是很現實的，很快就對作者亮起此路不通的燈號。——他所寫的幾本書，都沒有銷路。

「這也不算什麼。」秦牧野倒很爽快，他說：「我並沒存心要做什麼勞什子作家，我只是經過那些生活，對生命有那麼一份認知和感悟，想寫下來，留給下一代人做為生存的參證。要不要在於他們，寫不寫主權在我。拿寫作當飯吃，我幹不來。下鄉租個房子，做個小生意，勤點兒，苦點兒，一樣填得飽肚皮，碰高興，我就寫它篇把兩篇——只當為我自己寫的，又有何不可？」

他是說了就幹，真的找了房子，搬下鄉開雜貨鋪去了。葛德跑去幫忙，幫出很多感慨來，他總是脫不掉朋友們常常譏諷他的那股文酸氣味。

那天中午，秦牧野就在一片雜亂的店鋪裏，叫了兩樣菜，扭開兩瓶小高粱，請幫忙搬家的葛德吃便飯，葛德笑指著那些櫃臺山架說：

「你這個小說家，搖身一變，變成雜貨鋪的老闆，真箇是決心辭別文壇啦！」

也許是小高粱的關係，秦牧野說起話來要比平常更尖銳得多了，他指著葛德的鼻子說：「你說得那麼好聽？開口文壇，閉口文壇，壇在哪裏？——就是常坐在作家咖啡屋和音樂廳的一窩窮神嗎？我可不願再勒緊褲帶泡在那兒空孵了。我現在要走小康路線，開爿小鋪兒，先把老婆兒女餵飽，等到行有餘力，再考慮寫點兒什麼。」

「哦，我懂了。」葛德說：「你是要搞業餘寫作？」

「這玩意真能拿當專業？」秦牧野笑笑：「你沒見那幾個所謂專業的作家，餓得像鬆了皮的猴子，依你我這種性格，這副能耐，我看，還是算了罷！」

葛德沒說什麼，只是苦笑笑，其實也不用多說什麼，他和秦牧野兩個都明白，一般從事寫作的人待遇是怎樣的，如果光為煮字療飢，還勉可肆應，略微有點藝術良心，就很難把藝術當成謀生的工具了。儘管如此，葛德和多數朋友還是熬了下來，並且確認由於本身對文學和戲劇的近乎宗教性的熱狂，忍受些煎熬是應該的。他很不願意見到朋友們脫出這個圈子，所謂行有餘力再考慮寫點兒什麼，雖然在當時不是一種遁辭，但逐漸的，會使人創作的熱情冷淡下來，卻是不爭的事實。尤其像秦牧野這樣認真、嚴肅，又深具發展潛力的作家，被生活逼得去開雜貨鋪，實在太使人難受了。

兩人對喝了幾杯悶酒，秦牧野看出葛德眉尖鎖成一把疙瘩，忍不住又說：

「你最好看開點兒，葛德，誰叫咱們生就這種執拗的脾性呢？那種軟綿綿的調調兒，咱們不會彈，這一輩子也寫不出一部暢銷書來。社會是現實的，就算我能為文學勒緊腰帶，我也沒道理把老婆孩子都拖下水，讓她們等稿費等長了脖子——也許等來的只是退稿。」

「這種難處我想得到，」葛德抿抿嘴唇說：「我是個單身漢，顧慮少，睡倒身子打滾也不在乎，我沒辦法把旁人都當成自己，但心裏總忍不下一股悶氣，難道藝術和生活之間的衝突，就沒辦法調和嗎？」

「那似乎是社會的事了！」秦牧野沉思的說：「作家是需要社會來培養的，咱們只求盡心盡力，誰要是敢說長期餓著肚皮從事創作，那他不是唱高調，就是存心撒謊……至少，我不願幹那種事。」

葛德承認秦牧野所說的都是事實，但他心窩裏的那股悶塞仍然無法消掉，便直著脖子灌酒，後來是怎樣離開的，竟然恍恍惚惚的記不真切了。只記得許多盞燈在眼裏搖晃著，水泡般的朝上昇，朝上昇，那些圓的、長的、扁的，變了形的人臉，也搖晃著朝上昇，朝上昇……冷絲絲的雨點，打在他的額上。

喝醉了麼?豈有此理，這點兒小高粱哪會把我葛德放倒?想當年喝酒都是論碗的，當真抓了這些年的筆桿，使自己變得文弱了?!他揉揉兩邊的太陽穴，只是略略有些麻木，大約有五分酒意，恰在半醒半醉之間。回小閣樓睡覺去!不!還是找個地方，泡杯茶解解渴罷。不錯，計程車還能照他捲著舌頭的囑咐，把他送到音樂廳門口。音樂是一陣和風，他的感覺輕飄飄的蝶舞著，他想到蝶戀花酣的這個「酣」字，酣者，醉也，酒意上湧，他已經化成一羽醉蝶了。

「葛德，你這個老小子，你跑到哪兒去，喝成這個樣子?」

葛德聽聲音，就知道說話的是古晉。

「秦牧野搬家，要開雜貨鋪，我跑去幫忙去啦!」他說：「主人開了兩瓶小高粱，讓我的腦袋轉得像陀螺似的，一直在嗡嗡響呢。」

「有個朋友，今天來找過你兩次了。」古晉說：「偏巧你不在，他說他明天下午再來看看。」

「誰啊？」葛德困惑起來。

「聽說是一個獨立製片公司的。」古晉說：「也許想請你弄個電影劇本罷。」

葛德搖搖頭，他實在想不起哪個製片公司裏有他的朋友？這許多天，口袋癟透了，能有人找自己弄劇本，有個活水財源，當然是項好消息；葛德剛咧咧嘴，忽然想到什麼，表情立時又變得陰鬱起來。

「嘿嘿，」他乾笑兩聲說：「不知哪個公司窮極無聊，又要動腦筋來消遣我了。」

對於電影劇本的寫作，葛德原是充滿自信的，劇戲是他的老本行，多年的舞臺經驗使他充分體認人生多樣的戲劇性。這些年來，他浸淫於劇本創作，曾經多次獲獎，但他明白，獲獎是一回事，拍攝和演出又是一回事，尤其是電影製作，沉重的商業壓力，使藝術的要求反成為一種不實的累贅。若干所謂獨立製片，一人一片公司還算資本雄厚的，有許多是集資合股來拍攝一部戲，一部戲弄砸了，一堆人全都破產。在這種情況下，這些投資人把眼光集中在票房數字上，研究如何投觀眾之所好，保障他們能收回本利，他們沒誰敢於創票房，只有看風轉舵的跟票房。一看黃梅調有得賺，立刻哭哭啼啼全部黃梅調起來；等到某俠某刀賣了座，一窩蜂跟著刀劍武俠。為時不久，拳腳片代替了刀劍，有些從頭打到尾的，似乎只要有好的武術指導就行，連劇本都是多餘的了。拳腳片花樣耍盡了，時代文藝片跟著流行，哥哥妹妹和愛，純情加上歌唱，使百萬大導演人數大增。接著又轉回夜半歌聲時代，紛紛黑夜奇情恐怖和鬼怪。這種惡性的流行，擊破了葛德的自信。有個自稱是吃這行飯的老朋友，就曾直截了當的對葛德說過，他說：

「所謂編劇，一樣是老闆雇來當夥計的，老闆要你編，你就編；要你改，你就改；要你雙生雙旦，你就雙生雙旦；你只要能拿到錢，旁的都不必談了。」

「一個編劇，難道連一點斤兩都沒有嗎？」葛德也曾忿然的問過。

「在這兒還算好的呢。」對方說：「在香港，編劇大多是跟在導演屁股後面討生活的，你要不巴結上一個出了名的導演，根本就沒有編本子的機會。有些編劇很懂得導演心理，也會替老闆省錢。導演外面去借景，只要把場景圖畫回去，編劇就會把一臺戲塞在導演所能運用的幾個廠棚裏演出來——這要商業頭腦，不要文酸頭腦，你自問你行嗎？」

葛德最討厭聽人提香港，那個在約翰牛統治下的地方，表面文明做得很像個樣子，骨子裏不知有多少歪風邪風在吹拂著。尤其是在文化方面，充分表現出一股世紀末的頹廢和淫邪，幾毫子小說盡是鴛鴦蝴蝶，全都標為文藝；大量無特定時空背景的商業影片，紛紛出籠，賺錢就是它們唯一的內容。這裏的風沒吹出去，香港的風卻吹了過來，很多和香港搭線的混混兒，流行出一種令人聽了就噁心的口頭語：港臺兩地。港臺兩地，好像稱人賢伉儷一般的親熱。尤其是此間所謂影劇界人物，彷佛話裏若不提香港幾大公司和某某某某幾個人頭，就使人感覺到他缺乏苗頭……真他娘的活見鬼！葛德打心眼兒裏詛咒過。

詛咒儘管詛咒，這裏的影片要賣到外埠去，香港卻是個各埠商片匯集的地方，那些片商實際上扼住了製片業者的喉嚨。——尤其是一些民營的小公司，靠片商的訂金拍片的，更到了唯命是從的程度。葛德拿這種現實有什麼辦法，大不了勒緊自己的褲帶，來它一個拒編。你不編，自有人編，這年頭，有錢還怕請不到寫劇本的窮光蛋？

前一年，他還沒租那間木樓，寒冬雨溼，他窮得餓飯，也有一家小公司來找過他編劇，他沒有拒絕，但提出一個條件，不用葛德的名字，出門不認貨，且不負責修改，對方答應了，但出價極低，兩個劇本一萬塊錢，正是一個名編劇十分之一的價錢。他咬著牙交了卷，捏著那疊鈔票說：「看在肚皮份上，老子的精神叫製片商嫖了一次，葛德，你他媽要不真痛苦，你就不是人揍的！」

上一回痛苦的老疤痕，還結在心窩裏沒掉呢，這可又有人來買便宜貨的了，葛德想：這一回，我決計不賣啦，寧願寫點文稿寄給報紙副刊，稿費雖只區區之數，至少，茶還泡得起，陽春麵還有得吃的。

「葛德，你是怎麼啦？」古晉轉了一圈回來，看見葛德仍然呆呆的單手支著下巴，坐著不動，就拍拍他的肩膀說：「你要真是喝多了，就回去睡覺去，明天下午，好來這兒接財神。有人請你寫劇本，比你寫副刊的稿費多，該是一宗喜事呀！」

「喜他媽的洋熊！」葛德說：「老子發誓不編電影劇本了。拍著你肩膀，先說久仰久仰，然後掉轉頭請教你老兄尊姓大名，對那些影劇界的人物，我算是服啦，我他媽安貧樂道，誰也消遣不了我！」

「好！」古晉搖著他已顯稀疏的半白的頭說：「老小子，高粱酒加上詩，你今晚上的這幾句話，實在是夠味道，你是越餓越見骨頭了！」

「你們兩個是酸對酸，」畫家彭東在另一邊哈哈大笑說：「誰講過，詩人多半是沒有屋頂的人物，戲劇家多半靠教書糊口。偏偏葛德連教書的資格也沒有，他那幾根骨頭有啥用？糊上你的詩稿搭帳篷嗎？」

聊著聊著，到了晚間八點多鐘，他們俗稱上座的時辰，朋友們逐漸多了起來，聊天的氣氛，也更為增濃了。大夥兒都覺得，煩忙的都市生活使人疲倦，彼此都有些無聊，寫作的人多半是夜貓子，白天起不來，只有夜晚出來蹓躂蹓躂，聚聚面，談談天。比較起來，聊天還算是有性靈的生活，它要比築方城熬通宵強得多。各種軟性的生活織成一面網，使人一不小心就會沉陷進去。葛德自承他生活態度並不算怎樣嚴肅，但他興趣廣泛，即使難抗聲色犬馬的誘惑，也多半是點到為止，沒有迷溺什麼。

「這種冗雜繁忙的日子，表面上看起來彷彿很熱鬧，實則上空洞又缺少意義。」

一個年紀較長的詩人說：「為了方便討生活，咱們都擠在城市裏，常年踏的是紅磚，踩的是柏油路，連一點泥土味都沒了，大家忙什麼呢？忙生活，生活又那麼刻板，咱們不知不覺的都變成盆景啦，肚子裏能掏出什麼新鮮的貨色來？」

「我看問題是在生活太安定了，長期的安定，會使人的精神鬆散。」彭東說：「社會的精神也處於凝止狀態，不容易激發人，也很難覓取強烈的感動，作家的作品，當然也會跟著流於平冗。舉例來說：如果沒有抗敵救亡的時代背景，黃自能譜得出『旗正飄飄』那種雄壯的曲子嗎？叫如今的作曲家在衛生八圈之後，立時伏案作曲，能作出什麼來呢？真正居安思危的人，並不多啊！」

葛德用手托著下巴，歪著身子斜靠在沙發上，破例的沉默著，他覺得這些討論雖非全無意義，但也和創作無補。時代就是這個樣子，現實就是這個樣子，作為一個文學和藝術工作者，他的精神世界是不應該被現實環境囿限而形成萎縮狀態的。一切的抱怨和責難都很多餘，唯一的問題是順著環境溺陷下去？還是逆流而上，超越社會知覺去覓取、去尋求？當然，一個作家應該能保有他的最低的基本生活，他才能夠專心持續的創作下去，但這卻是作家和藝術家本身無能為力的，除此之外，其他的因素都難以構成不可克服的理由。

「喂，葛德，你認為我的看法怎樣？」彭東轉朝著他說：「今晚你怎麼不願說話了呢？」

「我不能同意你的看法，」葛德說：「軟性的生活，對於文學或藝術工作者，是最好的考驗，他們不同於一般社會人，如果不能居安思危，在此時此地，他們就不能算是真正的作家和藝術家了。沉溺在現在生活裏，不去追求昇華生活和創造生活的一群，不值得討論，……對不起，老朋友，我今晚喝多了酒，我該回去睡覺去了！」

說著，他把外衣搭在肩膀上，搖搖晃晃的站起身來，自管走了出去。

帶著寒意的風吹著他，把紛霏的雨屑掃落在他的臉上，人聲逐漸寂落了，只有飛馳的車輪輾過積水路面時，胎盤絞出的嘶嘶的聲音。入晚時分的人潮，擁擠和匆忙，該是一天日子裏的高潮，演出在城市的舞臺上，現在，它們卻像浪花般的消隱了，留下他，獨自守候著最後一班公車。公車把他載到另一條街，他下車穿過狹巷，摸上他租賃的小木樓，入睡時，他把這一天的種種，都扔擲在夢的外面。

第二天，他到音樂廳去，又見到了彭東，才恍惚記起昨晚醉後說話太不客氣，他過去向彭東道歉，並且說：

「在這些朋友當中，要數我葛德最沒出息，成天東飄西盪的，撞不出生活的網，如果我昨晚上責備了誰，那該是我自己！他奶奶的，我是一條渾蟲，一向不說假話的。老朋友，你不會見怪罷？」

「甭賣酸了，」彭東說：「誰怪你來著？」

「那就好了！」葛德說：「這年頭，我自己經常很難受，拿己心，比人心，我真不願惹旁人難過。」

「其實，咱們觀念並沒有什麼衝突。」彭東緩緩的旋轉著茶杯：「我是為某些現實憂心，你是為基本原則堅持，談不上是誰有錯。」

「嘿嘿，」葛德苦笑笑：「你越講，我越覺自己臉上沒有顏面了。真的，我只有在酒醉後才吐得出埋在心窩裏的原則，醒時卻先想到飢餓。我厚著臉皮接受牧野的錢，而且屢借不還，原則又在哪裏？」

「這有什麼關係呢？難得秦牧野不等你開口，願意借給你。」彭東說：「老實說，你是人窮志不窮，寧願在生活上拖欠，不寫不憑良心的作品，這不是原則嗎？」

葛德搖搖頭：

「你知道我也曾寫過一些出門不認貨的玩意兒，當我需要還債的時候。」

「沒人把你當成神看。」彭東說：「那正是一種熬煉，你要是不感到痛楚，那才真沒顏面了呢。總括一句話：咱們這些窮哥兒們，逼於生活的事實，良心還沒扔給狗吃，總算是顯得出人性的，這就夠了。」

兩人正說著，古晉帶著一個穿西裝的人進來了，他對那人說：

「你不是要找葛德嗎？那就是！」

那人順著古晉的手指，朝葛德走過來，笑眯眯的掏出一張片子說：

「葛先生，真是久仰大名，弟奉了敝公司牛大導演的交代，昨天連著來找您兩回，都沒見著您，今天碰得巧，總算把您給找著了！……我姓路，旁人都叫我小路，是金雞公司的劇務，真是冒昧得很。」

「哪裏的話，你請坐罷，路先生。」葛德說：「你們的牛大導演找我啥事？──寫本子？」

「我想是罷。」小路說：「我們最近準備開戲，找不到適當的本子，牛導演囑咐兄弟，找著您，跟您約個時間，請您吃餐便飯，先聊聊，嘿，先聊聊。」

葛德想了一想說：

「吃飯不必了，喝杯咖啡罷，哪一天都行。」

「當然是越快越好，」小路說：「那就決定明天下午，到國際二樓碰面好了。」

小路把這事敲定，急匆匆的搖搖手，就回去交差去了。葛德仍然懶洋洋的坐著，木木然的毫無表情，彷彿沒把它當成一回事兒，古晉在旁邊拍拍他說：

「怎麼樣？葛德，居然有人三顧茅廬找上你了，敢情對方是個識貨的，存心想弄部好戲也說不定，你幹嘛陰陰鬱鬱的，一副不開心的樣子？」

「寡婦死獨子——沒有什麼好指望的，」葛德說：「啥子牛大導演，馬大導演？我這個孤陋寡聞的，壓根兒沒聽說過，也許他打聽到葛德這個老小子沒飯吃了，可以聽他指使，廉價寫本子，他要是付得起像樣的編劇費，會跑來找我？」

「怎麼？你自己認為自己沒斤兩？」

「我毫無商業價值。」葛德說：「連褲子都混進當鋪，我能寫出替人賺大錢的本子來嗎？」

「那是另一檔子事，不要混為一談，」古晉說：「你也不要拿著一兩次上當的經驗，就戴上有色眼鏡去看所有從事影劇工作的人，任何一個行業裏，奮發向上的有心人都是有的。」

「我並沒斷言沒有啊！」葛德說：「只是這些年來，我沒遇上過，再熱的心也變冷啦。」

「我並不勸你受委屈，」古晉認真的拍拍葛德的肩膀說：「直路固然是人走的，彎路也是人走的，沒跟人家見面談，你怎知旁人有什麼打算呢?!」

無論古晉怎樣說，葛德始終抱持著他自己的想法，認為和那位牛大導演談與不談，都是那麼一回事。也許接下一個劇本，可以略略減輕他目前極端窘迫的經濟情況。如今，他的衣服都掛在洗衣店裏，好些天沒錢去取了，洗衣店變成他的衣櫥，到了夏天，冬季那兩套就掛進去，天冷時取出冬衣，夏天的衣裳就掛進去。他的小收音機和手錶，經常進出當鋪。房租又有三個月沒付了，房東的臉越拉越長，多看兩眼就會使人腿軟。這些都還可以忍受，唯有巷口山東老鄉的飯賬不能久拖，對方若真板下臉，不准再欠，那，自己就能餓癟掉。

想到這些，古晉的話便顯得有些道理了，彎路也是人走的，可不是？只要對方尊重一個編劇人的心靈，略受一點委屈也不算什麼。

等到約定的時刻，他準時晃到國際二樓。小路和一個穿深色西裝，嘴角留著一撮小黑鬍子的胖子，已經先在那兒坐候著了。小路為他介紹，小黑鬍子就是那位牛大導演。葛德用審視的態度把對方看了又看，越看越覺得這位仁兄面目傖俗，眼神昏濁，透不出半點靈氣，就是把他倒著吊三天，肚裏怕也滴不出幾滴墨水來。但他立即噤住這種意念，很客氣的落了座。

「我說，葛德兄，咱們雖沒會過，但我知道你寫過不少的戲，而我這個導演呢，卻是半路出家，嘿嘿，半路出家。難得咱們一見如故，今天，我是特意請你幫忙的，我這是開門見山，很冒昧罷？」小黑鬍子一掀，這番開場白就連珠炮般的轟出來了。

「牛先生甭客氣，咱們彼此彼此，」葛德說：「我也是半路出家，只怕幫不上什麼忙，我說的是真話。」

「是這樣的。」牛大導演說：「前年我弄了一部戲，既有拳頭，又有枕頭，在海外大賣特賣，一炮而紅，你明白行情，它使我搖身一變，成為百萬導演了。人在走紅的時候，若不接著幹，觀眾是很現實的，熱鍋不端，轉眼就冷啦！……所以我就弄了這個公司，我老岳丈糾合一些親朋好友出資，等著看我的戲，可是，你知道，這部戲在票房上垮不得，一垮，我就砸蛋了！」

「嗯，這種患得患失的心，不僅你有，在目前確是很普遍的。」葛德說：「你就是不說，我也想得到。」

「所以囉，這個忙你非幫不可！」牛大導演說。

葛德搖搖頭說：「其實，能幫你忙的人，多得很，但卻不是我。我既不懂拳頭，又寫不出枕頭，使不上勁的。上一回你拍的戲既能賺錢，跟著老路子走不就得了？」

「啊！不成不成。」牛大導演說：「外面的行情，時時刻刻都在變化，不跟著它變，就砸。我這回在開戲前，找人寫了六七個本子，結果，沒有一個能用的，但是，戲是非拍不可，再不開戲，我就……抓了蝦了！」

這位牛大導演說著說著的，就犯了自言自語的毛病，葛德摸不清他在說些什麼？還是劇務小路在一邊幫腔，說是導演希望葛德幫忙寫個本子，最好三五天之內就能交卷，要場面大，花錢少的；要老幼咸宜的；要在拳腳招式上變出空前花樣的；當然，要在愛情上弄得熱火朝天的；要酸甜苦辣鹹五味俱全的。

「是是是！我就是這個意思！」牛大導演這才接著小路的話，轉對葛德說：「無論如何，請你幫這個忙，我知道你思想敏捷，筆下又健。」

「不成，」葛德放下咖啡杯來說：「你找錯人了，我不是你所想的那種材料。咱們再見罷，無論如何，得謝謝你的這杯咖啡。」

他離開那個充滿煙霧的咖啡座，腦袋有些昏昏沉沉的，恍惚記得有個朋友指責過他，說他社會性太缺乏了，不太懂得人情世故。他承認他在做人方面比較「性格」，這使他很難和一般社會人相處。像剛剛那位牛大導演那種人物，他除了擺擺手說聲再見之外，他實在想不出還能說些什麼。他熱愛戲劇創作，雖沒寫出什麼樣好的劇本，至少，還不曾把這門藝術看成賺錢的工具。

口袋是空的，晚飯是沒有著落了。葛德，你這老小子，你到哪兒去混上一頓呢？管他呢，先回老地方去坐著再講，也許會碰上一個請客的。

他有氣無力的撞回音樂廳，秦牧野和幾個老朋友都坐在那兒，他的心略微放寬一點，——晚飯總算有著落了。這意念剛剛在盤旋，古晉就笑著招呼說：

「嘿，咱們剛在談論你，你就來了！葛德，你拿到多少先付款，也該請咱們吃頓水餃了罷？」

「吃水餃？好啊！」葛德說：「牛肉的？還是豬肉的？你們說。」

「牛肉的好了。」

「嘿，牛肉的還在牛身上呢！」葛德說：「我請客你拿錢，咱們還能湊合湊合。」

「怎麼？你沒接對方的本子？」彭東說。

「事情過去，不必再提啦，」葛德喘息著，把身子擲在沙發上：「三言兩語就吹掉了，說我天生窮命也罷，在精神上，我絕不做午夜牛郎。」

秦牧野一直沒說什麼，這時才開口說：

「算了，不談它，咱們吃飯去。」

一夥人逛到附近的小館子吃飯，秦牧野又悄悄的塞給葛德兩千塊錢。

「省著點兒花。」他說。

第三章 性格悲劇

秦牧野這樣的關心他，誠懇的幫助他，使葛德感動起來，夜晚獨自關在他的小木樓上，痛切的檢討自己這幾年的生活意識，說是放蕩形骸罷？似乎還沒嚴重到那種程度；說是詩酒流連罷？似乎還夠不上那個格；說是窮困潦倒罷？多少有那麼一點味道。在文學和戲劇創作方面，他仍能堅持，但卻談不上有什麼表現。總之，他覺得日子過得昏沉、鬆散又雜遝，他載浮載沉的聽任著它，並沒下決心，圖奮發，企圖積極的突破這種現實的困境。……

真的，葛德，你不能再這麼悠忽下去了！當年離開家鄉時，只是個十來歲的孩子，如今一晃眼，已經四十出頭啦！牧野和許多朋友，誰都在關心著你，期待著你，你再這樣飄流浪蕩的混下去，不但對不起朋友，也對不住你手裏的這枝筆呀……當初拿起筆桿，不是許過誓的麼?!

這樣認真的思索了一會兒，嘴角又扯出自嘲的笑意來；過去有許多回，都曾經檢討過自己，彷彿有了一番覺悔，但也只在深夜，內心才澄明些，或許因為本身性格的關係，自己常常空發一陣子狠，一天又收回去了。神經質！完全是神經質，一點也不錯。有時候很冷靜，很理智，很嚴肅，很認真；有時候感情衝動，又夢幻，又天真，又一切都滿不在乎，一切都拖泥帶水。人就是這樣的矛盾，一浪高一浪低，連自己也把握不定。

算了罷！葛德，你除了會寫點稿子之外，根本算不得什麼，在當前社會人群的眼裏，毫無斤兩。把自己的血肉挖給他們吃嗎？吃完了，還要啃你的骨頭。經過這些年生活的煎熬，他已經沒有太多的血肉用來施捨了，只賸下一副皮包的骨頭，能熬煉出多少像樣的作品來？……說得輕鬆，哪能就這樣算了?!正因自己算不得什麼，才緊緊抱著這枝筆，想把生存感受吐述出來。假如丟開了筆，活得不值得；就是死了，也死得不值得。思緒在上昇與下沉之間梭移著，形成一種硬生生的撕裂的痛楚，真實說來，這種痛楚從來沒有離開過他，只是當他夜晚沉思時，顯得更為劇烈罷了。

葛德也承認，在痛楚中一味去責難這社會，也是很不公平的。大多數的社會人辛勤勞累，從事他們本身的行業，除養家活口外，不能說對人群沒有相當的貢獻；同時，為數眾多的年輕人，仍然非常重視精神生活，熱愛著文學和藝術。比較起來，作家們也有沉重的責任，沒拿出使人感動的好作品。拿自己為例罷，埋在都市的塵霧裏好些年了，也隱約的感覺到這社會在變，都市在變，農村在變，煙囪在平野上林立起來，高樓大廈一天天的在增加，道路在拓築，新的機械逐漸取代了原始的勞力，貿易在成長，航業在發展，但自己如何呢？仍是老模樣兒，這些變化所形成的社會意識，經濟結構和精神結構，使自己摸不著頭腦，不能光憑報章上的報導，就把它化為寫作的題材。由於對各行各業的生活不熟悉，因之也就缺乏透視的能力；概念僅可作為作品的骨架，生活才是作品的血肉，這已不再是太老的才子佳人的時代了！

從那夜開始，葛德沒再出去閒逛，除了到巷口去買煙和吃飯，就把自己關在木樓上，寫他的隨感錄。要求自己長期定下心來，是極端困難的事，葛德很明白這一點。四十多歲的老光棍，飄流浪蕩慣了，恆心和定力早已剝蝕不堪，正經是裝不出來的，許多朋友認為秤桿得要秤鉈壓著，才會有斤有兩，秦牧野更力主他成家，把老婆比成「定心丸兒」。

老婆當真是定心丸兒？葛德反覆的思考過，他總認為：幸福實在是很抽象的字眼，無法加以解釋。婚姻是一回事，硬以概念把它們串連在一起，那是一廂情願的如意算盤，就算有了愛情，有了基本的生活保障，有了如概念中想像的那種幸福，又怎樣呢？用一扇門把人世間的風雨淒寒關在外面，那是很狹隘的本我的滿足。對於一個普通的社會人來說，可能樂在其中，但對於一個有著文化知覺的文學工作者而言，把身外的一切故示遺忘，卻不是辦法，個人生活中的幸福，餵不飽沉愴的靈魂。他常常想到屠格涅夫筆下的羅亭，自己應該是那種人物，有理想，有激情，但卻不善於處理自己的生活。

早幾年，他寫過一篇無法演出的劇本，題名為「我與說我」。在那篇創作中，他討論過本我、自我、超自我的問題。認為生命是通明的透體，形體生命只是本我，在吸納中成為自我，再經超越，便成為非我。而非我即我，這和中華傳統文化中的推己及人、推人及物的道理相通。也就是說，當一個生命在存活期中，如能在精神上以本我為軸，展放，吸納，則歷史中有我，人群中有我，自然中有我，天地間萬事萬物，全都有我。這是自己一向把持的生命觀，正因自己忠於這種觀念，對於本我的、狹隘的幸福的追求，早就看得淡了。

說這是不實際的高調嗎?絕不是。海那邊的老家鄉的影子，雖變得深深黑黑的像是一場夢，但它始終在心裏影立著。無邊的廣漠，刻骨的荒涼，他用眼看過的土地，真正的中國曾是那樣，它不同於課本上的形容。伐鼓在響著，人群從歷史裏奔騰出來，那些熬荒的，受難的，以曠野為床、道路為家的，一張張菜色的臉，悽苦的容貌，形成他生命的背景，陳顯在他的意識深處。一個人活在世上，固然要為自己作若干打算，卻不能光為自己活著。

正當他像鴕鳥一樣的埋首在小木樓上時，秦牧野夫妻倆跑來看望他了。

「怎麼這些天見不著你的人影兒了？」

「我在寫新的稿子。」葛德說：「我在學著定心咧，老和尚坐關，能一坐好幾年，我要能坐上三幾個月，也算不錯了！」

「三幾個月？」秦牧野笑說：「你說得好聽，你是一隻沒拴上鐵鍊的猴子，坐不住的。」

「除非把你拴上鍊子。」秦牧野的太太說。

「妳又來了，大嫂。」葛德攤開手說：「鍊子究竟是怎麼拴法？妳倒說說看！」

「你是真不懂？還是假不懂？」對方說：「當初你和牧野他們一夥朋友，都打光棍，現在，大家都有家有室，有兒有女了，只賸下你一個人，你存心要拖到什麼時候，你先說說看？」

「冤枉冤枉，」葛德說：「我哪是存心拖？只是沒遇上有緣的，要是有遇上，也許早就結婚了。正因為沒遇上，拖了這麼久，越拖問題越複雜，心裏顧慮也就越多，顧慮越多，越是駭怕。」

「笑話，」秦牧野太太說：「你自己不去結緣，怎能怪這世上無緣，結婚是兩廂情願的事，只要對方跟你有感情，願意嫁給你，還會有什麼問題?!」

「顧慮總是有的罷？」

秦太太開門見山式的一輪急攻，葛德有些抵擋不住了，只有退守第二道防線，提出他內心的顧慮來。這些顧慮，都是很真實的，四十多歲的人，畢竟和廿來歲的毛頭小伙子不同，不能把愛情當成萬靈丹，用它去消渴療飢，一味閉上眼猛衝；不但為自己顧慮，也要為對方顧慮，假如一心為己，不顧後果，那就太自私了。

「理智的考慮當然很重要，」秦牧野在一邊說：「不過，緣分和感情才是最要緊的。有了它，生活上再困苦也不是問題。顧慮得太多了，裹足不前，並不是好辦法。你是窮破了膽子，把生活考慮得太多了！」

「老實跟你說了罷，」秦太太說：「今天我們特意來找你，是要跟你介紹女朋友的。她是我鄉下老家的鄰居，初中程度，學過兩年洋裁，模樣長得不錯，很能吃苦耐勞，你見了面就知道了。」

「哎喲，妳這是要我去相親？大嫂！」葛德嚇得跳起來說：「妳不覺得太突然了麼？」

「什麼突然不突然？你一個大男人還怕被人家看？」秦太太很爽直的說：「說親事，男女雙方總是要見面的，這要兩個人都點頭才行。」

「我說牧野，你替我向大嫂求求情，饒了我罷，」葛德窘迫的轉朝秦牧野說：

「這可比逼著我上刀山還要難受，你們這番好意，我心領了，成不成？我憑哪點結婚?!——連一張床都買不起。」

「幹嘛那麼緊張？」秦牧野說：「去一趟，又沒誰掐掉你一塊肉去！……你先看看人，中意不中意，中意之後，再研究旁的事，離結婚還有一大截兒呢！」

「她是到這裏來找事的，現在住在我們家裏。」秦太太說：「再過一兩天就要走了。我跟牧野都覺得她很適合你，你不妨先去和她見見面，結結緣看看，能處就處下去，不願處，也沒人勉強你。」

秦太太是個直爽人，俗得可愛，她認為婚姻沒有什麼詩情畫意，只要雙方處得來，一鍋吃飯，一床睡覺就成了。正因為她沒有太多飄浮的幻想，她才全心全意的撐持住秦牧野和她共同建立的家，她毫無怨尤，像一條牛似的苦幹著。秦牧野的性格粗豪爽朗，和她有很多相近的地方，他們的感情深而實在，這是很難得的。葛德打心裏敬重他們，佩服他們，只有硬起頭皮，答應跟他們下鄉相親去了。

在計程車上，他想了很多事情，人畢竟是人，男大當婚，女大當嫁沒有錯，他顧慮現實生活是一回事，內心裏何嘗沒存有過詩情畫意的夢。……能有個遮風擋雨的窩巢，一兩個自己的孩子，夜晚，孩子們入睡了，一室的寧靜，一室的溫暖，他寫稿，她編織，一束柔和的檯燈的圓光，分照著兩個同心合意的人。在感覺裏很近的夢境，一推落到現實當中，就變得很遙遠了，也不光是經濟力量的問題，主要的是這樣的女人到哪兒去找?!論起處事為人，自己比秦牧野差得多，秦牧野很踏實，很單純，完全是務本務實型的人物，而自己的夢想太多，缺少適應現實的能力，夢總還是夢罷了！

「去就去罷！」他沉思了好一陣，才抬起頭來說：「我替我自己算過命，十有八九是不成，白累兩位替我費這一番心。」

坐車到秦牧野的家裏，人是見過面了，那女孩年紀似乎太輕了一點，最多廿一二歲，人長得高高壯壯的，估量出到中年時一定是個肥胖的女人。和她在一道兒用晚飯，她一直沒說什麼話，只是偶爾笑一笑，牙齒大一點，還算整齊。葛德的印象很浮泛，直接感覺到她是個普通的鄉下女孩，文靜，帶點兒害生的羞澀，他談不上喜歡她，也不覺得她有什麼不妥。他在飯後和她閒聊，問她的話，她總低著頭，小聲的回答。有時她不答，秦太太便在一邊替她代答。

她是臺南善化附近人，家裏開飼料行，兄弟姐妹五個，她排行第二，問她姓名，她只回答說：

「姓張啦！」

「我們都管她叫阿嬌啦。」秦太太說。

也許她不習慣和葛德多說話，也覺得坐著受拘束，談不了幾句話，她就藉著收拾碗筷，躲進廚房去不再出來了。葛德噓了一口氣，朝天吐著煙圈。

「你覺得怎樣？葛德。」秦牧野說。

「很滑稽。」葛德說：「這是不可能的，我沒有道理拖人家下水。」

「你太缺少生活自信心了。」秦牧野聲音裏透著誠懇，又略帶責備的意味：「當真連一個老婆都養活不起？……再說，她有工作能力，學兩年的洋裁，就是自己不開鋪子，幫人家做，一樣有收益，你怕個什麼勁兒？」

「不是怕不怕的問題，」葛德期期艾艾的，覺得滿心的困惑，一時很難說得明白：「我承認我對經濟生活沒有信心，這是真的，藝術不能當飯吃。她有工作能力，反過來養活丈夫，也許她願意，這口軟飯我可嚥不下去啊……她可以找個能賺錢的丈夫，一加一等於二，找上我，變成一減一等於零！」

「這倒是實話。」秦牧野點頭說：「不過，要是彼此有了感情，她願意為你吃苦，那又另當別論了。」

葛德唇邊又不自覺的漾出習慣性的苦笑來，灶底不燒火，感情從哪兒熱得起來？談不一會兒，他就站起身，說：「我看我該回去了，我在這兒，讓人家躲在廚房裏，算什麼呢？我相信，婚姻這種事，是可遇而不可求的，草草率率的一拍即合，對雙方都沒有好處。」

「葛德，我無意勉強你，」秦牧野說：「我們夫妻倆只是關心著你，想替你找機會而已。」

「我知道，你和大嫂對我這份情意，我不會忘記的，」葛德自覺眼角有些濕意，自己的性子一向倔強，不願意受人關心或是憐憫，但秦牧野夫妻倆不同，他們從沒把自己當成外人看，每當他們擔心他飄泊時，自己便深深的感動著，並且有一種無可奈何的愧疚之情。

辭出秦家，葛德立即把剛剛相親這一回事扔開了。人要活下去，不能有太多無謂的羈絆，甚至連零亂的記憶都不必留下。那個女孩子和自己素不相識，彼此有什麼必要的關聯呢？她嫁她的人，我打我的光棍，自己走在街上，不是常聽到旁人結婚的鼓樂嗎？記憶那些有什麼用？

惱就惱在記憶是從無選擇的，一心想記著的，偏偏忘卻，不想記著的，反而一樁樁記得分明。這些年裏，自己被人拖去相親，至少也有五六次了。一次是一個開三角冰店的姓洪的姑娘，瓜子臉，略顯幽白色，細高挑兒，長得滿清秀的，小腿上有好幾塊紫色的瘡疤，俗說是紅豆冰式的。另一次是個白胖的圓臉，細眉毛，一笑眼就一瞇，連姓什麼叫什麼都忘記了。一次是市場上賣肉的女兒，廿四五歲，身材高大壯實，日後定會變成典型的肥婦，介紹人一口咬定她有福相——吃豬油吃出來的。……這都是好些年前的事，她們如今早替別人生了娃娃了。這些七零八碎的事，自己曾經發狠不再去想它的，但它經常會在自己潮溼的心裏顯出形象來，偶爾自己也會從那些形象引發出一絲幻想，假如娶這個，如今會怎樣？娶那個，如今又會怎樣？嗨！那只有天知道了。

公車在路上搖晃著，夜晚來了，雨刷又在前窗上嘶嘶的扭動著了，回到木樓上去孵稿呢？還是到音樂廳泡杯茶聊聊天呢？忽然他覺得回去也無聊，聊天也無聊，不如到火車站前下車，在微雨和街燈的光影裏流浪流浪，或是坐在噴水池邊，看看人和傘構成的都市風景。

一個單身漢，畢竟還有這點好處，公車駛到火車站前，葛德真的下車了。他豎起衣領，坐在噴水池邊，看了一陣噴泉，又看了一些浮來盪去的，人和傘構成的風景。奇怪的是這些風景，只望在他的眼裏，根本融不進他的心裏去，即使望著，也彷彿隔了一層什麼。

「嘿，葛德兄，你真是好興致！……坐在雨裏不打傘，看人像看花一樣呀？」

葛德順著招呼他的聲音一回頭，原來是音樂廳的老朋友，留著一把不乾不淨的鬍子的老周。老周是個雜文作家，又是個很有才氣的戲劇工作者，和自己同樣以潦倒聞名，同樣打光棍，但他手裏多了一隻酒瓶。

「好傢伙，老周，你喝酒喝到街上來了，是存心學李白嗎？」葛德打諢說：「可惜這噴水池裏，沒有什麼月亮好撈的。」

「有了我也不撈，」老周咧咧鬍子：「我不是那種形而上的詩人，連看女人，腰以上的部分，都被我剪裁掉了，這足證明我還沒有老。」

「喝了酒看人，味道如何？」

「新鮮得很——像他娘看戲一樣，」老周說：「如今，舞臺上沒有什麼戲好看，我只好到街頭上來找戲看。如果說是人生就是戲劇的話，咱們寧願看原本兒的，雖說冗雜點兒，但卻特別夠味道。」

葛德搖搖頭說：「我可體會不著，如今，我在看人，人在看我，結果人是人，我是我，恐怕彼此都沒看進去。一個寫劇本的人有這種感覺，不能不使我擔心，究竟是我麻木了呢？還是這社會？……。」

「我看都不是。」老周說：「這只是你個人性格上的悲劇罷了，我又何嘗不是這種性格悲劇的主人？認真說起來，這和社會無關，社會是龐雜的有機體，有求本務實的一面，也有奢侈浮華的一面；有勤勞刻苦的一面，也有鬆閒懶散的一面；有人迷失，有人清醒；有人只看見實體生活，有人卻專看精神生活；有人用眼去看，有人用心去看；真能看透全面的，不是你老哥和我，咱們弟兄倆好有一比——是兩個熱心的蒙古大夫。」

「是你在說話？還是酒在說話？」

「當然是我在說話。」老周打著酒呃，認真的說：「你搞了這些年的戲劇，難道還體會不出這個?!早在兩千多年之前，古希臘的三大悲劇作家，歐里庇得斯他們，已經在他們的作品裏透露出這些性格悲劇的線索了！不用說肩承天下興亡了，單就復興當代的戲劇來說罷，咱們又做了些什麼?!——咱們性格都算怪癖型的，事實如此，不由得你不承認。」

葛德習慣的聳聳肩膀，用這種動作代替苦笑。他是因為逃避那種探討性的聊天，才跑到這兒來的，誰知碰到了老周，又聊上了。他曾經打過一個比方，說是聊天像是打繩結，聊得愈多，心上打的疙瘩愈多，沉沉的一串垂墜著，牽扯得心腑隱隱作痛。

「管它怪癖不怪癖，我是老牛一條，生就揹軛的命！」他說：「我爬格子，犁的是精神的田，能犁多少就犁多少，想得太多，也是沒有用的。」

「可是，毛病出在你不能不想上面，」老周說：「戲劇的前途，你搞戲劇的，能不想嗎？」

「至少，今天晚上我不打算想它了！」葛德說：「我為什麼不能輕輕鬆鬆的消磨一個夜晚呢？我不是怪物，不能讓眼前的人群和我隔了一層。」

「好罷，」老周說：「咱們改天再聊，我要拔腿走人了。」

葛德沒有動，眼望著老周的背影，消失在地道入口，另一些陌生的面影，成群的從那裏昇起來。厭膩的雨越落越大，他不得不離開噴水池，順著紅磚鋪砌的人行道，踱到街廊下面去，走著走著，忽然想到小洋馬，一時很有去看看她的衝動，不過，捏一捏口袋，他便把這個念頭打消了。

喝杯咖啡倒是可以的。

那家小而黯的咖啡屋，他是頭一次進去過。牆上展佈著六七幅抽象的畫，桌角的咖啡碟下面，壓著一張展出的說明。一個姓名很陌生的年輕的畫家，沒有適合的場地開一次像樣的畫展，便擠到這種狹小的咖啡屋來，過過展出的癮，這情形是很習見的。……不論哪一類的藝術，都有它神奇的秘奧，它形成一種無窮的魅力，使一代一代的年輕人，不斷的投向它。儘管這些藝術在講究功利的現實社會裏，已經淪落到僅供點綴的地步，但仍有無數的傻子們狂熱的擁抱著它，這使人在嘆噫裏略帶幾分欣慰，這些畫幅，雖不是成蔭的綠樹，卻是一片初茁的新芽。

端咖啡來的女侍是個十八九歲的姑娘，身材緻秀小巧，圓臉尖下巴，一雙大大的黑眼，明亮而溫靜，蘊著一股能感覺得出的靈氣。……彷彿是在哪兒見過她，一時又想不起來了。

「葛先生，您不認識我了？」她微微瞇著眼說。

「應該說是似曾相識，」葛德用手指點著額角說：「我只記得在哪兒見過妳的，究竟在哪兒？我一時記不起來了！」

「你是貴人多忘事啦！」女孩說。

「我偏偏不是那種貴人。」葛德又習慣的聳聳肩膀，笑得有些苦味。

「我原來在星空咖啡室，你去過那邊好多次，記得不？」女孩說：「有一回，一群大專學生請你開座談會，討論戲劇，我是聽眾之一——站在桌角聽的。」

「哦，我想起來了，」葛德說：「妳是黃？……黃小姐，臺南鄉下來的。」

「黃碧霞。」

「黃……碧霞，不錯，妳跟我說過一次。」

葛德終於想起來了，這女孩住在臺南玉井鄉下，靠近曾文溪岸，高中畢業，很喜歡文學和戲劇，遇著有人談文學藝術，她不但在一邊注意的傾聽著，有時還會發問，問得中肯切要，足見她的根基和悟性都很高。

「妳不是說想考夜間部的嗎？」他說。

「下學期才考。」她說：「我在補習。」

「在這兒工作，對補習沒有影響？」

「不會。」女孩說：「我只上晚班。你知道，像『星空』和這兒，都是藝術性的咖啡座，也算小型的畫廊，一般客人來的不多，工作很輕鬆，平常能多聽聽藝術家們談天，也是長學問的。」

「嗯，」葛德點頭說：「妳一個人，從遠遠的南部鄉下跑到城市裏來，想補習，考學校，總得要找個適當的差事，維持自己的日常用度，看起來，『星空』和這邊都還很單純的。」

「這兒叫『綠野』，老闆就是畫家——業餘的。」

「不錯。」葛德說：「可惜像這樣的咖啡座，目前越來越少了。」

「是啊！」她頑皮的笑一笑說：「把藝術和生意混在一起，曲高和寡，不關門大吉才怪呢。但我可不希望這樣的咖啡座都垮掉，那我就要失業了。」

外面的雨落得更大了罷？屋裏聽不見雨聲，輕柔的音樂是一泓曲曲的流水。這裏燈光也很柔和，天藍色的板壁上，映著棕櫚植物疏落有致的黑影。……綠野，一個望梅止渴式的名字，不過，能激發人興起一番對綠色原野的聯想，也夠好了。眼前這個巧慧的女孩和她的笑，彷彿具有一種奇異的力量，使自己開朗起來，雖然它只是一份暫時的，意外撿拾到的感覺，但很久以來，都未曾有過這種感覺了。

座上沒有幾個客人。那女孩斜著身體，半跪在前座的沙發上，雙手交疊在沙發靠背上，微翹的下巴，放在交叉著的手背上，傻傻的笑著，對自己凝注著。活潑而又嬌憨，使人極願意和她談下去。

「妳來臺北多久了?黃小姐。」

「你去『星空』的時候。」她眏著眼：「你自己算算看?半年多了罷?」

「喜歡這城市嗎?」

「談不上喜歡不喜歡，」她說：「我常常想家倒是真的。也許還沒有習慣做個城裏人罷。」

「當然還是鄉下好。」葛德望著牆上的畫幅，彷彿望到了遠處。

話雖淡淡的說出口，內心的感慨卻很深沉。經過這些年的流離飄泊，「家」這個字眼兒，業已僅僅賸下一份朦朧的概念了。家在北國的鄉下，平平的沙野遠展到天邊去，繞著宅子，是許多高大的老柳、榆錢和桑樹，風梢上掛著常年不歇的風聲。它早已落在山的那邊，海的那邊，時間和長長的路那邊，即使它還存在，也不再是記憶裏的樣子了。

女孩轉著圈子，去招呼別的客人去了，不一會兒工夫，她又轉了回來。

「我心裏有些話，很不好意思講，」她說：「我要是說出來，你不會笑我不自量力罷?……我很喜歡學著寫稿，也想到編劇班去學編劇，你說行不行?」

「當然行。」葛德說：「妳的悟性高，只要有心學習，應該有些成就的。」

「哪裏，」女孩說：「我的基本程度太差，鄉下的高中生，懂得的太少。我前幾個月，學著寫了好幾篇散文，投到報紙副刊去，結果只登出一篇，其餘的，都退回來了。我想，我一定寫得很不好。」

「這樣說來，妳比我當年初學寫稿時強得多了！」葛德說：「實在說，當年我離家時，連中學都沒畢業，我吃退稿有好幾百次呢。」

「你是為了安慰我，才故意這樣說的罷？」

「是真的。」葛德認真的說：「學騎單車的摔過跤，學游泳的喝過水，和學寫作的遇上退稿，都是理所當然的事。當代有許多最有名的作家，誰都被退過無數次稿，妳一開始就能刊出文章來，算相當好的成績了。」

「真高興能聽到這樣的話，你給我的鼓勵太大了。」女孩很開心的笑著說：「如果以後你能常來，我會有好些問題請教你，會不會嫌煩？」

「我會嫌煩嗎？」葛德說：「只怕我對那些問題的回答，妳不會滿意罷了！……要是妳寫文章，寫到像我這樣落魄潦倒的程度，那怎麼成？足見我的若干想法和看法，大都合不上別人的胃口。」

「那倒不一定。」女孩說：「我偏偏最喜歡讀你的文章，它們和你一樣——很性格的。」

「是嗎？」葛德笑起來：「這種話，我倒是從來沒聽到旁人說過。」

一談起天來，時間就過得特別快，他回到小木樓去時，搭乘的是最末一班車。他微微有些疲倦，但心裏平靜而且很愉快。黃碧霞，他重複著這個名字，很快便把它擱在一邊去了。古人說過：人之患好為人師，但他從沒有這種好為人師的念頭。不過，在年輕一代人裏，仍然有人傻傻的喜愛著文學和藝術，這總是可喜的事，他沒有道理不盡一點心力，如果她真有這種需要的話。

只有一點是他擔心的——自己口袋裏，常常連一點喝杯咖啡的錢都沒有。他不能坐到「綠野」去，白喝冰開水。因此，常到那兒去，倒是個不大不小的問題，他臨走時忘記跟她講了。

天氣轉冷了，盆地特有的陰濕鎖著街道，這使葛德感覺到小木樓的溫暖。他把零亂堆積的雜物整理整理，為那盞老檯燈換上一個橙色的罩子，使燈光亮出爐火般熱烈的顏色，至少可以把他的心烘得暖和些。真的，心靈的一份暖意會流在稿紙上，這是很重要的。

和許多朋友們一樣，較冷的日子，是他作品的旺產期，主要的是冷天感觸較多，心情也比較平靜；天氣異常寒冷時，他會裹著棉被寫稿，他戲稱那是在做窩，像母雞孵蛋一樣，把作品一篇又一篇的孵出來，投寄到各報刊去。這一陣子，他收到四五筆稿費，雖然不夠還清他所欠的債，但若留在身邊，省著點兒，夠用好些日子的了。

因此，他常到「綠野」去，啜一杯苦味的咖啡，消磨過黃昏，和那個喜歡文學幾近入迷的女孩聊聊天。他發覺每當他說話時，她便微翹起下巴，睜大她的黑眼，全神專注的傾聽著，彷佛要把他所說的每句話，每個字，都汲納到她的心裏去。有時候，她也會率直的提出一些很尖銳的問題，像報紙的副刊，聽說有小圈圈？

他只有耐心的跟她解釋：

「當然，副刊的園地都是公開的，但沒有哪個主編全依賴外稿的，外稿來的多少無法控制，而且水準的參差太大，必須要慫恿一些成名的作家多寫稿子。這不能說是圈圈，如果性質不合適，即使一流作家的稿子，照樣會遭退稿，只是一般人不知道罷了。」

「我不太懂得副刊主編，」她說：「我每次寄稿，都附有一封請求斧正的信，但等稿子退回來，連一個字都沒動過，有時候，我真懷疑他們有沒有看過我的稿子?!」

「編輯還不至於這麼懶，」葛德說：「妳要知道，副刊和函授學校性質不同，主編沒有義務替習作者改稿，即使他願意改，他也沒有那許多時間。有些報紙的副刊，每天能收到幾百件來稿，光是看稿，業已會使人頭昏腦脹的了。尤其是幹了多年的老編，若不感到職業性的厭倦，就算是非常敬業的人物啦！」

「真的？我一直沒想到這些。」她說：「你不會笑我太傻罷？」

「要想瞭解任何一件事，都不太難。」葛德說：「經驗是在時間裏累積起來的，如果我笑妳傻，當初我就曾像妳一樣的傻過。」

連葛德自己也透著奇怪，他對於黃碧霞的問話，總是很有耐心的解釋著，他原先習慣使用的粗魯言語，都收藏起來，不再在他的口裏出現了。也許這是有緣，很普通的結識的緣分，他想起都市裏常有的傳聞，罪惡的淵藪，越覺得能盡一分心力，幫助一個從鄉間來的、有志上進的女孩子，是義不容辭的事情。

有幾個風凄雨寒的晚上，他在「綠野」坐得更久一些，女孩和他談話並非一直持續著談下去的，她每談幾分鐘，就要忙著去招呼旁的客人，等到有空時再踱過來。她和他除了談文學上的問題，也談起一些和他們生活有關的事，她談起她玉井附近的老家，夾道的綠色林蔭，齒狀的丘陵，談起黃昏光影中美麗的小山原，談起水果收成季節裏鄉下人的歡娛和忙碌。她說她家有將近兩甲山田，種植了許多株芒果、荔枝、楊桃、龍眼等類的果木，還有一片不算大的橘子園。而他能跟她說的很少，他相信這年輕的女孩，很難理解他往昔所經歷的生活，也沒有必要去進入那個世界。

她總把好奇的探究隱藏著，並不用追迫性的問詢去挖掘什麼，但葛德能敏銳的感覺到，這個巧慧的女孩子暗暗的關切著他。他並沒把這些放在心上，他知道這種關切是自然的，一個喜歡文學的女孩子，對於她所認識的作家，多少具有一份關懷憧憬之情，這並不意味著什麼。自己在年齡上長她一倍，結識她，從沒存心作過任何打算，就讓自己承受對方這份淡淡的關切罷。

自從常到「綠野」去之後，他的精神出奇的平靜，他作品的產量，要比往年寒冷季節多得多，稿費雖然低微，但總比靠朋友接濟度日要好得多。他暗自忖度過，不敢斷言這種泉湧般的靈感是來自那女孩的黑眼，但總和她有若干微妙的關聯。

他曾經在島上的鄉野地區生活過一段不算短的日子，南方的鄉村，雖和北國鄉村的情味不同，但爽淨的天空，濃綠的原野和溪流，對他仍然是親切的，習慣的。如今，他雖寄居在喧囂的都市裏，在精神上，他永難成為一個都市人，總是懷念著鄉村。碧霞的黑眼，會使他想起鄉村來，他有很久很久沒有到偏僻的鄉村去了，也很難想像他曾隨著隊伍駐紮過的鄉下，如今變成什麼樣子了？那時候，很多村落都沒有電燈和自來水，生活得很原始的，在白天，常看到村婦到溪邊或井湄擔水，食用或是澆灌菜蔬，夜晚來時，一片柔黯而飄搖的電石燈，點綴在村舍裏，有人覺得溫暖，有人覺得淒清。

那雙清朗明亮的黑瞳，有著溫厚純樸的特質，表示出她是屬於鄉野的靈魂，每當她那雙眼對他凝視時，他便能從她的黑眼中望見過去，一幅幅景象都重新展現出來。……有一年春天，他們駐紮一片小山原上的營區裏，嶺頭公路邊，有一家小小的雜貨店，一株高大的鳳凰木罩著房頂，在陽光遍野的日子，店鋪的透明的碧意，真能拿來當酒喝。雜貨店主人的孩子，喜歡養鴿子，鴿棚高高搭在屋頂的平臺一側，朝著南方。他們在營區裏，經常看得見飛旋的鴿群，聽得見盤旋在雲際的鈴聲。

那孩子在高中時，也很喜歡文藝，後來卻唸了體育系，部隊調離後，他們還維持著通信。

人在流轉的生活裏，結緣是很重要的，這種情感上的緣，含意極廣，包括草木山川和一切的人際關係在內，倒不是專指狹義的愛情和姻緣。自己和黃碧霞這女孩之間，如果說是有緣，也就是這種緣罷？

正因他有意隨緣的關係，「綠野」和他居住的小木樓間便變得很近了，他一出門，心念一動就坐到「綠野」去了。在那裏，除了黃碧霞，他又認識了幾個年輕的藝術家，包括綠野咖啡室的畫家老闆施欽文。他們對於彼此所從事的藝術工作，都相互關心著。

葛德發現這群年輕的畫家們智慧很高，衝勁十足，只是略略欠缺學術的薰陶，尤其是對於本民族的歷史感不足，他們並沒深入的嘗試瞭解中國的傳統繪畫，便摒棄了傳統繪畫，而仿傚西洋又僅得皮毛，既無法確定本身位置，又把握不住未來發展的方向，統括來說，是缺乏後天的培養，這樣畫下去，也只是在做自以為是的繪畫遊戲而已。無怪乎他們的作品，也只有自己張掛，再留給自己欣賞了！……即使如此，這群年輕朋友仍然是可愛的，因為他們明白，並且承認本身的缺點，他們經常嘗試建立一種觀念，然後去擊碎它，再去追尋一個更新的論點，這種迂迴式的自我摸索，總會把他們引領到正確的路途上去的。

除開繪畫而外，他們做人真誠坦率，從不隱諱什麼，充分表露出年輕人那股熱勁兒。這一點，很對葛德的胃口，他和他們一談起話來，就會拖延到店鋪打烊的時刻，有一回竟連末班車也沒搭得上。

但他並沒把時間全賣在「綠野」，有時候，仍然到音樂廳去泡杯茶，和一群老朋友們碰碰頭，詩人古晉說：

「葛德，你最近抱著筆猛孵，成績頗為可觀，實在值得慶賀！說真的，你最近的幾篇文章，境界很高，比你以往的作品要好得多；人到這種年紀，進步是很難的。我記得前兩年，你的筆下很乾澀，我擔心你會江郎才盡了呢！誰知我完全料錯了。」

「是嗎？」葛德說：「我是百足之蟲，死而不僵。命定要逼著自己寫下去的，雖說我不是大作家的材料，為文學鞠躬盡瘁倒是真的。」

「甭說得那樣正經兮兮的好不好？」彭東說：「你這個老小子，你尾巴上有幾根毛，我清楚得很——你是屬狗的脾性，即使生活的錘頭砸著了你的腦袋，只要一沾上土腥味，你就還魂了！」

「這話作何解釋？」古晉動了興致，追問說。

「這還不簡單嗎？」彭東說：「前些日子，秦牧野夫妻倆幫忙替他找女朋友，對方是鄉下來的，這老小子一沾上鄉下的泥巴味，就靈思泉湧，騷性大發，寫起文章來得心應手，我的猜測，絕不會錯的。」

「嗬嗬！」古晉笑了起來：「原來是這樣的？葛德，你和她還沒結婚，你寫作就更上層樓了，要是結了婚，那你不是爬到山頂上去了嗎？」

「爬到山頂上去幹什麼？」葛德故意冷著臉：「喝西北風罷？」

大家開著玩笑，葛德心底下卻不能不佩服彭東的眼光銳利，對自己的生活情況有著深度的透視能力。再好的花，也要有足夠的土壤，適於它的土壤。這些年的都市生活，名與利的逐鹿，商業上的競爭，人擠人的世界，不是不能發掘出題材，但自己總被擠在外面，不解其情，不見其境，如何能用它寫出作品來？……泥土，他確實需要泥土，他不願就這樣的在煤煙和塵霧中萎落掉。

可是，彭東的話，只說對了一半，同是從臺南鄉下來的女孩子，有助於他的，卻不是秦牧野夫妻倆替他介紹的那一個，他這樣想著，但並沒說出「綠野」和黃碧霞的名字來，她並不是自己的女友，一旦傳揚出去，這些朋友的嘴巴都像廣播電臺，亂開玩笑實在沒有什麼意思，更沒有必要使女孩難堪，他有維護這份淡淡交往的權利和責任。

其實，也不能怪這些老朋友，他們只是關心自己關心得過分，不論自己在哪兒和異性接觸，他們便會小題大做的渲染起來，言下之意，總是：這回真的該請吃喜酒了罷？

能說這種想法俗套麼？人生萬變不離其宗，結婚生子，成家立業是一般觀念裏的正宗，拋開自己的生活觀念不說，卻無法去扭轉旁人。

彭東在開過玩笑之後，態度變得認真起來。

「我說，葛德，你的那檔事，進行得怎樣了？」

「你說哪檔子事？」

「還會有旁的事？——秦牧野夫妻倆替你介紹的那個，你還有什麼好拖的？」

「不是拖，是我根本不想談。」葛德說：「我總覺得很滑稽，真的，一見面就談婚事，好像除了這個，就沒有好談的了。」

「是老朋友我才說這話——你這個人很莫名其妙！」彭東說：「在家鄉有句俗話，說是：卅無兒吃一驚，你沒想想你老兄今年貴庚幾何了？你究竟打算挑揀出什麼樣的？你夠格挑揀嗎？」

「人都要有自知之明是不是？」葛德反擊說：「正因為我自知太不夠格，所以連談全不談了，你偏偏又說我莫名其妙，可不是讓我左右為難嗎？」

「所謂不談，只是一種遁辭，」彭東說：「我要睜大兩眼，看你能逃遁幾時？你要存心做和尚，我馬上替你剃度，到那時，我們做朋友的，全可以閉上眼不再等啦，如今你這麼吊著，你不著急，我們卻著急得很呢。」

「奇怪?!我討老婆你們著急，這算哪一門兒？」

他這麼一說，大夥兒都鬨鬨的笑了起來。

葛德雖然笑得很響，但他心裏並沒有一絲一毫要笑的意念，哈哈的笑聲從自己的唇邊流溢出來，聽上去彷彿不是自己的聲音，笑完了，人也空了，彷彿變成一個空殼子了。經過一陣短暫又有些難堪的沉默，他很想藉機換換旁的話題，人在空洞中，一時想不起來該聊些什麼？……而這只是一剎掠過的感覺，來得強烈，去得也異常快速，一會兒工夫，便又拾回了自己。

在座有幾位寫小說的老朋友，把話題轉到結集出版的事情上，有一位首先表示意見說：「如今小說的市場狀況很差，銷量遠不及散文和雜文，我認為這種情況很不正常，但它確是客觀存在的事實。談到出書，內容通俗點的長篇，還有人肯出，一般短篇小說，想結集子出版，實在很難。有時候，你雙手捧給出版社，對方都苦著臉搖頭，其中的道理，真該認真的研究研究了。」

「我認為道理很簡單，」專寫短篇小說的作家秋靈說：「文章貴乎見性情，散文和雜文有感而發，多少具備這個條件，讀了它，或能得些啟悟，或能一消塊壘。而目前的短篇小說，實在缺少像樣的作品，衝擊性不強，作品深度不足，情既不真，意又不顯，有時連一個簡單的故事都說不周全，能怪讀者不願讀嗎？讀者既不願讀，出版社自然不肯出版了。」

「秋靈兄說的話，頗有道理。」作家半憂說：「不過，依我看，目前文學性的出版物又多又濫也是問題，真有一兩本好書出來，參雜在浩如煙海的出版物裏，一般讀者，也很難把它們挑選出來。嚴肅的書評類的刊物，在目前顯得特別需要，葛德兄以為如何？」

「問我？」葛德怔了一怔說：「我沒有意見。我出版過兩本小書，一文錢版稅都沒拿過！我不管讀者如何品評我，我煮字療飢也是事實，但我只求憑良心就成了。這些年裏，我們說得太多，做得太少，一提起這些事，我就忍不住的動火啦！」

明知動火是沒來由的，他的手指卻不停的抖索起來，他感到一股迫人的悶塞圍繞著他，他無法抗拒這種無形的壓力，羼於繁複的現代社會的壓力，使他迷茫而又憤怒。他記得早年讀過巴爾札克的人間喜劇譯叢，像《外省偉人在巴黎》一書裏所描述的作家、出版商、新聞從業者之間的連鎖，當時覺得朦朧不解，如今卻不能不欽服作者對當時法蘭西整個社會的洞燭能力。而當代的這些寫作的朋友，論起情感來，每個人都很豐富，論起對社會的深入瞭解，一般都嫌不足，談也談不出眉目來的。

與其坐在這兒悶氣，還不如到「綠野」去呢。

天剛晴了幾天，又轉變得陰雨潮溼了。他離開這群老朋友，豎起衣領沿著街廊走，一街人群飄漾飄漾的，他也飄漾飄漾的，彷彿是一隻欲覓棲止的夢蝶，終於落在「綠野」柔藍色的光網裏了。

「怎麼啦？看你有些悶悶的樣子。」女孩過來，端詳著他：「跟誰嘔了氣？」

葛德牽動一下唇角：

「也許是跟自己嘔氣罷？忽然悶得發慌了。」

「天再放晴，你最好去爬爬山。」女孩說：「或是到郊外走走。」

「妳以為風景是萬靈丹？」

「也許它治不了你的情緒，」她說：「至少，山裏的石頭和溪裏的水，不會跟你嘔氣！」

「聽來很有點道理的樣子。」他品味著說。

「如果你是主編就好了，」她眨著眼：「這是我在散文裏想出來的句子。」

葛德抬臉看著她，她笑得很甜，一口白牙圓圓軟軟的，也彷彿很甜。他一腔無因無由的悶鬱，忽然平復了。她不是風景，卻比風景更能感染人。這真是極為奇妙的感覺，他很少經驗過的。女孩拖著一串笑聲走開了。不放糖的咖啡也不覺得有多麼苦。他不明白這種感覺是真實的，還只是一種飄浮的幻覺。理性警告著他：葛德，這不是真的，這只是一種逃遁，你遁不出你所屬於的社會，卻逃向另一口情感的陷阱！如果沒有黃碧霞這個巧慧的女孩子，「綠野」又能給你什麼？

葛德的心裏生出一絲警惕，但警告的聲音是微弱的，他有很多年沒曾有過豐潤的感情生活，儘管他和黃碧霞這女孩之間，僅僅保有一份極普通的，淡淡的情誼，而這種感情的浸潤落在他乾旱的心裏，業已使他激奮得像變成另外一個人了。

女孩轉過來，塞給他一疊稿子。

「幫我看一看，」她說：「最好能改一改，我最近幾天寫的。」

「散文嗎？」

「也許算是小說。」她又笑笑，有點羞澀：「其實是四不像，你看像什麼就是什麼好了。」

「好罷。」葛德說：「我不能不告訴妳，我的能力有限，在這方面，我也許不能幫助妳什麼……。」

「我知道你能。」女孩說：「我並沒夢想將來我會做一個作家，我只是喜歡寫自己的夢。」

「正好我是個夢遊症患者，」葛德變換一下坐姿，把兩手交疊在頸後，伸伸腿說：「就讓我走進妳的夢裏，看看妳究竟夢些什麼罷？」

他揣著那疊稿子，在冷雨中走回去時，彷彿有一盆小小的火在燃燒著。

第四章　綠野之外

在燈下翻閱那女孩所寫的稿子，她筆下展露的才情，使葛德驚怔。那篇題名為「寂寞的雨」的短篇小說，寫一個中年潦倒的作家，他落魄的生活，精神的迷惘和向上的掙扎，那確乎顯示出自己的影子來。她的文字不夠流暢，但感覺異常的敏銳。對於情和境的描摹，細緻深沉，別有一番靈韻。從這篇短短的作品，不難看出她具有足夠的發展的潛力，只要假以時日，讓她有更多磨練的機會，她一定能夠寫出來。不過，像這類有才情的年輕人，無論是男孩和女孩，他早先都曾遇著過，原以為他們在幾年之後，會以他們新銳的作品光耀文壇，誰知他們並沒能如自己預期的那樣持續下去，好像拖曳著光尾的流星一樣，落進茫茫人海之後，便銷聲匿跡了。

她會這樣的持續下去嗎?他深深的關心著。從這篇小說裏，他看出對方對他的關心程度，遠超過他的想像，為何她單單選了這一篇作品讓自己看呢?……甭胡思亂想了，葛德，你這人怎會這樣神經?!難道黃碧霞也犯了茶與同情的毛病，愛上你這個窮愁潦倒的半老頭兒？渾身上下，你哪有一點兒春天?!……不不不，這不是鬧著玩的，得認真考慮一番，如果她真的愛上了自己，那該怎麼辦？不接受罷，空添煩惱；接受罷，實在惹不起這種情感上的麻煩。人到這種年紀了，即使真有愛情，也要考慮它的後果，考慮到本身的責任。

燈在亮著，雨仍在窗外落著。葛德手裏捏著那疊稿紙，發了好一陣呆，反覆的想了又想，伸手掏出一支煙，打上火，啞然失笑的自承是：天下本無事，庸人自擾之。便兀自搖搖頭，扔開稿子，躺下身入睡了。

也許是入睡時忘記關窗子，招了風寒了，早晨起床才發覺不對勁，渾身骨節酸痛，腦袋裏彷彿架了一盤磨似的，嗡嗡推響著。葛德看看錶，時間還早，乾脆再睡一會兒，起床出門吃個早點，找醫生看病去。他拉起被頭，重新躺下，昏昏沉沉的又睡了一覺，等到再醒時，感覺渾身發燒，看看錶才知道已經睡了一整天啦！

無怪單身漢最怕生病，平常不覺得，一旦生起病來，才體會到孤單寒冷的況味，要口茶要口水都沒人端給你；小木樓彷彿飄浮起來，和外間隔離了，只有風聲和雨聲掛在窗上，陰雨天的黃昏光呈幽白顏色，一切呈現在幽光中的物件都泛出死沉沉的陰冷。

他掙扎著下床，剛站起身子，便覺得天旋地轉，他扭亮了檯燈，搖搖熱水瓶，勉強倒出半杯的溫水，潤了潤發乾的喉嚨，雖然整天沒吃東西了，他並不覺得怎麼飢餓，也沒有食慾。他明知這回感冒很重，非得去找醫生不可，但他兩腿虛軟，還是坐到床沿去了。

「嗨，人這玩意兒，就是病不得！」他自言自語的說：「我若是不出去弄點藥吃，病死在屋裏也沒誰曉得。」

葛德身子雖然很瘦，但許多年來都沒鬧過大毛病，若是有病，也僅僅是感冒之類，因此，在他感覺裏，感冒業已是很慘的經驗了。慘就慘在沒有人服侍，沒有人照管上，自己若真躺在床上三天不能動，即使不病死，也會被活活的餓死。

「不成，」他又扶著桌角站起來：「我非出去看病不可。」

他咬牙撐持著，總算撐起雨傘出了門，在附近找到一家診所，看病取藥，醫生說他患的是流行性感冒，說他營養太缺乏，睡眠不足，需要多多調息。其實不需要醫生叮囑他什麼，他對自己的生活景況認識得很清楚。平常飢一頓，飽一頓，東一頓，西一頓，非但三餐不定時，吃的東西也不正常，談不到攝取營養；遇上困頓的日子，一整天只吃一餐也曾有過。

說到睡眠不足，可以說是由來已久了，無論是寫劇本或是寫小說，大多數耍筆桿的朋友都習慣過夜生活，守著一盞燈讓思維展放，在感覺上是一種很豪華的精神享受，久而久之便上了癮，所謂積習難改了。怎樣調息呢？也許暫時吃些藥，躺幾天，等到病好了，仍是回復原狀。

他找到一家賣水煎包子的店鋪，包了幾個熱包子，拐回來，插上電壺，燒了一水瓶開水，多下的，沏了一杯熱茶，這樣，至少今夜不必擔心飢渴了。多少年來的單身生活，使他建立了不必太朝遠處打算的哲學，這使他容易忍受困頓，他從不貪圖什麼，只要能簡單活過去就心滿意足了。他半躺在被裏，喝著茶，吃著熱包子，再趁著飽肚子服了藥。他剛從外面淒寒的雨地裏走回來，如今坐在被裏，更覺得溫暖些、安適些，也許這只是自寬自慰的想法，不過，一個人能懂得自我寬慰總是好的。

病裏的日子很渾噩，晃眼就是五、六天過去了。沒有人來看過他。生活在城市裏的人都很匆忙，好像流水上旋動的浮萍，碰上了，也只是偶然的碰上了，散了，也就這樣的散了。實質上，彼此都缺少真正的關聯性，你病了，走了，別人未必知道，自己對別人也是如此，沒有什麼值得驚怪的。經過幾天的養息，燒是退了，人也消瘦了許多，下床走路，覺得腳下虛飄飄的，東歪西倒。葛德想想，這幾天根本就沒吃過一頓飽飯，都是隨便買點兒東西，胡亂的填塞填塞，甭說生病，單是餓也把人給餓瘦了。

窗外的天色轉晴了，陽光輝耀著，天在感覺裏出奇的藍，這樣晴朗的天氣，有很久沒遇著過了。葛德抬起頭，怔怔的望了一會兒，一剎時，很有走出門去，隨便做些什麼的衝動。

能做些什麼呢？到公園的鐵質靠椅上躺躺，閉上眼曬曬太陽，或是沿著紅磚鋪設的人行道走上一段路，看看那些行樹長高了幾許？去郊野的小山麓，訪訪溪水和石頭，躺在草地上聽聽鳥叫。真的，整整有一季沒有聽見鳥叫了。

葛德這樣想著，也只是想著，並沒認真的立即決定要到哪兒去。這時候，樓梯響了，一個柔緩的聲音問說：

「對不起，請問葛先生在嗎？」

葛德還沒回話，一張臉已經在樓梯口出現了，竟然就是她，綠野咖啡屋的那個女孩子。

「妳？妳怎會跑來了？碧霞。」

「原來你在家。」她笑說：「好幾天沒看見你，我真的擔心你生了病呢。」她仍然站在樓梯口，解釋說：「我們班上今天停課，我打算這幾天回南部老家去看看，我想來找你問問看，我的那篇稿子……」

「哦，妳請上來坐坐罷！真不好意思，我這兒亂得很，連坐的地方都沒有。」

他說著，也忙碌著，伸出手去，東抓西撈的，想把雜亂的房間整理整理。由於對方出現得太突然了，使他手足無措，他把放在椅子上的一條領帶和一雙穿過了的襪子，一把抓到書桌上，忽然覺得書桌上放襪子也不妥當，便又把它們抓了，塞在枕頭下面。

其實，女孩早已上來了，她帶著靜靜的微笑，站在一邊，看著他手忙腳亂的樣子，沒有出聲驚擾他。

「太亂了，真的太亂了！」他重複的說：「我這兒活像是狗窩，不怕妳笑話，前些日子，我還整理過一次呢，一場感冒，又把它弄亂了。妳請坐啊！」

「你真的病了？」女孩坐下來說。

「只是感冒，」他說：「已經好了。」他在床緣坐下來，又把剛剛沒塞進枕下的半隻襪子，重新塞進去。

女孩看著他，笑得更深些。

「我真抱歉跑來打擾你。其實，你這兒整理得很好，你知道『綠野』的老闆，他也是個單身漢，他那房間，可比你亂得多了。他買內衣，都是論打買的，一件一件換著穿，換下來的，都堆在床底下的紙箱裏，根本不洗，一打乾淨的穿完，該洗了罷？不！他揀出髒的，再穿第二輪。他的襯衫是白的，領子卻是黑的。」

「他是真正的藝術家。」葛德說。

「很多人都像他那個樣子。」女孩說：「這和藝術無關。我不同意把單身漢的懶散和藝術連到一起，這對藝術是很不公平的。」

「我同意，」他說：「不過，在習慣上，一般都把藝術氣質和不修邊幅當成同義語，我是拿它來糟蹋自己。」

「根本用不著這樣，你住的小木樓，真好。」

「妳說妳要回南部老家去？」他想起來問說：「是暫時回去看一看？」

女孩點點頭。

「大約四五天的樣子。」她說：「等於你患一場感冒的時間。我不願意丟掉『綠野』的差事，雖然薪水很少，但它對我的幫助很大，而且，那兒的環境，對我滿適合的。」

「很好，」他說：「我真的很佩服妳這種自立的精神，妳年紀這樣輕，就能獨立的處理妳自己的生活，和妳比起來，我的日子的確過得太糟太亂了。正像妳小說裏所寫的前半段一樣，至於向上掙扎，我怕不會像妳那篇小說的後半段所期望的那樣高。」

「我寫得不好是不是？」她說：「但我以為你會振作起來的，你有那種氣質——第一流作家的氣質；但你對自己缺少信心。」

陽光從窗外射進來，使小木樓裏充滿了生動活潑的光景，葛德在這裏住了很久，對這種光景卻從沒領略過，也許這都是黃碧霞帶來的，他想。

「妳說的也許是真話，」他抬起臉凝視著她，誠懇的說：「我這個人，一直都使關心我的朋友失望。我起先並非毫無信心，但這些年來，我的生活處理得太糟，性格又太孤僻，信心被自己磨損了。」

「我認為生活型態，並不是一成不變的，」女孩說：「只要你認真想改變它，是很容易的。你也許會覺得我太年輕，說話不知深淺，至少，我對我自己的生活，是抱著這種態度，……要不然，我早就在家開洋裁店了。」

「這和年齡大有關係。」葛德說：「早先我何嘗沒像妳一樣的想過？等到自己年過四十，一切想法，無形中就變了許多。也許這些年，我和年輕人很少接觸，很少相處罷，……太久沒沾著年輕的氣味，人就不知不覺的變老了。人說：五十而知天命，我離五十不算遠啦。」

「不要拿年紀來嚇我。」女孩的黑眸子又流動起來，發出慧黠的光來：「人說：真正的年歲，是藏在每個人自己心裏的。你以為你老，你才老，你要是以為你年輕，你便年輕。……你為什麼不以為你年輕呢？」

「好罷。」葛德有些認輸的意味：「妳來了，我不年輕也得年輕，是不是？我們能出去走走嗎？要是不耽誤妳的時間的話。」

「我不是說過，我今天沒有事，才跑來看你的。」女孩說：「我有時間和你談很多話，你還沒對我那篇稿子發表意見呢。」

「好，那我們就到公園去走走罷，」葛德說：「我不是哭窮，我只能請妳曬曬不花錢的太陽了。」

「那我就回報你一些乾爽一點的風好了！」女孩調侃的說。

一離開他那雜亂無章的小屋，葛德的心就平靜下來，窘迫的狀況總算熬過去了。在當時，他簡直不知這是怎麼熬的——當著女孩的面，從枕下翻出那雙既空前又絕後的爛襪子，紅著臉伸腳套上，這究竟是怎樣的一種滋味？在當時，自己幾乎是麻木的。由這一點，自己發覺平常在一些老朋友面前，擺出一副滿不在乎的嘴臉，原來都不真實，自己並不是一切都能拿得起放得下的人，遇上某種場合，照樣羞窘，難以為情。

紅磚的人行道朝前面伸展著，初現的陽光分外麗亮。風微微的，略帶著寒意。兩人決定不搭公車，散步到距離不算太遠的市中心的公園去。雖然按季節輪算，現在應該算是冬天，但島上的季節一直是不太分明的，安全島上新植不久的行樹，仍然吐著新的葉子。儘管那只是一絲顏色上較為鮮嫩的綠，總比那些使人憂煩的老綠色要使人愉快些，多少有一份生命感，隨著新綠，吐在人心裏。

他們緩緩的走著，沉默的分別感覺著。葛德很難瞭解對方感覺怎樣？他自己卻強烈的感到，這些年來陷身在都市的人潮裏，和自然的關係越來越疏淡了。

他記得幼年讀坊本小說，讀到蓬萊仙島的描述，說那兒四時不謝之花，八節長青之草，當時真是羨慕無已，等自己來到這終年常綠的地方，才體悟到季節曖昧不分的困擾。季節的美感，是由強烈的對比而產生的，夏木繁蔭和秋林蕭索，似錦的春花和如絮的冬雪，在人心感覺上，是那樣強烈，那樣鮮明，在這裏，這種感覺是品嘗不到的了。黃碧霞在鄉村裏長大，她從沒機會去到北方，體會那種強烈的四季異趣的景色，她只能體會出這兒的都市和鄉村景色的不同，她的感覺，該和自己不一樣罷？

「這種天氣，真使人想走遠一點兒，」他說：「走到遠遠的鄉下去，妳在鄉下有個家，我好羨慕。」

「這是真的。」女孩說：「雖然島上的季候，跟北方你的老家不一樣，但我們住在鄉下，一樣感受到季節。一朵花開了，我們知道它是怎樣開的，一棵草萌芽了，我們知道它是怎樣長的。我們是在過著自然給我們的日子。城裏的人，可不一樣了。」

「怎樣不一樣呢？妳說說看。」

「哦，很難找到適當的比方。」女孩說：「如果用吃菜來做例子，我們是自己動手扮家家酒，城裏人吃的是自助餐。——他們出去，匆忙的尋找一些現成的風景，看那些風景，結果他還是他，風景仍然是風景，中間隔了一層，他們無法把風景和人融在一起。」

「妳真的會打比方。」他說：「妳的比方，顯出妳內在感覺的敏銳，幾乎像詩一樣的美。」

「是嗎？」她斜睨了他一眼：「我根本不懂得詩，尤其是現代詩。」

彎過幾個街口，他們走到公園裏了。葛德仍感病後的虛弱，微微喘息著，但他的心卻很寬鬆、平靜，像半沉睡般的憩暢。不開花的季節，公園裏沒有繽紛的顏彩，一片沉沉的綠，反而更顯得寧靜些。葛德挑了一張朝向陽光的露椅，兩人便在陽光裏坐浴著。

談話如果談得投契，該是最愉快的事。葛德在談話中發覺到，黃碧霞有著超年齡的智慧，談吐時，很自然的顯出她內心的深度，這不是尋常的女孩能夠達到的。

他跟她提到那篇「寂寞的雨」，他很感激她能把一份深厚的關心，擲給她並不深刻瞭解的人。當然，那篇小說的文字還不夠精練，語言上也不夠豐沛，這些小的缺失不算什麼，通過磨練，很容易克服的。

她接受他的看法，認為磨練是必須的，也是最要緊的。她對寫作並沒抱有怎樣的野心，只是單純的愛好，希望在業餘抽時間練習練習，不敢有成為作家的希冀。

「不。」葛德說：「儘管在目前，妳沒有辦法把寫作當成專業，但以妳的資質，只要妳能持續不斷的寫下去，妳一定會成功的。」

「怎樣的成功呢？」女孩說：「如果我寫了廿多年，能有你今天這樣的成績，我就會十分滿意了。生活上的貧窮困苦不算什麼，一個精神世界遼闊的人，寫不出作品，那才真正的悲哀呢！」

女孩這樣娓娓的談說著，話是自然說出來的，有形無形之間，使葛德得到莫大的慰安。女孩的話，聽來很平常，但其中卻蘊含著很深的道理，俗說：十個文人九個窮，事實也正如此，煮字療飢的，大有人在，生活上的貧困實在算不得什麼。寫作的朋友，一般都著重於精神生活，也就是說，他們的精神慾望強烈，物質需求的慾望比較淡泊。拿自己來說罷，多年來需求的，只是一方能聊避風雨的斗室，穩定下來，有計畫的不斷寫下去，至於對基本生活的追求，那該是人人都具有的，最低也是最普遍的願望，儘管連這一點也沒能完全取得，自己仍然活著，從寫作中揹負更多更沉重的別人的痛苦和希望。還能夠繼續寫下去，該算是最大的安慰了。

整個的談話過程都是愉快的，下午三點多鐘，女孩說是要回去了，葛德送她到公園門口，女孩在臨別時，回過頭來望著他說：

「等我去南部回來，再來看你罷，在『綠野』，你是顧客，如今是在『綠野』之外了！」

「是的，『綠野』之外。」葛德說。

女孩碎步走進街廊下的人群裏了，她頸間圍著的花巾的巾角，隨著她的步子，飄飄飛動著，她輕盈的背影像一隻飛向遠處花叢的蝴蝶。葛德站在公園的側門口，怔怔忡忡的望著。「綠野」之外倒是一個很大的難題，他沒有道理恐懼和冀圖遁脫原該擁有的、正常的感情生活，又不願意貿然的接納它。他不知道朝後發展下去，將會變成什麼樣子？他不讓那女孩滿是陽光的生命由於他而蒙上一絲陰影。這和世俗的想法，多少有些不同。

這次聚談之後，葛德又回到刻板式的日子裏來。他關上小木樓的房門，安下心寫札記，寫稿子，翻出一批書來，重新閱讀它們。天氣晴了又轉陰，溫度更低了。刻刻板板的工作生活，並沒有使人厭煩的感覺，人在工作中，反而自覺內心很充實，自覺日子沒有白過。葛德明白，多數人的生活，也都有著他們一定的模式，沒有什麼好變化的，人總要在環境中學習著喜歡他本身的工作。

一天黃昏，他到「綠野」去坐了一陣，女孩真的回南部老家去了。另一個女孩告訴他，黃碧霞這次回去，總要五六天之後才能回來上班。葛德耐心的坐著，喝他習慣不加糖的咖啡，音樂仍然溫柔的溪水般的流著，但他覺得索然無味。

他豎起衣領，踱到音樂廳去，他想，在那邊一定會遇上幾個熟悉的面孔，管他是誰，能聚在一起談上一陣也好。也許真的是天冷了，朋友們都躲在窩裏不出來了，那邊的茶座上竟連一張熟悉的面孔也沒出現。一個人在外面呆著也沒有什麼意思，黃昏時走出來的原意，就是活動活動，免得整天伏在書桌上，如果換一個地方同樣的枯坐不動，那跟坐在小木樓上有什麼兩樣？

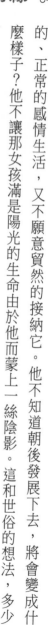

去逛逛街也好。他想起自己有很久很久沒曾逛街了，對於玻璃窗裏陳列著的貨物，從沒駐足瀏覽過，更沒有踏進百貨公司的大門，他上街只是純走路，人群和貨物，同樣是五色紛呈的風景，只能留給他一種浮泛的印象而已。今晚，他是存心逛街，把商店裏的貨物，認真的看一看，把從他面前流過的人臉，也認真瞧一瞧。說也奇怪，他總覺得黃碧霞的那張臉，燦然的笑著，變成驅不走的幻象，他一心都想著她的事情，那彷佛是一口感情的井，他已經在不知不覺間掉下去了。「綠野」之外，他從沒想到過的，終於來了，他體會到的是一種奇異的愛情。

他必須儘快的回到小木樓上去，把自己囚禁起來，從頭到尾，認真的想一想，這是一宗很嚴重的大事，逼使他不能不認真的面對著它，深深的思考。

這樣轉念的同時，他渾身都緊張得僵索起來。不過，這時候再想冷靜的思考它，已經太晚了，他每個細胞都在吶喊著她的名字，因她暫時離開了這座城市，城市在他感覺裏，整個是空蕩的。在這一剎，他驚覺自己變成另一個人，滿心燃著熾烈的火燄，那全不像平常的自己了。很糟糕，但毫無辦法，他撲不熄這蓬烈焰。他自己也奇怪，為什麼這樣突然的想起她來？想得這樣深，這樣刻骨，他原以為這顆心早已冷卻了，沒想到竟會被黃碧霞這個女孩重新點燃起來，一剎時，變得天真稚氣了。

「嘿！葛德，你怎麼跑到街上喝風來了？」

有人扳著他的肩膀，重重的拍了一下，這樣熱切的招呼著他。葛德一抬頭，看見古晉和彭東兩個，他便笑起來說：

「還說呢，我到音樂廳去，你們這些鬼，連一個也沒見著，我不上街蹓躂，乾坐在那兒噴煙有啥味道？」

「沒有旁的事麼？」彭東說。

「我會有什麼事?!」葛德說：「既沒有熱鬧可湊，就純逛街消遣。」

「想湊熱鬧很容易。」古晉說：「咱們招呼一輛計程車，下鄉看看秦牧野去，開它一瓶高粱，飯後衛生八圈，咱們有很久沒築方城了罷？」

熱鬧熱鬧去也好，強如在街上空空茫茫的閒蕩著。葛德也明白，生活在現代都市的一般人，不耐於日常緊張忙碌的生活，覓求消遣的方式，多數都沉溺在聲色上，久而久之，沿習成風，也就見怪不怪了。

他一向主張覓求單純的性靈生活，希望盡力接近自然，但他總脫離不了流風習尚對他的影響，經常感受它的浸染。有一度時間，他也偶爾隨俗，跟朋友們湊個搭子，築築方城，拿上學來比方，他的牌技僅能算幼稚園小班，每打必送，不久，他便對這種昏昏沉沉的娛樂倒了胃口，覺得它在生活中構成一種霉濕的霧障，使他內心不再那樣靈明。不過，今晚他倒願意去秦牧野家湊湊熱鬧，藉以暫時推開他心裏迷茫的感覺，何必為思念一個女孩去苦惱自己呢？

到了秦牧野的家裏，秦太太抓住葛德，問他這些天都到哪裏去了？她提到原先住在她家的那個女孩，業已進了工廠，搬出去和她廠裏的女同事合夥租了房子。

「她對你的印象，倒是滿好的，她親口對我說過。」秦太太說：「怎樣決定，你究竟有個打算沒有？」

「我想過，大嫂。」葛德說：「我不願耽誤人家。」

「照這樣說，我的這次媒，算白做了！」秦太太雖然跟平常一樣笑著，神情中卻隱隱露出一些輕微的失望來，她感喟的說：「不過，感情和婚姻的事，是無法勉強的，那只能等到日後再說罷。」

「我說大嫂，」古晉說：「妳對葛德兄的這檔子事，大可不必那麼熱心幫忙，日後，他自己會遇上的。」

「日後？到哪一天？」秦太太朝葛德白了一眼說：「等你自己遇上，怕不讓人等白了頭罷？」

「也許還不至於糟到那種程度，」葛德說：「也許我已經遇上了。」

葛德說的倒是他心裏的話，別人卻都以為他是在開玩笑，跟著笑了一陣，並沒有誰認真追問他。

四個人上了桌，葛德有些心不在焉。他一再的警告自己，也許這只是單方面的感覺，夢一般的幻覺；也許黃碧霞根本沒有想到過這些，且願她如此，那自己就會咬著牙，任內心這股熾烈的火燄冷卻，不會使她驚怔，不會讓她受到一點傷害。自己忍受些痛苦是不要緊的，前半輩子，火裏血裏的日子，不也是好好端端的熬過來了麼？在習慣上，他自覺承受痛苦要比撿拾到意外的幸福更容易承擔。

這一付牌，葛德起了好些對子，他存心打對對胡，四個對子都碰出來，變成對對胡，清四碰，全求人，獨吊，他這才從迷惘的思緒中回來，專心等著胡牌，獨吊吊什麼呢？──他手裏已經沒有牌了！抓一張打一張，連抓三圈之後，他才恍然大悟，這付牌他根本無法胡下來了──他竟然迷糊到這種程度，打出一付全求人的小相公。

「瞧，老小子，這恐怕算是你空前絕後的傑作了！」古晉笑得直不起腰來：「要是你的文章能寫到這麼絕，那準是傳世之作了！」

「搓八圈牌，能留下這樣一個笑話，倒也不壞。」彭東說：「能在日子裏留下一點記憶，總比空白好得多，使人笑出眼淚來的事，就有詩的味道。」

彭東的感覺，葛德覺得很有點道理在。牌局散了，他回到小木樓上，重新想起這宗事，自己真的把眼淚都笑出了，這算什麼呢？娛樂嗎？自己卻變成了生活裏的丑角。笑裏含著淚，究竟是悲是喜？當悲當喜呢？面前亮著的這盞苦守多年的燈，該最懂得自己罷？每天夜晚，人伴著燈，燈也伴著人。自己曾鎖著眉，感覺若干原始的素材；寫作的素材從不缺乏，它是客觀的存在，但素材未經作者本身的孕化，很難轉變為題材。題材是將那些客觀的存在，融入自己的生命情感、人生觀照，使我在其中，才能具有深度的藝術獨創性。但自己這樣的生活著，幾乎被都市滾湧的人潮所淹沒，早先堅持的創作信念雖沒動搖，但也逐漸被剝蝕了。自己認真寫了多年的稿，竟然還不及在迷糊中打出的一付可笑的牌？檢討起來，真該抱頭大哭一場才夠痛快。

經過這場熱鬧，留下這個笑話，使葛德感到，一切該來的，該受的，都該自己正面承擔起來，沒有什麼表面的熱鬧能夠打得了岔，使人卸脫那種感覺；用熱鬧麻醉自己，那只是對本身的一種欺騙。熱鬧過後，那些和生命相連相繫的感覺，仍然會回來，成群的在心頭逐舞著。無論是鄉思、遠夢，戰亂的回憶，悼亡悼失，或是一種沉澱在心底的愛情……他相信，他是從時代和現實生活裏穿過的人，一切真實的感受都不是個人的，它和社會人群，深深淺淺，或多或少都有些關聯，他毫無道理迴避它們，或者是故示遺忘。

他明白在當代緊張忙碌的社會裏，商業的競爭，物質生活的追逐，使人們精神的空間變狹了；在疲累之餘，人們多半覓求放鬆自己的神經，娛樂也好，消遣也好，不願意深入的去思想什麼，感覺什麼，只求哈哈一笑，消除感覺上的生理疲勞。如果從事精神墾拓的作者們，再不誠懇的展示出他們的心靈去撞動社會，它將會逐漸失去心智和生理上的平衡。如果自己本身的生活都先不能保持這兩方面的平衡，那麼，夢圖用作品去度人，便成為天大的笑話了！

也許由於性格的關係，葛德省察到他的生活圈太狹窄了，平常出門，去的總是那幾個地方，會的也總是那幾個熟悉的人頭，談起話來，也都是那些重複的話題，而且這些朋友們人到中年，都是談得多，做得少，缺乏年輕時那股火熱的創作衝勁了。

他到音樂廳去，再碰上古晉和彭東，便很坦率的把他心裏的感覺吐了出來。

「說真的，我覺得咱們應該衝一衝！」他開門見山的說：「咱們似乎全被眼前的日子困住了。」

「我深有同感，」彭東說：「人常說，行百里者半九十，咱們剛到人生中站，就停頓不前，做一個普通的社會人都說不過去，做為一個文化人，真夠慚愧。咱們不論日子過得怎樣困頓，總應該在文學藝術方面，表現出一番作為呀！」

「這種狠，咱們也常發，」古晉帶著些自嘲的意味：「也都是嘴上說說，慨嘆一番，並沒見誰當真振作，是不是？倒是年輕一輩人，生活根鬚紮得深，感受也很真切，他們為藝術獻身的精神，真令人感動，儘管他們的作品未盡成熟，但他們發展的潛力是無可限量的。」

「順應生活不如去創造生活，」葛德說：「咱們並非只是嘴上說說，主要是因為日子太承平，無波無浪，活在城裏，多數人都有固定的職業和牽絆，一時很難掙脫罷了……事實上，現實生活裏，仍然埋藏著無數感人的題材，並不一定非要寫戰亂流離，那些特殊生活的題材不可，只要咱們能拓寬生活圈，和年輕一代的作家相較，條件上並無差池的地方。」

「我同意葛德兄的話。」作家呂寒說：「事實上，咱們都是在苦苦撐持當中，並沒有隨波逐流。咱們這樣的討論，只是一種發乎性靈的內在要求，希望更朝上引昇自己。但是，要使每個人的每篇作品都是了不得的傑作，那是不可能的。如何縮減生活和創作理想的差距，不管在任何時代，任何嚴肅的作者，同樣都在追求著。」

他們的談話，和他們內心的感覺是一致的，遇到這種時候，每個人便都變得激越起來，匯成一股不可遏止的狂潮，甚至難以控制他們說話的聲音了。

茶座上原有些閉目養神的客人，也許覺得這群酸溜溜的文人的談話太枯燥無趣罷？一個一個的分別溜走了，但這番熾烈的討論，卻使葛德在為情而生的苦悶裏，重新獲得安定的力量。

不錯，他不算是在當代頂有名望的作家，他所求的不是名望，不是優越的稿酬，不是作品的暢銷，他只求盡力寫好每篇作品，忠於自己的生命，他從沒有放棄向前向上的努力。在生活上，個人的困厄不算什麼，杜斯妥也夫斯基經常是當鋪的常客，傑克倫敦終生難脫貧困和飢餓，甚至像猛揮巨筆的巴爾札克，儘管著作等身，仍然免不了巨額的債務，難以償還。

沒有誰能逃得了生活浪潮的沖擊，秦牧野說得不錯，當初，他確實是顧慮得太多了。

有了這種認定之後，他變得穩沉愉快起來。

他等著黃碧霞那女孩子。等著她南部回來。他想，如果愛是一把火，就讓它燒罷！

第五章　宿命預感

晃眼一個禮拜過去了，他兩次到「綠野」去，黃碧霞仍然沒有回來。感情是極端微妙的事，平常他在街上走，看人如同看風景。黃昏時他站在鬧區圓環邊，看過無數年輕的女孩子，亮著繽紛的顏彩，以不同韻味的青春的步姿，在他身邊流來流去。他總很漠然，並沒有什麼樣渴切的慾望。用精神去咀嚼一些美感，並無不妥的地方；青春原就是開放在人間的花。但一想黃碧霞，感覺就完全不同了。都市永遠是繁華而又冷漠的，甭說是一個鄉下女孩的去留，就是若干震撼人的案件，刊在各報上，也不過當成早餐時幫助消化的材料——像胡椒和辣醬一樣。他不知為什麼要那樣執拗的想著她？也許他不同於一般都市人，他的往昔，有著太多淒寒苦痛的記憶，使他容易珍惜別人給他的哪怕是一丁點兒溫暖罷？

趁著偶現的晴天，他踱入公園裏去，挑了那天他和黃碧霞同坐過的那張露椅，伸張雙臂搭在雕花的椅背上，懶懶的曬著太陽。他不知道女孩回到她的老家在做些什麼？

他相信她為了學業，會再回到城裏來的。他無法再用自欺去隱諱他對於她的愛，但他早已不是年輕的人，他不願用一切飄浮不實的字眼去解釋這種情感，更不願把它和婚姻、佔有連在一起。這份情感，對於他是莊嚴的責任；他如何能在她愛好的寫作方面幫助她，使她的潛力能充分發揮出來？如何能不驚擾她的求學生活，使她生活得更愉快一些？這是一項難題，他自己本身就不是一個很愉快的人物，怎能把愉快帶給別人？假如在這份情感上，他一無所能，完全成為接受施捨的人物，那就更為難了，他究竟該怎樣處理它呢？

一隻鳥在一株綠樹上鳴叫著，葛德抬起頭來看看牠。牠是一隻瘦小伶仃的灰羽雀，他叫不出牠的名字，更不知道牠從那兒飛來的？牠是一隻孤單的鳥，迷失在都城當中這一片樹叢裏，牠在樹枝間跳躍著，鳴聲也含著招喚的意味，牠的伴侶在那兒呢？葛德望著牠，自己彷彿就是那隻鳥，鳥還能夠鳴叫，但他鬱著一心感覺，連鳴聲都發不出來了。人說情愁黯黯，正該是此時此刻自己心情的寫照罷？

車聲在遠處呼嘯，相隔一段空間，聽來並不十分刺耳，雖然仍在都市中，但旋轉的鐵門總隔出一些閒靜，讓來到這裏的人略覺鬆快安心些，這也許就是有人願意暫時擱下那些煩瑣纏人的事務，到公園裏來坐坐或走走的緣故了。在這種難得的晴天裏，情侶們一雙又一雙在這裏織著他們的夢，從他們的笑容和眼神裏，看得出那種夢意。這使葛德有些畏怯，許多年來，他從沒像這樣織過他自己的夢，穿過這串悠長的歲月，使他覺得他的生命是另外一種形式，如果他和那女孩共撐著一把遮陽傘，他能織出什麼樣的夢來呢？

「葛德兄，你很有這份閒情雅興呀！」一個聲音在他身側說：「你是到公園裏找靈感來了。」

葛德扭頭一看，原來是作家克木。克木是和他同輩作家當中最年輕的一個，高大頎長的身材，平穩厚實的肩膀，加上他一向考究服飾，使他看上去非常英挺，充滿了蓬勃的朝氣。克木對於寫作，是熱切又認真的，但他有著他本身的行業，他是一位學土木工程的人，寫作不是他的專業，正因這樣，他的作品產量不多，但幾乎每一篇都寫得很精彩。

「坐罷，克木。」葛德挪挪身體，指著空出的露椅說：「你這個大忙人，怎麼也會來逛公園？」

「我到書報社去結算書款，」克木說，「正好打這兒路過，沒想到會遇上你。」

「你是說你新出版的短篇集子《海奔》？」葛德說：「銷售的情形怎麼樣？」

「應該說還不壞。」克木說：「為了自費出版它，我太太把首飾都賣掉了。四個月賣掉一千九百本，總算收回了三分之二的本錢，一本文學的書，能有這樣子，我已經不能再有更高的企望了。」

「不錯，我很替你高興。」葛德說：「你還有個太太，她還有著些首飾可賣，我呢？我的書自己出不起，旁人又不肯要，我連貼本的機會都沒有。」

「老實說，這是不公平的。」克木說：「像你這樣一位作家，寫了這樣多的作品，應該有很多部書出版的。如果各學校的圖書館都能買一本你的書，你任何一部書，都能夠保有三千冊以上的銷量，何況社會上還有不少愛讀書、愛買書的人。出版商不肯出版你的書，似乎沒有充分的理由。」

「道理是道理，事實是事實。」葛德說：「我們還是把它擱在一邊，不談它罷。你最近都在做些什麼？」

「我嗎？我最近被許多文學青年拖住了，」克木說：「一連開了好幾場座談會，都是討論小說創作的。我覺得這些年輕朋友，非常可愛，不管文學藝術的處境如何，他們仍然認真的擁抱著它！一般說來，他們有智慧、有才情，卻缺乏生活認知，這一點並不足憂，時間可以彌補它的，我們用不著擔憂後繼無人。」

「對於這點，我倒有著堅信，」葛德說：「每一代人都有每一代人自己的文學藝術，表露他們自己的心志，用不著我們去代言，我們關心著他們的生長，也是很自然的常情。」

兩人坐著談了一陣，克木談起幾處藝展，談起每年一度文藝季的籌備，談起附近幾所大專院校裏文藝活動的情形，他對於未來文學藝術的發展，充滿了樂觀的看法，問題全在乎創作者本身能否寫得出有分量、有撼動力的作品了。

「我認為，只要作品本身站得住，」克木說：「其餘的問題都不算是問題。好的作品，不愁沒有刊載的地方，更不愁沒有賞識的人。如今的讀者，尤其是年輕一輩人，他們都很靈明，懂得選擇他們要看的，值得看的作品，這就是說，全看我們自己如何了。」

克木的看法是對的，葛德很早便有這樣的認定。克木本人雖也經過流離戰亂的生活，但後來他有了向學的機會，也和他所愛的人共築起小小的溫暖的窩巢。他的論點，忽略了生活對於一個創作者的影響。拿他自己來說罷，他無論怎樣處理自己的日子，總難清除那種複雜的飄浮感覺，這感覺使他內心難以長久安定，當然也就很難有計劃的安排他的創作；隨著情緒的漲落和轉變，用即興的方式抓到什麼就寫點什麼，雖然偶有佳作，但卻不是可大可久的方法。若想在作品上突破，首先非安定生活不可。拿做菜打比方——火功不到家，是炒不出好菜來的。

不過，年輕一輩的人，他們的生活幅度雖然不廣，卻能在更艱困的創作環境裏，奮力開拓他們自己的前途，這總是值得欣慰的事。長江後浪推前浪，真的能眼見後浪湧起，那是自己多年一直等待著的了。但等他們投身到這種競爭的社會裏來時，生活仍然是一項迫人的問題。寫作要是不能成為專業，作者的基本生活缺乏保障，那麼它的耕耘深度必屬有限，葛德擔心的就是這一點。他極不願自己深深感受的生活痛楚，仍加到年輕一輩人的頭上。

克木聊了一陣天，告辭離去了。葛德站起身來，獨自踱了一圈。陌生的灰羽鳥也不知飛到哪裏去了，黃昏光又迷迷濛濛的落下來。他沒有心情再去別的地方，仍然回到他的小木樓上去，他要把克木和他談的話，記在他的札記上。

意外的，他收到一封黃碧霞由南部寄給他的信，信很簡短，說她一位親戚長輩病逝了，在習慣上，她要參加喪葬禮儀，耽誤了幾天；說南部陽光普照的冬季真美，她在經驗過陰寒雨溼的都市之冬前，還不能充分體會出來。最後她說她要儘快趕回來，她俏皮的說：

「我不願丟掉我在『綠野』的飯碗，只有把這片陽光割愛了！」

他把這封短簡反覆的看了兩三遍，心裏樂得昇起一種想吹口哨的慾望。女孩在這封看來很普通的信裏，當然沒有明白的表露什麼，至少，他能感覺出一點——在這座兩百萬人生活著的城市裏，她還記罣著自己這麼一個人，這就夠了。在如今的世上，一個人在生活中，能得到旁人真正關心和記罣的，能有多少人？

這之後的兩三天，葛德一口氣寫完了一篇一萬多字的小說，並且把它投寄出去，他更趁著晴天，晾曬他的被褥和一些生霉的書籍。他用新買的花紙裱糊小木樓的牆壁，買了一個書櫥，安置那些平時亂堆亂放的書本。他想過，黃碧霞從南部回來後，極可能會再到這裏來，他不願再讓她看到一個單身漢的懶散和髒亂，上一回他已經夠窘迫的了。

小木樓的本身雖然沒有寬大的空間，但經過葛德悉心整理後，頓有煥然一新之感。他想想，忽然覺得有些可笑，早先，他也曾多次這樣整理過自己的居處，當時自己欣賞它，有些樂陶陶的，整理很容易，長期維持這種整潔卻很難，通常都維持不到半個月，經他亂拉亂扯，亂堆亂放的一糟蹋，便又回復了雜亂無章的老模樣了。從一間小室的整理和零亂，看出他的生活和心境的浮沉。在這點上，他真羨慕像秦牧野那種有恆心、有定力的人，秦牧野的太太對於收拾家裏的雜物，似乎更有耐心，她能把一捲尼龍繩，一把裁紙刀，一隻螺絲釘……都分門別類的收集起來，裝在空餅乾盒裏，分別疊在自製的壁架上，她用肥皂箱裱以彩紙，疊成書架，用空心磚和簡單的木板，當成克難沙發，鋪上她手鉤的坐墊和背墊，一樣的整齊美觀，她能把一切破損的床單、窗簾、枕套，都加上經過精心設計的補釘——看上去是繡上的花。

這一回，他決定要把居處的整潔維持下去，不僅是為了解除客人來時的窘迫，而是力圖在生活心理上真正的振作起來，革除他習慣的鬆閒和懶散。

果然像他的料想一樣，黃碧霞從南部老家回來的第二天，就跑來看他了。前後兩個禮拜沒見面，他感到她變得黑了一點，也消瘦了一點，但精神更為飽滿，黑眼也變得更亮了。

「嗨，你沒想到我會跑來罷？」她進屋後，四處看了看說：「你把屋子整得這樣整齊漂亮？」

「為了歡迎妳這樣的客人，我不能不整頓整頓，」他笑著說：「用妳帶來的一臉太陽，再照著我一屋子的髒亂，那更不好意思啦。」

「你的感冒全好了？」她說。

「全靠天氣幫忙。」他說：「斷不了根的，我這鼻子該算是標準的晴雨計，對於天氣的陰晴敏感得很。」

「鼻炎是另一回事，」她說：「只要不感冒發燒就好，你一個人獨住，病倒下來誰照應你?上一回你憔悴成那個樣子，看著好怕人的。」

葛德站在她面前，由於她的體型小巧，使他自覺高大異常，他捏捏拳頭，動了動胳膊，渾身的骨節便發出清脆有力的聲音來，那是一種雄武有力的男性肢體活動聲，他說：「不要緊的，我還沒到七老八十歲年紀，偶爾生一場小病，還不至於挨不動爬不動，只是自己免不掉多一分辛苦罷了。」

「你以為你很強壯嗎？」她微仰起頭，望著他：「人都自以為他很強壯的，你早年的生活過得苦。這些年又整天坐著寫稿，夜夜苦想苦熬的，頭髮落了，腰也有些駝了，外表上已經看出損耗，你一點也不強壯。」

「也許是的，」葛德說：「我的身體的確單薄一點，但我的精神卻很旺盛，真的很旺盛，再多的痛苦都熬過來了。妳不信罷？」

「你的精神比較有彈性倒是真的。」她坐下來說：「生活的模式並沒能把你壓扁，使你安心的順著現實，渾渾沌沌的活下去。……凡是能追尋生活意義的人，都該算是年輕人。」

「妳真會說話。」葛德這一回真的大笑起來，笑得很開心，沒再帶有憂苦的意味：「我即使並不年輕，經妳這一說，在感覺上也變得年輕啦！」

兩個人很自然的談著，毫無陌生和拘束的感覺，黃碧霞只坐了一會兒，便站起來說她要回去了。

「急什麼？」葛德說：「我應該請妳吃餐飯。」

「我的行李剛放下就跑來了。」她說：「等一下，我得去補習的地方報到，晚上又要回『綠野』上班，我只能匆匆忙忙的來看看你，卻沒有時間陪你多聊。」

女孩揮揮手，扶著木欄走下樓梯，葛德轉過臉，怔怔的望著玻璃窗外的街景。這該是「綠野」之外的生活的開始，但它卻是這樣的匆忙，和他想像的全不一樣。也許做一個現代的都市人，習慣把感情生活當成一種裝飾罷？他和黃碧霞雖然並沒這樣想，但在實際生活當中，她的學業，她的工作都是基本的要務，她不能不顧及那些，他也該為她顧及那些。

為了彌補這樣匆忙的會晤，他很早便到「綠野」去了。黃碧霞來上班時，他已經先坐在那裏啦……「綠野」的客人仍然很少，音樂和燈也彷彿初從沉睡中醒轉，仍帶著那份初醒的朦朧，使人產生一種安適的慵懶。她看到他坐在那兒，朝他點頭笑笑說：

「你要是忙著趕稿子，就不必到這兒來的。」

「不要緊，」他說：「黃昏的時候，我總停下筆來，讓眼睛休息一陣，我想儘量延遲戴老花眼鏡的時間。」

「那就好。」她說。

「綠野」的那位年輕的畫家老闆過來了，和葛德親切的打了招呼，在葛德對面坐下，和他聊起天來。他坦率的告訴葛德，「綠野」的營業情況，最近越來越差，已經到了難以維持的程度了；他和他的朋友們增加了一部分投資，希望能夠繼續維持下去，看光景仍然毫無起色，照這樣的情形，最後只有歇業一途。

「我相信我們當初開設『綠野』的構想是沒有錯的，」年輕的畫家執著的說：「我們要在擁擠繁忙的城市當中，闢出一個小小的、安靜的地方，有詩、有畫、有音樂。它是純正的、藝術的，讓人能展放心靈的。我們想過，應該有一些喜愛藝術或是覓求寧靜的人，願意到這裏來，誰知事實不然，我們的估計錯了！」

「那倒不一定，」葛德說：「在這城裏，喜愛藝術，覓求寧靜的人多得很，我敢說大多數都不知道『綠野』這個名字，他們怎會找到這兒來？……『綠野』並不是聞名的地方，我認為需要時間。」

對方抬起頭，默默的望著壁上新換的展覽品──詩和木刻配合展出的圖幅，彷彿在思索著什麼。

「當然。」他沉吟了一會兒，才費力的說：「我們雖然財力很有限，但仍會盡力撐持下去的，一個人的理想，總是值得他去堅持，不是嗎？」

等老闆走後，女孩過來朝葛德伸伸舌頭，扮了個天真的鬼臉說：

「他說的話，你都聽見了罷？『綠野』一關門，我就算是失業的人了！一個沒有高等學歷的人，要想在城裏單獨的生活下去，真的不容易呢。」

「活下去倒不難，」葛德說：「活得理想卻真的很難。這樣大的城市，竟容不得一個小小的、純淨的咖啡畫廊？多數人的精神空間，未免太窄了。」

「也許只是季節的關係，」女孩說：「像這種陰雨潮溼的冬天，哪有許多人願意夜晚出來，冷清清的坐在這裏？這些詩和木刻，究竟不是火爐啊！……假如『綠野』能撐到夏天，就會好得多了。」

「但願如妳所想的，」葛德望著她說：「我可不願意眼看妳失業，我幫不上妳的忙，那才難受呢！」

「你難受幹什麼？」女孩發出一串搖漾的笑聲來：「你又不是失業救濟所，如果『綠野』真的關了門，我會拿著剪報去找事的；這種滋味，我早已嚐受過。……有一回，我到一家公司去找事，同時去找事的多得排長龍，我正好排在龍尾上，站在廊簷的簷口下面。天早不落雨，晚不落雨，偏偏在那個時候落起雨來了！我又沒有帶傘，雨滴從我後頸滴進去，順著脊背朝下流，到現在想起來還會打寒噤呢！」

「嘿嘿，」葛德笑說：「那是因為妳當時的頭髮剪得太短了，我敢說奧德麗・赫本留短髮，是因為她從沒有不打傘排長龍，站在屋簷下淋雨的經驗。」

兩個人都笑著，都自覺笑得有幾分傻氣，他們在笑聲裏擠出的並不是快樂，也不是悲哀，那是一種混雜難分的，潮濕的情緒，可笑可泣的，漾動在恍惚不是發自自己的笑聲裏面。在平凡冗雜的市井生活當中，蘊含著太多這類的生活感觸，這必須生活在其中的人，才能深深領略它的況味罷？

那天夜晚，他們像飲酒般的談了許多話，兩人都覺得有些醺然的醉意。「綠野」打烊後，他送她到她和朋友合租的住處去。末班車的燈光沉黯，暈暈的一路搖晃著，醉意和睡意湧現在每個疲倦乘客的臉上，青白色的路燈光旋掃著，葛德望著對面窗玻璃上反映出的，他和她並坐的影子，在都市樓影的背景中跳動著，流移向前面去。「綠野」之外的時光，有一些些甜蜜，也有一些些單寒，不管它究竟怎樣，他覺得他已經沉浸進去了。

人與人之間感情的發展，在實際上是很自然的，只有在感覺中才是奇妙的。葛德和黃碧霞就這樣的逐漸親近起來，也許兩個在茫茫人海裏浮沉的人，雖然年齡上相差很多，但生活的感受相同，興趣和愛好相同罷，他們相見時、談話時，彼此都很開放，都很坦誠，心理上也就顯得很自然，無拘無束的表露自己。

有幾回，她跑來看他，用提袋提來一些她親手做的熟食點心，還為他買了奶粉、可可亞和方糖。她叮囑他熬夜寫稿時，千萬不要空著肚子，多少要喝些牛奶，用些點心。她說她原不會做點心，是跟「綠野」的師傅學的，她自己買些材料，借用綠野的烤箱烤出來的。

「希望你能吃得下去。」她說。

「只要我牙齒能咬得動的，我都吃得下去。」葛德說：「何況是糖和麵做的點心。」

她的點心做得並不特別，但這份關切的情意，卻銘刻在葛德的心裏。這些年他夜夜守著一盞孤燈，半夜飢餓了，只能灌些白水搪飢，有時做夢才會夢著熱騰騰的食物。他和她相識並不久，她卻能細心的想到這些，這使他感動得連謝字也說不出口來，普通的謝字太浮泛了，根本不能表示出他內心的情感。他無法告訴她，當年他曾經過的生活，在慘烈的鏖戰中，極度飢餓時，他們連槍皮帶都曾切成碎片當成食物咀嚼過，還有什麼樣的食物吃不下的？她究竟是在太平社會裏長大的，他不願用自己的往昔驚駭她，她沒有必要接受那種驚駭。

在這段日子裏，除了和黃碧霞來往，葛德都是在埋頭寫他的稿子。他也整理出一部分沒有完成的舊稿，認真的重新檢視它們，很久以來，他沒有心情重新改寫的那些稿子，他居然能夠安下心重寫它們了。

夜晚仍是那樣的夜晚，燈色仍是那樣的燈色，風搖響著窗子，人在屋裏也寒浸浸的，但他再也不覺得形孤影單了。這感覺真的很奇異，燈笠上，稿箋上，甚至新裱糊的牆紙上，到處都出現那女孩的臉，她的微笑和她深邃的黑瞳，都在圍繞著他，化成一股熾熾的火，溫暖著他的靈腑。

若不是秦牧野寫來一封信，他真的幾乎把平常見面的一些老朋友都忘懷了！

秦牧野在信上告訴他，月底是古晉的整生日，朋友們決定湊份兒請兩桌酒，飯後舉行一場別開生面的朗誦會，為他慶生。信上囑他晚上到音樂廳走走，跟朋友們見面談談籌備的事情，信尾說他這些日子都沒露面，是在埋頭趕稿？還是生活上有了困難？如果手邊缺著了，儘管下鄉去拿。

葛德合計合計，這一個多月來，由於稿子寫得勤，花費也比較少，手邊還結餘了一些錢。還老債當然還不足，維持他正常的用度還不成問題。這情形，早先曾經發狠想做到一直沒能做到的，如今不經意的便做到了，由此可見早些時根本沒能安心定性的把精神全放在寫作上，蹺起腿來高談闊論，只是浪費時間，還不如踏踏實實的去生活，去感受實際些。這一陣的創作成績，該是女孩帶給他的，他無法否認這種事實。

儘管如此，他仍不能疏遠這許多熱心腸的老朋友，無論他們在文學藝術方面的成就如何，他們仍然是對社會奉獻心靈的人，他們的早年生活背景和自己相同，生活理想的大方向一致，彼此關心，彼此鼓勵，仍然給予他很多的助力，這回古晉過整生日，他非到不可。

他到音樂廳去，秦牧野、彭東和克木都在那兒，快要過生日的古晉卻沒有來。

「老小子，你總算出來了？」彭東對他說：「這一陣子，你又出了古怪，到處看不見你的人影了，還在裹著毯子孵稿？」

「你說對了，」葛德說：「我不能靠長期借債過日子，不趁著冬天衝一衝，朝後怎麼活下去？你是知道的，夏天我更寫不出東西來。」

「這倒是實在話，」克木說：「冬天，人容易得到寧靜，差不多寫稿人都把冬天當成旺產季，葛德兄懂得把握這段時間，真是太好了。」

秦牧野沒說什麼，只是朝葛德笑了一笑，彷彿猜透了葛德的生活底蘊，但他從不當著別人的面討論葛德的生活。他太瞭解葛德，他的一切行為和舉動，都有情緒的線索串連著；除非在感情生活上有了意外的收穫，他不會這樣定下心孵稿的。他的笑容裏，已經充分默示出他內心的感覺，葛德懂得對方的感覺。

彭東談到替古晉做生日的事，葛德願意盡力幫忙，他說：

「我這個老光棍，應該替朋友們幫忙辦事，跑腿出力，請兩桌酒，很簡單，開列出一張朋友的名單來，大家議定個時間請古晉來餐聚就行了。朗誦會的事倒要費心安排一下，古晉本人的詩作很多，咱們得選幾首特別有意義的，以符祝賀的意旨。」

「也不要鋪張什麼，」秦牧野說：「我們所說的熱鬧，也不過是找幾位相知的老友聚一聚，與其說是祝賀古晉的生日，倒不如說是紀念他半生寫詩的辛苦，這些年，他像一隻吐絲的蠶，能有機會朗誦幾首他早年的詩，生命的回顧也是一種激發。如今的日子過得太平淡，朋友們的創作多走降弧也是事實，咱們自己又何嘗不需要激勵呢？」

聽著秦牧野這樣說，克木滿懷心事，沉重的嘆口氣：

「當年生活太波動了，大家都希望能及早安定下來，一心幻想著安定下來才能寫出要寫的稿子。等到大家都成了家，有了兒女，一大堆俗務纏身，兩眼不能不轉注到現實生活上，關起門來，用小小窩巢溫暖自己，門外的人間風雨，在感覺裏自然就隔了一層。躺著逗逗孩子，看看電視，作品會從天上掉下來？……人說：文窮而後工，不管這個『窮』字作何種解釋，說它貧困也好，說它窮思熟慮也好，多數朋友既不貧窮，又飽食終日無所用心，最後，作品倒是窮了！」

「克木兄這話有點道理。」彭東說：「早先我有一種如今想來很天真的概念，認為生活安定就是娶妻生子有個家，這想法真是太籠統了，有了老婆孩子就等於有了作品，根本不通。固然有些太太們很賢慧，懂得體諒丈夫，鼓勵他們多寫稿，儘量安排時間和適宜的環境，讓他能寧靜、思索、感覺。不過，這種理想的太太，實在太少了！假如朋友們能把伺候太太的精神都放在寫作和藝術工作上，每個人的成就，至少要比目前強得多！」

「這些話，如今說了有什麼用？」秦牧野說：「既然作繭自縛在前，就不必再架馬後炮來將自己的軍。聽說嫂夫人閫令極嚴，連你畫裸體素描都在禁令之列，你才會有這番感慨的罷？」

「牧野兄，你可甭冤枉她，」彭東紅著臉搖手說：「若依善妒來看，不僅是她如此，她還算是好的，她不讓我畫女體和不准我作畫，完全是兩回事情。」

把創作和家庭生活放在一起來討論，是很實際的題目。在座的除了葛德，都是過來之人。他們雖然用比較輕鬆的方式談論著，但每個人都體認到它的嚴肅性，葛德坐在一邊當聽眾，越聽越覺得它極有意義。

秦牧野首先把他所熟悉的朋友們的太太分成幾個類型，一類是絕對現實型的，這類的太太純以社會行業的穩定與收益為著眼，奉行著男怕選錯行，女怕嫁錯郎的格言。因為寫作的收益既微薄又不穩定，便恨透了丈夫爬格子的行當，撕稿紙有之，摔書本有之，甚至使用不改行就離婚的脅迫者，也曾上演過。……一類是盲目嫉妒型，她們認定十個文人九個騷，即使她們其貌不揚的窮酸丈夫也不例外，都該是風流浪漫的人物，因此，她們結成陣線，互通消息，窮研御夫之術，而且彼此競賽，看誰御得最徹底。這一來，詩裏的浪漫，小說裏的愛情，全在禁寫範圍之內，連鎖眉沉思，閉目冥想，都會引起對方的猜疑，錯以為做丈夫的心神別屬了。總而言之，這類的太太雖然比絕對現實型的正面壓制寫作似乎好一點兒，實際上，她們限制丈夫的心靈活動，卻較前者尤甚。

第三類的太太是自由放任型的，秦牧野所指的自由放任，並非是她們有胸襟、有雅量，放任她們的丈夫，而是儘量壓制丈夫，放任她們自己。這類太太壓制丈夫的方法花樣特多，有的用以柔克剛的方法，有的用撒嬌撒癡的方法，穿衣，要丈夫拉拉鍊，穿鞋，要丈夫擦鞋頭，買菜，要丈夫提菜籃，甚至洗澡也要丈夫幫她擦背。而她們的日常工作就是串串門子湊湊搭子，逛逛街，吃吃館子，偶爾心血來潮了，也做點兒家務，一來表示沒忘記主婦的職分，二來又表示和丈夫分勞。

「我說牧野，你別這樣胡亂糟蹋人了！」彭東說：「若叫朋友們的太太聽到，不興師問罪才怪了呢！」

「沒有這回事！」秦牧野說：「我指名道姓提過誰來？老實說，在朋友們的太太裏面，這類人並不多，但也不能說是沒有。一般說來，不論是誰，遇上這種太太，他也休想抽出時間來寫什麼或是畫什麼。」

秦牧野接著又分析第四類的太太是燒茶煮飯型的，她們程度較低，大多來自鄉下，為人也都忠厚老實，做起家務事來，非常的勤快，但她們並不瞭解文學藝術的境界。丈夫所寫的稿子，她們一張一張的數著算著，好像她們所關心的只是一張稿紙是多少鈔票；夫妻在一起談天，所談的都是柴米油鹽醬醋茶，除此而外，她們都認為不切實際。他最後作結論說：娶到這種太太，雖然生活得庸俗些，但還不會影響寫稿，你只要決心做一個能生蛋的公雞，她也就心滿意足了。

「要是我仍是單身漢的話，我寧願娶個燒茶煮飯型的太太。」彭東說：「她們身體健康，耐性又強，老老實實、本本分分的過日子，俗一點又何妨？我有個在中學教書的朋友，他的同事們多半娶知識程度較低的，他卻娶了個嬌花般的女學士，當成仙女般的供奉著。下了班，同事們出來散步聊天，他卻灰頭上臉的蹲在廚房裏，替太太燒洗澡水呢！若說是樂在其中，鬼才相信。」

「葛德兄，你有何高見？」克木轉朝葛德說：「在這夥朋友裏面，你是唯一具有選擇權的，日後你要是選太太，你願意選擇哪一型？」

「我嗎？」葛德說：「我覺得一個男人，先要掂掂自己的分量，自己是否能做個好丈夫？光是閉著眼挑揀人而不看自己，就算挑著了理想型的，日子也不會過得很理想！……像我這種人，老實說，還不夠資格結婚，要不然，我決不至於到今天還在打光棍了！」

「我決不同意你的觀念。」秦牧野說：「你是有洞的皮球，再替你打進多少氣，都漏掉了！人說：男大當婚，女大當嫁。哪個年輕人在結婚時對未來的生活有十足的把握？山是人開的，路是人闖的，信心比什麼都要緊，你為什麼不夠資格結婚？全是你潛意識裏逃避的觀念在作祟，你根本缺乏正視現實的勇氣。」

「你也不能這樣冤我，老秦。」葛德說：「照你剛才那種分類的方法，我無論娶著哪一類的太太，都像大睜兩眼把頸子送進繩圈一樣，這種事你能逼著我幹嗎？……我

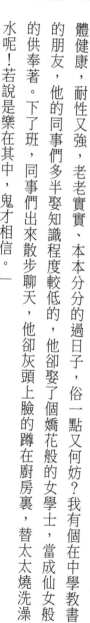

打光棍還能寫寫稿子，維持現狀也不能算壞，難道不結婚的人，就是沒有正視現實的勇氣？這我可不願意承認，儘管你是我最相知的朋友，這番話，我還是要講的。」

「對對！」彭東說：「人各有志，不可相強。婚姻全靠緣分，你等著相遇有緣人罷。」

「我無意責備你，葛德。」秦牧野嘆口氣說：「我這人的性情太急躁了，盼望你早一天成個家已經等得不耐煩了，老朋友，你一定得原諒我。」

「我怎樣也不會生你的氣的。」葛德說：「正像你處處為我著想一樣，在婚姻上，我更應當處處為對方著想，既然雙方有感情，就不能光顧自己這一面，維持婚姻生活的和諧，似乎比結婚更緊要得多。人說，終身大事，不可兒戲，我相信你會諒解我的苦衷的。」

「你們雙方都沒有錯，」克木說：「葛德兄的顧慮是對的，但在態度上，多少應該聽聽牧野兄的勸告，放積極一點。現實因素固然不可忽視，但感情基礎，仍要用積極的態度去促進，這兩方面，需要配合，需要調和，我相信我的建議比較中肯些，你覺得如何？」

「這倒是天經地義的看法，」葛德說：「我沒有道理不接受。事實上，牧野夫妻倆對我的關心我都謹記在心上的，只是我的性格沒有牧野那樣豪爽罷了。」

這次談話，雖然幾個人的意見未盡調和，葛德仍覺頗有收穫，至少它是實在的。和現實生活的根蒂相連，早先他只是單獨的思考過這些問題，但卻沒有像今天這樣匯集大家的意見，公開探討。他覺得秦牧野把他所接觸到的太太們，分成幾個類型，只是一種對部分現實的嘲謔，事實上，人間諸象非常複雜，絕非是簡單分類所能概括的。

帶著一心的感覺回到小木樓，葛德又想起黃碧霞來，他心裏有一隻眼睛能夠透視那個女孩，她應該是一塊八面透明的紫水晶，她的生命，充滿了純情的詩的氣質，他不相信生活會把她原具的氣質染汙，使她陷落到秦牧野所分示的那幾個類型裏面去。——儘管他和她相處，根本沒談過嫁娶的問題，而在他內心裏，早已反覆的考慮過這些問題，她決不會對他的創作生涯有所損抑，這是他不變的認定，無需向誰去辯解的。

他有一種近乎宿命的預感，他和她是很難分割的了。這不是形體的，而是精神的。每當他見到對方時，都有緊密相依的感覺，深透心腑，即使他們分手，這份情感，他也將永世珍惜不會遺忘的。

第二天早上，葛德起床不久，女孩就來找他，替他帶來一罐茶葉和一些點心。

「我不想耽誤你寫稿，」她說：「你要是有事，我坐一下就走。」

「我還不至於忙到向妳下逐客令罷。」葛德說：「我怕耽誤妳的時間倒是真的。」

「『綠野』看樣子很難再維持下去了，」女孩說：「儘管我的那幾個股東老闆想集股增資，繼續撐持，事實上，情況並不很樂觀，我不得不請假出來走走，預先做換工作的打算。」

「嗯。」葛德沉吟的說：「換工作不是一宗容易的事，如果沒有頭路，單靠亂闖，短時間不一定能有理想的結果，我相信妳很清楚。」

「我雖然年紀輕，但在這方面，也算是過來人了。」女孩寂寞的笑一笑，年輕的、光澤的臉上，竟也浮出一層淡淡的風霜：「『綠野』這份差事，正是那樣亂闖得來的，論待遇，並不算優厚，因為環境還算單純，工作也不算很重，我仍然很珍惜它。可惜好景不常，我們也沒有辦法挽回它，只有乾著急罷了。」

「萬一『綠野』歇業了，妳在生活上有了難處，不妨告訴我。」葛德說：「妳知道，我雖是個出了名的窮神，但我在這城市裏過得久，根紮得很深，還有許多熱心的朋友能夠幫忙的，妳不會客氣到有難處不對我講罷？」

「當然不會。」女孩說：「不過，我媽媽在我上次回去時，塞給我一些錢，短時間維持用度還不成問題，你千萬不要先為我擔心——『綠野』還沒有馬上歇業呢。」

「好，」葛德說：「那我就陪妳出門走走，散散心好了！」

他們搭公車出門，散步到河堤一帶去。

從高處回望身後的城市，參差的房齒羅列著，半空裏橫浮著一股渾濁的煙靄，河對岸，原有的叢生野荻和灌木的綠地，正被眾多新的建築割裂，顯得有些支離破碎。這城市還以高速鯨吞的姿態，日夜擴大它的地盤，而呈現出使人欣悅的玉藍色的遠天，已經被推得更遠，使人越加企慕和嚮往了。

「歲月浮沉，竟也過得這樣快？」葛德緩緩的踱著，望著，感慨的說：「轉眼之間，一年又快過盡了，再有不久，就是舊曆年啦！」

「提到舊曆年，我倒談不上有多少感觸。」女孩說：「我們在本地長大的人，一年四季，景色上沒有多少變化，氣候上也沒有太多差異，過年應景，也就是多一分熱鬧。年年都是如此，也就不覺得有什麼了。你在北方老家，冰天雪地裏過新年，一定會留下很多記憶罷？」

「凡是很難撿拾回來的，在記憶裏都是好的。」葛德說：「但日子流過去，記憶也都煙黃了。」

他們在堤邊的石牆上併坐著，讓陽光照著他們的全身。沿著河的對岸，還有些零落的蘆荻，開著白糊糊的花，冬在人感覺裏很暖，尤當晴朗的日子，季節的面目更顯得模糊了。

葛德應允女孩的要求，和她談起北方的隆冬，大雪和溫暖的年景。他真的覺得若干的記憶都很朦朧了，僅有一些比較特殊的印象還在輝亮著，他盡力描述那些，一心鬱勃沉遲的感覺。而女孩聽得很沉迷，她並不能深切體悟到北方農村的閒季，和冰雪季節有關，年景是要用充分的閒暇去培養的，從正月正到二月二，這一個多月都是在年節濃鬱的歡樂氣氛裏，這在當前社會裏，是不可想像的事，但她仍然嚮往著北方古老年月裏那份無憂無慮的閒情。

「年前妳還是要回南部老家罷？」葛德說：「不管『綠野』怎樣，妳的新工作怎樣，我仍然希望妳快快樂樂的過一個新年。」

「今年我沒有辦法再回去了。」女孩說：「補習的地方，只停課三天。臨時擠票向回趕，能把人擠扁掉，我想，我只能留在這兒看別人過年啦！」

「一個是有家歸不得，」葛德又習慣的聳起肩膀來：「一個是無家可歸，我們倒真是同病相憐呢！」

女孩扭過臉，微微斜睨著他，朝他笑笑：

「能有個同病相憐的也好，多少總有個做伴的，這要比你自憐自嘆好些罷？」

葛德伸手去抓著風，風軟而溫，有著冬暖如春的感覺，女孩的笑臉融在這種感覺裏，彷彿為他的生命挹注進一股暖流。一連好幾年，過舊曆新年對他都成為很沉重的精神負擔，儘管秦牧野他們幾位好友，你拉我扯的，爭著請他回家去共度新歲，但他在心理上，很不願意到有家有室的人家去，眼看著別人家室兒女，樂融融的團聚在一起，反而更覺得自己孤獨難堪，空蕩的心裏，多添了一把潮溼。尤其是除夕的夜晚，他把自己關在小木樓上，熄了燈，擁被獨臥著，傾聽外間一陣接一陣的爆竹聲，那彷彿是一陣急湧而至的潮水，把人抬到半虛空裏，又重重的摔落到闇然無聲的荒灘。

有些記憶，是那樣苦鹹而潮溼，他永也無法對著女孩攤掠出來的。一年除夕夜，他叫車到郊外的一個小鎮上去，那個濱海的小鎮看上去異常荒冷，尤當黃昏時分，眩異的霞光染著它，那種凍結般的青紫色調，不但刺眼，而且刺心。他找了一家小旅館，要來無肴的薄酒，發洩什麼似的痛飲著。原想藉酒消愁，吐出什麼來的，誰知越飲心裏越沉重，反把更多愁情都飲進來了。趁著半醒半醉的時辰，他叫了一個沒回去過年的姑娘，他根本沒問過她姓什麼叫什麼，她的家在哪裏，……他記得他曾說過同病相憐的話，那夜，在爆竹聲裏，他攤掠了他自己，像一頭浴在陽光裏的海豹，他擁著一匹雌獸，又彷彿是一片雲。他真的只是那樣擁著她，在寒冷中彼此溫暖著，絲毫未及其他；那決不同於一般宿娼，為什麼他們無權以彼此溫暖，暫時消除感覺中的孤寒呢？

這究竟是自己單獨保有的秘密，不足為外人道的。

「你在想什麼？」

葛德朝她眨眨眼。

「做白日夢。」他說。

「夢什麼？」

「夢著一首詩，怪淒涼，怪甜美的。」

「能唸給我聽聽嗎？」

「真能唸出來，那就不是詩了。」

「為什麼你總喜歡用淒涼這種字眼呢？」女孩半歪著頭，很認真的說：「照你的年紀，哀樂中年的心境，似乎來得早了一點。」

「妳認為一個沒結婚的老單身漢，都應該學年輕嗎？」葛德說：「旁的都能學得像，惟有心境，是什麼樣子就是什麼樣子，任何裝飾和遮掩都改不了它的。」

「我偏偏不相信，」女孩說：「誰都知道，人的心境會隨著生活環境改變的，年紀大的人，抱著一顆童心的，還多得很呢！你不是說過，一個寫作的人，要創造生活的嗎？你為什麼不創造一種新的生活，創造一種年輕的，有光有熱的生活呢？」

「理想仍然是有的，」葛德說：「只是這些年來，一個人踽踽獨行，在感覺上太疲倦了，人都會疲倦的，妳知道我過的是哪一種的生活。」

「我知道，但我不管那許多！」女孩忽然抬起臉來，黑瞳裏射出灼亮的光采來，語調極為堅定的說：「我不願看你總是溫溫悒悒的樣子。真的，我決心要讓你年輕起來，你不願意嗎？」

「能得到妳的助力，我相信我不會使人失望的。」葛德說：「事實上，我也正在調整自己的生活，一心想著力爭上游呢。」

「只要你不埋怨我太頑皮就好了！」女孩說：「我要把你從小木樓上釋放出來，讓你接近真正的『綠野』之外的綠野——有陽光的綠野。」

「妳也是在夢著一首詩罷？」

「不錯。」女孩笑著說：「但我的詩，和你夢著的詩不同，我的詩和生活一致，是可吟可誦的那一種。」

這一次談話，使葛德對黃碧霞的認識更深了一層。他覺得這黑眼放光的女孩，不但感覺異常銳敏，對文學和對人的認識，都超越過她的實際年齡；她不只是一個高中程度的人，她比若干接受過高等教育的文藝青年更為成熟，更有內涵。

中午時，他們到河濱一家餐廳用飯。餐廳在高樓的頂層，透過一排落地長窗，葛德看到一河明亮耀目的金浪，這一剎，他自覺生命的色度，也跟著明亮起來了。

第六章　流浪漢和貓

舊年前夕，天氣一直都很晴和，葛德的心情也非常開朗。在「綠野」，有六七個愛好戲劇創作的年輕同學圍住他，給了他一個題目，要他談談現代中國戲劇發展的前途，葛德搖搖頭說：

「這個題目大得搬不動，我實在不配談它。我仍弄不清楚，你們所指的中國戲劇究竟是什麼樣的戲劇？是傳統的平劇？各地的地方戲劇？還是意指反映現實生活的新的戲劇？」

「我們意指多方面的，」一個長髮的女孩說：「這並不是正式的演講，只是隨便談談，你寫了這麼多年的劇本，對這方面的問題，總會有許多感想和個人的意見罷？我們希望聽到的，就是這些。」

「你們這樣的熱情，真是逼得我非發言不可了！」葛德想了一想說：「這些年來，這問題一直是我思考的重心。從歷史的縱線上，看我們的傳統戲劇，在北宋之前，我國北方的地方雜劇，都是從民間生活和傳聞裏擷現出來的。那時候沒有固定的劇本，多是口耳相傳，動作相倣，完全是民間藝術的形式。它的表現鮮活，語言俚俗豐富，流佈性極廣。到了金代，力行整理工作，才初初有了固定的本子，叫做『院本』，那時候的戲劇，才有了統一的發展性。所以，就前一個問題來看，宋金時代，可說是傳統戲劇的發軔期。」

「關於這一點，我們多少也有一些基礎性的瞭解。」一個瘦削而沉鬱的大男孩說：「問題是如何在傳統戲劇發展中取得借鑑，進一步的把傳統和現代的戲劇發展連繫起來？謀求拓展、創新，和發揚光大？」

問題越來越嚴肅，討論的層次也更深入了。葛德托起下巴，苦苦的深思著，如今他面臨的，是他生活的另一面，對於他所熱愛的藝術——戲劇發展的鍥入性的追求。他深深明白，在無比深邃無涯廣闊的藝術境界中，沒有誰是全知全能的人，他自己幾十年浸淫其中，也只是在嘗試和摸索罷了。面對著這群有著尋求心志的青年人，以及他們所提出的，迫切希望得到回答的問題，他真是深感為難，因為自己一直也在努力撥開迷濛，希望朝深處追索，他不敢企望能有明確肯定的答案，至少，他要為這些青年朋友，吐露出他個人真誠的感受。

「我覺得要研究傳統戲劇的發展，首先應該深入的研究每一朝代的歷史背景，包括人們的精神和生活背景，這些都是戲劇的根源。」隔了一會兒，葛德才緩緩的說：「拿南宋的戲劇發展來說罷，經過金人的入侵，造成中原地域的戰亂，部分人士渡江南遷，其中若干通曉文墨之士，飽歷憂患流離，眼見民間各種痛苦不安的生活情狀，同時他們緬懷故土，精神上塊壘難消，便藉著各類文學和戲曲的形式抒發出來，尤其在戲曲方面，他們把北方雜劇和南方原始戲曲融和，同時也是文學和民間藝術結合的初徵。一般論者，多認為元代戲曲是中國傳統戲曲發展的高峰，但它決不是憑空而來，它是有明顯的歷史線索可循的。像元代四大戲曲作家：關漢卿、馬致遠、鄭光祖、白樸等人，他們都有敏銳的歷史感，有特殊的生活透察力，有豐富的想像和憫世的胸懷，這些偉大的文學靈魂投入戲曲發展的縱列當中，戲曲怎會不發皇？」

「葛先生，你分析得很透澈，」瘦削的大男孩說：「借鑑應該是有了，但傳統和當代的連繫又如何呢？」

「提到我們傳統的戲曲，有許多人士都一致推崇平劇是我國的國粹，認為發揚傳統戲曲就是盡力推展平劇，但這種觀念，和我個人的看法略有出入。」葛德緩緩的說：「不錯，我們得承認，平劇的藝術，是經過許多時日的努力，匯集各地戲劇的優點，和題材的精華，再加上無數智慧的投入而形成的，無論在內容上，表現上，都有特殊之處，融契了歷史和文化的精神，更反映了那種精神。但我仍然要說：正由於它發展到極致的關係，使它變成一門很精緻卻又很專門的一種藝術，它的傳統性太強，使它的發展彈性減弱，當代一般戲劇作者不容易投入其中，使它僅能保持，而缺乏新的發展。我認為，如何注重傳統戲曲的內涵，如何自由的選取題材——不管從歷史中或是從現實生活中取材，而能把現代的觀點和心胸，充分在戲劇中展現，這才是最重要的。形式的侷限應該突破，它應該依照內容而定，其次，文學要和戲劇充分結合，因為從內在透視，它們是一體的，不可分割的。」

「好極了！」長髮的女孩說：「這真是明快的論法，既實在，又誠懇。」

「不是我自謙，」葛德微帶惶恐的說：「實在兩個字，很不敢當，但我自信它是誠懇的。諸位可以看到，我們的戲劇發展，是停滯了，也逐漸式微了，少數有心人有的在大聲疾呼，有的在默默培養人才，但文學作家多半遠離了戲劇，這都是事實。除了平劇的保持工作還在撐持不墜外，地方戲曲也都萎縮到只能應景的程度。至於話劇和影劇，前者連小劇場的演出都困厄重重，後者很明顯的已經被商業招降，真是一片荒涼。今天你們拖著我談這些，真的，我的心，都被眼淚滴溼了，再談也談不下去啦！」

「就這樣，我們已經非常感謝您了，」瘦削的大男孩說：「我們不敢再耽擱您太多時間，但仍希望日後葛先生您有空時，再給我們指導罷。」

他這一說，那群年輕人都紛紛站起來向葛德道謝。

他們走了，葛德仍對著喝空的咖啡杯出神。他並沒注意黃碧霞也是他的聽眾之一，她站在他身後的櫃臺裏面，當他對那群年輕人談話時，她一直很專心的傾聽著。那群年輕人走後，她過來收拾咖啡杯子，葛德才驚覺到。

「你剛才那番話，講得真好，」她輕輕的說：「只是調子低了一點。我覺得，藝術性的戲劇，從小劇場不斷的推展，還是有光明前途的。正像『綠野』這種小畫廊一樣，它的影響不能說有多麼大，但也不能忽視它潛在的力量。你不要忘記，真正的藝文綠野，就是這一粒粒新芽匯成的，有了它們，就不會長久的荒涼。」

「妳是對的，」葛德說：「也許我又發了老毛病——藝術疲倦症；一面在努力，一面又深覺疲倦。我想我真該休息一陣子。」

「過年休假那幾天，我可以陪你到郊區走走。」女孩說：「我相信，這帖藥還不致投錯的罷？」

「當然不會錯，」葛德說：「妳不是那種亂投藥的醫生。」

葛德想起來，和她在「綠野」初見時，一度覺得她太年輕，潛意識裏，總把她當成孩子看。事實上，相處得時間越久些，也越覺不是這樣，她細心又溫柔，但絕不嬌弱，她有獨斷性和堅忍的毅力，她在無形中會帶給人一種向前向上衝的力量，那比有形藥方更具效驗。他這才逐漸體會到，女孩給予自己的這份感情，不僅是一面溫柔得使人溺陷的網，它更是一個生命融匯入另一個生命的熱力，化成一股明亮的火燄。她似乎完全懂得自己心靈所揹負的種種重量，她正在用溫慰的方式分擔這種重量。

離開舊曆新年還有好幾天，「綠野」就暫停營業整修內部了。女孩把這消息帶給葛德，他聽了很感安慰，至少這說明了那幾位年輕的藝術家並沒有輕易的放棄這個小畫廊，他們仍願意苦苦堅守下去。

「這真是個好消息。」他說：「妳也不必擔心失業了，脖頸常淋雨，會招涼的。」

「我早就不擔心失業了，」女孩扮個鬼臉說：「一失業我就會到小木樓上去打地鋪，你不會拒絕收容我罷？只當你在寒夜的走廊下面，撿回一隻又溼又餓的貓咪的，難道你會拒絕一隻那樣的貓咪。」

「別把妳形容成那種小可憐，」葛德說：「一個流浪漢和一隻貓咪，又是一首怪淒涼的詩，妳不是不喜歡那種詩的麼？……妳要是真的失業了，妳知道我會怎麼辦？妳猜猜看。」

「那你就照你的意思，寫一首怪淒涼的詩罷，」女孩說：「讓貓咪蹲在你肩頭上，跟你一起去流浪。」

「不，妳完全猜錯了，」葛德說：「我寧願借錢買一張南下的車票，送妳到車站，讓又餓又溼的貓咪，回到她自己的家裏去。」

「你真說得好聽，」女孩說：「回去能做什麼呢？能跟一般女孩一樣，學煮菜，學鉤針，學洋裁，然後積起一筆嫁妝，憑媒妁之言，閉上兩眼，隨便嫁給一個有屋頂的呆貓，懷孕，發胖，半瞇著眼，懶洋洋的打呼?!」

「就那樣，又有什麼不好？」葛德說：「像我，找了半輩子，想找一間那樣的屋頂都還沒找到呢。」

「你休想氣我，我跟你說，」女孩狡黠的笑起來，伸出手，輕輕的打了他一下說：「我才不是那種呆貓呢。我要流浪，但不要那種淒涼。來這兒打地鋪有什麼不好？有了一隻貓的流浪漢，總比沒有貓好得多。」

「那只是一隻貓的想法，」葛德感觸的說：「換是一個人，就沒有那麼簡單了，我當真能買幾片貓魚餵飽妳？妳說說看？」

「連貓魚都用不著，」女孩說：「白天我會自己出去覓食，如果覓得多了，還能分一份給你——只要你能吃得慣貓食。」

「嘿嘿，那真好。」葛德笑開了：「北方有兩句俗話，妳可能沒曾聽人說過：吃貓食，過九十，常吃妳的貓食，流浪漢會變成壽星翁的。」

「那我們就開始試試怎麼樣？」女孩認真的提議說：「你不用擔心，目前我並沒失業，不會當真捲了行李，跑來打地鋪。你替我把書桌擦乾淨，安心寫你的稿子，我提了籃子進市場去買菜，我要讓你嚐嚐我做的菜，會不會比使你變成壽星翁的貓食更好些。」

「我完全接受妳的提議，」葛德說：「我原想請妳到外面去吃小館子的，但說實在的，這幾天我的荷包又變薄了。」

女孩東找西找，沒找到菜籃子，葛德說：

「妳只好空手去買菜了，我自己從沒開過伙，平常都是胡亂在外面吃飯的，電鍋電爐雖然有，但碗筷並不齊全，妳最好帶一雙碗筷回來，免得我們要輪流吃了。」

「好罷。」女孩說：「如果開始你覺得還好，朝後我們不妨成立一個兩人伙食團，包管比你在外面零吃要節省得多。做菜這一科，我早晚總要補習的。」

「妳可要當心，」葛德說：「我這兒的做菜補習班，可完全是黑牌子——沒經過註冊，也沒有立案的，妳母親要是來了，不把我的鍋底都搗通才怪了呢！」

「你放心！」女孩笑著下樓說：「我已經過了廿歲，有資格照章申請立案了。」

葛德真的攤開稿紙，安心的寫起稿來，他寫的是一篇談論現代中國戲劇發展的文章，他總覺那夜在「綠野」和那些年輕朋友的談話很草率，由於時間匆促，又疏漏了很多應該講的話，他正好藉著這個機會，為文補足它。

女孩出門去了，他一個人獨留在小木樓上，小木樓的一切都還是老樣子，一切都熟悉得很難刺激他的感覺。他賃租這房子很久了，從意識裏，就沒把它當成家看過，他對人總說：那是我住的地方，只比旅館設備差，比旅館便宜罷了。通常，白天他極不願意呆在這裏，看它髒，看它亂，看到這裏那裏，沒有一處順眼的，但他又不願意動手去整理它，除非實在髒亂得不像話了，或者遇上外來的刺激——像黃碧霞初訪時那種窘迫，才會促使他發狠整理一次，保持不久，便又逐漸凌亂如故。

自從黃碧霞常來這兒走動之後，情形略有改變，他已經能夠注意保持房間的整潔，白天也能有耐性坐下寫稿了，至少，這地方在他感覺裏有了改變，它不再那麼寒冷，多少產生了一絲家的暖意。他明白，這種新感覺的漾起，和她有關；他領受到這份情感的熱力。

而今天，這感覺分外的強烈起來，她適才自比她是一隻又餓又溼的貓咪，事實上，自己才像是一隻那樣的貓咪，經她從雨夜的廊間撿拾回來，烘乾他，撫慰他，又餵他以食物，使他在無邊孤寒裏，躍入一片新的天地。……他忽然又對自己起了懷疑，若干年來，葛德，你不是以性格自傲的強者麼？你不是寧可餓飯也不向人間低頭的硬漢麼？除了極少數幾個相知的朋友，你不是從不接受旁人的同情和憐憫的嗎？為什麼難以抗拒黃碧霞呢？她帶給你的，真的是純真的愛，而不摻進同情和憐憫成分在內麼？如果摻有那些，你是接受？抑或是拒絕呢？

由於這一連串的思緒困惑著他，葛德把筆尖在眼前的虛空裏繞著圈子，不自覺的繞了一圈又一圈，而稿紙上還是一片空白，他連一個字也沒有寫下。

「我想我應該向她正面的問明白，」他喃喃自語的說：「問她和我相處的態度，是朋友？還是其他的什麼？我們不能這樣的打啞謎，用暗示和象徵的語言去談說心裏的話，感情生活是實在的，這並不是寫小說。」

「笑話，這真是天大的笑話了！葛德，」另一個念頭又從根否決了前一個想法：「你憑什麼逼問她的態度?!她不差你什麼，不欠你什麼！她從沒坦示過什麼，保證過什麼！她是那樣真純的少女，沒有誰有權利損及她應該保有的尊嚴，萬一你會錯了意，表錯了情，不是把這份情感全都糟蹋掉了！嗨，還是把一切雜念全收拾起來，讓時間去證明，去判定罷，人，只要不起貪念，不去枉求，決不會受到任何損害的。」

他費力的搖搖頭，好不容易才把那些圍繞著他的幻念和幻覺驅走了，他再看看眼前未著一字的空白稿紙，不禁扯出一絲自嘲的笑意，對自己說：

「葛德，你現在應該曉得和尚坐關是宗大難事了罷？自度都度不了了，寫文章想去度人，豈不是一個精神上的大騙子，騙死人不負責的！寫文章的人，雖不是和尚，但度化自己，跟和尚修佛法並沒有什麼不同，正因為寫文章的人不脫離社會生活的關係，修煉起來，要更難呢！」

他剛剛說完話，梯聲響了，女孩在梯口問說：

「你跟誰在說話？」

「沒有人，」葛德說：「是我一個人在唸臺詞，我想一種新的戲劇型式——從頭到尾，由一個人演戲，意識流的戲。」

「很好的構想，」她進屋放下籃子，一隻紅白相間的，用尼龍絲編織成的新籃子，一定是她新買的：「不過，我敢保證你這種戲，只會有一個基本觀眾，那就是我！我決心要做你生活裏的女王了！」

「還沒有加冕的女王。」他說：「只能稱為王儲。」

「等著你加冕，」女孩笑說：「我就要你做一場御前獻演。不過，我現在要進廚房去了。」

她的做菜技術如何是另一回事，葛德的廚具設備很糟也是事實，靠著後窗邊，有一座草草釘成的木架，就算是爐臺，各種佐料全都沒有，只有半罐油和一些晶鹽。女孩扭開水籠頭，洗呀切的忙乎著，葛德看在眼裏，很過意不去的說：

「我能幫得上什麼忙嗎？」

「用不著。」女孩說：「你寫你的稿子好了，要男人下廚房幫忙，只有越幫越忙的。」

葛德當真認真的思索起稿子的內容來，用筆尖在空中繞著圈子，油煙的氣味飄起來；油炸聲鼎沸著，蔥和肉的濃香，緊接著飄來蔬菜的清香，這是他久久以來渴望的家的氣味，這種氣味，從沒在他的生活裏出現過。儘管這不是世俗的愛情，不是婚姻，但她卻給了他這種感覺。他寫下去，原先寫的題目被擲進字紙簍去了，另換的題目變成了「家的渴望」。

把書桌當成餐桌，他們吃了一餐自煮的飯。黃碧霞一直說她的菜燒得很差，他卻覺得每樣菜都燒得異常鮮美，他說他從來沒有吃得這樣飽過。

「那並不是我做的菜好。」她說：「那是你覺得新鮮的關係，假如連著吃三天，你會見了我的菜就嚇跑的。」

「真的會跑嗎？」他說：「我建議妳試一試，假如我不跑，妳就一直做下去罷！當然不能像這樣用妳的錢去買菜，讓我做個吃白食的。」

「好嘛，」女孩垂下眼皮說：「做菜倒不是難事，你曾說過你是一尊窮神，但願你能長年久月的拿得出買菜的錢，這就算是我對窮神的禱告罷！」

「妳真是一針見血的挑著我的痛處了！」葛德說：「這該是我最大的缺點，永遠無法把藝術和金錢的自然衝突性調和起來。我好像總是在鬧窮，鬧窮！」

「其實，我覺得它們並不很衝突，」女孩收拾碗筷說：「依照一般的道理推論，這世界上，好的東西總應該被多數人所愛好，總應該值錢的，好的書本、音樂和畫，會例外嗎？……除非這世上的人，都是瞎子、聾子和白癡。就算世上人沒有藝術家那樣聰明，他們也不全傻到不能辨別好歹的程度。一個藝術家應該具有信心，如果他的作品不偏失，而能引人共鳴的話，它是值錢的。」

「妳說的，我曾經相信過。」葛德說：「如今想來，那只是天真的、單純的、理想論法。事實上。這世上的人，沒有一個願意自認是白癡，他們的毛病卻是自以為聰明；一群自以為聰明的傻蛋，要比真正的白癡更可怕，他們是一群哥德筆下的浮士德，……賣力給魔鬼，失卻了靈魂的人，是不會要一面文學藝術的鏡子去照照自己的。這就是歷來藝術家困貧的緣故。」

「好！」女孩聽了，笑說：「你的話，是酸氣的，標準的窮神的論法，就算你是對的也沒有什麼關係，等你實在拿不出買菜的錢，就讓我暫時替你墊上罷！貧困倒不怕，只怕又貧困又孤單，你說是不是？」

「妳說得像我夢的一樣。」葛德說：「我即使做夢，也沒夢得這樣好呢！」

「那你就一個人留著做夢罷。」女孩說：「多下的菜，我替你蓋好，你晚上最好熱一熱再吃。我還有別的事，要先走了。」

「妳不是來打伙的嗎？」葛德說：「那有晚飯不吃就走的道理？」

「為了不耽誤你寫稿，」女孩伸伸舌頭說：「我只打半伙，吃中午一餐。」

女孩真的說走就走了，把一屋子的寂靜留給葛德獨擁著，使他帶著一份醺醉，回味剛才女孩和她所說的那些話。看光景，他無需再正面的詢問她什麼了。他不願做那樣的傻瓜，連那種躍然欲出的暗示都聽不懂。他承認他略有些怯懦，還得依靠她的勇氣，激發和寬慰自己，他心裏不知道究竟是什麼滋味？總之，這是一個重要的關口，他正不由自主的逐漸接近了它。

在現代的社會觀念裏，對於婚姻的看法確是放寬了許多，但那只是一般理論上的看法，和實際上個別的情況頗有參差。尤其是黃碧霞，她的家庭背景應該是鄉下保守型的，自有門戶觀念、地域觀念、職業觀念和雙方年齡上的考慮，他無法對這些傳統衍沿的觀念加以批評和論斷，僅能一面力求適應它，一面緩緩影響它。當然，他先得和女孩商量，如果她提起的話。

他想過，有關他和黃碧霞的事，盲目猛衝不是辦法，處處逃避它也不是辦法，只有任其自然，走到那一步算那一步。他不承認自己是怯懦的人，是感情使他有了顧慮，為顧慮不使對方受到損害而怯懦，是很人性的。但這種顧慮，仍然擋不住像潮水般洶湧的愛情。

他執筆所寫的「家的渴望」，不是深深揭露出他此時此刻所懷有的心情麼？這一夜，他把一絲絲紛亂飄游的思緒，都融為作品的題材，用筆尖把它綰束起來，瀉在稿紙上，一直到隔壁院子裏的雄雞啼叫兩遍之後，才打了個哈欠，伸手捻熄了檯燈。

當他醒來的時候，他才發現黃碧霞已經在屋子裏了，她敢情早已提了籃子，去市場買好了菜回來啦！他初初睜開眼，從半開窗幔間透進來的晨光，帶著鮮亮的初陽的色澤，照在一束新插的花束上，那是數朵黃菊，剛剛綻開，女孩站在黃菊的那邊，朝他笑著。

「昨天你睡得太晚了，」她說：「樓梯口的門又沒有關，我進來時，看你睡得很沉熟，就沒有叫醒你。」

「和妳比起來，我真是變成懶蟲了！」葛德說：「妳已經到市場去買了菜回來，我還賴在床上，實在有點不像話。」

「你當真要這樣客氣嗎？」女孩說：「我來煮麵做早點，我也還沒吃早飯呢。」

「說真的，碧霞，」葛德說：「妳這樣的為我著想，我心裏實在不安，讓妳一個人在忙飯，卻讓我坐在這兒寫稿，我能寫得下去嗎？」

「你要知道，我一個人留在這兒過年，也沒有別的地方可去，」女孩說：「這樣不是熱鬧一點？我相信你不會對我下逐客令罷？」

「我會嗎？流浪漢和貓，怎樣也分不開的了。」葛德感慨的說：「這許多年來，直到如今有妳在這兒，我才品味到過舊曆新年的滋味。我不知道妳怎樣安排它，我完全聽妳的就是了！」

「我們把小木樓裝點裝點，」女孩說：「準備一些菜，安安靜靜的過除夕；新年不妨到郊外去走走，即使是擠車湊熱鬧也是好的。你可以看得出，出門走動的，多半是年輕人，那要比窩在屋裏看電視打麻將好得多，我要把你拖到年輕人的堆裏去。」

「到郊外哪兒？」

「上山看櫻花、看杜鵑好了！」女孩說：「還記得有位現代詩人寫過一首詩，叫做『落櫻後遊陽明山』，那真是很有境界，很有禪意的詩，不過，總歸太淒涼了一些。你和我在一起，就實實在在的做個凡夫俗子罷！」

「我本來就是凡夫俗子。」葛德說：「所以我不是詩人，也沒有寫過一首詩。我覺得，生活永遠不可能成為詩，沒有那樣純，那樣美，但能在日子裏保持一點詩的意味，那就算夠聰明的了！」

「我們像不像那樣的聰明人？」女孩說：「如果不像，我還願意做學生，認真的學一學呢。」

「妳不用學就很像了。」葛德說：「但像我這種人，即使存心去學也學不像，我是天生的凡夫俗子，和妳在一起時，更覺得自己是那種粗俗的材料。」

談話是即興的持續著，說也奇怪，葛德覺得和她無論談些什麼，即使是隨意撿拾起生活裏任何一點平凡和瑣碎，和她談來都覺得輕鬆愉快；一向怕時間過得太慢，寂寞難以排遣，但和她共處一室，這種感覺都很自然的消失了！女孩對於房間的整理，特具敏銳的美感，她建議葛德把他簡單的傢俱略作組合和排列，看來就有了另一種調和的味道。

「我要去買些紅紙和門楣上貼的掛廊紙來，」她說：「你不妨隨俗，自己寫副對聯貼在門上，添一分喜氣，誰說單身漢不要過年的？」

「說真的，我的門上，多年沒有貼過對聯了！」

「聽我的話，破例一次。」她說：「以後每年不妨都貼一貼，讓你的精神洗個澡，心裏光亮一點。」

女孩每天一早都來，幫他整理，幫他掃除。她用頭巾包著髮，一張臉忙得汗晶晶紅塗塗的，真像一個年輕傻氣的小媳婦似的。一向沉黯零亂的小木樓，被她整理得異常光鮮、整潔，真像是一座孕著春意的洞房了。

除夕那晚上，女孩真的陪著他守歲，看爆竹在窗外的黑地裏開著花。女孩買來一盞包著粉紅色細格的蠟燭燈，燃亮在他的書桌上，燭光溫暖又柔和，把他和她相對的影子，描落在新糊妥的牆壁上。

「妳當真陪我守歲？」葛德說：「守歲是要守通宵的，明天大新年，只怕妳眼全睜不開來了，哪還能上山去看櫻花。」

「我不要守到天亮，」她說：「至少我要陪你坐到十二點，當接歲的爆竹響過之後，我再回去睡覺。假如你睏了，你就下令逐客。」

「到十二點差不多。」葛德說：「如果妳真的在這兒留上一夜，陪著一個又老又窮的單身漢，妳母親知道了，該向她怎樣解釋？」

「你問的真有意思。」女孩的臉微微的紅了一紅，攤開兩手說：「這不就是清清白白的解釋嗎？我真不知道，一般世俗的觀念是怎樣形成的？難道孤男寡女共處一室，就一定會……怎樣怎樣？……」

「世俗世俗，原就是很普通俗氣的想法，」葛德說：「脫出世俗的不是沒有，但只是極少數罷了，人說人言可畏，不是完全沒有道理的。」

「這個我懂得，」女孩說：「所謂瓜田不納履，李下不整冠，在意義上也是這樣，但是，我認為只要本身站得住，畏人畏成那樣，就太過分了。」

他們坐著，在一盞搖曳的燭影之間，時間像是一彎碧色的河水，在黑夜的籠罩中，穆穆的流過去、流過去，沒有波浪，沒有微瀾，他們坐著，彷彿都脫出了時空的位格。他不是北國，她也不是南方，也沒有年齡上的分際，他們只是相知相悅的生命，融在那樣的光暈裏，又睦樂又安憩，因為這種感覺太美、太輕靈，他們就都甘守著沉默，不再多說什麼。

子夜到了，子夜在碧色火花爆裂中，開出新歲的花朵，空氣中浮滿了硝石的香氣。

女孩笑盈盈的站起來說：

「祝你新歲快樂。我要回去了。」

「也祝妳快樂。」葛德說：「讓我送妳走一段路罷，恐怕路上叫不到車子了。」

「好罷，」女孩說：「我們不妨在街上走走，看看年夜的光景。」

「也可以說最先去嗅嗅春天。」

兩人走到街上，夜略帶著浸寒，由於空盪，使街燈顯得格外的清冷。但它是安靜的、和祥的。葛德想到早些年，他從沒在除夕之夜跑到街上來過，也從來沒有心平氣和的認真感覺過，可見流浪的生活已像鹽酸般的，在無形中深深的浸蝕了他，使他除了酸苦悲涼之外，不容易再感受人群的歡情。若干年前，他隨軍轉戰在北方，他的腳步，風一般的踏過許多城鎮和村落，那些活在戰亂生活中的人們，在大片冰雪裏，從沒過過這樣安適的新年，即使自然的季候使年味不濃，它卻是真正的太平年。

他嗅著了散播到島上來的春的氣息了。

「明天一早，我就要來拜年了。」女孩說：「你準備紅包罷，我要向你討壓歲錢的。」

「我早已準備好了。」葛德說：「叩了頭就給。」

「為什麼要跟你叩頭？」

「長幼有序呀！」葛德說。

「算了，」女孩說：「省下你那幾個錢好好過日子罷，你要記著，夜不閉戶，免得我來得太早了，叫你叫不醒，害我在樓梯口罰站。」

「不會的。」葛德說：「明天妳來的時候，我會把早點做好，我們吃了飯，就出去擠車子上山。我想，這城裏的人，都有湊熱鬧的習慣，山上正是花季，我還沒有上山，就已經想得出那種人擠人，擠得滿山滿谷的光景了，雖說早先我從沒去湊過那種熱鬧。」

「人多更好，」女孩說：「看人比看花更賞心悅目，你信不信？……凡是躲著人群的人，在心靈上就都顯出衰老了！我要你去湊這個熱鬧，主要的理由就在這裏。我並不是嫌你老，我是要你精神上年輕起來。」

「但願我找對了醫生。」葛德說。

路燈在他們的身邊，一盞一盞的緩緩旋移著。他們已經走在新的歲月裏面。時間如同風，微微吹拂著他們的臉。紅磚的人行道上，遺下大片大紅與粉紅色間雜的爆竹層，踐在腳下柔柔軟軟的，彷彿鋪上了一層紅毯，又彷彿晚春行走在桃林裏，一地粉色的落英，使人不忍踐踏。

葛德的感覺，在沁寒的夜氣裏展放著，每條網絡，都是晶亮的、透明的，像隨著躍動的春情甦醒了。他記得早幾年，他總是把自己封閉在小木樓上，守著孤獨，對於追尋歡樂的人們，抱有一份無因無由的妒恨，事實上那是不必要的，春是一把熱騰騰的燄火，人們有足夠的理由，藉著它點亮內心裏希望的燈。

「前面就到我住的地方了。」女孩說：「天這樣晚了，我也不方便請你進屋去坐，我們明早再見罷。」

元旦的早上，葛德在天色微明時就被熾熱的鞭炮聲吵醒了。他拉開窗幔，天陰陰的，偶有霧粒般的微雨，如絲如縷的隨風斜飄著。街對面的行樹間，籠著一些薄薄的霧霧，那是幾株詩意的三角楓，秋深時葉掌泛過黯紅帶紫的顏色，裝點過那一季節，後來葉子便逐漸凋落了，只留下極少的殘葉戀著已經裸呈的故枝。如今，它們雖沒長出新的葉子，但在一片煙雨籠罩中，枝幹的表層業已顯出飽滿的生命的躍動，看上去柔軟沉遲，像是沉默的孕婦，等待著茁發的新芽。

雨潤煙濃的街景是寂然的，使葛德能聽出街廊下的腳步聲，那愈走愈近的腳步，不是黃碧霞是誰？他想起她走路的姿態，很活潑動人，她的上身端正，微微前傾，她的步幅略微細碎些，但每一步都有跳躍感，他曾凝望過她走動的背影，像一隻鳥般的，輕快的飛著。她乘著清晨飛過來了，緊接著，他聽見樓梯的響聲。

飯後兩人出門，到車站去擠開上山的車子。正如黃碧霞所料的。湊熱鬧到郊野去的，十之八九都是年輕人。他們出生在這座大城裏，但他們不願長年忍受被污染的空氣，忍受車馬和人群的煩囂，只要一得著星期假日和各種休閒的節令，他們便爭著到郊野去。不用說風景如何了，能夠呼吸幾口新鮮空氣，在滿山濃綠中洗一洗塵屑也是好的。車站的人群儘管很擠，他們也都習慣的耐心等候著。

「這種天氣上山，最怕遇上雨。」葛德朝那邊的噴泉望了一眼說：「遇上雨，淋成兩隻落湯雞，豈不是大煞風景？」

「你放心，我帶著摺傘呢。」女孩說：「櫻花遇上微雨天氣，顯得更豔，杜鵑和山茶，也都喜歡雨水浸潤，你放心，如今的氣候，決不會大雨傾盆，把我們困在山上茅亭裏的。」

「人這樣擠法，我們還不知等多久才能擠得上車呢！」葛德想想說：「真的，我怕有一年多沒擠過開到郊外的班車了。」

「學跟別人一樣的等罷，」女孩說：「你只當你是一個年輕的學生，你就不覺得累了。」

「妳這算是強迫性的心理治療?」
「不錯，」女孩笑說：「專治你的精神衰弱，這是一帖最好的藥方。當然，在一開始時，你可能不習慣，你就勉強一點罷！」

等車等到第五班，總算擠上去了，還好，他和黃碧霞佔到了後排靠邊的座位，免去了罰站之苦。車子開到山上的公園門口停下來，他們還要走上一段路才能到達賞花的地方。人潮那樣洶湧，寬闊的馬路上擠滿了人，顯得熱鬨鬨的。路邊的小公園裏，變成臨時的攤販市場和野餐地，鮮豔的布篷下面，有賣熟食的，賣冷飲的，遊客東一團西一簇的圍坐在草地上，吃著，談笑著，拚命的製造垃圾。他們沒有停留，仍然朝前擠過去。

人實在太多，為怕擠散了，黃碧霞很自然的握住了葛德的手，這是他們自從相識以來，第一次握住了手，葛德感覺到她掌心的熱力和潮濕。雨落得大了一些，紛飛的雨屑亂撲著他們的臉，黃碧霞說：

「讓我把雨傘撐起來罷。」

「不用了。」葛德說：「風太大，握不住傘，再說，這麼多的人擠來擠去的，一把傘兩個人怎麼打法?等走完了這段路再講罷。」

「我是擔心你淋了雨會著涼。」女孩說：「你忘記了你前些時患感冒的那副可憐相了？」

「那是前些時，」葛德說：「如今可不同了，我有了妳燒茶煮飯，我倒願意躺在床上，讓妳服侍幾天呢。」

「亂講。」女孩呶起嘴說：「要躺你儘管躺，不必惹一場病在身上，那又何苦來？」她說著，還是拖他到路邊，把雨傘撐起來了。

朝裏面走著，路兩旁出現了綻開的杜鵑花叢，杜鵑是島上最鮮豔的花類，尤其是在大片種植的山野裏，當它盛放的時辰，真箇是五色繽紛，豔麗奪目。那些生長多年的杜鵑都已長得十分高大，變成一株株高過人頭的花樹，每株樹上，開滿了成千朵的繁花，白的、紫的、紅色的、亮橙色的，遠看像一些渾圓的花傘，天光透過花瓣，呈奇異的透明，使花枝花顏都彷彿變成潑濺的流液，把滿山都濺浸成那種顏彩了。

「你看，這些花開得多燦爛！」風絞著女孩的花領巾，平平的飄動著，她指著那些花樹說：「我們平常看花，只看一朵一朵的花。」

「現在看一樹一樹的花了！」葛德說。

「不！」女孩說：「我們是看一山一山的花，這種無邊的花海，托出春天來，我們若都不來看它們，豈不是糟蹋了春天?!」

「我們都不來也不要緊，」葛德說：「人不賞花，花會賞花的，萬花競豔要比孤芳自賞好得多。」

「瞧你，說著說著就斜下來了！」

「我不是斜，是變得年輕啦！」

他們共撐著一把傘，在煙靄迷濛的斜風細雨裏拾級而登。噴泉朝天吐出亮晶晶的歌，柳色是柔軟鮮活的嫩綠色，點綴在花叢間，顯出別樣的嬌豔；無數林鳥，在遠處林蔭中碎碎的啾鳴著，看不見鳥影，只聽見鳥聲。

人群潮漫過來，他們擠得滿坑滿谷，但凡有花的地方就有人在，特別因為是新年的關係，大家衣衫又新又豔，加上各色的花傘和領巾的襯托，遠遠看去，使得人也豔麗如花，那種顏色融進花顏裏，像遍山都燃燒起來一樣。

爬到更高的地方，總算見著櫻花了。有少數櫻樹已經盛放花朵，細碎而繁密的花朵緊貼在枝幹上，變成一條條的花棒子，見花不見葉，只覺出一片煙迷迷的紅。大部分的櫻樹還在含苞待放，使他們覺得來早了一點。

「奇怪，同是櫻花樹，也會像人一樣，看的愛早起，有的愛睡懶覺，春來了，鳥啼了，它們才初初睜眼。」葛德指著那些含苞的櫻樹說：「這些樹就跟我一樣，妳要不拖著我起來，我就懶得冒著雨上山來迎春了！」

「亂講，」女孩白了他一眼說：「早放的是早櫻，它們的品種不一樣。」

「不！」葛德說：「它們是愛早起的，勤快的櫻花樹，和妳一樣。」

女孩站在風裏，扭轉頭朝他笑著，滿身都有春的感覺，這一刹間的姿影，真比花還美得多。

「快到傘底下來呀，」女孩叫說：「你淋著雨在發呆幹什麼，肩膀都打濕了。」

「我們還是找個地方歇一歇罷，碧霞。」葛德說：「一早我就說過，我們上山會遇上雨的，要是雨再落得大些，打傘不打傘都一樣了。」

在平常，公園裏不愁找不到避雨的地方，如今，所有的涼亭，樹蔭，花叢都被避雨的遊客擠滿了。有人忘記帶傘，用報紙遮著頭，到處奔跑，希望找到個蔭蔽的地方，免受淋濕之苦。有些是全家出門遊樂的，做母親的撐著一把傘，像母雞護雛般的遮覆著她的孩子，孩子們抱著母親的腿，緊緊的，像黏在糖棒兒上的芝麻。

「有傘總是好一點，」女孩說：「至少淋不著上身，不容易招涼。我們不妨朝後山那邊走，總會有涼亭的。」

「既來之，則安之。」葛德也饒有興致的說：「在這種並不算大的雨裏散步，賞花，感受春天，倒真是頗有詩意的。我這個凡夫俗子雖不會寫詩，從生活裏領略領略詩，該是可以的。」

兩人沿著山腹的小路朝山的深處走，人群逐漸的稀少了。經過雨水的洗濯，透明的翡翠色的山光圍繞著滴落水珠的傘沿。他們經過一處流泉匯成的飛瀑，葛德戲稱它是袖珍型的小瀑布，但它奔流傾瀉，聲勢很壯觀，有些不知名的野花開在瀑布的旁邊，女孩跑過去採擷，僅僅擷了一小把，迸濺的水珠便濕了她的頭髮。

山徑的彎處有兩棵高大直立的馬尾松，有人以樹為門，搭起一座方形的茅亭，亭角的四邊，用連皮的糙木搭起一圈坐凳，亭外是一片梯田疊疊的山谷，在迷濛的雨裏，顯得分外青蔥，斜坡上植著早櫻盛開著，枝影橫空，更顯出花顏的嬌豔。

亭子是開散的，雨絲隨著風，仍不時的飄進亭子裏來，他們找到背風的那一邊坐下來，拂去肩頭上的雨珠，歇著喘口氣。

這兒不是花樹繁密的地方，因此，一般遊客並沒有湧過來，亭子四周是沉靜的，靜得能聽到微雨灑落在葉掌上的聲音。被雨霧鎖住的亭子裏，只有他們兩個人，手撫著坐凳後面那條橫木欄杆，出神的看著風雨裏綻開的櫻花。葛德覺得，惟有在自然的閒靜中賞花，才能算真正的賞花，可以細細的品味花影花顏中孕含的春色和春情。

「我真沒想到這兒的風景是這樣的清幽，」葛德說：「平常我總以為城郊的風景區，不外是瓜皮果屑，都被人踐踏得不堪入目的。」

「你是指一般觀光地區人群麇集的地方。」女孩說：「只要略微走遠一點兒，自然的風光還是很美的。這樣大的山林，得多少人才能擠滿它？我們一面隨俗，一面追尋雅趣，一樣能夠找得到。」

「妳說的很對。」葛德說：「島上的人口多，地方小，人口密度原就高居世界的首位，尤其在城市裏，更是人擠人的長龍世界，你就是不隨俗也不成的，能有心在俗裏求雅趣，這已經是高人一等的想法了。」

「倒不是高人一等什麼的，」女孩說：「也許這算是鄉下人的想法，我們從南部鄉下來，總難習慣城裏這樣的擁擠，常想走出來透透氣。……你是這樣想，旁人也是這樣想，怎會不擠？我只是想避一避那許多遊客罷了。」

「那，我們豈不成了兩條漏網之魚了？」

葛德打了這樣不倫不類的比方，兩人都禁不住的大笑起來，一剎時，山谷間都流瀉著他們的笑聲。

他們從人口密度形成的擁擠，很自然的談論到苦寒的北方。那樣的遼闊，那樣的荒曠，一望無涯的野地，一直鋪展到遠天的雲裏去。葛德把自己形容為一種大陸性的植物，不適於移植的。

「真的，碧霞，」他說：「當初我們撤到這兒來，從沒想到會待上這樣久，那時候，我是同來的夥伴當中最年輕的。如今住在這種寸土寸金的城裏，更使人懷想北方那一大片無人的野地，假如它沒有失陷，經過這幾十年的開發和利用，真不知又是怎樣的光景呢？」

「可惜如今住在那裏的人，還在忍受荒和冷。」女孩臉色凝鬱下來說：「我雖然從沒去過那裏，但從你的作品裏，我能想像得到它是什麼樣子。這也就是你抱著筆，忍著窮，不斷寫下去的緣故。但你也得學著愛這裏，像我愛著這裏一樣。一個人實際生活了幾十年的地方，不是家鄉，也該算是家鄉了！」

「我懂得。」葛德說：「還記得文壇上有一位知名的作家，在數度環遊世界，看過許多舉世聞名的名勝風景之後，回來感慨萬千的說：看來看去，還是自己國土上的風景最好。我雖然沒出國周遊，但在基本情感上仍然和他是一致的。我固然喜新，但仍然戀舊，這也是人之常情，我想，妳會體諒我這種心情的。」

女孩沒說什麼，卻放下收摺的雨傘，抓起他的手，放在她雙掌的掌心裏溫著。

一對年輕的男女撐著一把傘，沿著山徑走過來了，兩人恐怕也是在俗中求雅的漏網之魚，他們緊緊偎倚著，像兩支絞扭難分的藤蔓，一路走，一路撒著輕盈的笑聲。

「他們是一對夫妻嗎？」葛德說。

「我想不是。」女孩說：「夫妻不會這樣的親熱。尤其是做丈夫的，婚後都把太太丟在家裏，即使帶出來走走，十有八九也是虛應故事，略表一點意思，哪會有這樣濃的興致——藉雨結緣。」

「那麼說，他們是未婚夫妻？」

「還差一截。」女孩說：「他們是快進入熱戀的情人，也許經過這場雨，他們就會更熱了。」

「妳的觀察力銳敏極了！」葛德說：「從這點上看，我建議妳日後多朝小說和戲劇這方面發展。」

「原來你是在做測驗？」女孩說：「你不是常說：人之患在好為人師的嗎？」

「不不不，」葛德說：「這是即興式的生活教育，我是在嘗試著挖掘妳潛在的才華。」

「能不能暫時把你的本行收拾起來？」女孩說：「把生活和教育暫時分開？……你看，另一把傘下的另一對又跟過來啦，你猜他們是什麼身分的？」

「這一對是未婚夫妻。」葛德肯定的說。

「道理何在？」女孩說：「我要做一次反測驗了。」

「很簡單，」葛德說：「妳看他們親熱的程度，和前面走過去的那一對好像差不多，但仔細看起來，卻有若干細微的區別，首先。他們黏的程度比前一對顯得淡些，不像那麼急切，那麼猛烈，彷彿要把對方生吞活嚥似的。」

「說得真有趣味，」女孩瞇起眼笑說，「繼續說下去罷，第二點不同的地方在哪裏？」

「第二點，」葛德說：「他們溫和的親切裏，又顯出安心的、篤定的、完全相互信賴的樣子。這表示在愛情戰場上，雨暴風狂的攻勢已經過去，完成了相互佔領，他們目前要做的，正是鞏固陣地，他們不是未婚夫妻活生生的寫照嗎？」

「你又犯了三句話不離本行的老毛病了！」女孩說：「甭忘記，你早已退了役啦。」

「沒那回事。」葛德說：「在精神上，我是不退役的，用軍事術語形容人生和愛情，又簡潔又明快，絕沒有拖泥帶水的毛病，有何不可？」

「好罷，算你贏了，」女孩說：「我給你打優等分數，你該滿意了罷？」

「妳不是也犯了同樣的，不離本行的毛病，」葛德說：「妳別忘記，妳也不再是留短髮、穿黑裙的在學的學生啦，怎麼動不動就談打分數呢？」

「也沒那回事，」女孩說：「如今我仍然是補習的學生，用在學的術語形容人生和愛情，和你那軍事術語是足以分庭抗禮的。」

一把傘下的第二對，也從他們的面前飄過去了。

「我們光是在看別人。」等那一對去遠了，葛德情不自禁的反握住黃碧霞的手說：「焉知別人不在竊竊的議論著我們？妳猜不猜得到——別人會以為我們是什麼樣的關係？」

「嘿，他們猜不到的。」女孩抽回手說：「對於世俗的人，我們是一則難題，不是嗎？——誰會猜到我們是一對新開辦的，小伙食團的搭檔?!」

「為什麼要從『食』字上開始呢？」

「古人不是說過嗎？『民以食為天』，」女孩說：「我要盡力學烹調，把一個又冷僻又飢餓的作家餵飽，難道這不是順理成章的事嗎？」

「可是，古人總把飲食男女放在一起的，還認為是人之大倫，」葛德說：「古人又說過『食色性也』的話，如果我在被餵飽了之後，就呼呼大睡，那不是成了豬了嗎？如果我……更及其他，又該怎麼說呢？」

女孩的臉暈紅起來，幾乎和盛放的早櫻一樣顏色，但她偏過臉去，巧妙的說：

「不要把古人說的話，又拿來考我，你不妨翻翻詞源什麼的，自己去解釋去罷！」

葛德原有許多言語鬱結在心底下，想乘機把它釋放出來，一見女孩這樣的羞窘，終又怏怏的把它嚥回去了。真的，秦牧野說得不錯：打光棍總不能打一輩子，又不是當真做和尚，婚，遲早總要結的，一個人在短短的一生當中，能有幾次機緣？遇上有緣人，若不緊緊握住一個「緣」字，等到曲終人散之後，緣盡情未了，得付出多少傷懷感嘆？……但，人也不能光為自己想，他寧可克制著，慢慢等待更適當的機會，尤其對於感情之外的因素，也得加以考慮，最好能夠減輕對方的負荷，那才妥當。

「我想，我們該朝回走了。」過了一會，他才輕輕的說：「要等到雨停，還不知要等多久呢。」

同樣是雨裏的一把傘，他們撐著朝回走，葛德忽然想起來，剛才他們在茅亭裏曾經看過別人一雙一雙的經過，如今他們同樣是在一把傘的下面了，想來真是很奇妙。在這無涯廣闊的世界上，一把把柔圓的傘在飄浮著，有了愛，他們便有了一個小小的自己的世界，這世界不正是他夢想多年的世界嗎？他這樣想著，不禁側過頭去，望望走在他身邊的她，誰知女孩也側過臉來望著他。

雨雲從山巔湧過來，天光更濃更黯了，傘下的光線更黯得有如薄暮的光景，但在葛德的眼裏，它是明亮的，傘下的那張笑臉，彷彿在那一剎間化成他生活裏的太陽。

真的，對於一個四十多歲的單身漢來說，春天來得並不算晚。

第七章 兩人伙食團

兩人小伙食團真的持續下去，葛德的生活在女孩的安排下，變得規律起來了。女孩白天要去補習功課，夜晚要到「綠野」去上班，但她仍然抽出清晨的時間來做飯，幫著他整理屋子，看她忙碌的樣子，葛德很不安心，一面動手幫她的忙，一面說：

「看妳為我累成這樣，何苦呢？還是讓我多做一點罷，好在我是個無業的『遊民』，有的是時間。」

「快不要這樣說，」女孩說：「寫稿難道不算一門正經的行業？我來幫忙，就是希望你能安下心來，多寫些稿子，如果你仍然不安心，我忙得就沒有意思了！」

「好罷，」葛德拗不過她，只好攤開手說：「妳這番好意，我沒有道理拂逆它，我只在必要的時候幫幫忙，總該行罷？」

「行啊！」女孩笑說：「你只要幫著吃就行了。」

「我打哪兒修來這種福氣？」葛德說：「有妳來這兒，『綠野』我都不必去了，連喝咖啡的錢都省下來啦。」

「你早就該懂得省錢的，」女孩說：「一個單身漢，若不懂得省錢，一輩子都成不了家。」

「我並不為浪費那點咖啡錢懊悔，要不然，我怎麼會遇上妳這個自願幫忙的人呢？」葛德說：「仔細算算賬，我還是合算的。」

「你不是又在寫戲劇臺詞罷？」

「不不不，」葛德說：其實，生活才是真正的戲劇，臺上和臺下，並沒有什麼分別的。」

「如果生活真是戲劇，」女孩說：「我勸你儘量到外面去走走。你不是常到音樂廳去看那些老朋友嗎？怎麼忽然都和他們隔絕了呢？」

「為了陪妳，我哪還有時間跑到那兒去？再說，空坐著閒聊，也沒有什麼意味。」

「算了，」女孩含蓄的笑了一笑：「群戲你演膩了，換演一生一旦的戲，又有什麼意味？——中國傳統式的戲，坑就坑在這上頭，你還想演一場哀感頑豔的？」

「妳認為不值得演麼？」

「演倒不是不能演，只怕演不好罷了！」女孩說：「你不要忘記，我們都是平常的凡夫俗子呢。」

由於黃碧霞的推湧，才把葛德推出去走動走動。他到秦牧野家去拜年，秦牧野交代他，千萬不要把籌備彭東過整生日的事給忘了。

「如今大家都在忙，只有你略微輕鬆一點兒。」秦太太說：「籌備慶賀彭東的整生日，這件事就交給你一手經辦。好多天都沒見著你的人影，你再不來，我打算讓牧野去你住的地方找你去呢！……你如今都在忙些什麼？」

「還會有旁的嗎?!——寫稿啊！」葛德總得找個適當的藉口：「今年我打算盡量做到不欠債，使經濟獨立起來。我沒有學歷，沒有文憑，不把寫作當成一門真正的事業，硬是會餓死的。」

「你能有這種精神，我不得不佩服你了。」秦牧野說：「放眼看如今文壇，真正的專業作家，也不過極少數的那幾個人頭，論名望，論稿件的出處，都是你我無法相比的。我對文學的熱狂，你是知道的，假如我寫稿能夠養家活口，我絕對不會改行開雜貨鋪，我都知難而退了，你居然還咬牙苦撐過來，我怎能不佩服？」

「真人面前不說假話，」葛德說：「我可不願冒充英雄好漢，我寫下去只因我不會做生意。既沒有另一條路可走，就得做下去，盡力把它做好，靠朋友經常救濟我過日子，那種滋味我不願再嚐了。」

「嗨，」秦牧野嘆口氣說：「無怪有人說：許多作品都是生活熬逼出來的，好歹如何，姑且不論，說它浸滿了作者的心血，倒非虛言。」

「我說你這個人真是的，」秦太太輕輕擰了秦牧野一把，笑說：「儘管文章不寫了，酸味還是很大。葛德好久沒來，你一見面就空發議論，也沒問問人家，交女朋友交得怎麼樣了？」

「目前還談不上。」葛德說：「若真有什麼進展，不勞兩位動問，我自己先就說啦。」

離開秦家，葛德轉到音樂廳去，那兒的一切都還是老樣子，只因新春草綠，住在城裏的人，不容易見著春草，但在感覺中，多少添了些新春的綠意。詩人彭東沒有在，據說他為了紀念自己的生日，精印了一冊詩集，跑到印刷廠催書去了。克木接編了一本純文藝刊物，談起他編輯的抱負，並且向葛德約稿。

「你編刊物，我當然很高興，」葛德說：「不過，我的作品太冷門了，寫是可以寫，對於刊物的銷路是沒有幫助的，……刊物要維持下去是現實問題，以後才能談到可大可久。」

「這一點我很明白。」克木說：「你稿子我仍然是要，在整本的內容方面，我會權衡的。我認真考慮過，這兩年，讀者的水準一天比一天提高，只要作品有深度，有內容，不愁沒有欣賞的人。過些時候，如果經濟情況許可，我打算出版一套文學性的叢書，那時會首先考慮到出版你的集子，而且預付版稅。」

「那太好了！」葛德說：「這消息，對我來說，算是破天荒的喜訊呢。你知道，前幾年裏，我捧著短篇小說集到處跑，求人家出版，大家都搖頭，鞋子都跑破了，書仍沒出得成。」

「任何情形，都不是一成不變的，」古晉在一邊說：「只要我們都能堅持下去，就能對社會產生影響。像早幾年，畫家的畫幾乎沒有什麼市場，所謂畫廊，也都開設在陋巷裏，破破爛爛的窮湊合，如今現代畫的市場逐漸開拓了，畫廊也搬進了大廈，儘管情形仍然不夠太理想，你卻不能否認它有了進步，……等到有那麼一天，社會上把買畫藏畫當成集郵一樣看待，畫家們的作畫環境就跟目前不一樣啦！」

「古晉兄說得不錯，文學藝術的發展，需要大家合力堅持，更需要每個人埋頭墾拓。我們有時在現實衝擊下，也會感到苦悶，但決沒有悲觀的理由！」克木有些激昂的神態：「我們相信，產生自誠懇心靈的任何文學和藝術作品，對這社會都是有益的。」

葛德也跟著昂奮起來，他暗自佩服克木，他的生命裏，充滿了穩定感和均衡感，情緒起伏的波浪不會像自己這樣猛烈。秦牧野說自己能夠堅持，比起克木來，自己覺得還差他甚遠。文藝界的朋友裏面，實在需要多有幾個這種樂觀奮鬥型的人物，起來帶動全體，至少，他發光的生命，可以照亮他周圍的人，感染他周圍的人的心靈。

記憶裏的陰黯逐漸消解了，他是吹著口哨回到小木樓去的。

女孩一定在黃昏前來過，把晚飯和菜煮好，放在保溫電鍋裏，並且在桌上留下字條，要他好好利用這個沒有人打擾的晚上，並祝福他夢甜。

他真的充分利用了那個夜晚，開始寫起克木邀約他寫的稿子來。由於心情特別寬鬆穩定的關係，那之後一連好幾天，他都整天埋頭寫稿，自覺文思暢順，行文的氣勢綿密，完全陷進作品所構佈的境界裏去了。

一天下午，正當他寫得起勁的時刻，女孩捉住他的手，取走他手裏的筆，笑說：「平常我希望你多寫，決不輕易打擾你的文思，但今天晚上，我卻希望你能休息休息。」

「怎麼？妳怕我累著了？」

「你猜今天是什麼日子？」女孩說。

「什麼日子？」葛德困惑的說：「難道會是妳過生日？」

「怎會那麼巧？」女孩伸出手指，輕輕點著他的鼻子說：「你連日子都過得忘記掉，真是寫稿寫迷糊啦！今天是上元節呢。你聽聽，滿街都是孩子們的聲音。」

「嗨！」葛德伸伸腰，噓口氣說：「我真的是寫得犯了迷糊啦，上元是春來的佳節，妳打算怎樣過？」

「你別看我年輕，牽著兔兒燈滿街跑的日子，一樣去得很遠了。」女孩說：「今年上元節，天氣還算晴朗，街上有燈籠，有月亮，我們早點吃晚飯，一起上街走走去。『綠野』那邊，我特別請了一天假，好陪你的。」

「幸虧有妳陪，」葛德說：「前些年，上元節我從沒有上過街，有時根本忘了它，連旁人過節是怎麼過的也都記不得了。」

「我早已料到你會忘記，」女孩說：「今天我不是陪，是拖，即使要我動手拖，我也非把你拖出去走走不可，辜負佳節，要打手心的。」

「還不至於勞動妳拖。」葛德說：「就看在妳請假陪我的情分上，我也願意立刻丟下稿子，和妳一道兒出去走走的。能看看島上的上元夜，回想回想自己在北方生活的童年，也是很有意義的事情啊！」

「那就這樣認定，」女孩說：「我要準備晚飯了！」

女孩忙著做飯時，葛德走到窗口，把窗幔拉開，斜西的太陽光照著東面遠遠的山和山頂卷積的雲，離開黃昏還有一段時辰，如果天氣沒有特別的變化，夜晚可以看見春月該是毫無問題的。在街燈沒亮之前，小木樓窗前的窄街上，已經有一群孩子，拎著紅色的塑膠燈籠，點燃起來，排成一排，一面走著，一面唱著了。

葛德記起隨著部隊，東移西轉的那些年裏，也看過北方大城市的上元節燈會，熱鬧固然很熱鬧，總覺缺乏幾分鄉情野趣。而童年時過上元夜的情境，由於時光去得太遠，業已在記憶的刻版上變得朦朧了，至少，認真尋思起來，隱約的印象還在朦朧中亮著，那是亮在無邊宏大的原野當中的紅紙燈籠罷？

在宏宏然的原野背景中，人和物都有特別渺小的感覺。冰封著，雪蓋著，村落中原就低矮的茅舍龜伏著，只有那些豎立的光禿禿的樹木枝柯，無日無夜在掃著風。到了接近上元節的時辰，冬盡春來，雖然並沒立見冰消雪融，立見草萌花發，但滿耳的風聲突然在人敏銳的感覺中變得溫和了，不再像隆冬風訊期那樣的尖銳驚人。即使有風吹來，枯枝間滑出些尖細的吟嘯，聽上去也覺得柔和了許多，夜晚來時，月光和四野斑爛的殘雪相映，變成一片異乎尋常的青白。這時刻，若點燃一盞大紅色的燈籠，那顏色便更顯得嬌，顯得豔，顯得奪目，洋溢著一股濃郁的新春喜氣。

鑼鼓敲響著，沉遲的大氣感受震動，興起微顫，而燈籠也隨風搖擺，舞之蹈之的配合上原野的樂聲，拎燈夜遊的孩子們，一顆心也正像歡躍著的燈籠一樣。有時候，歡樂就是純的歡樂，根本不必為它去覓什麼詮釋，找什麼理由。如果沒有戰亂，故鄉的貧寒村落就是一罈土釀的酒，足以讓人們自願沉醉其中，永世不醒。那時刻，不像如今拎著燈籠的城市孩子，還要來追尋旁的熱鬧，那時拎著燈籠，所有的熱鬧都已點燃在心裏了。要看兒臂粗的龍捲大蠟嗎？要看五顏六色的、又傖俗又熱鬧的年畫嗎？要學著那些成人們的一隻袖子，精赤著半邊胳膊，用力的咚咚擂鼓嗎？日子沒有波浪，人人都會那樣快樂的隨心所欲的，……但那都只是屬於鄉野孩童的天真的夢境。

「又在想什麼了？」

葛德搖搖頭，驅走了一剎遠夢，笑笑說：

「在做夢。」

「很淒涼的那一種？」

「有一點。」葛德說：「但也很溫暖。」

「一個人在記憶裏能有一點溫暖，就太難得了，也太值得人珍惜了。」女孩說：「但願我沒打斷你的夢。」

「夢是飄浮的雲，繫不住的。」葛德說：「時間卻是無情的風，有些傻子總想用風去繫雲，不但沒能繫得住，反而越飄越遠啦！」

「好了，我們就不要用風去繫那片已經飄走的雲罷！」女孩笑著說：「請你把桌子上的稿紙收拾起來，我好上菜——書桌兼飯桌，目前仍然不得不委屈我們的作家，這是現實，比雲重得多啦！」

晚飯用得早，出門時，正趕上喧鬧的黃昏。因為許多條修拓過的馬路都留有寬敞整潔的人行道，那也就成為孩子們安心遊樂的天地了。他們迎著晚霞朝西邊散步，每隔一段路，就遇著一群年齡很小的孩子，有的拎著粉紅色襯上綠色葉片的荷花燈，有的拎著圓形的冬瓜燈，有的牽著裝了四隻輪子的雞形燈、兔形燈，還有的用空奶粉罐子做成克難的燈籠，他們用釘子把奶粉罐子打出許多洞，使點燃在罐裏的燭光從洞孔裏透視出來，看來別有一種興趣。

「妳雖然不再是孩子了，」葛德對女孩笑說：「但離開牽著燈的日子並不算太遠呢，妳還該記得妳小時候過燈節的情形罷？」

「還不是和他們一樣嗎？」女孩掠掠頭髮說：「只是城市和鄉下的背景不同罷了，至於燈籠的質料和式樣，這些年來，也沒有什麼大變化，都是一個模子裏壓出來的工業產品，點燃起來，情調上還不如竹編的土製燈籠。」

「我們兩個都是鄉下人，」葛德說：「我有同感。」

「不管怎麼樣，燈籠總顯出一份喜氣來，孩子們拎著它朝前走，照亮他們面前的春夜，也照亮了他們希望裏的明天，暖洋洋的明天。」

「即使明天不暖，也被他們充滿希望的小心靈烘暖了！」葛德深沉的說：「在遠遠的歲月那邊，我也曾烘過我所嚮往的日子。」

「我的記憶應該更真切些，」女孩說：「我手拎的第一盞小燈籠，至今還掛在我老家臥房的壁上呢，每次回家去，抬頭看見它，才覺得日子過得太快了，……太快了，真像風裏飄走的煙似的，誰也抓不住它。」

「妳的話，有點傷春的味道，在妳這種一朵花般的年紀，說它似乎嫌早了一點罷。」

「我哪裏是傷什麼春？」女孩說：「我只是珍惜溜走的光陰罷了。不論我是怎樣平常的人，惜陰的心總是有的，儘管時間能造就一個人，人也要能把握住時間才行，你不會笑我認真得像在上學罷？」

「認真的面對人生總是好的，」葛德輕聲吁嘆說：「和妳比較起來，該嘲該笑的，卻是我自己呢！」

暮色愈來愈濃了，街燈突然都亮起來了，兩人朝公園那邊走過去，經過一家小店鋪時，女孩停下來，掏錢買了一盞花紙摺成的燈籠和幾支小蠟燭。

「雖然沒有提燈會，」她說：「我還是願意提一盞燈籠，到處走走逛逛。我們是要自己過節，不是看旁人過節，是不是？」

「只要不怕人笑，妳就提著罷。」葛德說。

「我才不在乎旁人怎麼講呢。」女孩說：「其實，在城市裏，誰也不會過問誰的。」

燈籠點亮了，閃閃綽綽的黃光灑了一地，風嬉弄著它，一跳一跳的，燈籠影子也一跳一跳的。他們走進公園裏去，找到他們上回坐過的露椅。

「如今過節，很多人因為太忙碌，即使隨俗過節，也都是應景罷了。」女孩說：「前些日子，我讀通俗小說，讀到在古老年代的北方，上元節的花燈會，什麼鰲山啦，彩樓啦，真是非常嚮往，彷彿那才真的是過節呢。」

「書上描寫的那種盛況，我也沒見著過。」葛德說：「我相信花燈會的熱鬧確是有的，在農業社會裏，平常的日子過得單調，刻板又很沉悶，逢著節慶，當然會盡情的慶祝一番。即使是那樣，我想，也有許多貧困的人家，在當時連應景都應不上的，……在中國歷史上，能有幾個朝代的太平盛世，能跟如今的島上生活相比的？凡是遙遠的事物都是美好的，這種想法太浪漫了一點。今天這社會雖然忙碌得使節慶的味道不夠濃，但我已經覺得很知足了。如今留在北方荒寒裏的人，哪還有節可過？有燈可提？今夜怕只留下一片黑暗了罷。」

「我剛剛拎著燈籠走路時，竟也想著這些呢！」女孩說：「我正要說，你卻先講啦。人說：人同此心，心同此理，真的不錯。」

「也許是心有靈犀一點通罷！」葛德說。

女孩白了他一眼說：

「這叫做故意的含情挑逗，我要判你犯規了——如今是二十世紀，再沒有當年逛花燈那種風光和那種場景啦，你把時代劇當成歷史劇寫，不怕表錯了情嗎？」

「妳把花燈拎在手裏，又不許人逛花燈，也太嬌蠻霸道了一點，」葛德說：「妳該不是嫌我不是青衫少年，才判我犯規的罷？」

「不要講話了，」女孩說：「你看東邊雲彩露了光，月亮就要出來了，我們兩人從現在開始，都不准講話，一直等到月亮出來，好不好？」

「好！」葛德說：「妳說什麼都好。」

月出前的弧形光暈，染亮了參差脊頂上的幾塊雲，也映出一排清瘦的檳榔樹的樹影。他們很自然的相互偎倚著，沉默的望著越來越亮的光華，在浸染著更多的薄雲。葛德不再說話，溫柔的偎倚替代了言語，儘管他再不是風流佻達的青衫少年，她一樣給了他肯定的答覆，那該是一縷縷牽繞的情絲。

月亮終於出來了，月暈的邊緣泛著橙紫色，月面是蒼黃的，彷彿是一面扁大的古銅鏡子，從亙古以來，便映照著人間。這一輪初現的昏月，仍然是溫柔的，它也沉沉默默的包孕著什麼，和他如今所感受的無語的溫柔融和在一起。

許多孩子們拎著燈，在樹蔭和花叢間嬉戲著，一個年紀最幼小的，用咿唔不清的言語，大聲的唱著兒歌。春的感覺是很奇妙的，無論是天空，月色，樹梢，都彷彿裹在柔軟的大氣中，產生一種無形的躍動。如果不是這樣靜靜的坐著，很不容易覺察到它，那種躍動竟和心靈的躍動融契在一起了。

月亮昇得很快，葛德開口說：

「這樣的夜晚，真好，我很久都沒有這樣等待過昇起的月亮了。」

「是啊！」女孩把燈籠左移右晃的笑著：「我也有很久沒有拎過花燈了呢！我說，我們不要光在這裏坐著，我拖你出來是趕熱鬧的。」

「趕熱鬧哪有看月亮雅靜？」葛德說。

「一個人看月亮才雅靜，」女孩調侃的說：「一男一女坐在夜晚的公園裏，把月亮當成某種情調的背景，不一定雅靜罷？你記不記得早幾年裏，有位小說家寫到一個漂亮的彈子房記分小姐阿花，被許多男孩輪流請出去『看月亮』的故事？好像看月亮變成一個很曖昧的名詞了，我們只能略微看一看，是不是？」

「妳真會講話，」葛德抓起她的手來，在她掌心輕輕打了一下：「幸虧妳是和我坐在這兒，假如換成一個海盜型的男人，妳這樣說，對他反而是一種提醒了！」

「很妙。」女孩說：「你既不是海盜，你屬於哪一型的呢？」

「深沉木訥型的。」葛德說。

「形容得很恰當。」女孩帶著讚許的意味，點點頭說：「照你的分類方法，世上的男人還有哪些型呢？說給我聽聽，也好增長些見識啊！」

「還有多得很呢，」葛德說：「甜言蜜語的浪漫型，標準紳士型，胸無城府的火炮型，還有一味歪纏的哈巴狗型，……數也數不完的。」

「你知道在這許多型的男人裏面，我最喜歡哪一型？」女孩反指著葛德的鼻子說：「就是你這種深沉木訥型的，你這才算是真正的君子。」

「這可不一定，」葛德說：「那得看對方是什麼樣的人？有時候，我也有海盜的根性。」

「在你沒有變成海盜之前，我們就快走罷！」女孩說：「我們先到百貨公司去看花燈展覽，再到龍山寺去看更多的花燈展覽，……聽說那兒展出的花燈，紮工極精巧，人物都栩栩如生，還有些是電動的呢。」

「只要妳願意去，妳覺得快樂，我一定奉陪。」葛德說：「寧願被人潮踩掉了鞋子，我也不在乎了。」

「那好極了！」女孩笑著站起來，挽著他的胳膊說：「只當我們都是孩子的罷。」

「我是大孩子，看樣子，只有還就妳這個小女孩了，」葛德說。

他們走出公園，走到鬧區的街道上去。有些店鋪裏，玻璃櫥窗間添置了一盞走馬燈，古老的圖景，波漾波漾的旋轉著，彷彿在一片小小的天地中，把漢唐盛世的光景真的招喚回來了。梳角髻的娃娃，互揖的老公公，盤舞的龍，跳躍的獅，旋過去又旋過來的歲月，頗有奇趣。

「我要買一盞走馬燈，放在你的書桌上。」女孩說。

「不要買得太早，」葛德說：「提著它到龍山寺去走一圈，回來之後就不再是走馬燈啦，人都能被擠扁掉，甭說是燈了。」

「對呀，我原就打算回去再買的。」

「還是讓我自己買罷，」葛德說：「走馬燈不但旋出一股喜氣，它還會激發人珍惜未來的日子呢。」

這樣邊談邊逛，到了百貨公司花燈陳列的地方，展出的花燈數量不多，紮法卻異常精巧，但毫無原始的意趣。葛德說它太匠氣了，已經脫離了一般家庭手工藝的範圍，只有專門的紮匠才能紮得出來，女孩也覺得它太精巧，反而不可愛了。

「這就好像寫作一樣，」葛德想起什麼來說：「太講究文字的修飾，形式的完整和表現的技巧，結果失去了原始的真純，這不就像這兒陳列的花燈麼？」

「我相信龍山寺那兒，一定有很好的花燈，」女孩說：「不知道早先的上元夜，你去過沒有？」

「若沒有妳在，我不會去湊那種熱鬧的。」葛德說：「我一向怕到人群擁塞的地方，怕聽那種嘈雜的人聲，這也許就是心靈蒼老的象徵罷？……當年做孩子的時刻，一聽趕廟會，心便興奮得像打鼓似的蹦蹦跳，跑也跑在別人的前頭；如今，不知不覺的就改變了，在城裏十多年，上元節我從沒去那兒看過花燈。」

「我也沒有去過，」女孩說：「不過情形和你不一樣。這是我來城裏之後所過的第一個上元節，我這個鄉下來的小土包子，倒是很愛新奇，很愛熱鬧的。」

「妳已經影響了我，」葛德說：「我也跟妳一樣的愛新奇和愛熱鬧了！我們這就坐車子趕過去罷。」

兩人搭車過去，離開龍山寺還有一大段路，人潮便顯得很洶湧了，車子無法再開進去，他們只有下車來，順著人行道上的人潮流動的方向朝前面蠕動。龍山寺後有一條燈火輝煌的橫街，街上盡是賣吃食的，賣衣帽的，賣花燈和兒童玩具的攤位。

人群擁塞在那裏，擠得熱鬨鬨的，每個人都穿著色彩豔麗的新衣，臉上帶著笑容。葛德感慨的形容說：

「我們當初來到島上的時候，一般人的生活水準都還沒脫貧窮的面貌，經過這許多年，此地在經濟發展上，已經超越了二次大戰後的歐洲很多了，儘管還不能和號稱金元王國的美國相比，也該算是銀元王國了罷？」

「在城裏，看起來確有這種感覺，」女孩說：「在鄉下，可要樸實得多，他們即使有錢，也不願顯露出來。我們在節儉勤勞這方面，要比歐美社會好得多，但城裏的奢華糜費，彷彿又過分了一點。」

穿過這條橫街朝右轉，就是龍山寺了，人群更見擁擠，整個街道擠得滿滿的，連水都潑不進去，有人奇怪人群怎麼會擠不動了，更前面的人說：

「當然不會動了，前頭有員警攔著，廟裏的門還沒有打開呢！」

葛德和黃碧霞兩個，擠在人群當中，進也不能進，退也不能退，這樣足足等了四十多分鐘，廟門總算打開了，人群才又繼續朝前緩緩的移動。

「真的好擠。」女孩說：「你沒想到會有這樣擠罷？我看，這要比到陽明山賞花的人更多呢。」

「想是想到的，」葛德說：「只是沒料到會擠成這樣，差點連氣都喘不出來了。」

「這城市發展得不夠平均，」女孩說：「一頭重，一頭輕，所有的熱鬧都集中在這一邊，幾百萬人口的地方，一人都朝一點上聚集，還有不擠的？如果把這種花燈展覽，分成幾處地方同時出，一處在松山寺，一處在覺修宮，就不會像這樣的擠了。」

「這倒是很妙的想法。」

「是嗎？這全是擠出來的念頭呢。」女孩笑笑說：「像這樣的擠法，傻瓜都會被擠得變成聰明人的，你相信不相信？」

他們不是走，硬是順著人潮，被後面推湧壓力推到廟裏去的。順著大殿，經過放列著各式花燈的迴廊，這裏的花燈，多半仍採取傳統的製作方法，精巧、細緻，但仍保持著高度的民間藝術的風貌。一盞盞不同型式的花燈，替這人間佳節增添了勝景。只可惜人潮前湧，使他們無法在那些花燈面前略作停留，駐足觀賞，完全是名副其實的走馬觀花，不一會兒，就被推到側門外面來了。

「累不累？」女孩說：「早知這樣擠，我就不拖你來了。」

「現在還不覺得太累。」葛德喘息說：「即使累一點，能看到這許多精巧的花燈，也值回票價啦，何況看花燈不買票——淨賺的。只是看得太匆促了一點，叫我重新再擠進去看一次，又沒有那個精神啦！」

「我覺得也沒盡興，」女孩說：「那只有等明年想法子彌補了，如果明年我還能留在這裏的話。」

「真的，」葛德說：「花燈展覽確是年年都有的，但看燈的人，只怕年年都不相同罷？古代的詞人逛燈會，寫過感嘆的詞章，不論古今，人心都有相同的感覺，一年的日子不算長，但也不算短呢。」

「感嘆大可不必。」女孩說：「我敢打賭，明年上元夜，我們還是在這裏看花燈，也許會多一個人——你的太太，你總不能長期讓我幫你做飯罷？」

「妳不要笑話我了，我要有能力養活太太，早幾年就該結婚啦，哪還要妳來幫助我？」葛德說：「即使我不自量力，有心想娶，那種鍋底朝天的日子，還沒有人願意和我一起過呢。」

「那倒不一定。」女孩說：「一個窮得像風一樣的作家，有什麼不好？像今夜，你口袋並沒裝幾個錢，你不是一樣的很快樂嗎？」

「可是，明天就不同了。」

「嗨，人總為明天憂愁。」女孩說：「其實，明天還是會平平安安捱過去的，不能因為怕著明天難過，就躲開它不去過，世界上，有誰能躲得過橫在眼前的日子的？……這些話，應該由你說給我聽才對，是不是？」

葛德默默的點點頭，女孩所說的道理很平常，但她顯示出很不尋常的生活勇氣，大有一往無前的氣概，這一點，正是他近年來最缺少的。他常常為了現實生活憂慮著，躊躇著，表面看來是穩重，實際上是生命的動力不足。面對著女孩，他不能不感覺到慚愧。

他們在湧出來的人潮中走了好幾道街口，擁擠的情形才逐漸緩和下來。女孩特意到商場的燈飾店裏，買了一盞走馬燈，要他放在書桌上。

「願你的日子就像這盞燈，轉來轉去都是平和光亮的，多彩多姿的。」她說：「我要回去睡覺了，不要擔心我的夢，我一向都夢見很快活的事情。」

她笑著，搖一搖她的小白手，一條翠色的魚般的，滑到人潮裏去了。燈球炫射出的光霧，融和著乳色的月光，落在她柔圓的肩背上，轉眼之間，她的背影就被人潮吞沒了。

葛德手捧著裝在方形紙匣裏的走馬燈，呆呆的在一處街廊邊站了一會，只覺得內心裏裝滿了感覺，究竟是什麼樣的感覺，他一時也說不出來。這個佳節的夜晚，他們逛街，坐公園，看月亮，看孩子們結隊拎燈，又投到無邊的人潮裏看花燈展覽，嚐受擁擠的滋味。這一切，對於一個習慣都市生活的人來說，都是極為尋常而煩冗的事情，但這些年來，他只是觀望過別人，自己並沒有投入其中。這該是頭一回，自己走瘦了腿，擠出了汗，並且用這許多感覺和記憶，填塞了自己空盪的心靈。有一天，它會成為自己生命的背景，真實，充滿了內容，他將會回憶起這種新的生命的圖案。

不論明天的日子裏，將有多少離合悲歡的變化，他預感到它的豐繁。

他沒有理由怯懼明天。

第八章 悟緣

在畫家兼詩人彭東的生日餐會席上，葛德頭一次帶著黃碧霞出現，他給朋友們介紹，稱她是一個有才氣，有潛力的作者，由於參加餐會的文藝工作者很多，也有一部分男女青年作者在座，也就沒有人詰問葛德，他和這女孩之間是什麼樣的關係？其實，要求參加餐會是女孩主動提出來的，她說她一向企慕認識這些文壇先進，雖然彭東、古晉、克木和秦牧野這幾位，並不很有名，但她讀過他們的作品，認為他們創作態度嚴肅，都是信念堅強，埋頭苦幹的一群。

「如果有人問起來，我們純然是朋友，不是嗎？」她說：「你不會說我是替你煮飯的阿巴桑的——那是我們的秘密。」她說。

「那當然。」葛德說：「妳要曉得，阿巴桑在一般人的習慣裏，又是自己家裏黃臉婆的別稱，別人要是會錯了意，那真是失之毫釐，差之千里了。」

「你這是在存心佔我的便宜？」她笑著說：「我的臉當真會有那麼黃？」

餐會很熱鬧。古晉曾代表朋友們致詞，他認為作為一個藝術家和詩人，彭東藝術的執持力和表現力，在同儕中都算是優越的人物；幾十年來，他拋開名與利的爭逐，守著他的小畫室和小書房，作畫、閱讀和寫詩，構成他生活的主體，他的作品，已表明他存在的精神價值，這是值得朋友們鼓掌慶賀的。

彭東接著站起來說：

「照兄弟的年齡，正是人生的中途站，這些年來，在藝術的天地裏摸索，嘗試，可以說愧無所成，古晉兄對兄弟的推許，只有使我感到惶愧不安。尤其是因為我的生日，煩勞諸位朋友帶給我這樣的熱鬧，我除了感激之外，真不知說什麼才好了。」

他說完話，取出一袋他新出版的詩集來，即席分贈給參加餐聚的朋友。這看來薄薄的一冊詩集，卻是他多年來心血的結晶，葛德捧著它，不禁慨嘆起來。

「這詩集雖薄，分量卻是很重。」他說：「有些人自恃才華，寫文章信筆由之，在咖啡館裏，甚至在牌桌邊，也可以立就千言，為了騙取稿費，大寫磚頭小說的，也頗不乏人。比起彭東兄這種謹嚴的態度，連我都覺得臉紅，今天的這份禮物，真太使人珍惜了。」

「其實也不是如此，」彭東笑笑說：「這只是因為我寫的是現代詩的關係。詩，在當代文學藝術的環結裏，受到商業的壓力和影響最小，所以我才能摒除外在因素的干擾，專心的，慢慢的寫它。如果它和生活膠連在一起，甭說是我這區區不足道的人，就是再偉大的文學巨匠，也推不脫那份掙扎的痛苦罷？」

「詩是比較純粹，也比較寂寞的藝術！」古晉說：「正因如此，它的藝術質素也才能保持濃郁。」

「嘿嘿，」彭東笑說：「也正因如此，詩人才成為沒有屋頂的人。」

「有沒有屋頂，絲毫不影響一個人的價值，」秦牧野舉起酒來說：「來，我們一起舉酒，為這位沒有屋頂的詩人乾杯罷！」

這個生日餐會並不盛大，但情況顯得熱烈而和諧，每個人都喝了一點酒，也都很坦直的交換了不少有關文學和藝術發展方面的意見。黃碧霞曾很認真的問起過現代抽象繪畫的問題，現代詩的語言問題，她說：

「有些年輕人談繪畫，一定會談抽象，好像不畫抽象畫就不夠時髦。彭先生對這點，有什麼樣的看法？」

「當然，抽象繪畫是有著它藝術理論根據的，它以展現人類的精神和神秘的心靈世界為主旨。」彭東很顯然的為這問題沉思著，他微微凸起的廣額上，現出思慮的橫紋來，使他整個臉部，嚴肅得彷彿是一座雕刻：「但我敢斷言，它絕非是一種色彩和構圖的遊戲，它仍然脫離不了人的生活，它和欣賞者之間，也需要具有某種誠懇的溝通——

精神和心靈，原就可以溝通的。」

「一般概念是這樣的，」女孩接著問說：「但抽象藝術發展的結束，客觀評斷的標準變成模糊了，這是不是一項嚴重的問題呢？」

「妳問得很中肯。」彭東點頭說：「它實在是一項不可忽視的問題，不知妳曾聽過這樣的笑話沒有？它大意是說：在歐洲，一位抽象畫家，曾經多次把他自認為精心傑作拿出去參加國際性的抽象畫展，結果每次都名落孫山，連名全掛不上，最後，他的僕人在包送他的參展作品時，不小心包錯了——把他平常繪畫時所用的調色板送了去，結果卻得了金牌獎，有的報紙把他製版刊登出來，題為『霧之沼澤』，推許它為了不得的創作，天知道，那根本就不是一幅畫。」

「老天！」克木叫說：「你這是在糟蹋抽象藝術。」

「我說過，這只是一個笑話，」彭東說：「但這個笑話，也給人很多啟示。以我個人來說，我畫抽象，也畫具象，我總覺得透過具象的基礎向上引昇，才是正途，如果一味抽象，抽象畫畫久了，本身覓不著定點，應該是一種危險的傾向。」

餐會完了，他們談話的興致正濃，於是，他們便轉移陣地，回到音樂廳去，每人泡杯茶，繼續談下去，並且請壽星翁彭東，朗誦兩首他自己的詩作，一直到夜深時，才盡歡而散。

女孩參加了彭東的生日聚會，為葛德帶回來許多未盡的話題，也都是偏重於文學藝術討論這方面的。對於這些問題，不論深度如何，她都有著她自己的觀點，她自己宣稱她並不堅持她的看法，只是一種嘗試性的賦予。但葛德認為，她的多數觀點都很正確，同時也具有超越她本身年齡的深度。葛德內心很敬佩她，嘴裏卻嘲笑她說：

「人家別的女孩子，在妳這種年紀，對於新款式的衣服，化妝品，婦女雜誌，家事和插花，都顯得特別敏感，特別沉迷，妳卻偏偏酸裏酸氣的談藝術，談文學，真是一隻小呆鵝。」

「你管得了那麼多？」女孩輕嗔說：「這就叫人各有志，不可相強。我雖然沒和你談過家事，服飾……之類的事，但我並不是不懂得，事實證明，我做飯半個多月，你吃胖了，不信你用磅秤秤一秤看，你至少重了兩公斤！」

「不得了，」葛德說：「半個月就重兩公斤，日子長了，我的體重直線上昇，不是變成肥豬了嗎？」

「不要緊的，」女孩笑說：「你不停的寫稿，就會瘦下來了。」

「妳替我配妥的藥方——寫稿？」葛德說：「看樣子，我不寫也不行了。」

正因為女孩代配的這帖藥方，對於現實生活的改進極有效驗，稿費雖不算優厚，但源源而來，正合了涓滴可以成川的俗諺。葛德深知自己花錢沒有計算，便把這些錢都交到女孩的手上，完全由她處理。女孩很精細，很節儉，她在附近郵局開了一個戶頭，建立了一份收支日記賬，替他處理得很妥當。她認為目前一般城市居民，在節儉的風氣上，遠不及農村的人；能夠量入為出，凡事精打細算的人家並不多，有些人習慣糜費，任意揮霍而不自覺，總怪收入微薄，不足肆應。

「當然，寫稿在目前算是低收入，」她說：「但你並沒有沉重的家累，一個人養活一個人，如果寫得勤一點，用得省一點，應該每個月都有小額節餘才對。」

「嗨，這道理我不是不懂得，」葛德說：「我也多次發狠，想積存一點錢，但過不多久，又洩了氣啦。」

「那怎麼行呢？」女孩說：「寫作這種行業，雖然自由，但也最沒有保障，人總有病痛的時候，假如手邊沒有一點積存，那不是拿自己開玩笑？」

「對這方面，我算是有自知之明，」葛德說：「所以我才找妳幫忙，幫助我來養成節儉積存的習慣。」

「我也只能幫你開個頭罷了。」女孩說：「這種習慣的養成，全靠你自己，沒有人能強迫你，我假如一旦離開臺北了，誰來幫助你呢？」

「看樣子，我得想方法拴住妳才行。」葛德說。

「那你是自找苦吃，」女孩笑起來，恢復了他們之間習慣的揶揄：「我連你的零用錢都要記賬的。從現在開始，看你能忍耐多久？」

事實上，葛德毫無被壓迫著要去忍耐的感覺，日子變得平靜柔和起來，一切都有了秩序，也就是說，一切都在女孩無形的影響之下改變了，使他在不知不覺中，走上了正常的生活軌道。

只是有一點，在葛德的心裏發酵著，他自承不是超凡的人物，儘管到目前為止，他和黃碧霞之間的關係是很坦蕩的，但他們的年齡比較懸殊，在社會的眼光裏會作怎樣的想法？朋友們知道了，又會作怎樣的想法呢？就算她不畏人言，他卻不能不顧及人言可能帶給她的傷害——她究竟是個涉世不深的年輕女孩。

他想過，他既然看到有這種問題存在，就必須把它提出來和她討論，如果一直隱忍著不開口，日後問題出來了，他脫不開應負的責任。

「碧霞，」那天傍晚，他對她說：「我真的感謝妳這樣對待我，不但在實際生活上幫助了我，同時也在精神生活上拯救了我……」

「奇怪，你為什麼要這樣客氣呢？」女孩說。

「有些話，我梗在心裏，不能不講了。」他說：「妳抽空來替我管家，燒飯，等於是在一起共同生活，只是差妳沒有真的在這裏打地鋪而已。我們自己明白，我們是朋友，但社會上會是怎樣的看法？……我是說：別人講起話來，會很難聽的，對我當然無所謂，對妳，損害可就大了，不知妳想過沒有？」

「當然想過，」女孩哦了一聲，但很平靜的說：「我覺得社會上人，抱什麼樣的看法，不能影響我，一個人在自己的生活方面，假如不能自由和主動，活著為什麼？為旁人活著嗎？……再說，你不是有婦之夫，我也不是有夫之婦，犯不上妨害家庭的罪名；如果我挺起胸脯說：我愛上了一個年紀大我很多的窮作家，世界又會對我怎樣呢？──我是說，假如我真正愛上你的話。」

「我佩服妳的勇氣。」葛德說：「即使妳並沒真的愛上我，這番話我聽了也夠過癮的了。」

「不要說我沒愛上你的話，」女孩笑起來說：「你得先想一想，你愛上我沒有？你既沒表明，又沒送我鮮花，更護著你的膝蓋，沒對我下跪求婚，決沒有讓我厚著臉皮自承我愛你的，是不是？你不要忘記，我是南部農村裏來的，保守的、舊式的典型淑女。」

「正因為妳是個典型的淑女，我的考慮就更多了！」葛德說：「我考慮我們究竟是順遂世俗呢？還是在精神上結緣呢？我考慮是讓妳就這樣過苦日子呢？還是放妳飛進未來的雲裏去呢？妳是一隻鳥，有光潔的青春的翅膀，願意落在我這片泥淖裏嗎？」

「你要知道，我不是那種一飛沖天的鳥類。」女孩的聲音變得十分的誠懇柔和，有一種非常親切的眼神，直落在他的臉上：「即使我能夠飛，疲倦時，我仍然會落回窩巢的，我不怕泥濘，——我有水鳥的習性。」

「對妳母親，妳也這樣說嗎？」

「為什麼要騙她呢？」

「說了會使她傷心的——假如妳真的挑了我這樣一個人的話。」

「騙她不更會使她傷心嗎？騙人只能騙在一時，你可無法長久把她蒙在鼓裏的。」

假如我們真的隨了俗，到那種時機，我會跟她說明白的。」

「那我們就應該回到原則上來了！」葛德說：「我沒有錢，沒有屋頂，也沒有任何準備，無論如何，隨俗也不是時機，……這不是一束花和一番言語的問題。」

「那我們就維持現狀罷，」女孩眨眨眼說：「我要靠工作維持自己，也還準備升學，跟你一樣的不是時機，你總不會對我這個好心幫忙的人下逐客令罷？」

「當然不會。」葛德說：「儘管妳是絕頂聰明的人，我也得提醒妳，人究竟是感情動物，越處情感越深厚，會能長時間的維持現狀麼？萬一掉下去，再想拔也拔不脫了，我對這方面，是沒有自信的。」

「到那時候，你再準備一束花就行了。」女孩說。

「如果妳真的這樣執持，我認為妳是天底下最傻最傻的丫頭！」

「你不要以為這算是罵了我，」女孩笑得很開心：「也許傻人有傻福也說不定呢。」

這一回談論，使葛德明白了一項基本事質，女孩早已對於他有了情感上的認定，她的心意，已經很明顯的表露出來了。他不能同意社會上某些道學人士對於愛情的態度，認為兒女私情算不得什麼。正因為他前半輩子飄流得太多，形單影孤的日子使他活怕了，他才懂得感情，珍重感情。真正的愛不是獲取，而是付出，他必須自問能給付對方什麼？安樂？溫飽？和感覺上的幸福？……認真檢討起來，自己太貧弱了，不僅僅是金錢或物質上的貧弱，甚至在生活信念和精神的堅定性上，也不及對方勇敢和猛銳。他既珍視這種緣分，這種感情，就必得先在心理上作準備，儘量爭取那個時機。

女孩走後，他對著檯燈，寂坐了很久，他在筆記上寫下：

愛情應該是精神現實的基柱之一，它將支撐一個人終身的生活，當愛而不敢愛的人，要比當恨而不敢恨的人更為怯懦，更為可憐。……

接著，他又寫：

真正的愛情，並非是盲目的，它是一種靈的浸潤，而非慾的燃燒，它必須同時完成給付的準備，作為它的獻禮。哪怕本身再貧弱，也要罄其所有……。

這是他發自內心深處的語言，赤裸裸的，毫無虛偽和矯飾的成分在內。正因為有了這種語言，他確信自己是在戀愛中了。女孩給他的愛像猛烈的潮水，撲襲而來，他必須挺起胸膛接受它，他決不能做一個當愛而不敢愛的人。他不能說前途沒有艱難，他必須克服任何的艱難和逆阻。他和她在這件事上雖然有著共同的承擔，但他以他的年齡、經驗和閱歷，自應承擔更大的重量。

從這次的討論，使葛德和黃碧霞在情感上又跨入一個更深的層次了。而諸如此類的探討，便很自然的成為他們日常生活裏的話題。葛德看過很多對熱戀中的情侶，他們依偎著，走在街巷裏，坐在公園的樹蔭下，情話綿綿，彷彿這世上只有他們存在，圍繞著他們的人群，都成為流動的襯景——可有可無的襯景。他們究竟在談著些什麼？只有他們自己知道。而他和黃碧霞之間，沒談過耳語式的、夢囈式的情話，也沒有陶醉得像喝多了酒，他們總是很冷靜、很理智的探討著人生多方面的問題，諸如彼此的生活態度、婚姻觀念、家庭和社會理想等等的，有時候，他們也互相談論過去，藉以增進彼此的瞭解。

「說起來很抱歉，碧霞，」葛德在談論時頗有感觸的說：「正因為我不再是青衫少年，我無法把那種柔情蜜意的氣氛帶給妳，我們這樣談話，倒有些像……像創作研習會似的。」

「這不是很好嗎？」女孩說：「我記得當初你說過，你反對浮誇的。有許多一對對的，他們看起來親熱、陶醉，其實說話心不在焉，多半說些無聊的，連他們自己也不知所云，我倒不覺得那樣有什麼好。」

「妳能有這樣的想法，我就寬心了。」葛德說：「妳喜歡目前這種形式嗎？」

「至少它不庸俗，它有內涵。」女孩說：「我總覺得有些人注重周圍的情調，像春花啦、秋月啦、樹影啦、夜暗啦、青山綠水啦，風景加上夢話就算是愛情，如果抽除那些，就覺得沒有滋味了，那種形式上的浪漫，並不足取。」

「算啦，丫頭，戀愛並不是哲學呀。」

「可是，怎樣去戀愛，卻是重要的生活哲學。」女孩認真的說：「比如說：我愛的是你，永遠和你關在這個小木樓上，一樣愛得真誠，愛得熾烈，用不著電影院、椰子林，用不著音樂、舞會那些身外的場景。凡是和長期真實有距離的，都是夢幻，那些不是談情，都是在自己造夢，有一天，夢醒了，又會覺得一切都那麼索然無味了。」

「這道理倒是新鮮、頗有深度的。」葛德品味著說：「妳是從哪裏學來的？」

「自己悟出來的。」女孩說。

「我相信妳的悟性很高，但在妳這樣的年齡，妳還得多悟一悟，我對妳的觀點有批評。」

「什麼樣的批評呢？難道我錯了?!」

「觀點倒可以站得住。」葛德緩緩的說：「糟糕的是妳把主題選錯了，我懷疑我這樣的人，值不值得妳死心塌地的去愛?!……妳是玉女，我卻不是金童。真的，碧霞，我不願意隱瞞我的過去。」

「結過婚？」

「不，離家時我還是個孩子。」

「我明白了。」女孩轉動一下眼珠說：「愛過別人？那毫無關係，那總是過去的事了。我何嘗沒有心裏的白馬王子，他並不是你。想想那個時候，你並不知道這世上有我，我也不知道世上有你呢！」

「那妳就太抬舉我了。我何嘗戀愛過？假如有，也只是一廂情願的單相思罷了！」葛德嘆了一口氣說：「一個打光棍打了這許多年的人，妳知道……總而言之，在某一方面，我受了勞倫斯很大的影響……那種生活，一直繼續到遇上妳為止。」

「我毫不介意那些。」女孩會過意來，但仍輕描淡寫的說：「那不算什麼，不是嗎？那很合乎單身漢的道德，要不然，就太不人道了。」

「妳真的這樣認定?不以為太大膽嗎?」

「不，」她說：「我只是誠實。」

「正因為妳是這樣的誠實，我也不得不勉力做個誠實的人。」葛德說。

「我可從沒把寫作的人當成聖人看待過，」她說：「人，總是人。我想，那些斑斑駁駁的回憶，對你多少總有些意義存在罷?要是你願意，我倒希望能聽一聽那些，通常你不會對旁人講的，是不是?」

他講起那些潮溼的雨夜，多半是雨夜或是酒後，憂愁在心上打著一把結，他才會淋著街燈的光，浴著街廊的暗影，飄落進那種地方。他講起素月，紅燈的紅，綠燈的綠，染浸著她任人踐踏的青春。他也講起小洋馬，一心充滿了抗逆，倚恃她的本錢，拚耗著，也許她還在那裏，也許已經換了地方……他更講起好幾個不知名姓的，記憶也很模糊了，僅有一些印象殘存著，和夢一樣的顏色。

「你雖沒把它當成題材，寫成作品，但我也看得出來，」女孩說：「你的作品裏，充滿了同情，這也許就是從那些生活裏來的，至少，它對你有若干影響。」

「我的生活飄浮又冗雜，我已很難區分了。」

他們盡情的談論著，小木樓單調又沉黯的背景更容易顯示出他們精神的光亮來，這份光亮，足以照映出他們自己的生命，顯示出他們自己的真實形象來。女孩說她極喜歡這樣的談天，她說：

「有些酒鬼，抱著酒瓶過日子，成天喝得醉醺醺的，他卻未必品嚐到酒的滋味；有些人偶爾淺嚐細品，卻品得酒的真味，但願我能做後面這人。」

「也許妳更要強些，」葛德說：「妳將是第三種人——沒飲酒，就已經知道酒的真味了。」

「不，」她說：「那只是哄小孩子的神話。」

「綠野」維持到三月裏，總歸面臨了結束的命運。幾個年輕的畫家股東曾經一再的集議過，也實際上增過資，但仍不能在日益蕭條的營業狀況中繼續維持下去，他們都不是富有的人，無法羅掘更多的錢來貼補。「綠野」結束了，一部分從事繪畫工作的年輕朋友，便也少了一個作品展示的場所，而幾個工讀的女孩子，也都失去了她們的工作了。

黃碧霞來時，對葛德說起這件事，她說：

「總算老闆很顧念我們，加發了一個月的薪水，讓我們有時間另找差事。你不必為我發愁，很快我就會找到新的工作的。」

「找工作，全不像妳說的那樣輕鬆，」葛德說：「而且也不會那麼快就能找得到，這全得碰運氣。我不是為妳發愁，只是替妳著急。」

「著急又有什麼用呢？它並不能使就業的機會增加，」女孩說：「只要我留意報紙的廣告欄，遇上有適合我做的事情，我去應徵就是了。萬一短期間找不到工作，我也好趁這機會多休息幾天。——伙食團不解散，我不會餓肚子，我怕什麼？」她掛著一臉的微笑，略略抬起下巴，彷彿在等待著他的答覆。

「一個流浪漢和一隻被淋濕的貓咪。」葛德說：「我會忍心看妳凍著餓著嗎？」

失去了「綠野」的那份差事，女孩的夜晚時間便空下來，不再那麼急急匆匆的趕著上班了。她不願意閒著，和葛德兩人逛街時，買回兩隻籐製的小沙發，一隻小几，她找來許多碎布，用手工細心的拼縫著椅墊，每天總要到十點多鐘才離開小木樓，回到她的住處去。

這樣一來，從黃昏到夜晚，葛德再也不覺得寂悶了，他在燈下寫他的稿子，女孩坐在一邊的籐沙發上垂首低眉，藉著同一盞檯燈的圓光，靜靜的做著她的縫綴工作，從沒打擾過他。她替小木樓上的窗子，縫製了新的窗幔，她形容窗和人一樣，需要換穿新的衣裳。

由於天氣逐漸的轉變得和暖了些，她便打開窗，讓沁涼的夜氣流進窗來。有時候，感覺的不同，使葛德發現了平常一直疏忽了的，小木樓周遭的風景，銅盤似的月亮滾在對面房舍的瓦脊上，貓們在月光裏咪嗚著，不時看得見牠們穿梭的影子。

鄰舍有個學吹短笛的孩子，他在幾個月前初初開始練習的時候，真是嘔啞朝夕，不成曲調，但最近再聽到它，光景已大不相同了。他吹的雖仍是很單純的曲子，卻吹得柔和，具有熟練的悠揚起伏，在一個孩子吹來，又帶著些奶腥味，淡淡甜甜的，好像把夜晚加了糖一樣。

誰說城裏沒有明顯的季節來著？街角的三角楓就會在風來時喊出一種聲音，年前它落了葉子，一整季逐漸凋落的殘葉，麻煩了掃街的婦人，由於風勢尖勁，她必須在掃積了那些殘葉之後，用掃把壓著它們，免得被風吹走，害得她再去追逐。即使這樣，仍有幾片殘葉，從掃進的竹齒中飛遁出來，像逃出絲網的蝴蝶。而那些隱泛紅褐色的，象徵寒冬的老葉子落盡了，春來後，裸枝上又凸起無數新的苞芽，這些苞芽越長越大，不到一個禮拜的工夫，就展放成新的葉簇了。他住在小木樓好幾年，都沒有注意過三角楓的變化，也從沒抬眼看過那些新的葉簇。春並不是沒曾到來，是他疏忽放過了。如今有女孩為伴，使他心定神閒，才又把那些早年放過的，一一撿拾回來。

「葛，」女孩也許覺出屋裏氣氛太沉靜了，便主動的對他說：「你不是習慣到外面走走的麼？不要為了顧慮我，留在屋裏陪我，你悶了這些天，儘可以出門走走去。」

她拎著墜有一條小銀魚裝飾的鎖匙鏈子，笑說：「如果你回來得晚，我走時會替你鎖門的。」

「妳以為我喜歡出去？」葛德搖搖頭：「那是因為一個人留在屋裏太冷清的關係，有妳在這兒，我哪兒都不願意去了。」

「你寫稿，我不出聲，是不是太沉靜了一點？」女孩說：「我那裏有一架收音機，調頻的，它會給你一點好的音樂。」

「用不著，我寧願聽妳說話還好些。」

「白天我去找過差事了。」

「結果怎麼樣？」

「我去了兩處地方，一處要用一個中文打字員，我的中文打字不夠熟練，沒取得上。」女孩說：「另一處是夜間校對，我只是送了履歷卡，報了名，聽候通知，也許有些希望。」

「對啦，妳這一說，我可想起來了！」葛德說：「我的朋友克木，記得妳在參加彭東兄生日慶賀的席上，我跟妳介紹過的，他正主編一本文藝刊物，手邊也許需要一個佐理他處理稿件的人，明天我去找他，向他推薦推薦，假如還有位置的話，妳過去最合適了。」

「瞧你那樣子，好像我真能幹得下來似的，」女孩說：「我以為我很幼稚膚淺，不能做好助理編輯，那是一本全國性的文藝刊物，可不是中學裏的校刊。」

「誰說妳幹不來？」葛德說：「像登記稿件，分類送審，按時退稿，整理訂戶卡，寄送刊物，這些最基本的行政雜務，只要細心有耐力，誰都能幹的；再說，妳的興趣正好在這方面，一邊做事，一面也可以學學怎樣編刊物，工作瑣碎些，但並不太繁重，環境要比『綠野』更單純，要是能說得成的話，我認為並不影響妳補習的。」

「好罷！」女孩說：「聽你說得這樣好，我真被你打動了，不過也不必太急，哪天你湊巧遇上克木，再跟他提就好了。」

「不不不，」葛德說：「別的事，都可以不必急，早點兒晚點兒都沒有關係，但是，找事決不能拖，也許只晚了一天，或者一個時辰，那個缺額被別的人佔了去了。我還是明天就趕過去跟他講罷。」

葛德專為這事出門，他拖著黃碧霞一道兒去找克木，人是找到了，事情卻並沒說得成。克木很坦率的告訴葛德，月刊社並不是機關衙門，談不上額子有無的問題，但是他編的是真正文學刊物，銷路極為有限，在經濟上，經常處在賠累狀況中，無法多用一個人。

「那也不要緊，」葛德只好接話說：「因為黃小姐最近沒有差事做，閒著也是閒著，我是想讓她兼份差，補貼她在補習時的生活用度，……她很倔強，不願寫信回家，向她母親取錢花用的。」

「我知道，」克木拍拍葛德的肩膀笑說：「我們這夥朋友，談到理想性的論題，大家都眉飛色舞，一旦談到人生的實際生活事務，大家都沒門兒了，尤其像找差事這類的事，十個有九個都是愛莫能助，這是不爭的事實。」

兩人略坐了一會，搭車轉回來，葛德還為這事慨嘆著，女孩說：

「這有什麼要緊呢，你總是為我盡過心，出過力，幫過我的忙了。改天這種事情，你還是不必操心罷，讓我一個人去東闖西闖好了。雨天簷滴落進後頸的滋味，我都嚐過，什麼叫苦頭？那不是生活裏的笑料嗎？」

「妳假如真要跑，我跟妳一起跑。」葛德說：「讓我也分嚐找差事的味道。」

「你打算護『花』嗎？」女孩顯出她天真無邪的本性，略帶些放肆的笑出聲來：「我看完全免了，我並不是那一類嬌花弱柳型的女孩子，也懂得城市裏某些騙人的方式和圈套，不會落到別人佈妥的陷阱裏去的。」

「我不願意勉強。」葛德說：「那我只能坐在屋子裏，等著妳的佳音了？」

「你放心。」女孩說：「我很有自信。」

日子這樣的過去，在黃碧霞還沒有找到新的差事之前，小木樓經她的整理和佈置，愈來愈充滿家庭的氣味了！閒閒靜靜的白天，女孩趕去補習功課，把葛德一個人留在屋裏，他也不覺得鬱悶。女孩的年紀那樣輕，除了她在文學上所表露的才華之外，她在做人方面的勇氣、細心和耐力，都遠非時下一般女孩子能夠比擬的。她所拼綴的碎布椅墊，配色配得那麼鮮麗而調和，她沒有使用縫紉車，完全用手工製成的，針線做得極為細緻，這不但看出她的心思靈巧，也充分反映出她的耐力。她縫製的窗簾，採用平價的布料，暗鵝黃色，洋溢著一股溫暖的感覺，和整個房間比映，顯得非常的調和，這更可以看出她懂得審美，這是無師自通的一種稟賦，可以化腐朽為神奇。

原是冷冷黯黯的小木樓，經她這樣的整理配置，給人的感覺便改變了。她的外衣和他的舊外套一起懸掛在床頭，她的做針線的用品，整理得齊齊整整的，放置在一隻餅乾盒子裏，她擦汗用的手絹，放在他的書架上，葛德抬眼看著它們，便覺得這地方不單是他的，同時也屬於她；儘管她的人沒在屋子裏，但她的精神，她的形貌，都仍留在這屋子裏，陪伴著自己。

他知道，黃昏來前，她就要回到這裏來了，他已經聽慣了她腳步的聲音。她只要一進門，放下提袋裏的書本，就會習慣的摸著她的小手帕，擦擦額角上的汗，然後到門後去伸手擷圍裙，趕快的繫起來做晚飯；如果有一天遲了一點，她更會笑著，說聲：抱歉。

這曾經是他認為高遠如雲的夢境，如今竟被她帶到人間，帶到他做過夢的小屋裏來了。每當他想著這些的時候，他懷滿了一種近乎宗教性的、莊嚴的感恩情緒。古人常說：思無邪，在感情生活裏，他真的感受到一種全然屬靈的境界，他感激她，並沒摻進一絲慾念。

他由這裏，發現他靈魂深處，原就具有一種這種的情操在。但許多年來，他並沒主動發掘出它來，一任它在飄浮歲月裏，被繁冗的生活塵霧掩蓋了；使他信心全失，自認自己有些玩世不恭。對於一般的女人，憑著直感，就把她們視為男性的獵物。……他去那些暗巷時，原也抱著消遣的心情去的，他沒有假道學的觀念，故意扯些理由去掩飾他內在的心意。至於後來和素月的那份情感，則是由自憐憐人而產生的，並不高尚到哪裏去！一面尋消遣，一面給付同情，像他和小洋馬，那種同情未免太廉價了。

做為一個寫作的人，最需要就著本身接觸的事物，去嚴苛的審察自己，評斷自己，使本身活在自我的價值觀念之中。這樣，自身的生命才有定位，有根鬚；作品的表現，也才具有引昇性，能夠激勵這社會人群。先不論自己做到了多少，而必須建立這種信守，力勉自己朝這方面去做；這早已不再是僅憑才情、賣弄筆墨的時代了，內在的審察，應該是外在表現的根源。

黃碧霞這份情感，撞動了他，也激發了他，使他得到很多新的憬悟。用俗語去形容，他們之間的愛，表面無波，但心靈中卻波濤洶湧，真正的愛情，並非是讓別人看的，它深厚的境界，全在於當事者心靈的感受，它的真實意義，也不是第三者能夠論斷的。

和平常一樣，他寫寫稿，沉思一陣，再轉到人前站著，看一陣外間的天和雲，時間便像風一般的溜過去了。今天，她中午沒有回來，葛德等她到下午一點，心想：她大概又跑出去找差事了。

他一個人吃了飯，和衣躺下來，睡了個午睡，一覺睡醒看看腕錶，已經接近四點鐘啦！他起來在屋裏走動，又坐下來寫了一段稿子，這樣等到近黃昏時，應該是她來的時刻了，他不時抬頭諦聽著，但一直沒聽到她的腳步聲。她準是去找差事去了，他想。

也不算是憑空的想像，這樣一座大城市，茫茫的人海展佈著，從大街到小巷，從高樓到木樓，形形色色的人等，都為了拓展他們的生存、滿足他們的需求而忙碌著，一個無親無故的年輕女孩子，沒有特殊的學歷和特殊技藝，僅憑著希望和信心，拿著一張報紙和幾份履歷片，東奔西闖的到處亂撞，實在不是一宗好受的事。有一回，他親眼看過一家百貨公司徵店員，兩條長龍掛在門外，龍尾竟排到天橋上去了。……他總覺得他沒能幫她解決困難，心裏很不安，彷彿她在外面奔波時所受的風雨，也都撲襲到他的心上了。

有這份自疚，他無法再寫下去。當街燈初亮時，他便取了黃碧霞掛著的外套，掩上門下樓去，沿著紅磚道走到公車的站牌那裏，等候著她。

他等了四班車都沒等著她，臨到第五班車，她最先跳下車來，一眼看見拿著她的外套呆站在那裏的葛德，便趕急跑過來說：

「真對不起，剛剛在車上我就想到你會跑出來等我的，都快七點半了，你該先吃飯的，風這麼大，你吹著風等我幹什麼？怕我摸不著門？」

「風這麼大，妳還是先把外套披上罷。」

「都是我不好，害你挨餓，我該先跟你說一聲的。」女孩說：「其實，我也不知道最後一處地方那麼偏遠，車班又少，轉車、等車耽誤了不少的時間。」

「說我挨餓？」葛德笑說：「妳還不是空著肚子？我早些時候，經常到十點鐘才吃晚飯——連晚飯帶宵夜，做一頓吃，那樣寫稿寫到下半夜，才不會餓得睡不著。」

「我可沒有你那樣的訓練有素，我可餓壞了！」女孩說：「我是把幾天的事放在一天跑，跑得腳心發疼，又累又餓。」

「快回屋去罷，我把飯菜溫著，等妳來吃呢。」

在飯桌上，女孩娓娓述說她奔忙謀職的情形。她先去一家保險公司應徵所謂「內勤」職員，結果所謂內勤也者，是先得召募另一批內勤，還得要拉上一筆取得內勤資格的保險基數，她自認無力辦得到，只好作罷。另一家新型企業徵求業務員，她去了之後，才發現那只是壽材行，不過所賣的不是木製的中國棺材，而是各式豪華的洋貨。對方問她有沒有拓展業務的能力和信心？她照實的回答是：她連活得豪華的人都認不得一個，不用說死也死得豪華的人物了。

「真是很滑稽，廣告上說的那些，竟和實際情形有那麼大的出入！」她笑得流出眼淚來說：「我不明白，我為什麼會摸到那種地方去的？像睡得起那種豪華棺材的人物，大影星啦，我們認得他，他卻認不得我們呢！」

「後來怎麼樣？我是說旁的地方？」

「都沒有結果，」她噓口氣說：「不過我總算是上了一課。」

「真的不錯，」葛德說：「妳做了社會的學生，我又做了妳的學生。可見這些年來，我並沒有這樣深入的生活過，作品裏面的生活性不足，也是當然的了。」

「照你這樣講，像我這樣在生活裏亂撞的人，更應該有資格做作家啦？」女孩說：「但我自認我永遠寫不出這些來的。」

「妳具備了作家的基本條件之一——生活，」葛德說：「時間、磨練，也都是重要的因素。妳既然暫時找不到事，為何不利用晚上，把妳所經歷、所感受的寫出來呢？……我願意把書桌讓給妳用，我可以在小几上寫。」

「小几比稿紙大不了好多，你的兩隻手臂朝哪兒放？——這是寫稿，不是練習懸筆塔呀！」

「妳不要擔心這個，」葛德說：「當年在軍隊裏，我們寫稿都用一小塊圖板，抱在膝蓋上，走到哪兒寫到哪兒，那可比小几更差得多了。」

「嗯，我聽說過。」女孩說：「據說在當代文壇上，許多出身軍中的著名作家，都有過相同的經歷。我在學校時，國文老師常跟我們說這些故事，當時大家都以為老師形容得太誇張呢。」

「他說得很實在，」葛德說：「寫稿並不在於外界的環境如何，而是在於內心有沒有東西。多年前，文壇上的朋友們，生活條件都不算好，但卻一部又一部的寫，如今有了書房和靜室了，反而連書也不願看，稿也不願寫了。生活是水，靈感是魚，生活的水源枯竭了，哪能養得魚？……嚴格說來，和群體息息相關的、昂揚奮發的生活，才是一個作者所需要的生活。如果光是打打牌，抽抽煙，逛逛馬路，談談天，這就不算是生活——也許這句話，語病很大，但我的意思是……我真的很難說出來，寫一部麻將經能算是文學作品嗎？我說這話，自知很不合時宜，沒有人肯點頭喝采的。」

「誰說的？」女孩說：「我首先就點頭喝采！我最喜歡你這種慷慨激昂的樣子，你不是胖子，不會使血壓昇得太高，一個人若能多激奮一點，也會變得年輕的。」

「碧霞，說真的，妳是不是覺得我很老了？」葛德在一陣激奮之後，聲調變得很低沉，但語氣溫柔，顯出非常誠懇：「妳當真愛上我這個又老又很神經質的人了？」

「不錯，」女孩點著頭，緩緩的說：「頭一回見著你，我真的覺得你很憔悴，也很蒼老——超過你的年齡，而你是不該那樣老的。人說：沒結婚的男人，都算是孩子，究竟是什麼樣的生活把你折磨得蒼老了呢？……後來你去『綠野』，你默默的坐著，看畫、聽音樂，但你的心不在那裏，你目光裏露著沉思，因為那些畫、那些音樂，和你過去的生活並沒有關聯。從那時起，我就仔細的看你所發表的每一篇作品，那種沉鬱、那種重量，像你常常鎖住的眉一樣。真的，葛，我就從那時愛上你了！」

「愛，也是一種感情，」葛德說：「妳該明白，有時候，感情是很盲目的。依妳的年齡、出生的背景，愛上我這樣一個窮神似的老酸丁，是很危險的事。我說的是實在話，完全為妳著想的。」

「愛能擋得住嗎？」女孩說：「我不是沒想過，我們是天生的有緣。不管日後怎樣，我都願意。」

小木樓上靜靜的，兩人臉對著臉，沒有迂迴，沒有曲折，也無需象徵和暗示什麼，該來的，終於來了。女孩說這話時，黑眼是清澈澄明的，流露出一份能照亮人心的光采，她抬著頭，凝望著他，平靜、沉著，顯出堅定的承當來。

雖然這是葛德意料得到的，但他仍然為她堅決的神態感到震驚了，他微微噓出半口氣，悒鬱的說：

「碧霞，妳……知道，接受幸福，要比承擔痛苦更難，妳對我這份熱情，簡直炙痛了我。妳對於這個『緣』字，有什麼樣的看法？什麼樣的解釋呢？」

「我看，你還是日後去請教有佛法的和尚去罷，」女孩笑一笑說：「我要洗碗筷去了。」

葛德怔忡著，忽然自覺問話問得很可笑，緣字有誰能夠解釋得了？這個千變萬化，蘊滿玄機的字，彷彿只有讓人們去感悟了。

不過，當黃碧霞做完了事情，替葛德沏了茶來的時候，她仍然在閒談中隱隱吐露出她對緣字的看法。

「我曾經傻傻的想過，」她說：「你來島上的時刻，世上還沒有我這個人呢！……偏巧幾十年後，我們遇上了，認識了，我從你的作品裏，認識了你的心靈，這要比表面的結識更深沉得多。難道不是緣分？」

「妳真的太傻氣了，丫頭。」葛德說：「這些都只是一些偶然促成的。」

「人說：機緣巧合，偶然難道不是緣？」女孩說：「我還記得兩句俗話，說：同車同船都是緣呢！我在街上走，無數人臉從我身邊流過去，我即使抬起臉去看，看人也像看風景，這就是沒有緣在的關係，不管對不對，我卻一直是這樣想的。」

女孩的話，儘管很平常，確實也有一絲關於緣的參悟。有時候，人在世上活著，不一定要懂得太多的哲理，了悟多少玄機，只要能擁有一種單純的信念，不移不惑的融注入他的生命之中，無論對事業，對婚姻都能獲得一些稱心的成就，能在平凡中領受幸福，人生也就很夠成熟圓滿的了。

「既然我們認定了，彼此有這個緣分在，」葛德說：「那麼，我們就把它小心存放在心裏罷，朝後去，我們向同一個方向走，總會越走越近的。這世上有妳在，我已經……不再單寒了。」

這不是一種形式上的誓約，卻是精神上彼此的默契。它彷彿是一種孤絕的情愛，浮於社會之上，世俗之上，好像一簇開在高山絕頂懸岩間的幽蘭，雲擁著它，霧隔著它，世人都沒注意到它，它只是悄悄的開著，瀰散出一股人性的芬芳。

女孩一再的拿著報紙所刊的求才廣告，四處奔跑，她排過很多條長龍，挨過好些回凍餓，但仍沒找到合適的事情。每當夜晚，她帶著一股倦意，回到小木樓上來，把她的小皮包擲到籐椅上，嚷著腿都跑痛了的時候，葛德就會過來拿話溫慰她，形容她是一隻羽毛零落的初翔鳥，或是一隻被雨淋濕了的小雞。

「妳的勇氣令人佩服，」他說：「但我瞧著了，總覺得怪可憐的。」

「那只是你偏狹的情感作用，」女孩說：「擠到城裏來謀生的女孩太多了，要不然怎會排長龍，其實，那條龍並不真的是龍，也是一個一個人拼成的啊！誰可憐？誰不可憐？那些沒有勇氣去擠著找差事的人，才真可憐呢！」她溫寂的坐下來，用手攏攏頭髮說：「其實，這才算是生活，我喜歡這種生活——多少有些冒險的趣味。」

「對！」葛德說：「不過，像我這種人，早年冒險冒得太多了，一旦獲得平靜，回顧過去，便有些膽怯啦！記得有位詩人寫過：『幾經世事減雄心』的話，正成了我目前的生活寫照，不拿妳當成一面鏡子，還照不出我自己來呢！這是我內心的話，說來有太多感慨了！」

葛德講的不錯，這面鏡子是清澈澄明的；女孩不是英雄豪傑那一類的人物，她只是一個年輕平凡的鄉下女孩，在她所處的環境裏面，不論順逆，她都樂觀的面對著它，最難得的，是她那種輕鬆自然的神態，毫無矯飾的顯露出她的鎮定。一個人能把困苦當成快樂看，還有什麼事情能難倒她呢？

女孩告訴他，連日奔跑的結果，已有兩處地方略有眉目，一處是一家民營的出版社，他們需要一位整理卡籍資料的管理人員；一處是一家進出口貿易行，他們需要一位助理記賬員，她雖然沒學過會計，但她略具記賬的經驗，並且表示她可以一面做一面學。這兩處地方，她已經接到初審合格、約期面談的通知。

「成不成不管它，」女孩說：「至少沒有完全跑空，如果那家出版社的兼差能成，那是最好了，他們的辦公的地方，離我補習的地方不遠，非常方便。」

葛德和她都在等待著，誰知第二天接到一封古晉寄來的信，說是彭東突然得了中風的毛病，送進醫院了，彭太太身子單薄，心臟又很衰弱，無法照顧病人，函請朋友們設法輪流照顧。

葛德接到信，立即把這事告訴黃碧霞說：「老彭的身體一直不算差，人又不癡胖，料不到他竟會得了這種胖人病。目前在朋友裏邊，要以我無牽無掛最得閒，我不去誰去？」

「論起照顧病人，我們心細，也比較有耐力。」女孩說：「你去，我陪你一道兒去好了！」

「不必麻煩到妳，妳還有課。」

「不要緊，我可以請假，」女孩說：「有什麼事情會比救人更要緊的?!」她平常的個性很柔順，但在遇著事情時，她會變得執拗而堅強，一絲一毫都不讓步，葛德沒辦法，只有依著她。

他們在當天中午前，坐計程車趕到那家規模並不很大的醫院裏，找著了彭東所住的那間小病房。一大群寫文章的窮朋友都已圍聚在彭東的床面前了，克木跑得滿頭大汗，秦牧野兩眼是紅溼的，手裏還拎著一盒蘋果和幾聽煉乳，看樣子也是一聽著消息就臨時急匆匆趕了來的。只有古晉先來，忙裏忙外的，又要照顧病人，又要服侍身體孱弱的彭太太，又要招呼這群過來探視的朋友。而彭東半蜷曲著，躺在床榻上，眼珠斜斜的吊起，嘴巴半張著，嘴角拖垂一縷黏涎，顯出呆滯無神，神智不清的樣子。

「他是前天夜晚發的毛病。」古晉說：「那天他在茶座上沏了茶，和幾個寫詩的朋友談論陸放翁的詩，也許他在吟誦那些感時憂國的詩章時，心情過分激動的關係，他的臉色忽然泛出暗紅色，一隻手臂整個抖索不停，但他還在談著，談著，他的嘴唇抖索著，不隨意的開闔，他的聲音逐漸變得斷斷續續，又糊塗不清了。……當時，我在旁邊問他怎麼了？他沒有回話，站起身子，旋轉一下，便轟的一聲倒了下去！……再等我送他到醫院，他已經不省人事，一直昏迷不醒了。」

「這像是腦血管破裂，醫生怎麼說呢？」

「也是這樣講，」古晉說：「這種毛病，也就是俗謂的中風。」

「假如他不跌倒就好了！」一個女的聲音說：「這種病最怕摔倒，這一摔，情形很糟。」

也許大家都很著急，說起話來七嘴八舌，很多對病人實際無補的話，也在認真的談論著。瘦弱的彭太太悲戚的坐在她丈夫的身邊，一直凝視著她丈夫的臉，她眼裏的淚盈滿了，也不去擦，任它從眼角滾溢出來，滴落在她的藍裙上。也許是過度憂急傷神，她看來十分憔悴，一臉青白泛出透明的浮腫，令人看著黯然嘆息。

葛德想走過去，說幾句安慰的話，喉嚨裏卻哽咽著，什麼話都沒說出來。他想到，他和彭東訂交有廿多年的時間了，那時他初初嘗試寫劇本，彭東業已是有名的畫家和詩人，他自己說以畫為主，寫詩不過是偶一為之，實際上，他的詩風非常沉鬱，具有鍥入性的精神深度和重量，使人讀著，像巨杵撞胸一樣，產生一種激烈的撞擊。儘管時光去得很久遠了，葛德仍然記得當年彭東的風采。他是個胸懷坦蕩，永遠帶著童趣的人，高興時，手舞足蹈，大笑不已；沮喪時，能夠當眾流淚，絲毫不隱諱發自他內心的情感。他的性格，更充分表露在他的詩和畫的作品當中，他巨大的藝術動力，使他成為同儕中的強者。而歲月不饒人，這個強者也倒下來了。

說他是強者，彭東本人從沒這樣自認過，他曾經多次表示說：「我們從事藝術創作的人，就社會的實用觀點來說，全是一群肩不挑擔，手不提籃的廢物，但就精神觀點來說，卻是極重要的人類的靈魂工程師。如果作品缺少建設性，那還算得了什麼工程?!……我們只是虛心朝前摸索，盡一份為人的責任罷了。」

他是認真的，當他潛心創作的時候，真的到了廢寢忘食的程度。正因為他專注於此，他對現實生活的顧及和拓展能力就變弱了。幾十年來他沒脫離貧困的日子，說他安貧樂道嗎？他也為屋頂漏雨損毀他的畫布煩惱過，他也捏著他餓鬆的肚皮抱怨過，說是：難道藝術家就該這樣挨餓？即使他該挨餓，也不該累及老婆兒女啊！……他們也是平常的社會人。這種真正人性的呼聲，沒有虛偽，沒有矯飾，在朋友們聽來，感覺是十分強烈的，但這聲音對於喧囂的社會人群，究竟能產生多少影響呢？有誰為一個作家誠摯的心靈奉獻，把感激和尊重銘刻心底？有誰為一個作家的困苦和飢寒，付出關切和同情？

彭東如今真的是病倒了，葛德瞭解他這位老友的性格，前若干年，他在夜讀陸放翁詩集時，就曾經撕扭他的頭髮，繞室通宵，第二天遇著他，喊著說：

「我們的時代，難道沒有聲音了？……我忍不住這種擱淺的生活，是鯨就要歸海，是獸，就要登山！」

葛德靠著白粉略顯零落的病房的牆壁，呆呆的站著，那種喊聲仍然圍繞著他：是鯨就要歸海；是獸，就要登山；這是一種醒著的靈魂的激怒，像怒濤的撲擊，像巨雷的震響，把身邊一切喧雜的人語都淹沒了……人群在晃動著，那彷彿隔了一層透明的水浪，看來形影紛遝、空洞、零亂而沒有意義。

護士推著車子來了，戴手套的醫生來了，他們抹起病人的袖子，替他注射。葛德的眼光落到彭東蜷曲的、無法動彈的身體上，一剎間，有一種不可抗禦的幻覺昇起來，他所看到的，不僅止是一個僵化了的瘦弱的人體，而是一座山般的龐然的巨鯨，海在退潮，牠擱淺在白色的沙灘上，無力的拍動尾鰭，望著逐漸離牠而去的瀚海，牠真正的家鄉……他發覺，眼裏的淚光晶亮的晃動著，而心裏的淚潮，更熱刺刺的湧匯成川，急湧著，這要比一般形式上的悲泣更為痛傷。

逐漸的，他的感覺陷進半麻木的狀態，不願也不能清醒著，冷靜的思想什麼了。他的幻覺明亮、凸出，而且凝固在他眼前：遠去的海，掙扎的巨鯨。他知道，那才是一個真正感時憂國的詩人和藝術家的精神形象。這是一種在民族歷史當中並不算新的，但卻強烈無比的悲劇，像一幅由透明的水彩繪成的畫幅一樣，展示著。

傷心欲絕，也許就是如此了。

慢慢他感覺到有一隻手遞了過來，小小的手，溫暖又略帶潮溼，他本能的握住了它，他知道那是碧霞的手，但曾經握過，卻沒有像現在這樣，握得深，握得緊。他必須緊緊的握住它，藉著它的一些溫暖，來抵禦他感覺中的，整個歷史和現實世界加諸於他的寒冷。

女孩並沒有開口勸慰他什麼，有聲的言語是多餘的，她用手和他的手說著另一種言語，心脈的言語。葛德抬眼看她，確信她也在哭著，有淚，但卻沒有聲音。時間在灰白的夢境中流過去，一般來探病的人擲下他們的嘆息走了，只有古晉、克木、秦牧野夫婦、葛德和女孩留了下來，陪伴著昏迷不醒的病人和眼淚漣漣的彭太太。

克木說起彭東的生活，一向極為清苦，病發猝然，彭太太手邊很拮据，這筆住院治療的各項費用，不能不說是一項重要的問題，怎樣分頭去設法籌措？最好在這兒先商議出一個辦法來。

秦牧野立刻表示說：

「俗說：朋友有通財之義，平時都是如此，何況彭東兄得病，在危難中拯救朋友，是義不容辭的事情。我的店裏還有一筆錢，數目不算多，大約有六七千塊錢，先墊出來應付開銷，不夠的，大家再設法去湊。」

「我去跑跑幾個有關的團體，看看能否領些疾病慰助什麼的。」克木說：「我知道，依彭東兄的個性，決不贊成這麼做的。現在他躺在這兒，咱們也管不了那麼多了，看著這種情況，用錢不在少數，能多張羅一塊錢都是好的，救命要緊啦！」

「談到籌錢，我就臉紅了。」葛德說：「我要等上幾天，等到稿費通知單寄來，領了才能送過來，數目不會多，只能說略盡一份做朋友的心意罷了。」

「不要緊，」女孩低低的說：「我那裏還有兩千多塊錢，先送過來應急好了。」

「這位是……黃小姐罷？」秦牧野轉過頭來對黃碧霞說：「妳這樣的熱心，我要替彭東兄謝謝妳，不過，請妳不要介意，……妳的錢，暫時最好……真的，我們決定仍然由彭東兄的幾個老朋友先籌。」

他說著，忽然又覺得不管用怎樣委婉的方式，拒絕對方一番好意都是不妥當的，頓了一頓，又接著笑笑說：「假如妳能抽得時間，偶爾來跟彭太太做做伴，幫忙照應一下，那我們就太感激了。」

「我想我能做得到的。」女孩這才舒開眉頭來說：「儘管我對照顧病人沒有什麼經驗，我也會盡力做好它，每天晚上，我都能抽出空來。」

「也不用偏勞妳一個人。」秦太太說：「我，克木太太幾個人，大家輪著來幫忙照應好了。」

「這樣也好，」葛德說：「朋友們大家都有差事，不容易分得開身來，白天我儘量來照應，誰得空誰就來接替我，……據我所知，這種病，病人自己躺著不能動，白天得要勤替他抹抹身體，幫著他翻翻身，活動活動胳膊什麼的，咱們男人力氣大些，做起來也比較方便。」

「既然大家都這樣熱心幫忙，我看，我們就請彭太太妳先回去歇著好了。」古晉說：「妳的身子太單薄，心臟不好的人，決不能多勞累，白天有時候，妳可以過來看看，夜晚不吃不睡的耗在這兒可不成，妳再累得病倒下來，我們就更難區處了。」

「我知道，古晉兄您這全是一番……好意，」彭太太哽咽的說：「但您曉得，我跟彭東風風雨雨地過了這許多年的日子，一旦他病成這樣，讓我離開他，不守在他的身邊，我的人歇著，心能歇得了麼？他若真有個三長兩短什麼的，我還是倒下頭，閉上眼，跟他一起去的好。」

「是的，大嫂，」克木彎著身子勸說：「妳的心情，我們做朋友的，全知道。無論如何，妳得聽大家的勸，不能過分的難受，彭東兄總還沒有七老八十的年紀，這種病也只是初發，復元的機會很大，並不十分要緊。妳要是振作起來，對病人更有好處，這一點非常要緊，妳要朝開處想呀。」

幾個人好勸歹勸的折騰了老半天，才由古晉和秦太太兩個合著把彭太太給扶上計程車去了。當時決定由葛德和黃碧霞先留下來照應著病人，其餘的分頭去辦事。

人都走了之後，葛德走過去輕輕掩上病房的門，聲音沉寂下來，整個白色的病房像一首淒然的詩，一個沉默的詩人躺在裏面，不語不動，凝結成為一種形象，也像病房那樣簡單，空盪而且透明。

葛德在一剎環視中，當初那種強烈的悲劇感覺又變了。這種屬於被人們通常認定的，生、老、病、死的悲劇，局外人不能僅依平常的概念去認定它。現在他所看到的，正是一種完成，躺在病榻上昏迷著的人體，已經不再是彭東，詩人彭東，早已把他的精神、意志都融化在他一頁頁的作品當中了。他覺得自己應該把那種屬世的、單純的、情感上的悲哀收摺起來，以一種新的、深沉的理性觀照，去看待這種事實，並且省悟它的意義。

「你又在呆想些什麼？」女孩說。

「我麼？」葛德說：「我在想：躺在病榻上的彭東，實際上，要比坐在病榻邊的我還要好些，至少，在他沒病倒之前，他生活得務本求實，沒有浪擲時間。」

「這倒是很實在的想法，」女孩說：「不過，你還有時間去補救它。假如說：你的寫作生活還能延續到十至十五年的話，什麼樣的作品不能寫出來？將來，你在劇本和小說創作方面的成就，不會遜於彭東先生在詩和繪畫方面的成就的。」

「但願如此。」葛德說：「不過，依照彭東兄的才情和潛力，似乎還沒有充分的發揮到極致，我亟盼他能安然度過這一關，在文學的長路上，繼續走上一程。」

「醫生怎麼說呢？」

「醫生並沒直接對我說什麼，不過，聽古晉的口氣，醫生表示他的病情，並不太樂觀，即使能有較好的轉機，日後的行動方面，也不會像從前了。」

「這是最可怕的結果。」女孩說：「讓一個詩人，殘廢著活在世上，卻不能再寫詩，那該多麼痛苦？」

「有些現實是無法改變的，」葛德嘆了一口氣說：「我們僅能接受它的結果。人說：天下不如意事常八九，不論它的結果如何，我們都得認定它。這不但對彭東兄的病，對任何一方面的事，都得這樣看，才不會被那些事帶來的驚駭、恐懼、痛苦和悲哀擊倒，妳說不是嗎？」

「說是這樣說，」女孩說：「但我總想到：一個人的理性，很難有這樣堅強，一旦事情臨到你自己的頭上，你能不受感情的左右嗎？彭太太就是一個例子。」

「當然，妳的話說得很有道理。」葛德把眼光轉投到彭東的身上，看他仍然一動不動的蜷曲著，沉思著說：「也許我遭遇過的生離死別的事太多了，感情比較一般人冷得多了罷？我覺得，世上似乎再沒有什麼樣的痛苦和悲哀能夠擊倒我了！」

不過，他思忖一會兒，又說：「至少，一直到目前為止，這種信心並沒喪失，朝後會怎麼樣，我也不敢預料啦。」

他一面說著話，彭東蜷曲的形象，一直在撞激著他，有許多零星的思緒，很亂、很玄，他一時很不容易歸納它們，只有任它們像一把亂絲似的在心裏糾結著。

他從彭東的猝然病倒，想起幾年前另一個著名的詩人的亡故；真實說來，他只能算是那位文壇前輩的忠實讀者罷了，他曾經兩次在群眾中聽過他的演講，傾聽他的談論，瞻仰他的風采。當然，那位前輩的學養和風範，都是他和他的朋友們不能比擬的。他清癯的面孔，奕奕的眼神，以及他發人深省的言語，至今仍深深的銘刻在他的心上……那之後不久，那位詩人便病逝了。他臨終時，另幾個詩人朋友陪侍在他的身邊，曾護送他的遺體到殯儀館去。一個朋友曾很激動的回來告訴他一段經過，他說：殯儀館有一間保存屍首的冷藏室，工人們忙碌著，用鐵鉤拖著冰塊，他們把逝去的詩人的遺體送到那裏，兩個粗壯的工人，便彎起腰，一個抄著胳膊，一個拎著兩腿，像拖狗似的，粗手大腳朝裏拖。那個朋友立即抗議說：

「請兩位輕些，慢些，這位先生在生前是個對社會有重大精神貢獻的人物——一個詩人呀！我們是不是應該對他尊重一點？」

「算了罷，先生。」一個工人輕蔑的說：「我看他生前一定挨餓受凍，才賸下這麼一把皮包的骨頭，你們要真是尊重他，就不會他把送到這兒來了。咱們幹這一行的，各種人物都拖過，不分聖賢愚劣，咱們是一律當真貨看——這才叫做真平等，來，夥計，一、二、三！」

他一面大聲喊著，一面和他的夥計合力，把屍體抬在半空悠晃了兩次，一發力，一鬆手，便把那具屍體扔進一個浴缸形的地方去了，他們再抬起一塊大冰磚，壓在屍首上面說：「好啦好啦，等著下一個！」

他又像怕開罪顧客似的，對那幾位陪伴來的詩人說：「不管是誰，總是活在世上才值錢，等到翻了眼，伸了腿，在咱們眼裏看起來，全都一樣啦！」

說是即興的感觸也好，或是一絲不幸的預感也好，葛德自覺這份感觸是深沉的。人說：哀樂中年的心境，正像登山到中途，喘息暫歇時回看一樣，雲霧蒼茫，山影重疊，有些橫呈腳下了，有些仍壓在肩頭上……。

而自己儘管有些疲倦了，仍然得咬著牙走竟全程。它的意義和價值，究竟如何，那端視每個人自己對人生採取什麼樣的態度來看了。

他們這樣守護著病人，一面談些有關的話，不知不覺的，天就逐漸黑了下來，女孩看看錶說：「我要出去給我那同住的朋友打個電話，今夜要是守著病人，請她不要等我。我再到街角去，看看有什麼吃的，叫人送過來，……我們也該吃飯了。說說看，你想吃點兒什麼？」

「隨便填塞一點算了，」葛德說：「心裏亂糟糟的，哪還能吃得下什麼東西？」

女孩出去叫的是兩碗麵條，葛德只胡亂扒了幾口，喉間便像噎住似的，再也嚥不下去了。醫生又趕過來看了病人，囑咐暫時不要移動他。要護士替他掛上一瓶葡萄糖，如果臨時發生什麼情況，請隨時通知護理室，假如三天之內情況穩定，還有保住性命的機會。

第一夜在葛德感覺裏是漫長的，病房裏一燈清冷，靜寂得有如墓地。子夜過後，他聽到雞啼聲，僅僅有一隻雞，單獨而寂寞的啼叫著。他和女孩面對著掙扎於死亡邊緣的詩人彭東，都有說不盡的感觸，兩人為了破除難忍的寂悶，偶爾也講幾句話，但即使講著話，也被沉思的網絡包圍著，很難衝得破它。

「說真話，碧霞，」葛德感觸萬端的說：「我們機緣巧遇，在一起相處，我不能不承認已經陷進情感的網裏了，但我的潛意識裏，最恐懼的，妳知道是什麼？」

「你說是什麼？」

葛德呶呶嘴說：「就是像彭東兄這樣。妳知道，一個人在打光棍的時候，真的了無牽掛，飄流也好，浪蕩也好，忍飢挨餓、受寒受凍也好，都只是自己的事，只要自己認為過得去，就過得去啦！一旦有了家，光景就完全不同了。家人像一些珠子，我就是一根串珠子的線，假如線斷了，珠子滾成一地，便不成串了。」

「我不能同意這樣的看法。」女孩說：「人說：男大當婚，女大當嫁。婚姻是每個成年人必經的人生過程，任何人都要面對它，有問題，解決它，有困難，克服它，不能為這層恐懼就猶疑，是不是呢？」

「一般說法當然是這樣，甚至在十年前，我將近四十的時候，也沒為這事擔心過，掛慮過。逐漸的，我發現歲月不饒人，……尤其早年生活動盪，衣不暖，食不飽，身體暗中虧損，誰能敢說自己是銅澆鐵打的？即使自己看得透，想得開，也得為『家』想一想，萬一，……彭東不就是個例子。我們都承認這個朋友他的生命具有精神價值，對社會，具有實際貢獻，但留下的家人怎麼辦？能吃他的精神活下去？婚姻越晚，虧損越多。」

「不過，我的看法，和你仍有些出入。」女孩說：「人活百歲，仍然要歸土的，主要是看他真正的活過沒有？愛過沒有？……有愛在人世上，即就夠了。」

「妳真的抱定這種傻想法嗎？」

「當然。」女孩認真的說：「我不在乎活得久暫，總願意照理想去活，你還有什麼好疑懼的？葛！在這一點上，你知道我會堅持的。」

葛德挺起身子，噓了一口氣：

「堅持是一回事，但事實總是存在著的。回想當初在北方農業社會裏，這些問題實在不算是問題。妳想想，一個男人，十八九歲就成婚，臨到四十，都抱上孫子啦，那還有什麼好顧慮的呢？如今不興早婚，年過半百了再談婚姻的事，不論對方態度怎樣堅定，自己的心總免不了寒怯怯的，這該是人之常情。……但我並沒有躲避它的念頭，只是由於彭東兄病倒，觸發我認真體味它罷了。」

葡萄糖在滴管裏一滴一滴的滴落著，靜夜裏看它，頗有古代銅壺滴漏的味道。希望不能說沒有，兩人都知道像彭東這種病，復元的機會確很渺茫。

女孩談起當前習見的老夫少妻的問題，她表露出她的看法說：

「這種現象，在歐美社會裏，更是習見的。老實說，我就喜歡年紀較大的男人，他們厚重、穩實，有安全感，也有一種被保護感。對於那些表面熱烈的、年輕人的、遊戲式的愛情，我覺得很難滿足我精神上的需求，至少年紀上的差距，我覺得根本不是問題。」

「這只能算是妳個人的看法，這世界上，個性不同、看法不同的女孩多得很，所以，我覺得婚姻問題，是他們每個人個別的問題，不能單用一般概念去統納它。」葛德緩緩的說：「即使依照妳的觀點，實際上也有若干問題存在著，像雙方由於年齡差距所形成的生理差距、心理差距，生命引昇和下墜的型態如何調和？這些都值得研究，不用說是一般生活細節了。」

「問題當然是有的，」女孩說：「但真正的愛情才是重要的關鍵。有了它，婚姻便有了穩固的基礎，一切問題都能克服得了。我們看到的婚姻悲劇，多半缺乏真愛，你不能不承認這是事實罷？」

「這一點我是同意的。」葛德說：「我有若干朋友，急於想成家，有的憑媒說合，有的準備了女方提出的物質條件——聘禮，根本是半買賣式的，當然談不上感情的基礎可言，一等到生活有了變化和波動，多半是分手仳離。像彭太太這樣的女人，跟彭東兄吃苦勞碌半輩子，她咬著牙沒埋怨過一句，這真像妳所說的——真愛，也是彭東兄最值得安慰的一點。」

「就是了！」女孩說：「儘管彭東先生躺在這裏，我卻不把它當成悲劇看：生老病死，人人都避免不了的。他們雖然半生清苦，但他們愛過，追求過，有過畫也有過詩，彭先生的精神和心意都沒有埋沒，這已經很圓滿了。當然，我們希望他能復元，那是另一回事，和事實本身無關，是不是呢？」

雞又在黑裏啼叫著了，凌晨三點，護士又來換裝另一瓶混合藥劑。女孩伏在床角睡著了，葛德把她的外衣取過來，輕輕替她披上。

為了幫忙看護病人，女孩向補習的地方請了假，而且把一處能夠雇用她的事情辭謝掉了。儘管克木、秦牧野夫妻，大家都輪流來照應，但葛德和黃碧霞兩個仍然夠辛苦的。由於病人的情況並沒有穩定，一直陷在昏迷不省狀態中，隨時都會有突變的情況發生，他的床側，不能有一時一刻離開人，所以他們吃也吃不好，睡也睡不穩，一連有好幾天，他和她都沒有睡過好覺，只能在椅子上輪流打盹。女孩在精神上雖很疲憊，但還勉可支持，葛德的頭髮沒有梳，臉沒有洗，鬍子生得像刺蝟，臉色蒼白，顯得憔悴又狼狽。

「你還是回去歇歇罷，這樣熬下去，會病倒的。」

「我想不要緊，」葛德說：「我還能撐持下去。倒是這樣拖累妳，我心裏很不安，再有幾個月，妳就要考試了，假如進不了夜間部，對妳母親怎樣交代？」

「我把書帶來了。」女孩說：「有空就在這裏看看，也是一樣，好在這都是複習課程，不會有太大影響的。我的作業，過幾天再補就是了。」

「唉，如今只盼病人早點穩定就好啦！」葛德說。

很顯然的，朋友的盼望都落了空，彭東在醫院裏熬過了十一天，終於撒手去了。直到臨終，他都沒有清醒過，也沒留下一句話，他所留下的，只有他生前所作的畫和所寫的那本詩集。

第九章 殘夢

開弔和出殯的日子是由殯儀館代為揀定的，因為這城市的人太多太擠了，不但人活著要習慣排長龍，人死了也要按照順序排隊，輪著送出去，他們沒有那麼多的禮堂。

不過，那日子選得很不巧，逢著陰濕的落雨天。

訃聞是克木、古晉、秦牧野和葛德幾個人辦的，發出的份數很多，想多收些奠儀來充喪葬費用，因為彭東太窮了，死後不靠朋友幫忙，連棺材都沒有睡的，甭說是葬地了。朋友們替他做最簡單的土葬，雜七雜八，統合計算下來，也得要花好幾萬塊錢。

「甭看我們這些朋友每個人都不富裕，但在遇上這種事情的時候，出錢出力都不後人，這一點，我們還有信心。」古晉說：「我們幾個，風裏奔，雨裏跑，辛苦勞累都沒有關係，只要能讓彭東兄入土為安，再留下一筆錢給大嫂和孩子，就算盡到一份力了。」

開弔那天上午，風勢很猛，雨也落得很大。葛德和女孩撐著傘，在靈堂外的雨地裏迎接來奠祭的朋友，雨傘只能護住肩和胸部，下半身都被雨絲打溼了。

儘管風淒雨寒，來弔祭彭東的朋友還是來得很多，其中有畫家、作家、編輯，還有許多愛好藝術的年輕人。有的沒有打傘，默默的走在雨地裏，用晶瑩的淚眼，去瞻仰這位生前寂寞的詩人的遺容。

祭弔的儀式仍然是職業性的那一套。葛德站在收禮棚的旁邊，看著雨傘邊緣的水珠成串的滴落，深感到人世的無常；前不久的生日會上，彭東還興高采烈的談著笑著，他怎會料到此時此刻，他就要埋骨郊野？生前名，身後事，如今都攤展在這裏了，這就是人生，可感可喟的人生，他感覺到雨的寒冷……。

通過一些繁文縟節的儀式，浪花湧過去了，焚燒的紙紮物已化為灰燼，大部分弔客也都紛紛離去了。留下來送葬的，也只是一些經常在一起的熟朋友，他們雇了兩輛計程車，跟在靈車後面，駛向郊區山坡的公墓去。

彭東的墓地比較遠，下車後登坡，還得一滑一塌的爬上一座很陡的山坡，一直爬到山頂上去。春在這裏展示出它的容顏來，公墓間的翠柏經雨水洗濯，特別的青綠，杜鵑和紫藤花都開得很盛，死者們在這裏彷彿自成一個集市，沉默而平和。

「彭先生的喪事，總算辦過了。」女孩走在葛德身邊說：「希望你的情緒，能平靜下來，不要受它的影響，人活著，總要朝前盼望的。」

「我想，我會逐漸平復的。留下一份感傷，只是珍惜著我們多年交往的這份友誼，不會影響我的寫作生活。」葛德說：「正因有感於世事無常，我更該珍惜我能擁有的時光了！」

棺木落進墓穴去，每個朋友都抓起一把泥土，撒在棺頭上，這是一種習俗上的祝禱和告別，死者入土為安，反而減輕了大家久積心上的精神壓力。葬禮完成後，他們在春雨裏撐傘走下山，彼此分開了。

葛德請女孩在圓環邊一家小館子吃了點飯，女孩問他去哪裏，他說：

「我要用大被蒙頭，好好的睡上一覺。」

「我跟你一樣。」女孩說：「今天我不煮晚飯了，等你一覺睡醒，我們去吃宵夜罷。我媽匯來一筆錢，足夠我用好幾個月的，你不反對我請你一次客罷？」

「妳說得這樣誠懇，我倒不忍心再反對了。」葛德裝出輕鬆的口吻，想沖淡剛剛送葬時，和一個老友訣別的愁情。

那天夜晚，他和她共撐著一把傘，在無邊絲雨裏飄蕩著，一路上，踩踏著水泊裏的燈光，在後車站附近的圓環邊，找到一家很雅致的海鮮館子，女孩說：

「這對於我們兩人來說，似乎豪華了一點，不過，人生難得有一兩次豪華，略微豪華一點的小吃，並不算過分罷？」

「如果妳不是已經坐下來，我就建議妳換一家了。」葛德說：「因為妳請客的關係，我這客人卻不能不為做主人的荷包著想。真的，我從來沒吃過這種豪華的小吃，海鮮太昂貴了。」

「我跟你的感覺完全一樣，」女孩說：「有幾次，我走過海鮮館子的門口，隔著一層透明的水櫃的玻璃，看到跳躍的蝦子，游動的魚群，不知不覺的就停了下來，想到那些海鮮食物的滋味，我很饞，還會嚥口水呢！你會不會嚥口水？當你在肚子餓著，聞著熟食香味，或是看到風雞烤鴨的時候。」

「若干年前會，現在不會了，」葛德說：「人到了中年，食慾差，胃口不好，對這方面的感覺，比較遲鈍了。除非特別餓的時候，像半夜躺在床上，餓了，又沒有東西可吃，想到食物，也會流口水的。」

「所以我們要好好的吃它一次。」女孩說：「再來一點啤酒。我們為服侍病人，累了很多天，今天也應該略微放鬆一點。」

「我恐怕放鬆不下來。」葛德說：「辦完彭東兄的後事，餘下來的錢一共只有三萬多一點，交給拖著病的彭太太，她又能用得了好久，她的孩子半大不大的，根本沒有賺錢的能力，朝後去，生活怎麼維持？」

「也許我太年輕了，」女孩說：「我覺得愁也不能解決問題，那就不必去空愁，實實在在的盡力去幫助人家就對了。你要真這樣的多愁善感，那就藉酒澆愁罷！一個戲劇創作者看人生，應該看得冷而透，和詩人略偏情感不同一點，你會藉酒澆愁愁更愁嗎？」

「這可不敢講，不過，愁是要澆一澆的。」

這餐飯，葛德喝了兩瓶啤酒，真的覺得內心開朗了一點。他原先盤結在心上的愁情，並非著重於悼亡，而是為彭東留下的遺孀和子女的生活擔心，但反過來想想女孩的話不無道理；空愁於事無補，實實在在的盡力幫助她是最好的方法。假如多有幾位窮朋友，也抱著相同的想法，雖不能說根本的長期解決她生活問題，至少能拖上一段時間，辦法總是人想出來的。

飯後他覺得他有些醉了，女孩說她不是醉，也有一點發飄。他說：

「飄就飄罷，我們是各飄各的？還是一起飄？」

「只有一把傘，」女孩說：「讓誰淋雨？」

「那我就先送你回去睡罷。」葛德說。

「你忘記了？我是剛剛睡醒跑去找你的。」

「我還不是一樣。」

「那就換個地方坐一坐，聊天醒酒好了。」

他們在一把傘下，飄呀飄呀的，正好經過當初「綠野」所租賃的那間地下樓，店鋪還開著，只是招牌換成「咪咪樂」了。

「咪咪真的樂嗎？咪咪一點也不樂呢！」葛德斜眺了女孩一眼說：「如果『綠野』還在開，妳渾身會被熱咖啡薰得香噴噴的，也不至於飄在街頭淋雨了，妳這隻被淋溼了的小貓，妳樂嗎？」

「不樂，但也沒有像你那麼愁。」女孩說：「我們就進去坐一坐罷，能溫一溫舊夢也好。我也不知道，當初跟我一起在『綠野』工作的幾個女孩，如今都分散到哪兒去了？想到當時在一起，談呀，玩呀，處得都很投契，一旦分開了，再見面就不容易了！」

「事實如此。」葛德扶著她走下階梯說：「人為了拓廣生活範圍，覓求生活境界，到處結緣，緣結的多了，也就有了聚首的欣慰和離別的悲哀。有時回頭想想，還是活得寂寞一點，單純一點比較好。假如妳躲在鄉下老家，不到城裏來，只認得附近的一些人，嫁也嫁在當地，哪會有今夜這樣的感觸？」

「人要是不被環境左右，那還有什麼話說呢？」女孩說：「你這種從老莊那兒感染來的想法，也太原始了一點。有境界的人生，總要比井底之蛙式的生存要好得多，儘管它有時有感喟，有悲涼的調子。」

他們走下去，才發覺這兒的內部裝潢重新更改過了，原先那種淡雅的氣氛消失了，改變成一種神秘的、令人遐思的色調；配上黯淡得幾乎分辨不出人眼眉的燈光，很明顯的，「咪咪樂」的經營者，已經放棄了「綠野」所秉持的那種理想，改走一般純吃茶的路子了。

「嗨，」葛德輕輕的說：「這兒哪還能嗅得出一絲『綠野』的氣味來？這不叫舊夢重溫，這該叫撿拾殘夢了罷？」

「只要有殘夢可撿，倒也不錯呢！」女孩說：「只不要弄得春殘夢斷，那就傷感情啦！」

「綠野」之外的情境是多方面的，無論曲調高低，他們都在時間的流淌中逐一的品嚐了。酒的熱力昇湧著，彷彿有無數透明的泡沫浮游起來，昇向黝黯的室頂。女孩投向他，偎依在他的胸脯上。這許多年來。他沒有抱持過什麼樣的生活慾望，至少，一份情感，一間斗室，一個窩巢，是他渴求的。有女孩在他身邊，使他感覺十分充實，十分溫暖，真的，有此一刻，已經足慰平生了。

「夏天考試前，我想我要回家去一趟。」女孩說。

「那時候，妳能抽出時間嗎？」

「我得去跟我母親談談，我是說我們的事。」女孩說：「你不覺得早一點疏通疏通，結果會好一點嗎？她年紀大了，能夠讓她不傷心，是最好的辦法。」

「對於這一點，我很難表示什麼。」葛德說：「這也許是我個性上的弱點——一遇上世俗的牽絆，我就變得低能了。」

「你不用把它放在心上。」女孩說：「這是我自己的事，我會酌量情形去辦的，假如需要你幫忙，我會告訴你的。我們就這樣的做個平凡世俗的人罷。」

「是啊，幸福就是這樣的了。」

他們在「咪咪樂」坐到十點多鐘，他撐起傘送她回住處去。分別時，他平凡而世俗的吻了她的額和唇，她把手遞給他，他緊緊的握住，過了好一會才鬆開，那彷彿是一種象徵，一種有力的誓約，彼此都明白，所以都沉默著，以它代替了語言。

葛德回到小木樓時，雨又變大了。他迷惘的呆坐著，把檯燈捻得暗暗的，燃起一支煙來並不去吸，只望著一縷縷昇騰的煙絲，出神呆想。詩人彭東葬下去了，他苦過、熬過、為文學藝術付出過，但他也曾經幸福過，貧賤夫妻互相關愛，難道不是幸福？……人生就是這樣，握過一把幸福，有過一番付出，還有什麼可遺憾的呢？他不能說女孩的意願有什麼不妥當的地方，任何一個正常的女孩，都會顧慮到愛情、婚姻和子女，他不能不適應對方的意願，勉力承擔築巢的責任。

女孩說他想得太多，事實也是如此，展放思維已經成為他多年的習慣，彷佛不認真的去思想，就白過了一天的日子。也許真的想得太多了，精神常有過度耗弱的感覺，有時覺得疲倦頭痛，有時覺得恍惚飄浮，連走路都像踩在軟軟的雲上。在沒和碧霞相遇，沒得她的照顧之前，他還自覺精神常處在一種反常的、緊張亢奮的狀態中，手指會不停的打顫，嚴重時，抖索得幾乎難以握筆。不過，自從她在飲食和生活上對他細心照料之後，他這種反常的緊張亢奮狀況，已逐漸的消失了，耗弱的感覺也減輕了很多。

但他遇著老友彭東的死亡，思想時，又興起恍恍惚惚的幻覺來。有許多不同的，在空間顯現的透明圖景，竟然重疊在一起，相互比映著，想把它們分開，卻比什麼都難，他自己也不知道那是什麼原因？

……雨裏一把輕旋輕轉的傘，綠色的柔圓，罩在他和碧霞的臉上，透明微顫的傘光，那種綠陰陰的活動的迴光，像無數舞著的、青春的小翅膀，飛撲著她的臉，她的鬢腳下的細白的汗毛，逐漸的，那些小翅膀融進她綻開的笑容裏去了，她的笑，一朵花般的開著。

……恍惚在哪兒見過的？那樣一朵最美最豔的花！有一年，他在行軍的旅途上，飢餓、口渴，又萬分的疲憊，傍著山崖，有一條飛瀑懸掛著，誘引著大群的弟兄，他從稜稜的石齒間爬過去，喝了泉水，又裝滿了水壺，回程時，在石罅間發現一朵小小的花，僅僅是那麼小小的一朵，他跪下來，彎下身凝視它許久，又伸出雙手，輕輕的捧住它，吻了它一下。遙遠的想像展開了，在血與火的那一邊，他彷彿看見了一些朦朧的景象，只能說是夢般的憧憬罷，一切都是不分明的。從一朵花到一個女孩，透過半輩子的時間他才看得真切，這就是他當年所憧憬的。

如果不去驚觸它，讓傘在輕旋，讓她在輕笑，那該是他畢生經驗中最美的光景。但紋波漾動著，那圖景逐漸的改變了，她的笑容逐漸冰結起來，低垂著頭，跪匐在那裏，自己的影像變成逐漸凸露的骷髏，仍然直立著。……然後它們沒有了，一支朝天搖晃的喇叭口，哭泣般的瀉出哀樂來。彭東躺著的黑柩木。他坐在焚化爐的紅火裏，突然坐起身來，放聲的大喊著。然後，他看見自己赤裸裸的躺在墓穴中，四周的低低啜泣，像振翅的蜜蜂。

真的，他不能再想下去了，大捲的雲絮鋪在他的思緒裏面，也許彭東之死刺激了他，再加上酒意的散發，使他額上又沁出虛汗來。

「這年頭，想學著做一個吃了睡，睡了吃的俗人，還真不容易呢！」他雙手抱著頭，這樣的對他自己說：「無論如何，我要把這些都擱在一邊，認真的睡它一覺了！」

也許由於他實在太倦的關係，當他熄了燈躺上床之後，儘管他仍然一時睡不著，思緒仍像風牽的蛛絲一般的飄飄曳曳，但他存心不認真去思想，一任他的潛在的意識，在黑裏興波作浪，亂湧亂騰。

第二天他醒時，想到昨夜那種混亂的思緒，不禁覺得十分的可笑，笑自己太纖弱敏感的神經，哪兒像一個北方的漢子?!不過，他立即搖搖頭，又帶著一半安慰和一半自嘲的意味告訴自己，人在感情世界裏和在理性世界裏不同，不單是自己，任何人都會變得比較脆弱的，所謂英雄氣短，兒女情長，就該是此刻心情的寫照罷。

彭東落葬後，他和女孩的生活又恢復了正常。黃碧霞非常的精細，在生活的起居飲食方面，控制得很緊，對葛德同樣的不放鬆。每天一到七點鐘，她就按時來叫醒他；她在做簡單的早飯時，攆他到街口去散步一趟；早飯後略作休息，便把他捺到書桌上去，要他寫稿；她會翻翻稿紙的頁數，笑著說：

「好好寫，中午我要回來檢查成果。」

「妳呀，妳比電子鐘還要準，而且是帶鬧鈴的。」葛德笑著說：「哪一天妳會放我一天特別假，讓我睡一場懶覺呢？」

「生活要正常，就要這樣刻板一點。」女孩說：「你並不是真的浪蕩，毛病就在飲食起居無定，我不是管束你，是在替你治病。……你要的舒鬆，週末和假日，我都替你準備了，你愛怎樣舒鬆都行，平常，卻不准偷懶。」

「嘿，妳還沒嫁呢，瞧妳那一臉小主婦的樣子，日後妳不會變本加厲罷？」

「你擔心嗎？」女孩指著他的鼻尖，用力捺了一下說：「那就走馬換將罷，你的時間還多著呢。」

「不不不！」葛德趕緊高舉起雙手說：「我這個懶散成疾的病人，願意向妳這位醫生，誠心誠意的，宣佈無條件投降。」

「我願意正式的受降。」女孩說：「假如我不在城市裏的時候，我會訂定一張表貼在牆上，再送一隻鬧鐘過來，你得按照時間表行事。」

「好。」葛德說：「不過，我得說清楚，假如我忘了開發條，妳可不能怪我睡上一整天啦！」

兩個人這樣風趣的說著，會笑成一團。葛德提到春節後的那段日子，他們在雨裏上山看櫻花時，兩人坐在茅亭中，看撐傘而來的情侶的事，他說：

「真的，碧霞，如今要是遇上落雨天，我們兩個人打傘出門，在旁人眼裏，不知會怎樣判斷我們了？」

「那得看你了！」女孩說：「拿吃米做比方，有人喜歡蓬萊，軟而黏，有人喜歡在來，硬而清爽；烤麵包機上，一樣標出濃字和淡字。不過，用你寫作的本行來說，那些只是表面形式，卻不是真實的內容。」

「說起情感這宗事情，真是奇妙得很，」葛德說：「我們究竟是由淡而濃的？由形式引出內容的？連自己都迷裏迷糊，認真追想，彷彿做夢一樣，摸索不出什麼道理來。我感覺如此，不知妳覺得怎樣？」

「你問那隻茶壺去好了，」女孩頑皮的呶呶嘴說：「問它是怎樣由冷而熱，把一壺冷水給燒開的！它蹲在那邊，細聲細氣所吟的詩，你聽不聽得懂？」

「妳這個能說會道的小丫頭！我在問妳的話，並不是在和妳談禪呢。」

「你這個落拓的文酸，你該明白，真正的禪是不能談的呀！」

生活是刻板的，但感覺裏的日子卻一點也不刻板，笑的波浪衝擊著它。葛德越和黃碧霞談天，越深深領受到她談吐的趣味，那不光是得自書本知識和生活知識，主要的是得自她高度的智慧和內在的靈性閃光；她雖然很喜歡談話，但她總儘量的避免打擾他的沉思和寫作，使他覺得一點也不增加他的負擔。在平常的日子裏，她總揀著他休息或用飯的時候，由他先引出話題來，她才會作必要的應答。

這段由陰雨寒溼逐漸轉為溫暖晴朗的日子，使葛德寫出好多篇稿子，於質於量，都要超過早些時候，這是他在創作上的一項豐收。

朋友們也都看出這種很明顯的改變，紛紛祝賀他作品的成功。

一天，克木寫了一封信來，為他介紹一位做出版事業的負責人，約他到音樂廳見面，這位負責人很誠懇的提出來，希望能夠出版他的小說和散文集子。

「我們不能過分的低估了讀者，」對方認真的說：「如今，不論是在學的，或是在社會上的年輕朋友，他們只要愛好文學，他們的欣賞水準都一天天的在提高了，沒有一個認真嚴肅的作家，真會被這社會長久冷藏的，我們對葛先生的作品，充滿了信心！」

「您的話是對的，」葛德說：「唯有一點，就是我的作品，實在當不得您這樣的稱讚。」

「我不願說客套話，葛先生。」對方說：「今天，做出版事業的，面臨很多困難確是事實，比如說成本計算，營利的預計都很重要，如果虧蝕太多，即使再好的書，我們也出不起。根據我們的估計，您的書有內容，有情感，對讀者也有幫助，銷路不會太好，但也不會壞到哪裏去，出這樣的書而不虧蝕，我們當然是最樂意了。」

「那很好。」葛德說：「我回去把舊稿整理整理，弄妥了寄給您。關於出版條件，克木兄已經對我說過了，我完全同意，只希望封面設計，能讓我過過目，我喜歡樸實一點的。」

事情談得很順利，合約也簽妥，對方開出一張預付版稅的支票，對於葛德來說，這是一筆大數目，他興高采烈的回來，把這消息說給黃碧霞聽。

「嗨，我的這些冷門貨，總算有人肯出版了！」他說：「拿到版稅多少是另一回事，帶給我的鼓勵太大了。這年頭，出版一本通俗的熱門作品，不足為奇，出版一本冷門的文學作品，太難得啦。」

「我也為你高興，」女孩說：「不過，你的稿子整理妥了交給人家沒有？」

「我的稿子都在報紙堆裏，沒有翻出來剪呢！」葛德說：「倒不是我太懶，而是我根本沒料到，日後會有人找我要這些稿子。」

「哈，說得真妙！天下有懶人自己承認懶的？」女孩說：「讓我替你剪罷。」

「不用了，碧霞，」葛德說：「這幾個月，是妳考前忙碌的日子，妳做妳自己的功課罷，這種事，還是讓我自己來做好了。」

葛德動手做它的時候，不能不在心底下承認自己的懶散。他歷年來發表過的稿子，從來沒有登記過，有些剪下來的報紙，在書本裏胡亂夾著；不但沒註明發表日期，連刊載的究竟是那家報紙，也要憑鉛字的形象去猜了。沒有剪的報紙，也東一捲西一捲的亂塞，當時還分成類別。日子一久，全忘記了，非要翻出來重新核對不可。一宗在他感覺中很簡單的事情，做起來卻茫無頭緒，弄了一下午，把小木屋的地面上攤滿報紙，還有很多篇稿子沒找得齊全。他急得手拿著剪刀，坐在報紙堆裏發呆呢？

女孩回來，推開門一看，就笑得彎了腰：

「你這是幹什麼？擺書報攤嗎？」

「實在不像話，我這個人，」葛德說：「這許多年了，一直沒有隨手整理東西的習慣，要不然，怎會亂成這個樣子。」

「還是讓我來幫你的忙罷，」女孩蹲下身來說：「你找資料，我來剪貼，兩本書，最多一個晚上就整理好啦！……朝後再有要剪貼的資料，還是讓我來做罷。其實，不光是你，很多男人都很粗疏，即使表面上整理得還像個樣，但也是碰高興，持之以恆的太少了。」

他們便在燈底下，採用分工合作的方法，各自忙碌起來。女孩做起這種工作來，精細，有條理，更有耐心，不一會兒工夫，便整理出一些眉目來，她看看錶說：

「等一等，讓我先淘米，把飯給煮上，餓著肚子做事情，總不是辦法。」

「不用麻煩了，」葛德說：「我到街口的山東館，叫他們送兩個客飯來吃。麻煩妳整理資料，再麻煩妳做飯做菜，我心裏實在不安，這不是客套話。」

「菜是現成的，只要下鍋熱一熱，」女孩堅持說：「淘個米煮個飯，也算是麻煩？真的，我不是怕你花錢，館子裏的東西，我真的吃不慣，還是在屋裏自己煮了吃，比較吃得飽，吃得香些。」

那夜兩人吃完飯，繼續整理到十一點多鐘，總算把兩本書稿全部用活頁剪貼法剪貼齊全了。葛德送走了女孩，在燈下研究編成目錄，他更在散文原稿之後，寫了一篇短短的後記。

這篇後記，完全是他內心有感而發的；文中簡略的刻繪了近年來他飄泊無定的生活景況，特別感激黃碧霞的幫助，使他的生活和精神都能安定下來，倘使沒有她的協力，這本書能否出版都還是問題。

稿成後，雞啼兩遍，天已經快亮了，他才和衣上床。早晨女孩來時，大概看見了稿子，知道他熬了夜，破例沒有叫醒他。當葛德睜開眼，才發覺自己睡足了懶覺，已經十點多鐘了。女孩在書桌上留下一張字條，告訴他鍋裏溫著一杯奶，她猜想他起床的時刻，一定距離吃午飯的時間很近，所以只讓他喝一杯奶，要他先把書稿送出去，再回來吃午飯。

葛德把書稿送出去，他對於這兩本作品的出版，除掉內心略感溫慰之外，並沒存著什麼樣的寄望。當黃碧霞和他談起這件事的時刻，他直率的承認，他所寫的這些小說和散文，取的都是生活中平凡瑣碎的小題材，他稱它們只是些零碎的小東西。

「我承認，我自己對創作的態度，勉可稱得上是嚴肅的，」他說：「但生活潦倒也是事實，我不能向這社會怨苦，更不能用這個理由，向社會去索求什麼！……妳是知道的，在這情形下，我只能寫些零星短稿去賣，先求自己能夠生活下去，事實上，也非得兩面兼顧不可。」

「稿子雖都是零星短稿，但我覺得，就藝術價值來說，並不比大塊文章差。」女孩說：「有許多所謂苦心經營的作品，架子豎得很大，卻跟實際生活有距離，也缺乏血肉相連的真情感，那反而大而無當。倒不如隨手摭拾的身邊瑣事，因為作者生活和情感都投注在裏面，寫出來反而親切感人，老實說，我喜歡你寫的這些稿子。我相信，更多讀者會跟我有同樣的感覺。」

「假如真有讀者像妳這樣欣賞我的這些作品，這本書就算沒有白出版了。」葛德說。

「我要比出版社的老闆更有信心。」女孩說：「有寂寞的作者，當然也有寂寞的讀者，他們在通俗流行的作品之外，耐心等著好書，至少是認真寫的書。」

「妳說得對，」葛德點頭說：「我寫的書，絕不敢說是好書，但卻都是認真寫的，當然也希望有人認真的去看，我的性格，永遠走不上流行的路子。」

「當然，我希望你能安定下來，紮紮實實的寫幾部你心裏一直想寫的書。」女孩說：「你半生經歷的，感受的，一定壓迫著你要吐出些什麼，如果不寫，那就太可惜了。一個人活在世上，能寫的年月有限，等到手抖了，眼花了，想寫的也都爛在心裏，再也寫不出來啦！」

「我的神經還算穩定，我會盡力朝這個方向去努力的。」葛德說：「我這個人為人比較木訥，實在沒有什麼才氣，能達到什麼樣的高度，一點把握都沒有，只能說全力以赴罷了。」

「那你就不要再等了，」女孩笑指著書桌上攤開的稿紙說：「你可以立刻計畫寫你要寫的罷，旁的事情，我也許幫不上你的忙，至少，可以讓你每頓飯都吃飽。」

葛德果真忘情的把他潛藏在心裏很久的題材攤露出來，每夜認真的重新思考它。他覺得，他半生的生活情境，截分為兩個全然不同的世界：一個是廣大荒遼的北國大野，烽火燭天，一片流離的啼號；一個是滿佈綠灌的島嶼，它從當初的貧困荒涼，逐漸發展，繁榮，幾使他難以辨別。這種現實生活，如何能和當初的生活背景相互的聯繫起來？它又能顯呈出什麼樣的意義？……他不能僅以理性的思索和剖析，來解決這個問題，文學著重於感性，他必須透過一層障目的迷霧，用心靈去透視，去追尋……。

第十章 出名和成名

葛德的小說集《河圖》和散文集《暮雨》出版了。

在花花綠綠的書之林裏，多了這兩冊薄薄的書，沒有人會特別注意它，真正嚴肅的作家多半是寂寞的。好在葛德本人從沒有期待過他的作品推出後會有怎樣熱烈的反響，這兩本書的出版，總算為他這許多年來的創作留下了一絲痕跡，使他能得到一分自我的安慰，這就夠了。葛德很明白，他的作品本身缺乏商業價值，不會造成轟動，好像一朵開在路邊的小花，難得有人會蹲下身，投以默默的注視，欣賞它的花姿和花顏。有些人出版了一冊書，忙不迭的作揖打拱到處送，甚至於拜託先進們多多評介。而所謂評介也者，就是代為吹噓捧場的意思，他無意批評別人怎樣，他只是堅守著自己的原則，寧願品味這份寂寞。

克木看到了這兩本書，非常推崇他，首先寫信來向他道賀，並且打算在他主編的刊物上撰文介紹它。他在信上感慨系之的提到當前文壇上的一些人，都有著老王賣瓜的觀念，認為文章是自己的好，不願意承認別人作品的優點，更不願意承認別人的成就在自己之上，彷彿那樣自貶身價，降低了自己的等級，是傻瓜的行為。克木表示這種缺乏虛心的缺失，實在應該通過嚴格的自省改正過來。寫作是無分資歷和年齡的，年輕的朋友，只要領悟力強，才情卓絕，對生活具有透察和掌握能力，一樣寫得出驚天動地的好作品來。做人講究尊老敬賢，把這觀念移用到作品上，就不妥當了。

葛德看了很感動，但他仍然立即寫了一封信給克木，希望不必撰文介紹他的書，免得讓人誤會自己人捧自己人。他表示一本書出版了，書的本身內容就是最好的價值說明，讓它很自然的通過時間的考驗，該是最妥切的。當然，外界一切的批評和反映，作者無權做主，但他既然事先知道了，他就不能不表示出個人的看法和意見。

幾天之後，他和黃碧霞兩人散步到音樂廳去，正巧和克木碰上了，克木首先提起這件事情說：「葛德兄，我有許多話，在信上很難說得明白，咱們今天見了面，正好談一談。你知道我寫那封信，完全是一番誠意，我跟你一樣，是直性子，就事論事，決沒有存心捧你的意思，文章哪裏是捧出來的？」

「克木兄，難得你這樣欣賞拙著，」葛德說：「你的信，已經給了我很大的激勵了，外間對拙著有什麼樣的批評和反映，不論好的或是壞的，作者只有虛心接受，但我們是朋友，信上表示就行了。」

「你還是當年種田的腦筋，單純、本分！」克木說：「就一份文藝刊物的立場來說，我們實在有一種良心上的責任，為讀者推薦純正的讀物，不管作者抱著什麼樣的想法，但傳播和引介工作，仍然是很重要的。我說過，我無意為自己的朋友胡亂吹噓，……記得前一陣子，年輕的女作家很當令，許多刊物都找個年輕女孩，硬捏塑，但那只是商業上的噱頭，一群市儈真能捏塑出一個作家來嗎？那是不可能的！」

「那就由你罷，」葛德說：「對於文壇上某些觀念和某些風氣，我保持沉默，並不是怕開罪誰，而是沒有這個必要，套句當年咱們阿兵哥的口頭禪：這跟老子啥相干？各玩各的罷！」

他們雖然覺得心裏有什麼東西很沉重的壓著，但仍然忘情的大笑起來。笑雖笑得很響，但葛德心裏卻留下一片空茫的感覺。他是狂狷的，但他仍難從社會裏拔脫出來，真的把任何事不關己的事都給推開。這年頭，寫文章的朋友，社會感逐漸加強，在往歲年月中那種一燈索落，寒雨蕭蕭，離群獨處的情景，只是孤寂中的臆想罷了。這社會上，有人真正擁抱文學的，也有人專門玩弄文學的，更有人譁眾取寵，靠著一塊文學招牌混吃騙喝的，有人捧女作家像早年花錢捧角兒。克木所提出來的問題，是從活生生的現實裏攤現出來的，真能說是事不關己，哈哈一笑就算過去了麼？

他們笑過去了，克木眼望著坐在一邊沒說話的黃碧霞，忽然想到什麼，歉然的說：

「真對不起，黃小姐，妳也是喜歡寫稿的，我跟葛德兄是老朋友了，談起話來沒有顧忌，請原諒我口沒遮攔，我無意蔑視女性，真的。」

「你不必說這些了，」女孩淡淡的笑著：「我又不是你所指的那種人，靠作品之外的某些因素出名。我覺得，出名很容易，真正的靠著作品成名，太難了！出名和成名，在實質上，完全是兩回事情。」

「這真是陳義很深的觀點。」克木點頭說：「作家跟影劇明星不同，作品才是主要的，人是次要的，如果把作家當成明星看，本末倒置，那就脫不了是在耍猴兒戲，把人捏成丑角了。」

這一夜，大家談得痛快淋漓。克木毫無矯飾指出今天文學產品質稀量薄，實在已到很嚴重的地步，文學作品，應該是導引社會精神意識上揚的主要力量，這股力量削弱了，會使這社會在精神逐漸下墜，傾向物慾那方面去，而失卻它應有的平衡。克木認為作家本身具有這樣自覺的，為數不多，大部分也深陷在生活泥淖裏浮沉不定，作品談不上氣勢和規模。社會成員忙於生活奔波，具有經常閱讀習慣的人太少，生命凝固起來，不再吸取，偶一得閒，也都攤開身子去看胡鬧的電視節目，或是築築方城，這些成員本身懶散現實，精神枯萎，便影響到青少年的身上。

克木直認青少年的問題產生的主因，是因為成人世界缺乏主動無私的愛，對下一代人不夠瞭解，又不願費心去嘗試瞭解。他對葛德說：

「如果想寫幾部驚天動地的書，這正是時候。有人說：社會是河床，青年是流水，有什麼樣的河床，便有什麼樣的流水，這社會還不該醒一醒嗎？當然，文學作品在表現的意旨上，是伸向無限的，我相信，作家們向無限伸展的時刻，一定會通過現實，我剛剛所說的，都是現實的一部分，很令人焦灼的一部分。」

「我想，我的寄望是落在年輕人的身上了！」葛德說：「每一代都應該有每一代的作家，他們創作技巧容或未盡成熟，但他們追求藝術的心志是強烈的，嚴肅的，作品的質素很濃，我相信在不久之後，便會有不同的面貌了，他們是猛銳的，生命的潮水。」

最愉快的談話，多半是沒有結論的。葛德回去在札記上寫著：每一代人在精神的發展上，總不會孤立，它有無數的脈絡和歷史相通，而文化的資訊，便在其中完成了傳遞，任何因年齡、經歷、生存背景所產生的差異性，都可以藉著思維和感性彌補出來，使其成為完整的脈流。在這種認知裏，我覺得克木的社會感太強了一些。文學的功能是緩和的，悠遠的，它只是一種感染和浸潤，一如滿懷愛意的溫風。

也許由於他的創作觀念和他的作品融和罷，他的兩本書發行後，各方面的反映都非常好，出版社更轉來好幾封年輕讀者寄給他的信，情真意摯的道出他們內心的感覺，和對於寫作界、出版界的期望。這些信有力的鼓舞著也督責著他，要寫出內容更豐富，意境更深遠的作品。

在意想上，他是昂奮的，但他一接觸到都市狹隘的生活面，那股發自內心的豪情就減弱了。他記得早些年裏，若干報章上，還以相當的篇幅，報導大陸各地人民在三面紅旗運動和文革接踵下的各地人們的生活景況，使在自由地區生活的人，時時念及那些不幸者屈辱的生存，自然產生休戚之情。這幾年裏，社會浮面的繁榮，物質的誘引，使社會風尚漸趨淫靡，人們在心理上逐漸麻木，把海那邊的苦難不再當成與自身密切相關的事情。由於這種閒逸的，只顧及自身生活的心理逐漸普遍起來，也影響了報章和傳播，使人很難觸及到苦難大地的生靈們血淚呼號了。

他知道，都市的生活表現，他所觸及的一面並非是正常的，僅僅是一片障人眼目的，病態的迷霧。島上各地，仍有無數人，單純的，勤勞的生活著、創發著，在怒濤洶湧的海洋上，在綠林森森的山野間，在飛砂彌天亂石成陣的建設工地中，在無數煙突高舉的各類廠房裏，有些人頂著烈日，迎著怒號的海風從事漁撈，有些人忍受陰溼，辛勤的伐木或是植林，有些用砂煙洗臉，胼手胝足的挖掘或開墾，有些人像吐絲般的在機輪律動中放出他們的生命。他確信他的意想都是真實的，但他卻無法在他個人生活中直接觸及這些，而僅憑意想，是無法動筆的，尤其是小說作品，生活是它的肌裏和血肉。

黃碧霞雖在考試前夕，為準備課業忙碌著，但她對於葛德的創作心理，卻是非常的關注。一天晚上，她把話題很巧妙的移放到這個題目上，兩人便認真的討論起來。

葛德毫不掩飾他在這方面的困惑，他說：

「人說承平日子流水過，我和朋友們，也都有這種感覺。生活雖然像走馬燈一樣的旋轉著，可是，旋來旋去，總是眼前的這些看膩了的生活圖景：車子一輛接一輛，耳聽著像是刮風，嗚啦嗚啦的，夾著喇叭的鳴聲，出去，就立刻陷在人潮裏，推著、擠著，生命彷彿不再具有別的意義，只賸下那種自然的推湧，把老的推開，讓新的過來。有心靈的人是寂寞的，總想尋找一些精神的重量來壓著自己的空茫，如果不是這樣，恐怕連自己也失落了，變成一道推湧別人，又被後來者推湧的人浪。生命真實的意義，今天社會人是很少向內心去究詰的了！」

「有了這種困惑是好現象，」女孩說：「這充分顯示出你著重精神生活的心胸。有了困惑，就有了探究，有了探究，才會引發出作品來，我能體會出這種層次來。」

「層次是不錯的，」葛德說：「毛病就出在作者無法在自己過膩了的生活裏淘取新的，具有撞動力的題材，卻又被陷在其中走不出去，這才是問題的焦點。尤其是對於那些專業性的作家，構成更大的逼壓。——妳想想，一個人光是常年累月的伏在桌上，像蠶吐絲似的猛寫，不吃桑葉的蠶，能吐出多少絲來呢？總有一天，絲會吐光，作者也臨到自嘆江郎才盡的時刻了！」

「這種情形也是事實，」女孩說：「對於那些有沉重家室之累的人，為了生活和職業的牽羈，構成很大的問題。但對於你不該有什麼問題的，這許多年，你無牽無掛的一個人過日子，生活實在很簡單，在城裏過生活和在鄉下過生活，都是一樣，你寫妥稿子，只要找一個有郵筒的地方，就能投寄出去。你剛剛所提的問題，並不真的囿限得了你，你原可以主動的去找生活的。找那些能夠感動你，觸發你的生活，使題材和作品融合起來，內在和外在融合起來，你的問題不就解決了嗎？」

「我不是沒有這樣想過，」葛德說：「妳要知道，在沒有遇著妳之前，我落魄潦倒到什麼樣子?!若不是牧野他們幾個朋友接濟我，一天三頓飯都吃不周全，出門連買張公車票的零錢都會掏破了口袋，換地方，換生活？哪有那麼容易！」

女孩子吐了一口氣，沉默的瞇視著他，眼神裏流露出不忍的神情。

「我不是抱著古老的傳統觀念的那種文士，」葛德接著說：「我從沒抱過文人雅士的觀念去要求清高，沒想過脫出人群去投向林泉，但我的身體很單薄，想去做工，挖礦，幹那些激烈的體力勞動的事，即使我自己願意，旁人也不會選中我了。一個人的精神生活，在今天這個現實社會當中，是秤不出重量來的，精神值幾個錢一斤？……我寂寂在追求著，我並不是那些鼎鼎大名的、家喻戶曉的作家，他們怎樣想，我不知道，至少，我的困惑卻是實在的，我不會誇張它。」

「我想，當代少數幾個成名的作家，也有他們更多苦惱的地方。」女孩說：「中國老古人的口語，說是：人怕出名豬怕肥，一點都不錯的，這社會人情牽著他們打轉，連一份恬靜的私生活都賣掉了！像沉思啦，閱讀啦，散步消閒啦，一個寫作的人日常生活中不可少的，恐怕沒有誰能保持不改的了！開會拿他們當花瓶，應酬少不了他們一份，走馬觀花式的參觀訪問，浮光掠影式的所謂體驗生活，廣是廣得很，薄也薄得可憐；再說，除了壓出稿子，學生們又瓜分他們的時間，他們的困惑也許比你更大呢！」

「這問題其實是世界性的，整個自由世界有名的作家們，都會遭遇這種情形。」葛德說：「有些作家把繁瑣的外務都交給秘書去處理，像回覆讀者的來信啦，處理約會啦，演講的安排啦，……有了這種幫助，至少可以減除他不少的麻煩。倘若是我，能找得起秘書嗎？」

「誰說你找不起，」女孩笑指她的鼻尖說：「我不就是現成的，免收費用的秘書。」

「有些作家很會適應這種狀況，」葛德說：「他們盡力逃遁一般無聊的社會性酬酢，像三島由紀夫，當他寫稿的時間到了，他的人就失蹤了，連電話都不接。比較起來，像卡夫卡更能顯露他的個性，他不回讀者的信，不參加無聊的活動，坦認一個作家與讀者之間，作品才是唯一的橋樑。這在我們的國度裏，恐怕很不容易行得通，別人會批評你太不通人情的。」

「如果是這樣，他們又如何去發掘題材呢？」

「這很簡單，主動生活和被動生活是有很大差別的。」葛德說：「所謂主動生活，是意指作家有權保有他的生活方式，諸如沉思、寧靜、安憩，一切寫作前的心理準備，他會尋覓有靈性、有衝激的生活，有內涵、有境界的事件，孕化而成創作題材；而被動生活，是被社會一般人牽著鼻子，吃酒聊天，白耗時間，那樣對於思維和創作，根本沒有助益。」

「幸好你還沒有像那樣的有名氣，」女孩說：「我幫助你，過一過你理想的主動生活罷。我不會牽著你的。」

「我倒情願妳拿著鞭子，在後面趕一趕呢！」葛德說：「我的生活，處理得雜亂無章，實在也太懶散了。」

「被動的形式，主動的內容。」女孩說：「你是很有設計頭腦的。實際上，你並不是懶散，只是情緒欠穩定，我若能夠幫助安定你的情緒，就夠好了。我認為你應該主動的追尋生活，追尋它的意義，做一個有深度的作家，即使社會群眾不接納你，總比空無一物、徒擁虛名的通俗流行的作家要好得多。」

女孩的黑眼亮灼灼的，充滿期待之情。她微仰著臉，深深凝視著他，葛德覺得那種眼光，那種情感，直滲到他的心靈深處去。

「有時我真正的懷疑，」他微吁著說：「懷疑我自己究竟有沒有那種資質？能不能當得起妳的盼望？……我抱著這枝筆，寫了十多年了，面對著自己寫出來的作品，只有慚愧之感，我不是那種使人仰望的天才。」

「誰又是天才呢？」女孩說：「其實，人的智慧都是差不多的，單看人能不能運用他的智慧，發揮他的悟性，輔以定性和耐力，他就會成功。我總覺得你是那種人，你有你的精神世界，……我用感情投資，做你文學創作上的合夥人好了！」

「萬一虧了本呢？」

「我當然認了呀！」女孩說：「我不會埋怨自己的，你現在還會懷疑嗎？如果寫作和生命相連，它便是一種內心的責任，只要有信心，不停不輟的寫下去就成了！」

葛德每和黃碧霞談論一次，他的信心就增長了幾分。也許由於雙方年齡上的差異，使他感覺女孩年輕的生命向上鼓湧的力量，時時刻刻的感染著他。他和她在一起的時刻，全不像一般的戀人，那樣貪圖著擁抱和撫愛，喁喁的吐述著兒女私情，而是互相攤展開自己的靈魂，希望在那上面，多塗些人生色彩，多添些人生境界。有時候，葛德也感到某種衝動，很自然的產生了熱烈又朦朧的意欲，靈與肉糾結著，有些曖昧難分，但他立刻警告自己，他有太重的承擔，萬萬不能有一絲錯失，使對方蒙受任何傷害。他早已過了不惑之年，這份做人必須有的承擔，他該一肩挑起來。好在這種原始意欲並不常常湧昇起來，大部分時間，他都能很愉快的享受靈性奔放的夜晚。

女孩在燈下準備功課，有時會主動的催促他出去走走，她對他說：

「我希望你多寫些稿子，但並沒要你成天關在屋子裏，把臉悶得白蒼蒼的。我沒有時間陪你，你也該獨自出門活動活動，或者去和你的那群老朋友聊聊天，也不要為了我在這兒，就把你的老習慣都丟開了。」

「我並不是習慣浪蕩的人，」葛德說：「早先我每晚朝外跑，是因為這屋子太黑、太冷，把人朝外逼，逼到有燈光，有人臉的地方去。如今這兒燈也暖，人也溫，那種孤獨感不再來了，說真話，我不願意一個人再朝外面跑啦！外面哪有這兒好？」

「話也不是這樣講，」女孩說：「結了婚就該不出門？」

「我講的是我的心理狀況。」

「我講的是生活的常理，」女孩說：「一個人整天伏案，坐久了，當然應該活動活動。何況你那些談笑風生的老朋友，常常見不著你，他們也會惦記著的。」

葛德不忍拂違她的這番心意，便獨個兒出來蹓躂。秦牧野問到他跟黃碧霞感情的進展，葛德覺得此時此刻，雖然有隨緣的打算，但一切都還在未定之天，實在不方便說什麼肯定的話，只能說：

「那女孩不論是資質和為人，都很好，我們算是處得來就是了。」

「既然雙方處得來，就設法敲定罷！」古晉說：「你並不是年輕小伙子，還有什麼好等待的？成家是最現實的事情，像你的一篇作品定稿一樣，好也是它，壞也是它，難道還要重新起稿?!」

「問題哪有這樣簡單？她家裏還不知道呢。」

「年頭不同了，」克木說：「只要雙方的當事人願意，其他的都算枝節問題，應該很好談！」

「這我並非不懂。」葛德說：「但這份情感使我變得膽怯，變得格外謹慎了。她年紀還輕，希望進夜校，我沒有道理為了自己的緣故，迫使她放棄學業，即使她主動的這樣表示，我也要考慮的。」

「你變了，老小子！」古晉拍打著他的肩膀說：「早先你是粗豪爽直，對一切都滿不在乎的人，如今竟然規規矩矩，行事都不出格兒啦！」

「事情不同，對象也不同。」葛德說：「我總算活了這麼一把年紀在身上，人總是要做的。」

「我想我能瞭解這個，」秦牧野說：「你的顧慮，確實是有道理的。我只能這樣說，你應該跟對方齊心合力，亦步亦趨的朝你們想走的方向走。假如遇著任何困難，有需要朋友們出錢出力的地方，你不必客氣，我們都會盡力的，這該是分內的事情。」

「當然，」葛德感激的說：「真到那時候，不用各位說，我會開口的。不過，在我的感覺裏，這段路真是山遙路遠，哪天能走到那一步，我也不敢說呢。」

「你的兩本集子，反映非常好，」秦牧野說：「不但克木非常稱讚，我們也都為你高興，正好它在這個時候出版，也許在經濟方面，會帶給你一些幫助的。」

「有是有一點幫助，」葛德直直腰說：「我估計不會太大，再版發行也不是一天的事，我寫稿，像做手工藝品，即使這兩本書好銷，我也無法大量製作的……我現在應該是以寫稿為業，但自知決不是專業作家的材料，面對著現實生活，我不知這算不算悲劇?至少，在感覺上，我有煎熬痛苦存在，這是事實。」

「慢慢來罷，」秦牧野說：「習慣的把自己看成極平凡的社會人，生活總會慢慢的落地生根，開花結果的。我們不都是飽受煎熬，都通過這一關的?雖沒轟轟烈烈的站起來，卻也沒無聲無息的倒下去，我們總會吐出一點沾著血的心聲，沒交白卷。」

「但願我的神經有你那麼健全，像你和大嫂那樣有熬勁、有盼望！」葛德說：「你們不說什麼，給我的鼓舞激發也夠大的了！」

他離開音樂廳，想搭車回去時，在一處長廊下面，突然聽到有個聲音叫喚他，他掉頭一看，竟然是他的舊識小洋馬。她穿著一身黑色閃光的緊身洋裝，高底的包包鞋，搖動著小手袋，顯得很快樂的樣子。

「嘿，把我忘掉了嗎？」她說：「你沒想想，你有多久沒到那邊去了？」

葛德笑一笑，那一串可紀念的陰暗的日子，他並沒有忘記。這個不羈的女人，曾經肆無忌憚的嘲弄過他，也溫慰過他，她遭遇很悲慘，但她具有一個善良的熱烈的靈魂。他朝她點點頭說：

「最近我很忙。」

「應該說是得意了。」她用手袋打了他一下說：「你們男人都是這個樣子，失意潦倒的時候，就會跑到那種地方去窮開心，一旦有了錢、得意了，就人模人樣的充正經。你要有這種想法，儘管告訴我，朝後我在街上再遇著你，不跟你打招呼就是了！」

「我真的很忙。」葛德說。

「夜晚也忙？」她眨著眼，說得有些曖昧。

「妳知道，我幹的不是上下班的差事。」葛德說：「妳最近還好罷？」

「你覺得會『好』嗎？那種日子。」她說：「不過，我要告訴你，我已經不在那邊了！我嫁人了，你相信不相信？」

「當然相信，」葛德說：「妳很聰明，會找到好的歸宿的。他幹什麼行業？」

「開貨運卡。」她說：「人很好。」

「我該恭喜妳。」葛德說。

人潮在他們身邊洶湧著，小洋馬向他搖手道別了。葛德有一種奇妙的感覺，這彷彿是一場真實的人生戲劇，只有當事者心裏明白，有時候，有些事情不能認真也無法認真，也只能興起一份事如春夢的感喟罷了，一片落葉也有一片落葉的歸宿，那總是它的歸宿，它的命運。比較起來，在風塵中的，他對素月的印象要深得多，在愛和憐之間的那份情感，他曾付出過，並且絲毫沒曾傷害過她，素月如今該飄到哪裏去了呢？……他如今雖仍沒築成一個固定的窩巢，但黃碧霞事實上已為他帶來一份暖意，他朝後不會再去那種地方了，不把它看成春夢又如何呢？城市的許多角落，都有著不同種類的淒情，那些人世的詩，永遠牽動他悲憫的意緒，也形成他作品鬱勃的調子，彷彿將萌發的草芽，低沉，但卻有一股上昂的力量。

回到小木樓，黃碧霞正坐在他的被窩裏，捧著書，喃喃的讀著呢。

「我以為妳先回去了。」他說。

「等你回來我再走也不晚，」她說：「我把你的被子焐得暖和和的，宵夜燉在鍋裏，你要吃，隨時可以吃。」

「現在還不餓，」葛德說：「真謝謝妳。」

「不要說謝字，聽來滿刺耳，即使你是真心的，留在心裏好了，用不著再說出來。」女孩說：「你都見著誰了？聊到些什麼？」

「聊到我的兩本集子，還有妳。」葛德說：「是秦牧野先問起來的，妳知道他們夫妻倆，對我一向都很關心，他問我們有什麼打算？我說還早，……因為妳還要繼續唸書，我是這樣說的。」

「要是我考不取呢？」女孩說。

「再等來年啊！」葛德說：「好在妳年紀輕，不會在乎早一年或是晚一年。」

「不，」女孩搖頭說：「即使你願意等，完成夜間部的大學學業，還得五年，你並不跟我一樣的年輕了。葛，我認真想過了，我們不要抱著那種傻念頭，我可以一邊唸書，一邊做事情，不會增加你的累贅，……婚姻對於你來講，來得已經夠晚了，我不願意再讓你受一絲一毫的委屈，讓這宗事早一點塵埃落定罷！」

「我們總要仔細算一算，」葛德說：「和婚姻同來的，影響妳學業的因素是很多的，比方孩子……萬一有了孩子纏著，對妳學業和工作，恐怕都有影響的。當然，在任何情形下，我都不會逃避我的責任。我怕到時候，真正受委屈的是妳。」

「你放心，我任何委屈都願意受的。」女孩說：「只要對你和你的寫作生活有幫助，我就得到安慰了！」

葛德嘆了一口氣，眼角有些禁不住的溼潤。在半生飄泊的路上，多少寂寞，多少孤單，沒想到會在無邊曠寒裏得獲這份情緣，紅粉知己，百歲難求，用任何推託的理由，都只有顯得自己矯情。

「碧霞，妳是這樣純情的女孩子，」他低低的說：「而我卻曾陷在自暴自棄的情緒裏，一度荒唐過。今天夜晚，在回來的路上，我還遇上過一個叫小洋馬的女人……是那一類當中的一個，我不願對妳隱瞞我的過去。」

「我知道，」女孩說：「我不介意。」

「妳真不嫉妒？」

「為什麼要嫉妒？我真是高興你能對我說這些。」女孩說：「像你這樣年紀的單身漢，有幾個沒有那種經驗的？又有幾個能像你這樣坦誠的?!」

女孩掀開被子，拍拍床頭，示意他坐過來，葛德彎身擁住她，吻了她說：

「妳該動身回去了，我既不是柳下惠，也自認沒有那種坐懷不亂的功夫，我等著一場慎乎始的婚姻，現在，我才體會到神聖的意義了。有時候，我勉強算是個君子，有時候，我確實很小人。」

「這才是正常人呢，」女孩還吻他一下說：「你可甭把交易性的關係看成小人，那就太貶了你自己，小洋馬她也不會那麼想的。」

「我不是意指那個，」葛德說：「我說的是在理念上，我一直反對靈肉買賣制度，但我心裏仍蹲著野獸！」

「我還記得我上高中時，遇著一位國文老師，他很喜歡講省察這兩個字，省是向內心尋求，察是向外在透視，說人要是有了省察的基礎，才能擴大人生的領域。」女孩說：「我只是撿人家現成的話送給你，我走了，你去捉你的野獸去罷！」

女孩走了，留給他的，又是一個沉思的夜晚。

到心裏去捉獸，這是多麼深沉的意想啊？葛德原想朝更深邃的地方去追索，但他太疲倦了，無數隱隱約約，朦朦朧朧的夢的圖景圍繞著他，他幾乎能夠看見一匹人形的獸，靜靜蹲伏在那裏，他想，總有一天他會捕獲牠的。

而他又意識到夢的那邊，攤展開的，明天的日子。

他更要從那片時光踏過。

第十一章 愛的力量

女孩決定提前回南部老家去一趟，她把這事告訴了葛德，並且很明白的表示，她要把她和葛德相處的情形，告訴她的母親，她要儘可能的取得老人家的諒解，這樣，事情才有個結果，至於婚期和婚禮，都屬旁枝末節，自己就可以商量的。

「葛，你覺得怎樣？會不會感到有些突然？」她說。

「我們都已經決意隨緣了，」葛德說：「我不會感到突然，我只顧慮到妳在準備考試的時刻，南北奔波，為這事操心，會不會影響課業？」

「多少有點影響，」女孩說：「不過事情拖著，更不安心，早講也是講，晚講也是講，不如早一點解決了，心裏沒有牽掛。」

由許多事情上，葛德可以看出黃碧霞對事的認真態度，以及她穩沉果斷的性格，這些正是他欠缺的。在現今社會裏，婚姻大事不像概念裏那樣單純，都市裏儘管有遊戲式的婚姻出現，年輕一輩人在熱情的浪頭上出花樣，但結果並不一定比傳統的婚姻美滿。婚姻生活是一條長遠的路程，任何影響雙方心理和情緒的因素，都必須審慎的考慮和妥切的肆應。像目前他們的情形，徵得她母親的贊同是必要的，而在這方面，他完全無能為力，只有看她了。

「打算哪天動身呢？」他說。

「後天怎麼樣？」她說：「我得先跟你說妥，然後再去買預售票。」

「我當然希望妳能很順利把事情辦妥，」葛德說：「妳知道，我也變得很膽怯，妳母親從來沒見過我的面，對我一點印象都沒有，光聽妳的形容，她就會放心？」

「對啦，我走之前，最好帶幾張照片回去，你有洗好的舊照片，多準備幾張交給我，假如她還是不放心，她會到北部來一趟的。」

「她老人家年紀大了，怎好讓她奔波？……」葛德沉吟一陣說：「如果真有必要，妳可以寫限時信來，或者拍個電報，我就到南部去，我也該去看看妳出生和生長的地方。然後，我們再一道兒回來。」

「好啊！」女孩笑說：「你常年窩在小木樓上，真該趁機會出去走一走，曬曬南部的太陽了。」

「妳知道，這可不是郊遊，」葛德說：「萬一鎩羽而歸呢？太陽也曬不乾心裏那份潮溼罷？對這事，我是盡不上力的。」

「我想還不會弄到那種決絕的地步，」女孩說：「我母親是個很溫厚的人，儘管想法舊一點，但她對我很關愛，總要為我顧慮的。」

「那就這麼說了，」葛德說：「預售票讓我替妳去買，妳坐哪班車？」

「下午四點的好了，買到臺南。」

女孩要掏錢，葛德捺住了她的手。

「事實上，我們在經濟生活上，不是已經不分家了嗎？」他說：「這些日子，我們的生活型態，完全像一個小家庭，我們彼此沒有鬥過半句嘴，沒有嘔過一點小氣，只有互相幫助，這該是極好的象徵。」

「真的，葛，」女孩衷心的說：「我也很滿意這個樣子的生活，它使我像一隻泊在港裏的船，穩靜又安詳，一點也不擔心風浪。有些人夢想那種可生可死的戀情，夢想著迅雷、閃電、狂風、驟雨，……我總覺得，情感是自然得來的，不能單靠外求，它是什麼樣子就是什麼樣子；我多少有些宿命的意味。」

「妳是典型的，中國式的女孩。」葛德說：「有時候，能正視現實、安於現實的人，比較容易獲得內心的滿足。想得太多，夢得太多，到頭來，內心充滿悲劇感覺，夢像五彩的泡沫般的容易破裂，現實生活，也一定會受到影響，這些事例太多了。」

「不要把我誇得太厲害了，好不好？」女孩說：「人可不是那麼容易定型的。對啦，我不在的時候，飲食你要自己當心料理了。最好自己煮，麻煩也麻煩不了幾天，如果一切都很順利，我很快就會回來的。」

女孩走的那天，葛德送她到車站。車行後，他獨自在噴水池邊坐了很久。女孩雖說她回去只有幾天，但在他的感覺裏，她帶來的那片溫暖的天地，又彷彿被她帶走了，天空地闊，一身如寄的孤寒，重新襲向他，使他覺得格外的寒冷。沒有她在身邊，人群也變冷了，隔著噴泉張佈的白色水簾，看上去遠而朦朧。

他想著，碧霞帶給他的愛情，真像是一把在雨中撐起的傘，讓他在蔭覆之下，溫暖起來、充實起來。從他半生的經歷，他渴切的需要有這樣的一塊小天小地，這是一個人存活的情感依託，不容忽視的根基。

他知道，她不會真的像風一般的逝去。但他願意留著，獨自品味當初擁有的那份孤寒的感覺。誰那樣說過來？得著時，不要忘記失去的，他是這樣，他自覺也該這樣，這會使他更加珍惜這份獲之不易的情緣。

逐漸的，那份情緒潮湧過去，他又平靜下來了。載著女孩的列車，現在該已駛出市區了罷？在鄉下有個家，真是使人羨慕，無論那裏多麼荒僻，總有許多根生的記憶，使它和生命相連著。不像他，窩巢已經化成一場沉黯迷離的黑夢，想繫也繫不住了。

他抬頭看看天色，雲背後的日影斜西了，離黃昏還早，他不願意茫無目的再信步閒逛，那樣打發時間，實在沒有什麼意思，他要回到小木樓上去，為她守著那盞燈，像她平常在那屋裏一樣。

也許他需要跟秦牧野夫妻倆去商量商量，但那總要等她從南部回來之後。事情究竟怎樣，他一點把握都沒有。他決心遵從女孩本身的意願，但儘量使用緩和的手段，解決一切困擾的難題。

回到小木樓，他安心的寫札記，寫下他很多心靈的感受。他特別偏愛這些沒有經過修飾的札記，覺得它真誠赤裸，更能顯示出他的心胸來。其中有一部分，女孩曾經閱讀過，她讚美他的札記美得像是詩，只能感覺，無法朗吟的。他翻開從前所寫的，和現在所寫的，明顯看出他感情的曲線來，由低沉鬱勃，逐漸轉為明朗曠達，這痕跡，充分顯示出愛的力量。

天逐漸轉黑了，當他扭亮檯燈時，他想到，碧霞該回到她生長的小山原上啦，她也會在她家鄉老屋的燈光之下，靜靜的思想著這份情感罷？當在沒到城市來之前，她有著怎樣單純寧和的夢呢？他的闖入，會不會魯莽得破壞了她原有的夢境？固然，愛的本質是一種奉獻，但決不是單方面的奉獻，彼此都要有為對方顧慮，為對方著想的心胸。他一向不重視物質生活，這是一回事。一旦有了一個家，最基本的物質需求還是必要的，如果連日用的菜金飯錢都付諸闕如，常使米缸朝天，那就談不上精神生活了。有時候，人不能放棄最低的物質需求，那也是生活的基礎。

這方面的準備必須做好，使自己儘量無負於她，這才是最要緊的。

一天過去了，又一天過去了，小木樓上的氣壓愈來愈低，葛德在沉默中產生一股塞悶的感覺。他儘量預先警告自己，不要緊張焦灼，但他的精神卻被這種氣壓煮得沸騰起來，朝上翻滾著泡沫，他不知道女孩對她母親提過沒有？她的反應如何？他渴望著女孩能寫一封信來，哪怕是簡簡單單的幾句話呢，總能帶給他一點消息，使他安心。

果然，第三天早晨，他接到了她的信，信上說起她母親臥床生病了，她要勸她到臺南看病，由於這情況她事先不知道，她必須在家多留些日子，他們的事慢慢再提。

這算是沒有結果的結果，但已使他噓出一口氣來，他只有耐心的等著，一面默祝她年老的母親能夠早一天康復，使她早一天回到北部來。他明白每次大專聯考的情形，除非她無心升學，否則，她就必須適應這種現實狀況，奮力的參加拼搏，才能通過這道人擠人的窄門，在考前這段日子裏，時間對她太重要了。

她信上僅說她母親生病臥床，並沒詳提老人家的病因和病情，能否在短期間健癒？他真的非常關心，他知道碧霞和她母親的感情極好，她也極為孝順，在養親和就學這兩宗事顯得同樣迫切的時刻，必要時她極可能放棄就學，留在家裏照料她的母親的。因此，他唯一的盼望，就是祝禱老人家早日復元了。

他寫了回信給她，說出他的盼望，並且說如果她短期內不能北上，最好儘量抽時間準備功課，如果需要他寄參考書和其他應考的資料，可以寫信囑他去辦，如果需要他南下協助什麼，他也願意隨時動身，到玉井去一趟。

他明知自己力量單薄，在這件事情上他並不能真正幫助她什麼，但他的心是誠懇的，至少在精神上，可以使她獲得一份鼓舞和支持。

發了信，為了填塞他內心的空盪感覺，他日夜趕寫了一個中篇作品，他想到如果動身南下的話，他應該多準備一些錢，而他的錢的來源，只有稿費。他儘管急需要換取稿費，但他提筆時，卻拋開了那些外在的因素，一心潛沉在作品所展佈的世界裏，因而，這個中篇一氣呵成，毫無草率和匆促成篇的痕跡。

他把稿子交給了克木，克木詳細的讀過，坦率的告訴他說：

「葛德兄，寫小說原本著重的，就是情境兩個字。所謂情，是真純的情感，所謂境，是人生的諸種境界。而你近來的作品，情真意切，境界深宏，比之你早期的作品，可說是更上層樓，更寬更厚了。」

「我不是故意說客氣話，」葛德說：「如果真有些進境的話，那全該是碧霞那女孩帶給我的。老實說，我早年熱血滔滔，看事情全憑直感，缺乏寬容，後來由於飄泊浪蕩，思想更走直線，有一股鬱勃的憤怒，不自覺的流瀉到作品裏面。自從她進入我的生活，使我在理性生活、道德生活和情感生活三方面，逐漸均衡了，……說來很臉紅，我活了四十多歲，才發現自己原來是需要人扶的人。」

「我只知道那女孩對你很好，」克木說：「想不到她年紀輕輕的人，對你竟會產生這樣重大的影響。」

「這是事實。」葛德說：「愛和年齡無關，原來我們都只是嘴上說說，如今身歷其境了，才真正的體會到，何況她的智慧遠過於她的年齡。」

「既然這樣，你就該早作籌謀了。」克木說：「一般說來，我們這種年齡和生活狀況的朋友，在婚姻上都算是資本不足的，她年輕，可塑性高，萬一把這份情割捨了怎麼辦呢？你心理上有過這種打算沒有？我講的是老實話，這種情感上的觔斗，你栽不起呀！」

「很感謝你的勸告，克木。」葛德說：「我和她之間，變化不能說是沒有，但我相信，即使有，也是外在的因素，我們本身決不會變的。」

「已經有這樣的信心了？」

葛德很堅定的說：

「我想是的。」

「那我該恭賀你們了！」克木說：「能使雙方都建立起這種信心並不容易，你們能有這種信心，就表示你們的情感，已經有了很深的基礎，這是外在的任何因素都搖撼不了的。」

「我想，我已經不考慮那許多了！」葛德說：「她認為她具有宿命感，我也一樣，管它是悲是喜，都是人生，當來的，就讓它來，好歹我都得承受它！」

「這倒是相當透達的看法，順乎自然的去擔當一切，從表面上看，也許有人認為偏於消極，事實上，它是最積極的。那要比你當初反覆考慮好得多，世上任何事情，考慮太過，結果一樣都做不成！」

克木是很重理性的人，很多看法，都很平實中肯，葛德很同意他的意見，但他自承在性格上沒有克木那樣冷靜，同時也略欠克制的功夫。當然，一個人的基本性格是很難更改，而後天的修為，總能彌補些性格上的缺憾，使他能增加一些肆應事件的彈性。

日子一天一天的過去，葛德按捺著，盡力做著理家煮飯的事，使生活保持得像女孩在這兒一樣，一切都有條有理，他也默盼著她能突然的出現，帶給他一份驚喜。

不久，她的第二封信來了，女孩在信上提到她母親在臺南住了醫院，她必須留在她身邊服侍她，看情形，短期間無法北上了！她也提到離開聯考的日子，越來越逼近了，一部分重要的複習課程，勢必會受到耽擱，但她仍然不願放棄。她明白的表示出，她進夜間部讀書，全基於向學求知的興趣，並非著意於一紙文憑。偏偏在這時辰，母親生了病，她只有以奉母為先，咬緊牙關和命運抗爭了。

他又為她著急起來，塗了一封信，急匆匆的發出去，問她他能為她做些什麼？女孩的回信很簡單，她說：

「葛，不要為我著急，你把生活弄得正常起來，飲食起居規律起來，使我不要罣念你，就算是幫了我的忙了！我母親的病，很不輕，躺在病床上仍透著虛弱，我實在不敢在這時候跟她提起我們的事，我相信你會體諒到這一點，我怕影響到她的情緒。不過，這決不會影響我們的基本決定，我想，至遲到冬天，這些事情都會逐一解決的。我祈禱著母親的病能好起來。」

葛德捏著信，一種情感上的重量壓著他，這種重量，他很久沒曾承受過了。有些單身漢，常對人誇稱他一身之外無長物，誇稱他無牽無掛，一人飽了一家飽，彷彿那是一種自由自在的生活方式。事實上，一個人如果失去情感的重量，他便會自然而然的飄浮起來，有了這種承擔，反而使人穩實，覺得生存有了新的意義。

轉眼之間，黃碧霞已經離去十多天了。她寄來的第三封信更為簡短，僅僅說是她母親的病略見減輕，但離出院還有一段日子，要他不必掛念。

真能不掛念嗎？葛德覺得那是不可能的。早先他總認為自己是一個整人，現在女孩不在身邊，他感到自己變成半個人了，即使在提筆寫稿的時候，心裏也都想著她，兩地相思這種字眼兒，再不是浪漫的形容。

事情處在很微妙的情況當中，她既沒有對她母親提起他這個人，他就無法到南部去看望，他考慮到一個陌生人的闖入，對於生病的老年婦人會造成什麼樣的影響？情勢逼使他在行為上處身事外，而他內心所受的煎熬，他相信和女孩一樣的深痛。

隨著日子的過去，他們只有靠信函來傳遞消息了。女孩寫的信，字跡匆促潦草，也都很簡短。他想得到她服伺病人的辛勞，猜想這些信，都是她伏在病榻邊，就著昏暗的燈光寫成的；她寫信時的心情，一定非常紊亂，那和他伏案為文的情形完全不同。她在信上提到她母親的病已有逐漸好轉的跡象，她必須要等她老人家出院之後，她才能回到北部來，她希望這日子能儘快的到來，因為這次回家，實在耽擱得太久了。

葛德只有寬慰她，囑她千萬不要急，還是安頓老人家要緊。他自己卻數著白白淡淡的日子，把等待她的來信，看成日子裏重要的事情。有時候，為了排遣寂悶，他會鎖上門，出去走走。這都市始終保持著一種漠然的繁華，無動於衷的攤示在人眼前，颰風般的車聲，呼嘯的來去，游魚般的人群，在不同的光景影色裏流動，彷彿沒有什麼事能驚撼他們。而這就是生活，很乏味很無聊的這種現實的繽紛，他甚至無法從其中掘取它的意義。

真的，如果不遇上黃碧霞，如果自身的過往沒有那種戰亂流離的經歷作為難以更易的生命花色，自己是否也這樣流進其中，渾渾噩噩的去淘日子？只問生活，而不尋求它的意義？如果說出門走動還有些可取的地方，那便是撿拾這些零星的感覺了，它是晶呈於生活裏的，精神的亮光，能映出自我的容貌來。

這天晚上，他又接到女孩寫來的信，信比較長，信上說她已經陪伴她母親出院回家了，她母親很瘦，也很虛弱，但她仍然把他和她交往的情形對她說了。

她在信裏寫著：

「葛，真實說，她沒有表示反對，也沒有表示贊同，只是說：慢慢再說罷。我知道，事情並不順利，老年人有老年人的想法，這不是用說理就能解決得了的。雖然婚姻是自己的事情，但在這件事情上，我們必須付出很大的寬諒和忍讓，很自然的去完成它。目前也有許多人，完全堅持己見，用激烈的方法來決定它，結果演成各形各色的悲劇，我極不願陷到這種老窠臼裏去，我相信我緩緩的表露我的心願，總會得到她的諒解的。我得先回到北部去，等考試之後，我會有時間辦妥這件事的。」

葛德看完這一段，微微吁出一口氣，這種沒有結果的結果，很接近他的料想。他一開始就沒把事情預計得如何順利，現在他只盼望她早些回來，專心準備功課，就好了。她能生活得快樂，他便能分享到那種快樂。在他的意識裏，她是一束光，他想著她，念著她時，極少摻和著慾的成分，他自信能夠等待，使這束光自然的化為溫暖。

女孩很細心的把她預定回來的日子和火車班次，都寫給了他，希望他能到車站去接她，她在信尾說：「我要帶些家鄉出產的水果回去——我們兩人的小伙食團要恢復了，你得來幫著我提。」

那天晚上，就是她回來的時刻；葛德特意出去理了一個髮，跑到車站去等著接她。車到前他就站在出口處的柵欄旁邊，默默的等著，有一團小小的火燄在他心底燃燒著，使他一心溫熱，他說不出那是怎樣的一種情緒？人潮只是他存活的背景，如同站立在空曠的海邊，身後湧著的朵朵浪花，在茫茫人海裏，唯有她是最真實的，有一根情感的線，把他和她牽繫在一起。

一班車到站了，人潮湧向出口，他數著，看著，沒有她在裏面；又一班車到站了，他仍然數著，看著，沒有她在裏面；但他仍安靜的等著，在比較沉暗的燈光下，他彷彿看見無數精靈般的小翅，從他燃燒的心裏飛出來，在空間不斷的游舞，籠著一團甜蜜的朦朧。

終於等著北上的那班車進站了，人群湧過來，最後他才看見她。穿著米色的小外套和黃色喇叭褲，肩上背著包包，手裏提著箱子和幾個大網袋，很艱難的轉下樓梯，朝出口處走過來，很遠她就抬頭看到了他，露出笑容來。

「嗳，碧霞，」他揚手招呼說：「怎麼帶這麼多的東西？虧妳還拎得動。」

「瞧我變成賣菜的了。」她說。

出了柵門，他把那些網籃接到手裏，才發覺那真太重了，少說也有三四十斤，不要說一個女孩，即使他拎著，也歪著肩膀不好走路。那些蕃茄、甘籃菜、包心菜、橘子、木瓜，隔著褲管，給他一份逼人的沁涼。

「妳吃了飯沒有？」他說。

「在車上吃了，」她說：「吃了一份三明治。」

「只是一份三明治？」他說：「我以為妳進了餐廳呢！」

「我從不習慣進餐廳，太貴了。」

「那怎麼辦？」他看著錶說：「拎了這許多東西，怎麼好到館子裏去吃東西？」

「回去再吃好了！」她說：「有中午賸下的菜飯，我再溫一溫。」

「好罷，」他說：「妳一路上勞頓，我不願再拖妳出來吃飯，菜不夠，我到街口去切點滷菜，再做一個青菜蛋花湯好了。」

他和她坐車回到小木樓，彼此都談的是別後的話，一些生活上很平常的言語，直到女孩吃過飯，她才主動提到他們自己的事情。

「我母親是個很迷信的女人，」她說：「我說很迷信，並不意指她比一般老年人特別到哪裏，你知道，上一輩人裏面，有很多人都有若干忌諱，比如說我們吃飯拿筷子，我母親便會叫我不要抓得太高，說是女孩筷子抓得高，日後一定嫁得遠。」

「這一點，我很明白。」葛德點頭說：「在我的老家，也有同樣的習俗，迷信意味很濃的習俗，由於當時的交通情形不發達，女兒出嫁，通常不會嫁到遠方外地去；做父母的，不論迷信不迷信，總認為女兒嫁在家裏附近，回娘家走親戚方便，嫁了也像在家一樣。如果嫁給外地人，總有一天會被帶走，千里迢迢的，甭說走動不便，有時連音訊都斷絕了，那樣，嫁女兒等於丟了女兒一樣，即使男方家境好，他們也不會願意。這倒不是迷信不迷信的問題，這該算是人之常情。」

「其實，如今這種情形，已經改變了。」女孩說：「管他嫁在南，嫁在北，都是當天就到的地方。實在嫁的是『人』，不在於地方。有些人雖然嫁在老家附近，不探望，照樣的不探望。女婿真是有孝心的，千里萬里一樣隔不住人。人常說：親親故故遠來香，嫁得愈遠，心越是貼近，難道不好?!……」她頓一頓，又說：「這些道理，我卻不能一口氣對她去說，我這做晚輩的，怎好拿道理反去教訓尊長?」

「我說過，妳認為慢慢來，是絕對對的。」葛德說：「她意識就是那樣，有什麼辦法呢?也許過一段日子，她對我有了瞭解，情形就會轉變了，沒有什麼樣的因素使我不能等的。」

「其實，她的心地真是寬和善良。」女孩兩眼泛溼說：「我在告訴她我們相處的事之後，從她眼神裏，我看出她驚愕，不很贊同，她曾動了幾次嘴唇，但都沒有把反對的話說出口來，……她是怕我傷心。這不是習俗、規矩和制度的問題，這是做人免不了的情感的牽掛。」

「不要為這事再煩心了，碧霞。」葛德緩語溫聲的湊近她的臉說：「打今天朝後去，妳還是專心忙妳的功課罷，妳已經耽誤掉不少的時間了。」

「對啦，」女孩忽然想起什麼來說：「既然我們要等下去，我原先住的地方，離這邊實在太遠了一點，你不妨替我留意著，這附近要有房間出租，適宜單身女性居住的，不妨跟房東談談，幫忙替我租一間。我目前沒做差事，我母親知道之後，給我一筆生活費，包括房租錢。我在那邊兩人合住，雖說省一些，但同房的她做事，夜晚我看書會影響她睡覺，儘管她說沒關係，畢竟很不方便。」

「是的，」葛德說：「累妳兩頭跑，我老早就覺得很難受，但妳知道，我的經濟能力這樣弱，實在……妳如果能住在附近，當然就方便多了。」

「我也是早就想過的，只是當時沒有提。」

「我想，分租的房間比較容易找，」葛德說：「雖然平常沒有認真的留意，至少在印象裏，街頭巷尾，貼有很多這樣招租的條子。趕明天，我就出去兜兜圈子，多看幾處地方，選離這兒最近便，環境又很適宜的，而且，價錢又很適合的，……妳是省儉慣了的人。」

「那當然，」女孩轉動黑眼笑說：「能省些錢，多買幾瓶乳白魚肝油，把你餵得略微壯一點點也好，但也不必太壯——太壯就不像一個窮作家了。」

她笑起來，笑得真，笑得有些恣意的奔放，她嬌而脆的笑聲，真像一串搖動的鈴子，鈴聲使他的心跟著搖漾，從這裏，他可以看出她真樸的本性來。他知道，一般出生在農村裏的女孩子，大多懂得收斂，唯有在私底下，和她極熟悉極相知的人相對的時候，才會展露她的真性情，沒有矯飾，沒有浮誇，這是一種活潑的，自然的嬌憨。

「我要阻止妳再講下去了。」他說。

他用粗莽的動作吻了她，把他的思念融在裏面。她接受了，只一忽兒便推開了他，用警示性的語氣說：

「葛，我不反對親熱，但還是讓我們適可而止罷……人在平常總很自信，當感情泛濫的時候，你知道，我很駭怕……。」

「抱歉，碧霞，」葛德退到椅上坐下來低聲說：「我無意驚嚇妳，我只是告訴妳，妳南下這許多天，我實在很想念妳，妳走後，我生活裏彷彿缺少了什麼。」

「我還不是一樣，」女孩掠掠頭髮說：「陪我母親困守在病房裏這些天，情緒很不好，白天夜晚都有些昏昏沉沉的，我總想到你是不是吃了冷飯？是不是吃飽了？想到你是不是深夜還在熬著寫稿？……有時我在笑自己，怎麼會變得這樣瑣碎了?!我又想到，我們都像是蜘蛛，總坐在感情的網裏。」

「多適當的比方！」葛德說：「妳是純情的，我只能說是惜情，我總愛朝玄處想，對我來說，獲得這份情感，真是太難了。妳到南部去後，我常常一個人在呆想，以為這不是真的，只是一場夢。」

「那準是你平常寫多了，想多了，神經有些過敏了。」女孩說：「其實在真正的生活裏面，人與人產生情感，太平常啦。你早年的那些朋友，不都是一個一個的築起他們窩巢了嗎？……我從沒把它當成夢看過。」

「其實，有這種疑真似幻的感覺也很好，」葛德品味著他自己的話說：「這樣，當我發現它不是夢的時候，便更加珍惜這份情緣了。」

「你能有這樣的想法，真使我感動，葛！」女孩說：「我只是一個很平常的鄉下人，我能帶給你的，並不比別人多，日後，做家務，帶孩子，換了旁人，一樣會做的，如果硬說多點別的，那就是我渴望你能安心寫作，能留下一些好的作品，……我相信你能寫出更好的作品來的。」

「有了這些，我還能多要什麼呢？」葛德說：「秦牧野早先提到過，就他的看法，好夫妻有三種，一種是心靈契合的，彼此談得來，情感深厚，又知心。一種是個性適合，相忍相讓，平淡裏帶點兒甜味，但在精神境界上，略有參差。一種是情感好，各盡本分。我覺得，妳該算是第一等的。」

「虧你老面皮，」女孩走過去，用指甲輕觸他的臉說：「你說的不差，我聽的卻羞得慌呢！」

「我們言歸正傳罷，」葛德說：「我明天就去替妳在附近找間房子，找妥了，儘快搬來，省得每天來往奔波。一等搬定了，妳就專心準備妳的功課，有許多雜務事情，讓我來料理，……活動活動筋骨也是好的。妳今天一路坐車勞累，該早些回去休息了，我下逐客令啦！」

葛德這回辦起事來，真的很認真。第二天，出門跑了半天，一共找到三家比較適宜的出租的房子，前兩處是公寓分租的房間，後一處是蓋在一家人家後院的小磚屋，一房一廳帶廚廁的，如果從後門進入，就變成單家獨院的小型平房住宅，租金略微高些。葛德和女孩商量，黃碧霞毫不猶疑的選了後一處地方。

「好是好，只是有些不合經濟原則，」葛德說：「租金實在貴了一點。」

「真的貴嗎？」女孩說：「日後我們結了婚，不必再去費心找房子了，只要把小木樓退租就成了，我是這樣打算的。」

「妳真是有打算，我可沒想到這一層。」葛德說：「不知妳想到沒有？萬一好事多磨呢？」

「那也沒什麼，」女孩說：「我住到考完，如果能考進學校，我會找幾個女同學來合住，負擔自然就減輕了。我總覺得，單獨進出的房子，要比跟房東處在一起方便得多，這種房子找起來很難的。」

事情就這樣決定了，葛德陪黃碧霞一道去看房子，簽妥合約，很快就搬了過來。那家的後院很大，至少有廿多坪，中間鋪上水泥通道，兩旁是荒蕪的花圃，叢生著雜草，雜草叢中，還有一枝憔悴的玫瑰探出來，但沒有發花，在牆角，有一棵久沒修剪的老榕，還有一棵棕櫚，具有些庭園的趣味。

房子蓋得比較簡單，單磚灰瓦，由於年月比較久，房子空著沒人住，只儲藏了一些廢棄的雜物，因此顯得有些陰溼，窗臺和牆壁上，生了不少的霉斑，但這不算什麼，只要略作打掃，開開窗子除除霉氣就好了。

葛德和女孩兩個，花費了兩天的時間，整頓這所小房子，把她的新住處，安頓成一個環境幽雅，几淨窗明的地方，很適合安心複習功課。

也許很久沒作過這樣的體力勞動，女孩還好，葛德累得只是搥腿搥腰。

「真抱歉，把你累成這樣。」女孩說。

「不要緊，」葛德說：「回去燒水洗把澡，休息一兩天就會復元了！雖然勞累一點，但我心裏卻很高興，因為不必擔心妳再頂風冒雨的跑來跑去了！」

「我們能租到這房子，真不容易，離小木樓只隔兩條巷子。」女孩說：「你那邊沒有廚房，臨時煮飯，弄得滿屋子油煙，我看，不如把它移過這邊來，到時候，你走幾步過來用飯，更適合一些。」

「碧霞，」葛德有感於衷的說：「這樣，越來越像一個小家庭了，我真怕有一天我要是失去它，我一個人更沒有勇氣去飄泊啦。」

「你想你會失去它嗎？」女孩說：「我真願發誓，我在世上活一天，我就會堅持到底的。」

「我當然感激妳這種堅持，」葛德說：「不過，妳要瞭解，有時候，一個人的能力很有限，如果過分堅持，就會釀成悲劇的，我不忍也不願眼見那種結果。」

「也不要把事情看得那麼嚴重，」女孩說：「這是我們自己的事情，有感情的基礎，沒有什麼外力能撼得動它，你看我們像是那種悲壯的人物嗎？……我堅持，主要是保有自己選擇幸福的權利。我並不是傻子，不是嗎？」

事實上，葛德不能不默認他早已沉浸在幸福的感覺裏面了。有了這樣一棟安適的小屋，一個綠蔭遮掩的小小庭園，他和她耳鬢廝磨的相守著，談詩、論文、寫夢，然後，女孩準備她的課業，他回到小木樓上去寫稿，各人努力於自己的事情。如果他捨棄了這些，他還能求取旁的什麼呢？這生活曾經是仰企不及的夢境。

女孩提議平常盡可忙碌，但週末和星期假日，還是要輕鬆下來，做些有益身心的活動，像登山和郊遊什麼的，她說：

「我看過好幾位有名的作家，有的患有酒癖，雖然常自居飲者，其實已經算是酒徒了；也有的過於勞心，瘦得一把骨頭，一走動就氣喘吁吁的，充分顯出未老先衰的徵兆；也有的懶得運動，渾身肥肉，像一隻吹鼓了的氣球。我可不願見你變得和他們一樣，你有沒有注意過，你的腰已經有些駝了，全是坐出來的。」

「但妳要我爬山，我怕是爬不動了！」葛德說：「我是不會做登山協會會員的，他們一瞧著我這副模樣，絕對不肯要我。」

「我又沒勉強你去攀登三尖五怪那種大山，」女孩說：「像郊區的七星、大屯、拇指山之類的小山，任是誰都能爬的。人到綠林裏，精神像洗過一次澡樣的清爽。你開始時，也許會覺得有些疲累，慢慢就會習慣了！」

「只要妳堅持，我就願意盡力去嘗試了！」葛德說：「先從郊遊散步開始，逐漸爬一點小山，我想累是可能累一點兒，也累不到哪裏去的。」

女孩很認真的計畫著去哪些地方，看花，聽泉，或是尋覓幽境。她所列出的郊區多處地方，葛德都曾經多次去過。一般說來，越是所謂郊區名勝風景，越是顯得沒有味道，有人形容那些地方本來並不壞，但都被人玩渾了，到處是土產店、小吃攤，瓜皮果屑和遍地垃圾，反而一般人不常去的地方，還能保持一份原始的清幽。不過，當他跟她在一起時，便覺得平常認為毫不足取的地方，風景也都變美了。他們牽著手，走到離開人群較遠的地方，或是坐著察看野花草，或是彼此不說話，諦聽微風搖落松實的聲音，這時候，他們便敏感的觸及到季節的變化，並深深的融入了自然。

情感可以美化風景，他真的這樣想過。

他和她到情人廟去膜拜過，他們分別的許過願，她調皮的問他許的是什麼樣的心願？葛德深深的凝視著她說：

「碧霞，我記得我有個老班長，他老家住在黃河岸邊，抗戰時入伍當兵，輾轉到過很多地方，當他隨著隊伍在米脂剿共時，當地盛產大棗，他吃了棗子，卻把一枚棗核留在身上，有人問他留棗核幹什麼？他說將來承平了，要帶回老家去種植，讓它開花結果。……他能帶棗子，我能帶人。我祈求有一天，兩岸承平了，我能把妳帶回我的家鄉去。」

「我會等的，那何嘗不是我的心願？」女孩說：「你知道我為什麼要帶你到這兒來麼？當初卓文君跟司馬相如離家，也過過很窮的日子，我一樣願意跟你過窮日子，你帶我到天涯海角，我都會去的。」

「我記得這座廟初建時，有很多人議論過它，認為建造司馬相如和卓文君的塑像供人膜拜，不妥當。誰知道也有許多人熱愛他們，至少，他們真正懂得愛情。」

「其實，板著面孔衛道，大可不必。」女孩說：「願意拜的自會來拜，不喜歡他們的，就不來好了。在鄉下的許多廟裏，以人為廟的也很多，何況相如是個文學家，為什麼不讓後世人景仰呢？」

「也許是社會習俗的關係罷。」葛德說：「在丹麥，安徒生忌辰的夜晚，仍有許多孩子們為他提燈；在英國，人們對於莎翁極為尊敬；我們當代也許還沒有那樣的作家，至少李白、杜甫也該有座廟罷？如果有，我是贊成的。」

「你忘了，我們在端午，不是也紀念屈原嗎？」

「孩子們和一般人，誰知道屈原？誰讀過他的作品？誰瞭解他的精神和他的為人？」葛德有些激動起來：「大家都只知道吃粽子罷了。」

另一個週末，葛德提議去指南宮，女孩搖頭拒絕，她認真的說：

「並不是我迷信那些流言和傳說，這是一個人心理上的問題。傳說如果一對情人去參拜呂祖廟，他們結果都是勞燕分飛的多。討吉利的心理，是誰都有的，我們何必自己去觸自己的霉頭？再說，可去的地方正多，並不一定非到那兒不可，我們找一處野溪，看流水看石頭也是好的。」

他們真的去找野溪了。在石碇鄉用午飯，沿溪走著，因為離熱天還有一段日子，撲面的春風仍略帶寒意。女孩談起上一年的夏天，她曾經和女友做伴，來過這裏，在溪心嬉水，捕蝦，用一面鐵絲絡子，張在石頭砌成的野灶上，自己燃火烤肉。她說起夏季來時，這溪岸的鬱勃，林子裏，飛著無數螢火，黃昏時，滿耳都是蟬鳴的聲音。有許多輕便的帳篷，搭在河邊平坦的石臺上，露營的年輕人，嬉笑著，對著月光，放聲的唱歌……。

「但我還是喜歡現在這樣子，只有我們兩個人。」葛德說：「唯有安靜，才能使人體會到自然的美。」

「其實，在我們鄉下，這樣的地方隨處都有。」女孩說：「人住在城裏，好像籠鳥，望著籠外的天和地，明明很平常，也以為是很美了！無論如何，它使你感到心境和朗寬鬆，這卻是真的，尤其是對寫作用腦的人，有意想不到的效用，這就是我逼你出來的理由！」

女孩所說的話，葛德早已感覺到了。他半生從來沒有過過這種感情溫潤的日子，它像是一首平靜的，帶有夢意的歌，它安撫他的早先的困頓、焦灼和起伏無定的鬱躁。他曾經想過，一個從事文學創作的人，面對著生活時，應該感受生活浪潮的直接衝擊，但必須要有個適於寫作的環境，推展開一顆平靜的心，才能反芻精神的蘊蓄，把它吐放到紙上，成為作品。他早些年寫不出稿子來的原因，現在終於被自己發現了，那是他心情始終沒得平靜。他更從這裏領悟到，不論是怎樣剛強的人，總不能常年累月的吶喊著，憑藉他的性格和單一的勇氣，直衝而前，他總得要有屬於個人的感情生活，使他的勇氣得到培養。

他更發現，精神上的釋放和付出，都只是概念性的，有時根本不切實際；一個人依著概念去釋放自己，展得太寬，放得太廣了，精神質素便自然的變得稀薄起來，而且，沒有特定的對象可以投射，它們便飛浮起來，如浮雲片羽，飄忽游離，全無落處。如今就不同了，他愛著黃碧霞，對於她的一切，他都得懇實的付出他的關心，他得體會對方的心情，瞭解對方的心理，不論在實際生活或精神生活上，他都要進入她的世界，探索到細處、隱處、微處，這是一種責任。

他記得死去的彭東，曾經拿藝術作比方，用之證映人生，他說：「有些從事抽象繪畫的大師，從眼見的現實世界逐漸抽離，昇華到心靈世界裏去，展現無形之境，但，人活在世界上，生活的根鬚仍然深紮在現實當中，人總難以抗拒生活的直接影響。他們抽離到某種程度，便要回顧現實，從而覓求本身的定位。否則，便飄飄盪盪的凌入虛空，覓不著自己了。」彭東很贊成這種藝術回顧的論點，對於一些著名的抽象畫家，每一年總要認真畫幾幅具象作品的舉動，認為是著重根本的現象。

他當時聽了這段話，只能說略有感觸，也曾把它記在札記，但並沒有深沉的思索它，從其中體悟出什麼樣特別的意義，如今，他才真正領悟，人生也正如此的。

他早先空抱著救世拯難的文學心胸，寫呀，寫呀，自己點燃著自己，他實際上只是囚在小木樓上的，一個又貧窮又潦倒的單身漢，一個和廣大社會生活並不融和的、神經質的人物，他對外間，除了感情的繫念，一切都陌生茫然；沒有透視，哪有認知？……人在概念裏，總會使自己本身的形象變得膨脹起來，彷彿很巍峨的樣子，而那只是不切實際的自我幻覺罷了。……這和抽象的意味差不多，廣而不透、浮而不實很容易不自覺的形成。

他現在該是回頭現實了，不求陳義太高，只要以一個平凡的人的立場，抱一種平凡的心志，在現實生活裏，學習著實際愛人，關心人；有了這種基礎，再求逐步擴大，這就是先具象而後抽象。

他是一隻在黑夜裏盲飛亂撞過的傷鳥。

如今，他應該在這塊小天小地當中暫作休憩，療養他的傷痕，生出他的新羽，這樣，他才能具有充分的，長途飛翔的能力。

第十二章 「公雞」哲學

天氣逐漸炎熱起來，離開黃碧霞應考的日子，愈來愈近了。為了使她有更多時間專心準備功課，葛德自動的強迫她丟開買菜煮飯之類的雜務，由他來接替。

「你不是要寫稿嗎？」女孩說：「再說，一個男人家做這些，我看著不習慣，你做得也不習慣。」

「這有什麼關係？」葛德說：「妳當它是一時的權宜之計好了。我笨手笨腳的，也許能替生活添點笑料。」

他在清晨就拎籃子進菜市場，他的感覺非常新鮮，一種屬於家的責任，使他愉悅，內心充滿生趣。金黃色的陽光流瀉在湧向菜市的，主婦們的臉上，一把把花朵般的陽傘，在人頭上張著，旋著，葛德看在眼裏，覺得她們像是一群從窩裏飛出的鳥雀，在晨曦中愉悅的喧語，而這種愉悅是源自窩巢，孔子說：人，仁也，親親為大，這句話使他重新反芻。

不論晴和雨，晨間的菜市上總是濕漉漉的，有些賣花的販子從鄉野來，一束束野薑花、劍蘭和玫瑰，花朵上仍顯著晶瑩的露珠的閃光。菜蔬、魚類和肉類，這裏那裏的山積著，他陷在人潮裏，東張張，西望望，一時真不知道該選些什麼？配些什麼？他對於這種類乎家的生活，幾乎遺忘過，一旦撿拾回來，還是很難適應。

虧得她年紀輕輕的，懂得細心安排。他擠在主婦們當中，有些格格不入的感覺。總算把菜買妥了，回到她的小屋去，洗呀，剝呀，剁呀，切呀，忙得滿頭發汗。女孩在複習功課，仍偷偷的留意著他，她沒說什麼話，依他的心願，一切都留給他自己幹。葛德忙到中午，總算把菜和飯張羅到桌子上了。

「我做的菜，不敢跟妳比，」他說：「只要妳還能吃得進嘴，不搖頭噴出來，我就很高興啦！」

「總比野營時的急就章好些，」女孩說：「自己煮的菜和飯，吃起來會覺得格外香些。」

「我當然承認我不行，」葛德笑笑說：「不過，我的一些朋友裏，對於進廚房，有些人比我更外行的。」

「外行到什麼程度呢？」

「嘿，真是甭提了！……有一回，我到一個姓徐的朋友家裏去，湊巧他太太帶著孩子回娘家去了，兩人聊聊到晌午時，我站起來要走，他一把拖住不讓走，說是要下廚炒兩個菜，請我喝兩盅再走。他切香腸時不小心，加上鍋裏的油熱了，一刀切偏了一點，切掉食指的指甲連著一塊肉，他一面吮著手指，一面找那塊肉，慌躁躁的沒有找得著，只好把切妥的香腸先下鍋炒著再說。吃飯時，他手指包上撒隆巴斯，苦笑的用筷子指著那盤香腸說：『葛德，你知這盤叫什麼菜？該叫人肉炒香腸，等一下請注意一點，不要把我的那指甲和肉吃到肚裏去！』……這種事，不但是他，很多粗手大腳的男人都遇到過。」

「你是故意在逗我的，」女孩說：「至少我相信你不會像這樣子，你做的菜，真是美味可口呢！」

「從前在軍隊裏，我也曾當過採買和監廚什麼的，」葛德說：「不過，大伙食和小伙食不一樣，怎樣配搭和計算，我得要逐漸才能習慣。」

「你實在用不著在廚房的事情上多費心，」女孩說：「很快的，一考完試，我就會來接手。我不主張男人進廚房，但也該略略知道些家務的繁瑣，處理它，也該算是一種生活的藝術，我也不過是初學的笨學生罷了！」

「我該跟妳一起學。」葛德說：「我們的民族，對於烹調藝術，一向是舉世聞名的，從它也可以看出文化的深厚悠遠。但我看到菜場上那種髒亂不堪的樣子，心裏真有許多的感觸。只看桌面，不看廚房的時代過去了，何止是做菜如此呢？」

午間的話題，延到晚餐桌上，女孩教了葛德很多挑魚選肉的方法，怎樣的魚蝦才是新鮮的，沒摻硼砂，沒經人工染色的；怎樣的包心菜是甜的；怎樣的番茄是不酸的；如何分別蔬菜、竹筍的老嫩。最後她說：

「不怕你笑話，這些你們平時不會多注意，我也談不上有經驗，也都是從報章雜誌的家事欄裏，日積月累學來的一點皮毛，現買現賣，給你當參考罷了。」

「難得妳還有這份心意，對家事方面的知識，有這樣的興趣。」葛德說：「我想，這和妳來自農村有很大的關係，如今，一般農家女孩，多少還有著老觀念，把這些事當成人生本務。但目前城市很多講新潮的女孩，追求許多高高遠遠的東西，反而把人生的本務忽略了！」

「這也很難講，」女孩沉靜的說：「如今的社會型態逐漸改變，社會面貌也不同了。一般女性，要分擔家庭經濟生活的擔子，走出廚房，進入社會，要知道的，要學習的面很廣，也就無法專心在家事這一門上。不是我在替她們說話，現在家務著重簡單、快速、經濟、方便，這是整個時代的趨勢，如今誰還有那個精神，低著眉，垂著眼，精針細線的刺繡描紅？……如你所說，她們實在也不能完全忽略這些，這倒是真的。」

「妳實在看得很透澈，」葛德說：「我很佩服妳的透察。我擔心這種現象再朝上昇，發展到最後，人都成了忙碌的社會機械，連一點閒情和樂趣都失落了。那樣，人心越空虛，越會戶外找刺激。現在的歐美社會，我雖沒在其中生活過，也能隱約感覺到那種緊張和忙碌，我是不會習慣的。」

「我想還不會很快變到那種程度，」女孩指著他，笑說：「因為抱著你這種想法的人，還是很多的，你也不必為明天空擔這許多憂愁。」

「說到明天，我倒想起來了，」葛德說：「早些年，我在街上，在報上，都看過考聯考的情形，但我並沒到考場去過，如今不同了，我得陪妳兩天罷？」

「算了，你去受那個罪幹什麼？」女孩搖頭說：「頭上頂著報紙遮陽，人擠人的坐在廊外，太陽曬得人出油。我又不是小孩子，我自己會照料自己的，口渴了，買瓶可樂，我自己還會買罷？你真的不用去陪我。」

「不，」葛德說：「我想，我還是應該去。一個人，尤其是寫作的人，應該盡量的去品嚐品嚐各種生活的滋味。老實說，我沒有進過什麼正式的學校，當然也沒有經過這種考試，看到學生們擠升學的窄門，被考得那種慘兮兮的樣子，我真的是心戚戚焉呢！」

「這怕也和時代有關罷？」女孩說：「在我的意識裏，教育應該是細緻的、藝術的，教育方式也該細緻溫柔，著重誘導和感染，使學生以向學為樂才是。」

「可是，如今社會任何工作，都需要基礎知識，入學的人太多了，有許多中學小學，動不動就是幾千上萬的人，老師哪能照管得過來？只能趕鴨和塡鴨，在學校只是照本宣科的光教課本，什麼生活感染、品格薰陶，都談不上啦！愛心不夠，也是教育粗糙的原因。這就好像精心製作的手工藝品，和大量生產的一般機械成品一樣。」

「這是實際的現象，」女孩說：「我們能有什麼辦法呢？」

「也許如妳所說，和社會結構有關罷？」葛德說：「記得早先在北方，一所學校，往往只有幾百個學生，讀書的環境很單純，老師們家裏有田有產，在地方上有德望，他們答應校方邀請，為地方作育人才，從沒把教育看成行業，而是當成神聖的事業。如今，教育、薪金和生活連在一起，即使仍有若干具有自發性責任感的老師在，但比較起來就差得多了。」

「老實說，我倒很少朝這方面去想，」女孩說：「我只能管我自己的事。我擠聯考，只是想多學些我喜歡學的，絕不為文憑去唸書。按照道理，求知是求對人多貢獻自己的力量，憑技藝立身，做一個有用的人。書本、學校固然是接受教育的好地方，真實說，有心向學的人，隨時可以學，隨地可以學。有人沒進過任何學校，但不能斷定他沒受過教育，所以我只求自己努力去學就行了。」

對於她這種求諸己的態度，葛德非常贊成，也非常受感動。他想過，如果自己在文學創作上，也能像這樣只問埋首耕耘的話，那要比空空洞洞的高談闊論實際得多了。一個年輕的女孩子能這樣的穩沉，務本求實，真是太不容易了。他能娶到黃碧霞，該說是他一生最大的福分。

「我們不再討論這些了，」他說：「我還是準備陪妳去應考。妳不是說我常坐在燈底下，變得很蒼白嗎？趁這個機會，讓我曬幾天太陽也好。」

「好罷，」女孩說：「你要看看年輕一代人怎樣去擠這道升學的窄門，不曬脫一層皮，感受是不夠深刻的。但現在還早著呢，初夏的太陽比不得炎夏的太陽。」

說早嗎？而一兩個月的日子，輾轉得太快了，轉眼就臨到考季啦。葛德和黃碧霞之間，所過的並不僅是熱戀生活，他們並沒有卿卿我我，虛無縹緲的談情說愛，把自己囿束在狹小的、自我的感情天地裏，他們為整個的婚姻生活籌劃、鋪路，並兼顧到爾後的工作和事業。他們細心的預作長遠的打算，企使日子能在可見的艱困中，獲得最低限度的平衡，這當然包括她讀書在內。

女孩希望能在考取後，再定下心來，找一份白天的兼職，多少作一點生活上的貼補。她不願把一切讀書和生活費用，都壓到她母親的頭上。在鄉下，賺錢並不是一宗容易的事，多半是一文錢一文錢數著賺進來的。而在城裏花錢，真像水淌似的，花得太容易，即使是一個再節儉的人，臨到要花錢的時候，也不得不大把的花出去。

「要是考不取，我就決心不再等了。」她說：「我就早點嫁給你，心安理得的做主婦。我不像有些女孩那樣愛幻想，一會把未來想成這樣，一會又把它想成那樣，最後，一頭栽到現實的坑裏，準會跌得鼻青臉腫。」

「我想過，我們的日子不會好過的，」葛德說：「妳是自朝坑裏跳，不過多一層心理準備就是了。」

「多一層準備，當然就好得多，至少，這種生活是我自己選的，我受了罪，吃了苦，還落得一個心甘情願，不會失望。」

「我要是自私一點，就該希望妳落榜囉，」葛德逗趣的說：「我好趁機會撿一個落榜的新娘。」

「那當然好，」女孩也笑說：「我在為落榜難受時，身邊還多個安慰我的人呢。真的，婚姻對我，應該是種安慰。我想過了，和你在一起，有太多的事情好學好做的，……當然包括替好作品催生在內。」

「寫出好作品，會比妳生孩子難得多。」

「不成！」女孩說：「使你寫出好書，是我最大的心願，你如果寫不出來，那要比我落榜更使我傷心了。」

葛德望著她的臉，她臉上顯著的那種誠懇的盼望，在默默裏，猛力的搖撼著他，幾乎使他無法承受，也很愧於承受，……她把自己看得太高了！當然，他沒有說出來，他用一顆心，兜住了這份重量。

天氣一轉熱，就熱得異常的燠悶，座落在盆地裏的城市，正處在盆底上，一到熱天，彷彿連風都被太陽的熱力蒸發掉了。偏偏考季不能更動，非揀著這個熱得要命的季節不可，所以有人把火辣辣的聯考季，稱為聯烤季，那意思是太陽能把那些參加的和陪考的曬化掉。

考前兩天，女孩就把書本放下來了。

「有些人到最後還在開夜車猛熬，」她說：「完全是臨時抱佛腳的僥倖心理。我不信一個人拚熬得暈暈糊糊，真的能臨時抓題增加分數，如果抓到，也是碰了巧，絕不可靠的，所以我要輕鬆一點，讓頭腦保持清醒。」

「這是對的，」葛德說：「我也正打算勸妳把書本放下來呢。」

「應考的不緊張，你這陪考的如何？」

「我從來沒緊張過。」葛德說：「人說考場如戰場，妳是在第一線作戰的，我只是個後勤補給司令，妳有了信心，我只要按時補給就行啦。」

「你能補給些什麼呢？」

「妳看，」葛德說：「我買了大號的水壺，準備替妳燒一壺涼茶，又乾淨，又不會鬧岔子，像什麼冰啦，冷飲啦，既不解渴，又容易反胃，不盡可靠的。」

「真是謝謝你這樣細心的為我操勞。」

「謝什麼？」葛德說：「這本來就是我應該做的。喏，這是我預備的疊椅，鋁管做的，又輕又方便，每堂考完了，妳可以坐著休息，我還準備了提袋、洋傘，有些不能帶進考場的書籍和應用雜物，我用提袋拎著，妳可以隨時翻閱取用。」

「你說你沒有陪過考，怎麼這樣內行呢？」

「跟妳學的，」葛德說：「妳平時做事，不是很細心，很有安排嗎？我雖沒陪過考，但總會想啊。」

「你真的想得太周到了！」

「我還想到，考前妳是要安安靜靜的休息呢？還是要散步散步，走動走動呢？」

「走動走動也好，」女孩說：「我又不能悶在房子裏睡大覺，呆著並不真的輕鬆，我願意你陪我看場電影，然後到公園走走，夜晚不是有月亮嗎？」

他們真的在她考前安排了必要的消閒，她選了一部劇情優美的西方文藝片子，看完電影，沿街散步出來，經過音樂廳時，女孩指著說：

「葛，人說有了愛情，會忘了朋友，你相信不？」

「不相信，」葛德說：「我並沒忘記這些常來相聚的老朋友呢。」

「但你還沒結婚就先退出了。」

「其實，朋友只要彼此心理互相惦記著就好了，形體分開並不要緊，成天聚在一起談論，破悶可以，並不見得對寫作有多大的幫助，這是實心話。」

「那你為什麼早先常來呢？」

「妳問得真俏皮，」葛德說：「也許我那時一個人太鬱悶的關係罷？繁忙的都市生活，很難激發人的靈性，我能在和朋友的談話裏找到它，如今和妳在一起，發現妳內在充滿靈性，我無需外求了，所以就來得少些。」

「我在應考這方面，自覺一點都不靈。」女孩說：「我是有點怕考不取，擠不進升學的窄門，我母親的身體還不算好，我怕她會為我落榜沮喪。儘管我本身抱著無所謂的態度，但，人總希望著自己順利的。」

「數理方面的課程我不懂得，」葛德說：「但以妳的才情智慧，使我覺得，在文史方面，妳會考得很好的。」

「你不知道，我最擔心的就是英數兩門了，」女孩說：「我也咬著牙下苦功，但就是進不去，大概腦子裏缺少這方面的細胞，或是在鄉下上學，根基打得不好，一脫了節，就再也連不上了。」

「這也不怎樣要緊的，」葛德說：「妳是這樣，別人也多半是這樣，只要盡力取分，把它扯平，還是有機會的，愈不患得患失，腦子愈清醒。」

「你看我這個人罷，」女孩忽然笑說：「嘴裏說著不緊張不緊張，其實已經在緊張起來了，我不討論看過的電影，不想些輕鬆的話題，和你談著談著的，也不知怎麼把話頭一扯，就扯到應考的事情上來了。葛，我們還是談些旁的罷。」

「真的，」葛德有感於衷的說：「也許我早年吃了太多苦，生命的負擔太重，又染上一股文酸氣，妳做事認真，既有農家的樸質，又有細心沉著的性格，我們兩個人在一起，一聊天就認真嚴肅起來，好像是開討論會似的，這情形，不知妳覺著沒有？」

「怎麼會不覺著？」女孩笑說：「天生的性格就是這個樣子，想改也改不了的，不過，實在話，我很喜歡我們目前這樣，……做一些有深度的談話，不是增悟性、長學問的嗎？即使我們談話不一定真的有深度，至少它是認真嚴肅的，我覺得，做人認真些，並沒有什麼不妥。」

「當然，」葛德說：「和妳在一起，有些時候，比如現在罷，我滿心想找些輕鬆的話題和妳聊，越是這樣想，心裏就越緊張沉重，連一句妥切的話全找不到了！」

「那你就慢慢的想罷，」女孩斜睨了他一眼，帶著溫柔的情致：「路很長，我會耐心等著聽的。」

兩人牽著手，走在路燈輝亮的人行道上，葛德想起什麼來說：

「妳這樣一說，我倒真的想起一些有趣味的，有關婚姻生活的故事來了，這些故事，有的是從報章或書本上看來的，有的是從朋友們那裏看來的。那就是夫妻生活當中，談話藝術應該居於重要地位的問題。所謂談得來，談不來，我也認為很要緊，因為，至少要談得來，生活才有情趣，彼此才能知心，這該算是第一關，這關通不過，也很難產生真正的感情，妳說是不是？」

「我想是的，」女孩說：「不過，這還只是理論，我卻希望聽一聽你的故事。」

「公園快到了，」葛德說：「我們還是去找一張露椅，在燈光和月光下面坐著，慢慢的講罷。」

隔一些時候沒有到公園裏來，這裏的林木花草，變得更蓊鬱繁盛了，帶著一股夏季的意味，來這兒歇涼的人也多起來，但還不怎麼喧嚷騰囂，總比街廊下寬鬆靜謐得多。兩人原想找他們曾經併坐過的那張露椅，但那張露椅，已被另一對年輕的情侶佔去了。他們只有朝林蔭深處走，找到另一張設在黝黯裏的，而且必須背對著昇起的月亮，葛德問她怎樣？女孩說：

「就是這一張罷，這兒很幽靜，也更有些親密的意味，我們相處這樣深了，為什麼不該親密些。」

她攬著他坐下來，催他繼續剛才的話題。

「我覺得談話也不能談得太多，也不能談得太少，」葛德說：「比如說，我們還沒有結婚，就講呀講的，把有趣味的話都講完了，等到日後，弄得沒有新鮮話好講了，那多乏味？」

「我不相信，」女孩說：「當真會變成這樣可怕？我覺得我們在一起，不論談什麼，都使我著迷，好像話越講越多，一輩子也談不完似的。」

「那只是妳的感覺。屬於感情的、概念性的感覺罷了！」葛德說：「其實不然，西方有些專家估計，通常一對夫妻在一起生活，新鮮感和神秘感只能維持三年到七年，所以才有所謂『七年之癢』的論法。不過，他們的論點，是以西方人的心理和生理為依據的，在東方社會裏，未必很適合。但在眼前若干人的婚姻生活裏，顯出這種說法，確有一些依據，因為人在一起處久了，話講多了，彼此對於心理和生理的一切，都太熟悉了，真是會有倦怠的低潮出現的。」

「那得看心靈了，」女孩說：「有心靈的愛才是真愛，我相信它永遠不會褪色的。」

「但在社會上，能找得到多少那樣真正具有心靈深度的、不尋常的愛情？」葛德說：「一般的愛情即使能維持不變，但在長久的一生時光裏，它照樣會褪色的。在南部，我有個朋友，結婚十幾年，就感到跟太太在一起，實在很乏味，我問他為什麼？他說：我一開口跟她講話，她就不耐煩的揮著手說：去去去，你這些話，都不知跟我講過多少遍了！……妳想想，碧霞，夫妻到了把話都講完了的程度，還不夠悲哀嗎？」

「那也是缺乏有深度的心靈，」女孩說：「如果把眼光都放在現實生活上，實在沒有新鮮話好講的，開門七件事，非講不可，講了又會不自覺的變成嘮叨，許多中年女人被指為嘮叨，真有些冤的慌，她們的天地就是家和廚房，即使有心靈、有幻想，也被磨蝕了。怎樣抗拒煩冗的生活的磨蝕，保持幻想，保持童心，才是重要的。」

「做丈夫的，如何在這方面幫助她，也很要緊。」葛德說：「婚姻和愛情，只是男人整個事業中的一部分，他們缺少不了這一部分，又不願使身心都被這一部分羈絆住，這就好像有人沒吃著糖時羨慕糖甜，吃著糖時，又嫌它甜得太膩是一樣的道理。尤其是在生理上，男人多少都抱著『公雞』哲學，即使行為上不走私，心裏也都蠢蠢欲動，在意識上走過私，他們連自己都顧不了，哪還有精神去細心的顧慮太太?!」

「話題的性質，的確輕鬆些了，」女孩說：「但我們還沒有脫離理論範圍，只能說是略微輕鬆一點的理論罷了，你還沒說你的故事呢。」

「其實，也不能算是故事，只能舉些真實生活的例證罷了！」葛德說：「我另有一個結了婚的朋友，生活很正經，有一天，旁人問他為什麼那樣忠實，他坦率的說：第一，他膽子太小，第二，他是被哥倫布逼的，旁人笑問他這事和哥倫布有什麼關係？他說：假如當初哥倫布航行時，不從荒島上把那些社交病帶入文明社會的話，他決不會這麼老實的。」

女孩笑著打了他一下說：

「你這故事，不可以對小姐講。」

「妳瞧罷，這不是輕鬆起來了。」葛德說：「有時候，我們真的是需要輕鬆一點的，再過一兩天，妳就要考試了，唯有這樣隨意聊天，妳才真正能保持愉快和冷靜，我祝妳金榜題名呢。」

由於彼此在相愛了，又愛得那麼深，葛德覺得，當他和她單獨在一起時，彼此的談話愈來愈像夫妻的蜜語了，即使談到性的問題，她也不避諱什麼，只是彼此都在說話的技巧上，略加修飾，略加迂迴，使它不會顯得太粗率而已。一直到現在，葛德才領略到所謂情話綿綿的滋味，那不比一般談話，而是彼此吐心換心。

回想當初，見著一般情侶，情話綿綿的談個沒完，自己總覺得他們無聊，幹嘛費那麼多的時間，咬著耳根說個沒完?!如今認真想一想，當兩個人心靈相共的時候，當他們打算在一起生活並且終生廝守的時候，婚前的時間便顯得太短促了，不夠他們彼此作無盡的心靈交換的，他們為未來的人生鋪路，該是多神聖的事情。笑人膚淺，正顯得自己膚淺，無怪人說：活到老，學到老，還有多宗沒學了，這本足以引來警惕自己了。葛德心裏昇起這樣一種聲音，出乎他衷心的感覺。

月亮昇起來，他們的座椅，雖然背靠著老樹，他們也背對著月亮，但他們仍見著映亮他們眼前樹梢的月光，此時此刻，此情此景，在在都是溫柔的，彷佛在半空飄著的野蛛絲，把他和她都纏繞了，兩人都不願掙脫，甘心的被那種感情的柔絲纏繞。

在這樣的光景裏，他們連輕鬆的話也覺得沉重了，於是，便攬靠著，翼守著沉靜，各自讓感覺的精靈，在月色中飛翔、遊舞，捕捉那種至美的詩和夢，即使時光流逝過去，眼前的光景化為回憶，它也將閃亮如螢，能燭照出自己曾擁有的生命顏色罷？

在沉醉中，葛德從沒忘卻此時何時，此地何地，正因如此，他的感覺便更為深沉了，北國荒旱的大地，水澇的大地，屢歷烽煙的大地，構成他生命站立和成長的背景，不斷的變換顯呈著，幻覺中，他重新看見他揹著槍枝和行囊穿過的影子。

世界真的像眼前所見的這樣承平了嗎？報章上不斷報導著中南半島上的烽火，他雖沒有去過那些國度，但它和自己所經歷的，泣別大陸的流離結合在一起，使他感同身受。如今，他能在這裏掌握住這份個人的幸福，他該如何的珍惜它，並且用它所衍化出的力量，獻給這個苦難的時代呢？真正的愛情，在本質上決不是狹隘自私的，一味酖於醉夢的，它卻是通向更深激發的門鈕。兒女之情，原為天下至情，有此至情，激發人生至性，才會有更大的作為罷？他幾乎這樣的建立了他的肯定。

這一晚，兩個人都覺得非常美妙，他們攜手在林蔭的小徑間漫步，看月光下的睡蓮，撫摸被露珠浸溼的草葉，彷彿滿心都昇起一種幸福的歌吟。

「人都說，考前要加油，」女孩說：「他們意指再多啃一些功課，但我也加了油了，用另一種輕鬆愉快的方法，葛，我真的感謝你。」

「落露後，有些涼了，」葛德握握她的胳臂說：「我們還是早些回去罷，免得妳著了涼，在考前，身體的保健極要緊，萬一鬧點小毛病，影響就大了。」

「我可不會像你那樣容易感冒。」女孩說：「我擔心你著了涼，我就失去陪考的了。」

「我就是感冒，陪考還是能陪的，」葛德笑說：「那種太陽，要比阿斯匹靈的效果大得多了！」

回去之後，女孩並沒感冒，而擔心女孩會感冒的葛德，自己卻患了輕度感冒，使他不得不在第二天一早就去看醫生，又打針又吃藥，希望在女孩應考那一天，他不要病倒在床上。

早在前些天，第一陣考浪業已捲過去了，女孩形容日間部的聯考是大浪，她與考的夜間部聯考只算是小浪，她仍然用很歉然的口氣說：

「葛，不管是大浪還是小浪，全是因為我，才把你拖到浪頭上去顛簸的，要不是我，你和這部分的生活怎會連到一起去？你要是身體不舒服，還是不要勉強去，免得在我考試時，心裏會想到你晒太陽曬得一頭汗的樣子。」

「我不是說過了嗎？」葛德說：「曬太陽會發汗，治感冒最靈，再說，正因為我難得有接觸這種生活的機會，這回更該去體驗體驗，管它大浪小浪，我就拿它當成一種運動──衝浪罷。」

為了使黃碧霞順利應考，葛德真的把衝浪的精神拿出來了，他陪她報名在先，如今又陪她看考場、看座位，點數她應該攜帶的證件物品是否準備齊全了？那天他破例在天沒亮前就起身梳洗，到她住的地方去，想叫醒她出門去用早點，誰知女孩比他起得更早，不但調好了奶，連蛋都煎好了。

「再檢查一次，該帶的是否都帶齊全了？」他說。

「我的都帶了，」女孩說：「你該帶的，卻沒有帶，你要知道，坐在外面等人，一坐一整天，那種滋味很不好受呢！」

「我該帶什麼呢？」

「帶兩本你喜歡看的書和雜誌呀！」女孩說：「你總不能整天都坐在那兒發呆罷？」

「對對對，」葛德這才恍然說：「還是妳心細如髮，我計算來，計算去，竟然把自己給忘掉了，我看，我還是回去找兩本書帶著，閒也白白的閒著。」

「我這裏替你準備了兩本，」女孩說：「還有克木先生編的雜誌，最新出版的，上面有我寫的一篇散文，你最好帶一枝紅筆，一面看，一面替我改一改。」

「我也不必用拜讀那種字眼兒了，」葛德說：「但說實話，談到改妳的作品，我卻毫無自信，我們還沒有成婚，妳就奉行相敬如賓的話了。」

「我敬過來，你敬過去，還不是一樣嗎？」女孩說：「不用再浪費時間了，吃了早點好動身，你瞧，奶和蛋都快冷啦！」

臨到到達考場，葛德才發現即使是被形容為小浪，也打得他有些暈頭轉向了。偌大的校園裏擠滿了人群，走廊上，樹蔭下，牆角邊，蹲的蹲，站的站，更有些帶了塑膠布和舊報紙，像郊遊野餐似的，搶佔了自認為適當的位置，攤開吃的喝的一大堆。真正與考的人數，可能還沒有陪考的多，有的一個學生考試，前來作陪的一大家，還加上作為臨場顧問的家教，真個是陣勢堂堂，洋洋大觀了。

葛德找到一處牆角，打開他攜帶的兩隻尼龍摺椅，和女孩坐了下來，在人潮裏抬眼望著人潮，真的是在擠窄門，擠成社會現實的一部分了。他這樣想著，但他只是朝女孩顯出鼓勵的微笑來說：

「只當這兒是公園，我們坐的是法式雕花露椅，妳考完出場後，我在這兒等妳。」

「你怕我緊張？」

「真的不緊張嗎？」

「不！」她說：「緊張的時刻，早就過去了，現在緊張能有什麼用處？你說的很對，我們只當它是坐公園的罷，這樣，也許會考得好些。」

鈴聲把參加考試的學生趕進教室，把流連在教室裏的家長和其他陪考的人趕出來。葛德坐在那裏，深深目注著人群羅列出的風景，這情形，早先只在他的概念裏存在過，一旦身臨，仍覺得眼前這世界對於他是陌生的。他如果早十年就找個對象結了婚，也許早已陪著自己的孩子考幼稚園，考小學了。戀愛和人生實務是分不開的，因為它們同是生活的一部分。在人的實際生活中，好的，壞的，快樂的和憂傷的，很難把它們分割開來，使它具有單純獨立的性質，它似乎永遠是參差混融的，輻射出無盡的生存感受。

他想到這種觀點，是他一向體認到的，並且緊緊抱持的人生觀點，依據這種觀點，也逐漸形成了他個人的創作觀念。他總習慣於綜合人的理性、道德、感情、宗教諸種生活，密彌現實狀貌與心靈狀貌，在混沌、冗雜、紛繁和矛盾中，作扇展的，無限的追求。

正因這觀念的導引，他的作品深沉了，也複雜了，它同現實繫連著，冷靜、理智而透明；也因此，他的作品缺乏一種飄浮的夢幻，缺乏流暢的豐滿的言詞，更缺少存心對讀者作不實的誘引。他不像一般慣用通俗言情手法寫小說的作者，把美呀，夢呀，一味的朝上推，把愛情抽離日常生活，高托在高緲的雲裏，硬說那才是多彩的、璀璨的人生。真正的文學固然著重美，但要在其中看見美，它是自然的，自蘊的，而不是打扮成的，它決不是濃妝豔抹，倚門賣俏的娼優。

考場裏靜靜的，年輕的應考者埋著頭，在通向他們未來的道路上奮筆開拓；正視現實的人能揹負現實所加給他們的重量，並不屈服於命運。陪考的人群，有的在看書，有的在看報，有的等待得無聊，便和相鄰的人低聲攀談起來。

「現在逼著孩子們唸書，唸得真是苦，」一個胖太太說：「我們做孩子時，遇著亂世，一心想唸書，偏偏沒有書唸，也是苦，若把兩代調和調和，那該多好！」

「望子成龍的心，哪個沒有？」瘦太太說。

「唸了書就能成龍，我才不信這一套呢?!」胖太太說：「古人說讀書明理，最先要懂得進退應對那些做人的基本道理。妳沒看如今這些抱著書本的孩子，見人連句有分寸的話都不會說，唉，都是些好吃懶做的懶龍，……至少我看見的，十有八九不是好材料。」

「也不能拿妳看見的當準兒，」瘦太太說：「讀書明理，勤勞上進的也很多。」

胖太太很不以為然的搖搖頭，自管說她的。

「我有個鄰居，一個開燒餅店的老頭兒，日子過得夠苦的，他和他太太兩個人，來的時候帶來一男一女，後來連著又生了兩個男孩，兩夫妻每天天不亮就起來升爐子，打燒餅，他們自己沒唸過書，總盼孩子能好好唸。前五年，太太得病死了，老頭更巴得苦，一直巴到三男一女都出國留學，老頭卻病倒下來，他臨終時，兒女都沒在身邊，他手裏空捏著幾張由兒女寄來的照片，那種傻事，我看都看得心寒了。」

「難道妳不巴妳的孩子？」

「我只是盡責任，心裏並不指望孩子日後會對我怎麼樣？至於孝不孝，順不順，沒人能勉強得了。要我幫他們自立，可以，放洋什麼的，談都甭談！這年頭，父母做牛做馬，好歹也有個限度，是不是呢？」

葛德在一邊默默的聽著，拖家帶眷，為人父母的滋味，他還沒曾嚐受過。千百家有千百家不同的景況，千百人有千百種不同的觀念，他所聽著的，只是社會的大海中所湧起的，一點兒浮泡和水沫罷了。他要沉潛學習的事物，真是太多太多，他奇怪早先為什麼一面嚷著：寫作需要廣大的生活作為基礎，一面卻以概念當成生活，從來很少注意它的肌裏和脈絡？那該是因為他所謂的感情也抽象化了，一方面在潛意識裏，總覺得自己活了四十多歲，世上什麼樣的苦沒吃過？什麼樣的罪沒受過？什麼樣的事還會很懵懂？正因有了這種意識根蒂，理論談的多，感情的專注性的付出太少，使自己在不自覺中停滯了，也逐漸的僵化了。如果不遇上黃碧霞，他真懷疑如今他會不會獲得這種省悟？

一堂考完出來，應考的人裏，有的興高采烈，自誇抓對了題目；有人垂頭喪氣，懊悔忙中有錯，平白的損失了分數的；黃碧霞卻很從容冷靜，葛德問她考得怎樣？她微微笑一笑，很簡短的答說：

「還好，我盡了力了！」

隨著太陽的上升，天更加燠熱起來，女孩坐著，用握在掌心的小手帕擦著鬢角和鼻凹間沁出的汗水，葛德端給她半杯涼茶。

「喔，謝謝。」她說：「葛，我怎麼敢讓你這樣侍候？我要喝，我會自己倒的。」

「還分什麼彼此嗎？」葛德拍拍她的肩膀說：「我只為妳倒杯茶，而妳卻給了我太多太多的東西，我又該怎樣謝妳呢？」

「我們算扯平了好不？」女孩說：「朝後我記著不說謝字，免得你又犯酸，你知不知道？——你這樣說，使我很難過，我何嘗給過你什麼？那只是你個人心裏的感覺，和你從前形孤影單的日子相比，才會生出來的，帶著過濃的精神意味，太濃了，也就虛幻了。」

「我可不願意揀著這時候和妳爭論，」葛德說：「妳坐一會，靜一靜，好專心去考下堂。」

這樣一堂一堂的考到晌午，休息一陣，又考到傍晚。他和她收拾回去，轉到街角吃了兩個客飯。葛德覺得陪考的滋味雖不好受，能和這許多為父為母的人，在一起擠著坐一天，感覺上是有很多收穫的，只是汗出得太多，渾身發虛，有些飄飄然的，略感暈眩。

「你燒水洗個澡，早點休息罷，」女孩看出他的疲憊來，勸他說：「明天還有幾堂，你就不必去了。」

「不，」葛德說：「這點耐力我還是有的，我一定要堅持到底。倒是妳累了一整天，洗個澡，早點休息才是真的，這臺戲，妳是主角。」

「除了天氣太熱，累並不累，」女孩說：「還不是和平時補習上課一樣。只要心裏寬鬆，儘量減輕負擔，就不會覺得它有多苦了。」

「無論如何，它總是一個精神負擔，」葛德說：「妳準備這麼久，不全是為了這次考試麼？我想，等妳考完了，休息一南天，我們才能恢復正常。到放榜之後，一顆心才算真正定下來。……妳進不進夜校，是兩條大路，走這條或是走那條，都得有不同的打算。」

「我考慮過這些，」女孩說：「考完之後，無論取不取，我都想帶你到南部去一次，我們自己的事不早作決定，我的心怎會定下來？……我即使考取，進了夜間部就讀，我也決定先結婚，我沒有道理把這事再拖五年，讓你乾等著。我們目前一鍋吃飯，僅僅在形式上略像一個家，實在並沒真的是一個家。」

「可是，妳要知道，結婚並不是一宗難事。但結了婚再去唸書，對於女人來說，實在是一宗極大的冒險，家務還可以丟開不談，萬一……萬一妳有了孩子呢？」葛德說：「這是極可能的。」

「這並不難，」女孩微紅著臉，但仍很平靜，抬起眼來望著他說：「真是有了孩子，我會申請休學，以後，有機會就再唸，沒機會就算了，在學業和家庭之間，兩者我總有了一個，並沒落空。而目前我母親這一關，仍很要緊，我願意和你一起去見她。」

對於她這個誠懇又迫切的提議，他雖覺有些惶恐，仍然很堅定的答應了。不管未來他們的生活會怎樣艱困，那全是自己必然要承擔，要克服的，他毫無迴避和退縮的餘地。只有一點是他要準備的，那就是她考完之後，他建議把南下的日子，略微延後一週，使他好和她商量，見到她母親時，自己該講些什麼？說些什麼？他該帶些什麼禮物去？面對著她的家族和親友，他該知道哪些應對的傳統規矩？儘管時代有了變動了，而關於傳統習俗，不管用得上用不上，至少他應該懂得。

「我不能鬧笑話給妳的家族和親戚看。」他說：「人與人初見面，第一印象是最要緊的。」

「幹嘛那麼鄭重其事？這又不是考試。」

「啊！這是一輩子的大事，」葛德說：「可要比一般考試重要得多了！」

「也好，」女孩說：「等我考完，你問什麼，我都會盡我知道的告訴你。」

兩天的太陽總算曬過去了。葛德的感冒並沒有好，反而被曬得發作出來了，又躺在床上發燒，害得女孩替他熬薑茶，找醫生，忙乎了兩三天，才把這場感冒治好。而他並沒能安下心來，因為他就要和黃碧霞一道兒到南部去，會見她的母親和她的族人了，究竟能不能闖過這一關？他是茫然的，他把對於這事的信心，全寄託在女孩的身上，他相信她堅定的態度，才是成事的關鍵。

第十三章　天才夢遊者

為了帶著葛德回家去，黃碧霞對她母親寫了一封長信，並且把回去的預定日期，事先告訴了她。她和葛德商議妥當，決定搭乘早上九點的觀光號到臺南，再轉搭當地的客運車赴玉井，這樣，在時間上要比較充裕些。

「我母親平時睡得早，」她說：「如果我們深更半夜才趕到家，讓她一直在等，那就說不過去了。」

「白天早一點走，也許能看到那片小山原上的黃昏，」葛德說：「我已經有很久沒有坐過火車啦。」

說是去朝拜未來的丈母也罷，說是去亮相讓她的家族去評頭論足也罷，葛德業已認定了，該來的總是要來的，他沒有道理躲避。既然在心理上有這樣的認定，葛德也就不再緊張了。他把沒寫完的稿子，整理妥當，暫時收拾起來，抽空去理了個髮，把他送洗的那套獨一無二的西裝取了回來。前一天晚上，他跑到百貨公司買禮物，買了幾大包老年人愛吃的甜食點心之類的東西。

只當這是一次鄉野旅行的罷，他想。

動身那天，天氣很晴和，女孩也顯得特別的愉悅，她穿著一領淡黃的衫子，米色長褲，一隻蝶般的輕盈，走著像是飛著。九時整，列車在音樂聲裏，緩緩的駛離月臺，她才轉過臉，微瞇著眼，一直瞧著葛德。

「這樣看我幹什麼？」他說。

「我這才注意到，你今天打扮得這麼整齊，」她說：「看上去年輕多了。」

「如果不跟妳在一起相比，也許還能看得過去，」葛德說：「跟妳一比，我還是老了。碧霞，我只是盡力注意儀表，至於已經過去的歲月，是再也挽不回來的了。」

「不要說什麼老呀老的，」她說：「男人正當壯年，根本不覺著年紀，你一定是常常伏在書桌上寫稿，把該有的胸襟和氣魄都弄沒了。」

「妳是這樣想，這樣看，」葛德說：「妳母親和妳的家族長輩，會那樣想，那樣看嗎？……我這回下鄉去，純是被看的，那還有發言權？」

「我想我母親會喜歡你的，」女孩說：「凡是我喜歡的，她都會喜歡。我和我母親處得來，和性格相同有關係，真的，我彷彿從沒覺得有反抗年齡存在，因為她從沒拘束過我。」

說下去了。

「我非常羨慕妳有這樣一位好母親，」葛德的聲音，忽然有些僵涼，咽著，不再說下去了。

他還能再說些什麼呢？他離家時是在深秋，乾葉漫空旋舞著，一行大雁從人頭頂上的高空裏飛向南方去，母親送他到村梢的木橋邊，隔著橋回望，她一頭灰白的髮，像曠野風中飛動的蘆花，事隔近卅年啦，她的影像已經朦朧得很難真切的形容了。他曾經有過一個好母親，如今她怎樣了呢？車駛向郊野，女孩伸過手來，把他的手握著。一剎興起的思念，從他的手掌傳給她，顯現在她關切的眼神裏。

她不知能用什麼樣的言語安慰他，只好默默的緊握住他的手。葛德明白，他常會在一剎迷茫中浸入這種遠引的思緒，滿心悲憤和痛傷，他和他的夥伴們，誰沒有母親？但他必須收回遠引的思緒，回歸現實，並且要堅強的活下去，選擇更有意義的生活方式。

水洗的晴藍貼在車窗玻璃上，那上面映著他和她的幻影般的形象。……這何嘗不是一種意義？如果他們守住它，並且予以延伸，愛該是挺真實的了，它是痛苦世界裏極缺乏的養分。

「很抱歉，我現在已經好多了。」他說。

「我知道。」女孩說：「我祝福你的母親。我知道你在想些什麼。」

「我離家快卅年了，」葛德微微吁口氣說：「時間會改變許多事物，她一個孤苦伶仃的老年人，獨留在北地的荒寒裏，究竟怎樣，誰能料得定？」

他並沒滴淚，她的眼卻淒淒的潮溼了。

「感情是通心的。」她說：「雖說我沒見過她，你也沒帶著她的相片。」

「別哭。」他哄著她說：「她如果知道她能有妳這樣的兒媳，她做夢都會笑出聲來的。」

「我當真如你形容的這麼好？」

「當然，」他說：「至少我是這樣感覺的。」

他和她雖然沒舉行過訂婚的儀式，但兩人在心理上都早有認定，彼此默契，談話時的語言態度，近乎一般成婚的夫婦了。

當彼此一刹低沉的情緒飄過去之後，他們又恢復了平靜和愉悅，兩人依偎著，談什麼都帶著柔情蜜語的意味。時間被輪聲輾成風，飛馳的列車，是風中的一朵雲，幸福的花，開在他們的笑裏。葛德記起女孩曾經說過，她喜歡鄉下，任何一條沒有名字的野溪，任何一個沒有名字的丘陵，都是那樣的美，他真不知為什麼要戀棧在那座城市裏，而且一住就是許多年。

「鄉下真好。」他感慨的說。

「可不是。」女孩說：「也許我的想法太天真，有些不切實際，我總認為，一個寫作的人，如果住在鄉下，會獲得足夠的空間，足夠的寧靜，那是很重要的。只要那附近有郵筒就行了，他把稿子寫成，裝進信封，貼妥郵票，朝郵筒裏一塞，不就算完成他對人群的交通了嗎？」

「這全然是事實。」葛德說：「有位作家，住在山坡上，寫了許多有靈性的散文；一位女作家，在鄉間有棟小屋，她夏季常去住在那兒，做些寫和譯的工作；還有一位作家，曾經去開過山，把墾拓的經歷，寫成一部書；更有一位，他的長篇，是在幽靜的古廟裏寫成的；這都是不爭的事實。」

「可是，大部分仍然留在都市裏，」女孩說：「這也許是他們有妻室兒女，和工作學業有關罷？中國很少有專業作家，他們以一般工作為主業，當然有牽絆了。」

「我應該是例外才對，」葛德說：「不過，我一點也不懊悔留在城裏這麼久，要不然，我怎會遇上妳？」

「你說得也是，儘管有些難題。」

「我曾聽人批評說，城裏寫作的人，經常聚在一起，談天說地，這對創作來說，並不是好現象。一個作家要保持自己特殊的風格，必須要寧靜、孤獨、沉思、默省，盡量直接和自然交通，……妳對這種說法，覺得怎樣？」

「也很難說，」女孩想了想說：「大體上，我個人很同意，不過作家由於性格、觀念的不同，住在城裏的作家，一樣會產生很好的作品，主要是保持他們的精神的原野，……這才是最重要的。」

「事實也是如此。」葛德說：「在當前的社會形態裏，像王維晚年那種融身於自然的生活，甚至陶淵明的那種隱居的生活，已經沒有誰真能享得了。有時我會利用心裏的移情作用，把四周人聲鼎沸的小木樓，當成深山古剎，不寧靜，也得強迫自己寧靜下來，這要比那些在工廠的機器運轉的噪音裏寫詩的詩人，要好得多。人既走不開，遁不脫，就必須面對現實，克服困難，才能繼續高舉他的筆。誰說過這樣的話來著？——人要克服環境，不要被環境所征服，這句話，給我太大的鼓舞，也激發了我的勇氣。不過，當我眼見郊野時，我又愛起鄉村和野地來，真恨不得跑進大片濃綠裏，洗滌自己的身心。」

「你想住鄉下，鄉下若真有助你寫稿，日後你就有機會了。」女孩說：「我們家有空房，夜晚聽見溪水聲。多走親戚就行了。這一回，你如果沒有什麼特別的事情要辦，你不妨在那兒多住幾天，試試有沒有新的靈感。」

「妳想我還會有什麼特別的事呢？這次跟妳下鄉，就是最特別的了。」

「那就好，」女孩說：「我們既然一道來，就一道兒回去，有時間，讓我帶你到處走走，告訴你，我的童年究竟是怎樣度過的。」

「妳母親不會趕我罷？」

「你以為會嗎？」女孩說：「她真要趕你，我就跟著你走，她會趕女婿嗎？天底下還少見有這種丈母娘呢。」

她說話真直率明朗，甜甜的，但仍帶著一絲嬌羞。葛德最愛她這種個性了。他把她比成「鄉下的大方女孩」，甜而脆，是她的特徵。

一路的風景，浮影般的閃移過去。四個多近五個小時的單程，換是一個人單獨坐車，在感覺上不算短，兩個人一路談談說說，就一點兒也不覺得漫長了。

到達臺南後，他們沒有多作停留，便轉搭開往玉井線的客運班車朝東走，奔向大山山影下的那些嶺脊參差的丘陵了。

「我忘了，你早先去過玉井沒有？」她說。

「沒有。」葛德說：「曾文溪水庫開工後，我原打算來參觀的，妳知道我前些時，日子過得太困頓了，我花不起一筆旅行遊覽的費用。……有時連吃碗麵條，都厚著臉皮掛賬，旅行的費用，說起來不多，但比麵條昂貴得多了。」

「說來真夠可憐的。」女孩說：「我常聽說有些單位常會招待作家出去參觀的。」

「有啊！」葛德說：「他們大多請有名的，從來也沒輪到我，按照『知名度』來說，我只是寂寞的投稿人罷了，只有妳沒嫌棄我。」

「社會上一般的論定，我不介意。」女孩說：「他們不具慧眼，我卻是慧眼識英雄，認定了你啦。」

「落難的那種。」葛德聳肩苦笑說：「當年秦瓊落難，病中賣馬，我卻連一匹黃驃馬也沒有，比那種歷史上的落難英雄，更差幾個頭皮。」

客運車在彎曲的鄉道上行駛，鄉道的路面略狹，但路面全鋪了柏油，顯得很平坦，路邊植著行林，有些地段植著木麻黃，有些地段植著尤加利和芒果，一路迤邐的綠意，遮覆著車窗。葛德還記得十多年前，他接觸的鄉野比較荒涼些，到處都是土路和卵石路，路邊的行林也沒有如今所見的這樣高大整齊。愈是很久沒有到鄉間來，愈是驚異於它改變的快速，這一路，全然不是他想像中的樣子了，多麼奇妙的時間？

「鄉下變得很多，」他說：「全不像當年的樣子了，破爛的竹屋和草寮不見了，路邊村莊都是新房新厝，環境也整齊乾淨得多啦。」

「因為你很久沒下鄉，」女孩說：「其實，這都是逐步建起來的，像產業道路、社區建設，各種橋樑、涵洞、水利灌溉工程，都做了不少，由於道路四通八達，交通要比從前方便得多了。拿早年的玉井來說，原是山窩裏很偏僻的小鎮，雞和鴨走在街心，一年難得見到幾輛汽車，我唸小學時，還是那樣子；等到曾文水庫開築，這裏變成交通要道了，車輛多過河裏的魚，誰都知道玉井這地方了，這不能不說是很大的進步。」

葛德點點頭說：「真的，在鄉間，看到的建設的進步，是實在的、普遍的，和人們基本生活密切相關的，那要比都市的浮華面穩實得多了。這種農村的建設，在早年的中國，即使是誇稱富庶的江南，也未曾有過。」

車過新化，逐漸轉入丘陵地帶了，滿眼是化不開的濃綠，一山一山的疊疊著，偶爾見到一條狹谷，或是一彎流水，幾經轉折，業已進入了小小的山原啦。太陽斜西了，麗亮微黃的陽光照著一野蔥蘢，這些高地景物，使葛德感到親切，又很諳熟，彷彿曾經在哪兒見過似的，究竟在哪裏呢？早年隨風輾轉的腳步，踏過很多省分和無數的地方，他已無法從眾多零星的印象裏去取證了，他總覺這山原的寧靜、質樸，真具有南方的北國情味，勾引起他懷鄉的思緒來。

「該快到玉井了罷？」他說。

「快了。」女孩說：「你喜歡這地方嗎？」

「喜歡得很，」葛德說：「真像是世外桃源似的。但玉井在哪兒呢？我根本看不見它的影子呢。」

「被樹林擋住了！」女孩說：「再轉過一個山坡，就到了，不過，下了車，到我家，還要走好一段路，這裏是叫不到車子的。你不是說，要在小山原裏的黃昏散步的嗎？……這可如了你的願了。」

「散步當然很好，」葛德說：「只是這大包小包的禮物太多了，很夠拎的。」

「誰要你買這麼多的禮物來著？」女孩說：「你就勉強到底罷，為了對我媽表示點孝心，你自找苦吃，該沒有話好說的了。」

兩人沿著玉井街梢的小路朝北走，綠潑潑的山原上，晚風微盪著，那正逢雨後初晴，空氣清新而冷冽，吸著它，真像喝了冰牛奶一樣。葛德有很久沒有真正的到鄉下來了，雖然拎了大包小包的禮物，走起來有些累贅，但他的精神上卻是輕鬆愉悅的；這清新的空氣，潑綠的郊野，使他忘記了此行的來意，彷彿只是和黃碧霞兩個來作郊遊的了。

太陽落到西邊去，一層層璀燦的霞雲橫疊在天壁上，像是拉起一片錦帳，地平線上，眾多尖頂的山丘朝拱著，像一朵鐵蓮。他所注目的，不光是這片野原上風光的美好，而是它的安寧、靜謐和豐足，這可是當年在長期戰亂裏的北方所欠缺的。

他們走著，一路上遇著不少擔著水果的鄉民，笑嘻嘻的經過，有些更和黃碧霞打著招呼。附近的村落裏，有少婦在擔水澆菜。一個孩子趕著幾隻白鵝。牛在哞哞的叫著。晚炊的煙，給人以一股溫暖的感覺。好一幅安樂的田園圖景。

「妳住在哪個村子呀？碧霞。」

「你看到遠處最濃密的那片樹林嗎？」女孩說：「走過那片樹林，你就看到了。」

「碧霞，我想問妳，妳從遠遠的城裏回到家來，心裏有怎樣的感覺？」

「當然很高興，」女孩說：「不單是我，我想，任何人都會有相同的感覺。你在這裏生長，在這裏度過童年，這裏的一草一木，都是你熟悉的，和你有情感、有默契，通過回憶，它和你相繫相連，……正因為我並沒離開鄉土，想回來，就回來，這份情感，不會像失去鄉土的那麼濃烈罷了。」

「妳說得很對。」葛德說：「我離家幾十年，每想到家鄉，會覺得一片柳葉的綠都能把人醉死！要不是大陸丟失，經過這幾十年的建設，那塊原本荒寒的地方，何嘗不會像這樣安樂。……這情感，應該算是我創作的基本情感，我無法抽離，否則，那才真是矯情了。」

「我想我能體會出你的心境，葛。」女孩說：「暫時和我共一共回憶，用這兒療療你的創傷罷。」

她替他拎禮品，他婉拒了，走過那片樹林時，她指著山原下面的狹谷，狹谷中的一條野河說：

「你看見那邊的村子了罷？」

葛德望過去，那村落座落在山原的邊緣，下面就是野樹叢生的狹谷，溪水很淺，溪心滿佈著大大小小的漂石，河上有一座圮橋，橋墩邊的積水匯成一泊碧色的池塘，有人赤著腳，盤膝坐在一塊平坦的大石上垂釣。

正是黃昏時分，暮靄逐漸的灑落，在夕陽的奇豔的光雨裏，造成一種濛霧，經它的渲染，使農舍、樹木、山影看來分外的柔和。

他終於跟著黃碧霞，走到她的家宅裏來了。這是一幢很典型的臺地農村的宅子，呈凹字型，正面三間正屋，兩端添建兩間較低的角屋，宅和兩邊的側屋之間，有通道相連著，大大的天井，一面開敞著，迎向南方，地面上鋪著土紅色的方磚，打掃得很乾淨，它平時可作天井，白天可以攤曬穀物，傍晚可供圍坐歇涼。

它是古老的，紅磚紅瓦的建築，但曾經重新修整過，並沒改變它原有的式樣，看上去厚重、純樸，仍保持著原始的風味。

沒有時間讓他多瀏覽，他走上方磚天井時，立即發現他和黃碧霞已被一大群笑著的人圍住了。女孩幫他介紹她的鄰舍和親族，這個伯伯，那個叔叔，這個姑媽，那個嬸嬸，葛德一概彎腰點頭，忙亂得像一隻點頭的甲蟲，手裏拎的禮物，差一點都要掉下來了。

女孩在人群裏，一把攙出一個瘦小的、灰髮的老婦人，對他說：

「這就是我的母親，她不太會講國語，等一會你要和她講話，儘量講慢一點，她還勉強聽懂。」

「伯母，您好。」葛德親切的叫說：「您收到碧霞寫回來的信了？」

「有收到，有收到，」老婦人認真的，半仰起臉盯視著他說：「碧霞在信上說你要來，請進屋坐罷。」

「走呀，」女孩扯著葛德說：「不要客氣得像個呆鵝，你不是一向很灑脫的嗎？」

葛德一進屋，一群人全都跟著進來了，瞪著眼，像看猴子把戲似的圍了一圈兒，這使葛德想灑脫也灑脫不起來了，若不是黃碧霞坐在他旁邊，他真的不知怎樣肆應這種場面了。

人這樣多，想談的和該談的，一句也沒有談，那些親朋們你一言我一語的，全在問黃碧霞城裏的事情，也乘機告訴她，鄉下最近的生活，直到亮燈之後，他們才走散，使葛德略略覺得安定了一點。

坐在這棟比較沉黯的老屋子裏，他的感覺是陌生又奇異的，如果不認識黃碧霞，他怎會到小山原上來，在這樣的屋子裏，過這樣的晚上?他不能不信一個「緣」字，這個字旋轉著、擴大著，佔滿他的心靈。

兩盞紗製的燈籠，在門楣上方的橫樑上垂懸著，堂屋正中，設有長長的雕花香案，壁上懸著紫竹林中的觀音佛像，下面還有小座的多尊神佛的雕像，一對紅蓮佛燈亮出紅色的光暈，香爐裏正燃著香火。在葛德對面的旁門邊，貼著一張百錦迴文詩，扭成木蓮救母的圖形，兩旁寫著兩行詩，是「舉世盡從忙裏老，來生只在眼前修」，頗有些警世的意味。

和這位篤信神佛的老婦人講話，實在是樁難事，儘管有黃碧霞充當傳譯，總覺得隔了一層。

在晚餐桌上，她張羅了很豐富的菜，把葛德看成很重要的遠地來的客人，但她的眉目之間，對於她女兒的婚事，抱有極度的關心，神情悒鬱到有些傷感的程度；她問及葛德是哪裏人？葛德告訴她是河南，她喃喃的重複著，很顯然的，她對河南毫無所知，問了和不問毫無差別。

接著，她問起葛德從事的行業，葛德又犯了習慣聳肩的老毛病，他不知究竟該怎樣回答才好，只有用眼光示意，向黃碧霞求援。

「他是作家啦！」做女兒的用臺語說。

「作家？」她又皺眉重複著，很顯然的，她對作家這一行，懂得的並不比河南更多。做女兒的笑了一笑，急忙加以解釋說：

「他是寫書賣文章的啦！」

「哦，是賣文章的。」她這才略略明白了，不過她搖搖頭，不相信賣文章也能算一門行業，對她來說，那太少見，也不太實際了。

正因為她不能理解罷，她瑣瑣碎碎的問了好多，像收入啦，用度啦，有無存款啦，住什麼樣的房舍啦，房子是不是自有的啦，葛德乾脆裝傻，全由黃碧霞用臺語代答，他只能像看戲一樣，看她點頭還是搖頭。

不論怎樣，他總覺得碧霞的母親是個溫厚善良的老婦人，她臉上的每一條皺摺，都煥發出一種愛的慈光來，天下哪一個父母，不關心著女兒的終身？

這樣一直談到飯後用茶時，她才用臺語，跟葛德說了幾句她內心的話：

「女兒大了，由不得娘啦，你只要答應我，真心對碧霞好，才行。我也不要你太多聘禮，喜餅、戒指，這些都不能免的，你得回去準備，……碧霞她是個乖孩子，跟我從小長大，我沒讓她受過苦，你自問能養活她？」

「妳放心，我會盡力的。」他恭敬的說。

她略略舒開眉頭，顯出一份安心的樣子，接著，她便打了好幾個呵欠，黃碧霞便扶著她回房休息去了。

事情這樣順利，又這樣快捷，是葛德沒有料到的，他心裏又覺得輕鬆，又覺得沉重。輕鬆的是一向懸心的問題算是解決了；沉重的是她那種近乎哀懇的託付，使他倍感壓力，他真的能使碧霞生活得快樂嗎？

夜來後，黃碧霞和他在客廳裏坐著，她替他削著幾顆泡在水盆裏的芒果，他卻在一種夢的境界裏浮遊著。風從山崖那邊的空谷上吹來，激起一片林嘯聲，初聽沙沙的葉擊聲，真像是落了大雨似的，但他抬頭朝室外看去，天角的星粒子閃爍著，天井裏有淡淡的月光，農村的夜來得很早，有一種特別深沉的靜謐，可以聽到天籟，耳朵裏沒有車輪聲、喇叭聲和嘈切的人聲，連心也變得廣闊閒靜了。他這才想起，幾十年飄泊在外，他從沒有在農村裏，單獨像這樣的留宿過，和他所愛的人，共著燈光，兩相廝守。

「夏天他們這樣早就進屋睡覺了？」他說：「是因為明天要早起嗎？」

「一般說來，鄉下是習慣早起早睡的，」女孩說：「但也沒有這麼早，今天街上有人搭臺子做戲，村裏的人，怕都趕去看戲去了。」

「這裏好涼爽，真不像是夏天。」葛德說：「吹山風，要比吹電風扇舒服得多了，當城裏天氣最熱的時候，電扇吹出的風也是熱的。」

女孩笑起來說：「你怎能拿熱溼的盆地和高爽的山原相比，城裏和鄉下，不一樣的地方多著呢！你走在兩面都是高樓的街上，不是像在凹道裏？風沒了，只有太陽。吃些芒果罷，你該重新學著做鄉下人了。」

「夜晚我睡在哪裏？」

「我的房間，」女孩說：「我跟我母親睡。等一會，我替你把床鋪好。」

「碧霞，」當女孩把切妥的芒果放在盤子裏端給他時，葛德捉住了她涼溼的手，熱切的說：「碧霞，我真不知該怎樣說才好，這次跟妳下鄉來，我原沒有抱著什麼希望的，妳母親，真的想不到，她會這樣……。」

「我說過，我母親會答應的。」女孩說：「她更不會把女兒的婚姻，當成買賣看，這樣不是很好嗎？」

「正是因為太好了，我總不敢相信它是真的。」葛德說：「人就是這樣，當幸福沒有來的時候，人想著它、等著它、夢著它，一旦落到身上，反而有些恍惚，自覺難以消化它了。」

「那就慢慢的消化罷，」女孩淺笑著，放好盤子，抽回手去，在他手背上輕輕拍了兩下：「我說，像你這種感情和感覺，不是一般人都有的，……唯有長久失去幸福，在困苦裏追尋幸福的人，才會懂得幸福，珍惜幸福。如今，很多在島上長大的年輕男孩，恐怕很少有人對幸福的感受有你這樣深罷？……這也許就是我愛上你的緣故，因為你重視心靈。」

「妳說話，愈來愈像散文詩了。」

「你不覺得情感的本身就是詩？」女孩說：「它從心裏源源湧出來，又生動又自然，可不像咬著筆桿發呆，搜遍枯腸也找不著靈感那樣，……我相信靈感是從生活裏來的，尤其是你曾過過戰鬥生活，和我握住的愛情生活，更是最好的活水源頭。」

「為什麼妳要說它是最好的呢？」

女孩的眼裏放出光采來：

「叫我該怎樣形容呢？它們真誠、熱烈，又浪漫，是激發生命，又是展放生命的，如果把它們融在一起，那文學的質素就更濃了。林覺民與妻訣別書，不就是典型的例證嗎？」

水浸的芒果很酥甜，涼沁沁的，葛德聽著女孩的話，和芒果的滋味融合成一種感覺了。

女孩站起身，為他鋪床去了。風送來四野的蟲鳴聲，在遠處，偶爾有一陣胡琴的聲音，拉的是南方的調子，這兒是具有家的溫暖的天涯。谷上的風聲，屋後的林嘯，四野的蟲鳴，這一切都彷彿是一種起自遙遠的招喚，在赤色的海峽對岸，仍有著他殘碎的鄉井，今夜，他在溫暖中苦苦思念著淒寒。

「葛，你一路坐車，又拎著大包小包的禮物，走了這麼遠的路，也該早些休息了。」女孩說：「廚房有熱水，你先去洗個澡，走這邊，我帶你去。」

「我來拿提袋。」葛德說。

兩人彎過通道到左側屋的廚房，女孩在較黯的燈光裏指著說：

「鄉下一切都沒有城裏方便，早些年，環境衛生更差，如今還算有了改進的，這裏洗澡沒有浴缸，是木桶，你只好委屈一點了。」

「對於真正的城裏人，也許不習慣，」葛德說：「這可比我小木樓上的設備好得多了。」

他很佩服鄉下人的這種設計，他們在廚房一角，用木板隔出一間浴室，放置一隻半人高的木桶，壁上裝有冷水管，另設一支竹管，橫通灶上，只要舀出鐵鍋裏的熱水，注入壁間鐵製的鏇口，它便會通過竹管，流到木桶裏去，這種木桶，雖然在外形上看來簡陋，事質上，浸浴在裏面，才覺得比浴缸更為實際，更為舒適。

洗完澡，女孩帶他到角屋的房間裏去，指給他看說：

「葛，這就是我的房間，你看，我說過的那隻風箏，還掛在牆上呢。」

那是一隻木棉紙和竹篾紮成的紙鳶，雙翼上彩繪的花紋已經褪色了，由於風箏上面，罩了一層透明的玻璃紙，看上去還有些殘存的光澤。

長方形的角屋，兩面有窗，窗是用花磚砌成的，形式很古老，別有一種鄉野建築的趣味。屋裏的陳設很單純，一張老式的雙人木床，兩隻雕花的，鋪有大理石面的椅子，一張靠窗角的梳妝臺，都算是幾十年前的傢俱了。一面靠牆，放著兩隻竹製的書架，書架上放滿了書籍，這在一般農家，確是比較少見的，由此可見她是個愛讀書的女孩，閱讀的習慣，很早就養成了。

「屋後就是狹谷，」她說：「夜晚風大，你睡時不要忘記蓋被單，當心受了風，又要鬧感冒了。」

「我知道。」他說。

「妝臺上有檯燈，」她說：「如果你在睡前想看看書什麼的，就把屋頂這盞燈關掉，檯燈的燈光柔和些。明天見，希望你睡得好。」

她悄悄的掩上門，回她母親的房間去了。

葛德握起拳，高舉雙臂，徐徐的舒了口氣，扭亮檯燈，關掉頂燈，讓一室的柔光浴著他，四周沉靜極了，只有風吹、葉響和繁密的蟲鳴。在這一剎，他的心，他的靈魂，也都在寧靜平和的境界中舒展著，這是一種屬於感覺的、豪華的享受，他從未曾享有過。

他不想馬上入睡，換上睡衣，在室內來回的踱著，此時此刻，時間是一種沁甜的蜜汁，流溢著，供他的心靈汲飲。

他檢視了那兩隻書架，發現除了少數是她中學時代的課本，大多數都是文、史和哲學書籍，散文和小品著作，更佔多數，隨意抽出《四季隨筆》和《湖濱散記》，發現書眉上面寫滿了她閱讀的感想。

女孩雖沒和他談起她的童年怎樣生活和成長，他也會想像得到，她和這老屋，這狹谷，這亂石滾滾的野溪，全融和在一起。這裏是她早年生活的根蒂，它是這麼美、這麼靜、這麼純，他相信有什麼樣的自然環境，就會孕育出什麼樣的生靈來。這環境給他的印象，曾出現在女孩流露出的氣質之中，他既深愛著她的人，他當然也愛上了她成長的家鄉。

他原想看一陣子書的，但他就著燈，打開書頁時，覺得有些心神不寧，無數感覺的精靈在舞躍著，也牽引著他。房間是她的房間，枕是她的枕，床是她的床，在他感覺之中，婚姻只是人與人間共同生活的一種形式誓約，心靈的真正融契才是最要緊的，這一點，他確信他和她都已經擁有了。即使有出乎意料的波浪，把他們的形體分開，但他和她確曾愛過，他們的心，深深契合過，一刹已勝過千年，絕非是一般同床異夢的婚姻所能相比的。

在一本書的書眉上，她寫著：

「一般少女的夢，都浮在雲上，又美又飄浮，而那種青春期的幻想，也許終生都難實現，就像把心愛楓葉夾在書頁裏，晚年再翻出它，書頁煙黃，紅葉仍在，留給人的將是褪了色的斑斕罷？」

另一段裏，她寫著：

「人生將如一株樹，朝四方伸展出無數綜錯交疊的枝柯，缺乏真實生活印證的思維，像風裏飄曳的游絲，總沒有穩實的落處。與其從燦爛歸入平淡，忍受那種夢醒後的哀遲，莫如一開始就尋覓那平淡，品嚐它的苦樂酸甜，那是人生的真實滋味，早晚都要品嚐的。

「也許我不存太多熱望罷，我喜歡人生境界裏的困苦和悲涼，它有重量，它有承擔，它要付出，……我的白馬王子，只是一個在無邊冷雨中踽踽獨行的寒士，像一隻清瘦又孤單的野鶴，從歷史的曠野中穿過，我要在日暮時昇起晚霧裏找到牠，為牠洗翅濯足。我的愛情將被包裹於一片淒迷的晚霧……。」

葛德依照她在文後註記的年月，倒轉來推算，她寫這些隨感時，才剛滿十六歲，一個十六歲的女孩子，就抱有這種實在的，透達的人生觀念，該算是很不尋常的，自己也許正是那隻踽踽獨行的野鶴，總算被她在茫茫人海裏尋覓著了。

緣的根蒂，早在若干年前就結下了。他今夜為何偏從眾多書籍裏，隨手抽下這本書？為何偏偏翻到這一頁，看到這一段，又從這一段中找到他自己？這也許是人生的觀點，性格相投，正如有清大儒紀曉嵐所謂的「氣機相感」罷？這種想法，越是認真推究，越覺得它並不是飄浮浪漫的了。

她要幫助他創作生活，心意是很明顯的，而葛德反而更珍惜她的才情了。無論如何，他覺得像她這樣有靈性的，內在圓熟豐盈的女孩子，他決不願眼見她被婚後的窮困，被煩冗的家務和生活的重擔拖垮壓垮，他不能，也沒有權利剝奪掉她應該享有的創作生活，她還年輕，潛力無限，他該對她付出，使她能夠在作品上順利的成長起來。

他捻熄了燈，凝視著一屋子的黑，仍這樣執拗的思想著，一直到入夢。

第二天天剛亮，他就醒了，空氣新鮮得使他無法再睡，他換妥衣裳，想在梳洗後出去走走，誰知女孩早已在廚房把他的早餐準備好了，她說：

「人一到鄉下，就會醒得早，我沒有叫你，知道你就會起來的。」

「算妳猜對了。」葛德說：「空氣把我叫醒了。」

「不要說神話了，」女孩說：「雞啼聲，鳥鳴聲，雖不像鬧鐘那樣吵人，但它會使你逐漸的清醒過來，感覺空氣清新，是你醒後的事，空氣怎會叫醒人呢？……快洗臉吃早飯罷，飯後我陪你到屋後走走去。」

他們出去的時候，太陽還沒有出來，一野霧濛濛的，有些像在落微雨的樣子，綠樹把霧也染成柔黯的色澤，微微泛著灰藍。宅後就是林子，密而濃，葉掌蔭覆在人的頭上，鳥雀們在樹梢的細枝上追逐、跳躍，不斷撒下細碎的啼聲。

林裏有曲折的小徑通到山下去，黃色的黏土路面，很乾淨，彷彿有人打掃過，有些轉折或坡度較陡的地方，都砌有石塊，防止滑倒。

「這條路通哪裏?」葛德說。

「谷底的野溪邊,」女孩說:「村裏的人,經常要下去擔水上來澆菜,早先吃的水,也都用擔的,後來水廠鋪了水管,村上有自來水用啦,但也僅限食用,他們總仍用溪水澆菜,省錢。」

「下溪擔水很不容易,」葛德說:「山坡這樣陡。」

「嗯,凡事習慣了,就不難了,」女孩指著下面說:「你看,我堂妹阿春不是擔水上來了嗎?她才十四歲,每天都要擔完水才上學呢。」

「早先妳也擔過水?」

「當然,我還看過牛呢。」女孩嘆喟說:「我並沒嫌過這種日子苦,也不知怎麼的,我竟會到城市裏去尋找生活,人也逐漸有些變嬌了,變懶了。」

「不要這樣說,其實在我看,妳是夠勤快的了。」葛德說:「如果說妳嬌,妳懶,那麼,像我這樣的人,不是該算廢物了嗎?」

「怎麼會呢?你是用腦的人,這社會要有勞力的,同樣也要有勞心的。」女孩說:「各守其分,社會才會平衡啦。」

林子越走越深密了,有許多楊桃樹張著透明的碧色的葉子,成熟的楊桃,落在地下沒人撿拾,使許多又大又黑的螞蟻忙碌著。葛德彎下腰去,撿了幾顆新落下的,揣在口袋裏，他說：

「這些楊桃長得真好，在城裏的水果行裏，賣得很貴，這裏卻多得沒有人吃。」

「一路上，水果樹多著哪，」女孩說：「有些樹都是野生的，沒有人能吃得了那許多，你早先在老家，吃桑葚不也是吃不了，都揀了餵豬餵鳥雀嗎？」

她的神情很快樂，伸出手，讓他牽著，一面走，一面輕輕的哼著歌。這樣走了一段坡路，隔著林子，聽見流水沖擊石頭的聲音了。

「在家時，早早晚晚的，我常走這條路，」女孩說：「一走走到斷橋那兒去，坐在石墩上，看書、唱歌，或是不說也不想，看流水那樣流過去，這裏永遠是這樣美，比那些遊客麇集的風景區美多了，也寧靜多了。」

「可惜我只是一個過客，」葛德感觸的說：「我只能在這裏略略看一看，留下點印象罷了。」

「誰說的？」女孩說：「我們婚後，可以常常回來，每年春天或是夏天，都能在這裏住一段日子——鎮上有郵筒，不會影響你寄稿子出去。」

「對啊！」葛德說：「我們可以把妳掛在牆上的紙鳶取下來，再把牠放飛到天上去，讓妳溫一溫童年的夢。讓我也溫一溫我童年，……儘管它已去得很遠了。」

他情不自禁的，用胳臂環擁著她，像擁住一朵美麗的停雲。這不再是夢了。她穿著白地櫻桃紅的碎花衫子，半尼龍的質料，又柔、又薄，隔著衣裳，他覺得出她身體的溫熱，嗅得一股淡淡的香的氣息。

那邊已經看到谷底奔竄的溪水了。

女孩拍拍他的手，示意他鬆開些。

「鄉下很保守。」她說：「你要入境隨俗，叫人看著，會大驚小怪的。」

葛德立即鬆開了她，連他自己也覺著奇怪，他對她的情感這樣熱烈，但在形體上，他們親密中總保守著一份由尊重而產生的拘謹，有時，他很喜歡這種拘謹，使他覺得她是個知己，越發增添一股蜜意。

溪水不深，也不闊，水很清碧，流速也猛，一路撞著漂石，激出白色的水花。女孩牽他走到斷橋上，坐在橋墩邊，看著遠遠近近的霧雰，和霧中顯露的一些朦朧的景物。橋邊開著一種黃色的花，很豔、很密，但叫不出它的名字，另有一株花樹，開的是長串的紫紅色的花，葛德同樣叫不出名字，而紫楝是他熟識的，花季已經過去了，如今只有細碧的葉子。

「我早先都坐在這裏，」女孩拍拍她身下的石墩說：「在這裏，寫過很多我憧憬的夢。」

「夢見什麼呢？——一隻在寒雨裏踱來的灰鶴？」

「你猜對了，如果你沒看過我在書眉上寫的那些胡言亂語的話。說真的，我的確夢見過你，在我最初見到你的時候，我就彷彿認識你了，也許由你的作品給我的印象來的。」

「無論作品也罷，人也罷，這都是有緣分。」葛德說：「沒遇著妳之前，我總認為我是沒有哪個女孩子肯要的呢，怎會想到竟被妳揀著了？」

「不要總是這樣追想了，葛。」女孩平靜的說：「人生、婚姻，都有些機緣在，來就來了，去也就去了，擋不得，也留不住，追想它幹什麼呢？我們珍惜著自己掌心能握住的，在未來的實際生活上多作安排好了。」

「我是個不善於安排生活的人，妳知道的。」葛德說：「對人對事，不及妳有主張，能細心顧慮。有時我會在心裏譏嘲自己，都年近半百的人了，為什麼連自己的生活都不能作妥善的安排？……朝後在生活上，我願意凡事都聽妳的。」

「很多寫作的人都這樣，不僅僅是你。」女孩說：「我曾很大膽的把作家分成幾個類型，一類是比較純粹的作家，他們的精神全都沉浸在藝術世界裏面，社會性弱，除了寫作之外，什麼都不是。一類是實際生活和文學藝術兼顧的作家，他們執持藝術觀念，但社會性也強，這類作家大多是成名於當代，很活躍的人物，但作品的藝術純度，可能較弱。另一類是作品深度和境界都談不上，但卻想藉著作品之外的因素獲名獲利的，……你該屬前一類，天才的夢遊者，專看別人，去掉了自己。」

「好妙的形容，」葛德說：「原來妳早已把我給估透了，看穿了，我也曾檢討過，有一度時期，我的創作觀念，確有一種泛愛的傾向。」

「不錯。」女孩點頭說：「我對你安排生活，並沒抱太大的信心；因此我想，我盡力幫助你處理家庭生活的各種瑣碎事務，讓你專心的去寫，我對你將來的作品，有極大的信心和期待。時間像水一樣的流過，我們只要抓緊每一個從手上流過的日子就夠了。有什麼事情，比一個作家寫出他的好作品更重要呢？至少，對你，對我，它是有著重要意義的，我們情感的根蒂，就生在這上面。」

「我不能不領受妳的寄望，」葛德的臉孔變得嚴肅起來：「但它太沉重了，碧霞，我這樣淺浮，能透視這時代，批判這時代嗎？能在反映人生之後，更進一步的指導人生嗎？也許我能有的，僅止是關心罷了。」

「關心卻是一把鎖匙，能啟開文學的重門。」女孩說：「當前有許多作者，提筆時，內心就缺少一種恢宏的精神，浩然的氣魄，耿介的情操和擔當的勇氣，沒有這些，哪能出現震撼性的作品？葛，我希望你有！」

葛德傾聽著，流水在他眼前流過去，時間在他感覺裏流過去，他筆耕這許多年，從沒有人像這樣的仰望過他，這樣的激勵過他。他記得死去的老友彭東，曾經慷慨激昂的說過：一個作家，在他放下筆的時候，他要做一個普通的社會人，在他提起筆的時候，他要懷抱日月，做一個千秋萬世人，他要耿介，正直，有勇壯的氣魄，浩瀚的胸襟，透達的人生境界。……這些年來，他在摸索著，自覺離這些極為遙遠，生命是短促的，他能夠提筆創作的歲月，並不多了，若再事蹉跎，等到舉筆維艱的時辰，便連懊悔也來不及了。

「葛，你不快樂嗎？」女孩說。

「怎麼會呢？」

「我怕我說錯了什麼了。」

「不會的。」葛德說：「妳勉勵我，期許我的話，我永遠都會記在心上，我會努力，會努力寫下去的。」

「我們朝回走罷，」女孩牽起他的手說：「你跟我母親說話，雖然很費力氣，但你還是該和她多談談。」

「妳打算在鄉下住幾天？」

「看你的意思，如果你願意，就多留幾天，要不然，我明後天也可以陪你一道兒回去。好在離放榜還有一段日子，我考完了，心理上也輕鬆多了，早一天晚一天都無所謂。不過，我倒很願意在母親身邊多住一兩天，若回來了就走，她嘴裏不會說什麼，但她會傷心的。」

「其實，我只是寫稿，也沒有什麼特別緊要的事情等著。」葛德說：「假如我留在這裏，不會替她老人家添麻煩的話，我何嘗不願意在鄉下多住幾天呢？」

「那就好。」女孩說：「曾文溪水庫蓄水了，既然到了這裏，就應該去走走，看看那種大工程，從玉井到水庫，包一部計程車，一會兒就到了。」

回去之後，葛德陪著碧霞的母親談了好一陣，黃碧霞又捧出貼相簿來，一頁一頁的讓他翻著瞧看，從那些相片上，他看到女孩一部分生活的影像，從童年到成長。

「我把貼相簿留在家裏，我母親會經常翻著看。」女孩說：「我總想多照些相片，照些使她快樂的事在上面，把另一冊相簿寄給她，她會高興的。」

「很多做母親的，都是這樣，」葛德說。

「但我在城裏，沒照什麼相片，」女孩說：「我沒買相機，請人專門照，又不方便。」

「我回去，可以考慮買一架雙眼的相機，」葛德說：「從前我一個人，沒有留影的情趣，若是有了家，情形就不同了，在現代的家庭生活當中，照相是離不了的生活點綴，不是嗎？」

「好，」女孩說：「好一點的雙眼相機，價錢並不算貴，由我買好了。」

碧霞的母親坐在椅上，望著他們，笑容裏有著喜悅，也有著擔心。這就像一隻老鳥，眼看著幼鳥離巢初翔一樣。葛德能夠敏銳的感覺到，這感覺，使他時時意識到，他從老婦人那兒，接下了一種情感上和責任上的重量。

他和黃碧霞兩個人，一共在鄉下留了五天。她領著他去拜訪鄰舍，族人和親友，專程去曾文水庫遊覽過。葛德眼看著那片浩緲的煙波，內心有說不盡的感懷。在古往的日子裏，傳說著愚公移山的故事，那時候都是用人工勞動，移山便成了奇蹟，而水庫的大壩，本身就是一座山，是由眾多的榮民們以雙手配合現代機械，經過數年歲月造成的，工程的浩大，規模的壯闊，遠非古代移山可比的了。

他常從往昔夥伴們的信裏，看到這一類的建設工程，多年來一直在各地持續進行著，修堤、築路、建港、開山……在本質上，是另一種形式的戰鬥。如今提到中國的工程建設，一般人都習慣的舉出長城來，但葛德認為不然，長城，就工程本身來看，固然是壯大宏偉，但就建設的過程來看，秦始皇驅迫百姓，在冰寒的北地充當奴工，無視於他們的飢寒啼號，這種暴力工程實在是無可誇耀的，而這裏所作的，是真正的民生建設。對於參與建設的人，他們生活、家庭和子女，都有妥善的安排和照顧，這才是真正值得謳歌的，慚愧的是自己這枝筆，在這方面表露得太少了。

「有些事情，親眼看著了，要比聽聞給人的感受深刻得多。」他說：「百聞不如一見，確有道理。」

「在國內，旅行參觀，其實很方便，」女孩說：「朝後只要有機會，你該多出來走一走，常呆在城裏，精神都被煤煙車屁薰黑了，對於寫作的人，是很不適宜的。」

她和他在回程的車上，一路討論著。

女孩提到她母親的盼望來——希望她和他早些定日子結婚，最好就在當年，她的身體不好，不願意把婚事延後，讓她做母親的再等下去。結了婚，她仍然可以去唸夜校，這種事也是常見的。

「妳本身有什麼意見沒有呢？」

「我願意按照她的心意去做。」女孩說。

「那很好，」葛德說：「在原則上就這麼決定了，至於一切的準備，日子的選定，婚禮的方式，我們兩人回去再仔細研究，有任何困難，我相信我們都能克服的。」

「如今年頭不一樣了，」女孩笑笑說：「一切都可以節約，法院公證費用，總能拿得出來的。」

「妳知道我雖然很窮，但我決不願意我們的婚禮太草率。」葛德認真的說：「這可是一輩子的大事，當然，一切的鋪張浪費都是不必要的，公證也是很好的方法，用茶會待客，代替千篇一律的宴飲，我都覺得可行。妳儘可以事先多考慮考慮，原則決定了，我去請牧野去張羅，牧野這個朋友，對這事的熱心，跟我們一樣，早先他就幫助好幾個朋友辦過喜事。」

「其實，對辦這事，我更不懂了。」女孩說：「我只知道一般人結婚，大發帖子，請了一屋子的客人，除了自己的朋友，還有男方家長的朋友，女方家長的朋友，男女雙方的三親六姑，有的還請樂隊，請歌女來唱歌，每上一道菜，就換一個歌女來唱……那哪兒是結婚？那是耍把戲，大熱大鬧，把人的頭都吵暈了。」

「妳放心，那些排場，甭說我們不願擺，就是想擺也擺不起。」葛德說：「我們的婚禮，只要安靜祥和就好了，我們要請的人，只是少數相知的好朋友，大家聚一聚，讓我們接受那些真誠的祝福。當然希望妳母親和家人能夠來，……我家裏全沒有人在了。」

每當葛德提及他早已陷落的家鄉時，女孩便默默的把手伸給他，讓他握著，這使葛德覺出：在自由的世界裏，溫暖真純的情感，能夠化為一股力量，這力量是本然的，自發的，它源自於人性的根蒂。

第十四章　雙喜臨門

在寫作的眾多朋友們當中，葛德雖不是挺有名氣的作家，至少他具有多年不輟的寫作經歷，而且能沉默自持，不改其嚴肅的態度，因此，知道他和認識他的人不在少數，當大家聽到他就要成婚的消息，每個人都為他高興，並為他祝福。

「文壇上有數的幾個老單身漢，又要除名一個了！」秦牧野對很多朋友這樣說：「講老實話，在這幾個打光棍的人裏，葛德是最使人操心的一個，我們夫妻倆，不知替他費了多少力，都沒得結果，原以為他冥頑不靈，一輩子也找不到對象了，誰知他自己挑著的，要比我們早先介紹的都好。」

「誰會看上葛德那條老鹹魚呢？」有人說：「口袋掏破了，也很難掏出一個銅子兒，晃晃盪盪的一身排骨架兒，就算他才高八斗罷，這年頭誰還看他的內在？」

「這可不一定，」古晉說：「你怎能斷定現在的女孩不生有慧眼？葛德的這位對象黃小姐，就是一位有慧眼的人物，她偏偏挑中了葛德。她自己雖然只有中等學歷，但

文筆非常好，一手散文，寫得可圈可點，所以我說，葛德是個幸運的人，他們真是世上的良緣哪！」

婚禮舉行的方式，是秦牧野想出來的，要當事人申請公證，儀式舉行完畢後，放車到烏來去，住進訂妥的家庭別墅式的旅屋，在那兒請客，吃新鮮的溪產和山產，飯後在山上聊天，夜晚再散，而把新夫婦留在那兒。

「我很不喜歡一般婚禮的鋪張形式，人請了一大堆，吵吵鬧鬧的，等於湊份子吃館子，那種油膩氣味，把婚禮都浸透了。」他說：「吃吃吃，好像就是吃！……這一回，我要葛德他們小兩口，和朋友們一起談天，在半山的雲霧裏，讓朋友一起分享他們的甜蜜和快樂，我們入晚前下山，讓他們兩人在飛瀑聲裏寫詩寫夢。」

「日子決定了沒有呢？」克木說。

「黃小姐寫信跟她母親商議去了，」秦牧野說：「要使她母親能夠趕來參加婚禮才行。這回葛德兄的婚事，還是這位老岳母的催促才決定的，要是依他，又不知拖延到什麼時候去了。」

「葛德這個傢伙，」古晉說：「他總把任何事情，都拿當寫稿看，寫稿是講究慢工出細活，結婚可不能儘管拖延著，慎重和拖延完全是兩碼事兒。」

事實上，葛德並沒存心拖延婚事，只因早年沒遇上有緣人，便習慣的單身打滾，這一回，他實在非常的認真。他認為如今很多年輕人，紛紛的成雙作對結了婚，忙忙碌碌的營建他們愛的新巢，他們有充沛的青春活力，有對未來生活的夢想和希望，有共同的信心和勇氣，一樣度過難關，越過險阻。他們能夠這樣，自己和碧霞為什麼不能？

回來後，他和女孩兩個忙碌著、也計算著，葛德最近所積蓄的一點錢，若在平常的日子裏肆應日常生活是夠的，若是論到結婚的花費，那還差得很遠，他必須要向朋友開口，籌借一筆錢來不可。

沒等他向誰開口，秦牧野夫妻倆就來了，他們帶來了四萬塊錢的現款，包得整整齊齊的放在葛德面前。

「這是我們做朋友的送的，基本賀禮！」秦牧野說：「我送的兩萬，是早就為你準備著的，古晉和克木，各送一萬塊錢，你不必說客套話，真的，結婚是一輩子的大事，朋友們應該幫襯你。」

「無論如何，我不能收這筆錢，」葛德說：「我結婚，這樣麻煩，我心裏很難受，我剛和碧霞商量，一切從簡，只有喜餅、婚戒、幾套衣裳和一點用具，也用不了這許多錢的。」

「事實不如你想的那麼簡單，」秦牧野說：「動一動，哪兒不要花費？你的經濟情形，我們做朋友的，哪有不清楚的道理？……你先收下來用著，一切日後再講。」

葛德再怎樣推讓，秦牧野夫妻倆還是逼著他把這筆錢收了下來，葛德只有把錢交給女孩，讓她開列必須使用的物品。他們在夜晚開出單子來，除了送給女方的最簡單的聘禮，就只添置幾套衣裳，新買一套床帳被褥，新刻一對圖章，其餘的，就是些必要支付的費用，總合起來，不過兩萬塊錢的樣子。

「我手邊還有一些錢，加上你積存的，也差不多了，」女孩說：「朝後生活過得節省，也花費不了什麼錢。我認為，牧野兄他們都不是富有的人，我們不能收這麼重的厚禮，我們留下一萬應急，其餘的款子，最好還是給退回去，就這樣，朋友們的這番心意，我們也夠感謝的了！」

「妳知道，這些寫文章的朋友都很熱心腸，」葛德說：「他們既把這筆錢送出來，決不肯收回去的，多下的錢，妳就收存著罷。」

「朋友們送錢也送得太早了，」女孩笑說：「我們連日子還沒有定妥呢。」

「嗨，我們婚前相處的這段日子，時間雖然不很長，但在我的精神上，真算是一段又長又遠的路，總算快走完了。」葛德感慨的說：「我真不相信它會這樣順利，能有今天，不能不感謝妳母親的成全。」

「其實，世上任何事情都像這樣，」女孩說：「當時覺得很難的，等到著手去做它的時候，你就會發覺，只要有決心，沒有做不成的。婚姻是自己的事，當然更是這樣了。」

婚期總算決定了，時間定在陰曆八月初。女孩的意思是，到了那時候，她已經能夠決定是否入學，如果入學，有入學的打算，如果不錄取，她就好專心找份差事，暫時放棄學業；葛德很明白她的用心，她處處都在為他打算，把家庭看在學業的前面。

夜間部放榜，她錄取了，分發到郊區一所學院去就讀。她寫信回去告訴她母親，回信來時，同時匯來一大筆款子，足夠她繳交學雜費和幾個月的生活費的。做母親的在信上寫明，她賣掉一筆山坡地，把一部分錢匯給她，朝後她唸書的錢，該由葛德負擔了。

女孩讀信時，眼有些紅濕。

「妳母親對妳真好。」葛德也很感動的說：「妳就要出嫁了，她還在為打點妳的學費，賣掉一塊山坡地，其實，這筆學費，該由我來籌的。」

「不，葛，我想的不是這個。」

「妳想的是什麼呢？」

女孩呆呆的捏著信箋說：「我總要離開她，跟你在城裏單獨的過日子了！我想，我不能常回家，和母親一起過日子，她一定很難受，她匯錢來的時候，一定哭過。」

「其實，我們可以多回南部去看她老人家的，婚前和婚後有什麼兩樣呢？」葛德說：「早先那種嫁出門的女兒潑出門的水那種古老觀念，目前不該再有了，像我，原是失去家的人，妳的家，不能像我的家一樣嗎？」

「我倒希望日後你能把這些話，跟我母親去說，」女孩說：「我猜她聽到這樣的話，會很安慰的。」

「人窮是一回事，」葛德說，「我盡孝的心意，倒是非常誠懇。人說：女婿是半子，這半子之責，我是當盡的，孝心比單單形式上的生活供奉更要緊，不是嗎？如果兩種都有，那就更好了！」

等到她被錄取入學的消息傳出之後，幾個文壇上的朋友，都跑來對她和葛德道賀，認為結婚和就學都是人生的喜氣，他們應該算是雙喜臨門了。

「喜是喜，」女孩說：「不過，結了婚再唸書，也夠難的。」

「我覺得沒有什麼，」克木說：「事實上，在大專學校裏，結了婚再唸書的，也很習見，只要能夠短期節育，不受孩子拖累，學業上不會受影響，反而能夠藉著這種機會，鍛鍊小夫妻的合作互助。」

「哈哈，」葛德笑說：「這真是名副其實的生活教育了。」

一切都是歡快順遂的，他們擁有一串滿含憧憬的日子。女孩入學的手續辦妥了，也進了學校，葛德親自動手，粉刷女孩租賃的那幢房子，油漆門窗，換裝窗紗，也陸續添置了一些傢俱和擺飾；同時，他也在整理小木樓上的他的衣物、用具和書籍，他們打算在婚後把小木樓退租，省去一筆租賃的費用。

在忙碌中，他自覺身體的情況，反而比早一兩年的時候要好得多，那時生活不定，飲食無常，熬夜熬得太多，坐著有些恍惚，走著有些飄浮，有時上下樓梯，會心悸喘息，老半天不能平復。自從得到碧霞的照顧之後，前後還不到一年，他的身體情況業已好得多了。他做這些事情，除了略感筋骨和肌肉痠疼外，並不覺得太勞累。他在工作之餘，也整理了原先略見荒蕪的院子，到花圃去買了一些花苗，自己動手栽種，又除掉院中的雜草，新鋪上幾塊草皮，使它有煥然一新的感覺。

「這裏雖不是我們的房子，」他對女孩說：「但我們會在這裏住上一段日子，讓這些手植的花木伴著我們，留給我們一些回憶也是好的。」

「葛，你平時不常勞動，如今做了這樣多，當心勞累得病倒。」女孩說：「你可以每天帶著做一點，不必做得這麼急的。」

「嗨，人說懶人做事一擔挑，大概怪我生性疏懶罷，若不趁著在勁頭兒上，只怕我連一樣也做不了啦！」

一擔挑的結果卻不很好受，它使葛德的筋骨疼得動一動就要喊一聲哎喲，女孩不得不買撒隆巴斯給他噴，即使如此，他還是躺在床上休息了好幾天，連拿筆都拿不動了。葛德不能不承認他平時動得太少了，他羡慕許多早起，素食，生活規律的老人們，每天天不亮，就起身到公園裏去，練瑜珈術，打太極拳。倒是中年一代的人，忙工作，忙事業，又自恃身體還不差什麼，便忽略了恆常的運動。女孩曾經鼓勵和誘發他，要他經常的登山郊遊，但他始終打不起勁來，也可說是缺乏自覺自動的決心，總以為自己的身體和年輕時沒有多大的差別。但，經過這次的勞動之後，他恍然省悟到時間不饒人，自己在體力上，絕無法再跟年輕時相比了，朝後非得要注意鍛鍊不可。

離開預定的婚期，一天比一天的接近了，女孩和他的生活，反而平穩起來，因為該忙的都已經忙過了。每天下午，她照常的去學校，葛德便挾著講義夾，過來照應門戶、寫稿和料理一點家務，等候她回來，自己再回到小木樓去。每個黃昏，他都坐在院子裏看書、散步，澆灌他種植的花木，檢視哪棵樹茁了枝，哪棵樹萌了新芽？

「我們雖還沒結婚，」他說：「但生活型態，卻是很典型的家庭生活，又平靜，又甜美。如果一直像這樣的過下去，那該是最幸福的了。」

「我當然也希望這樣，」女孩說：「不過，日子決不會沒有一點波浪的，它會慢慢的繁瑣起來，複雜起來，牽出許多頭緒，……那並非就是苦。我曾經一再的想過了，不管將來我怎樣的忙和累，我希望你都不要停下你的筆，你能寫出好作品，便是我最大的願望。」

「也許我在這方面比較粗心和遲鈍，」葛德說：「我實在想不到日後我們的生活，會有什麼樣的變化？妳都是怎麼想的呢？」

「現在我不說，以後你會看得到的。」女孩說。

按季節推算，時序已經到了秋天了，但天氣仍然炎熱，毫無秋涼的意韻。婚期前幾天，碧霞的母親就從鄉下趕到城裏來了，她說她這一輩子，這還是第一次遠離家鄉，到這座大城裏來。她沒有帶旅行的箱篋，仍然是拎著花包袱，包袱裏帶了些吃的，但已經有些餿了，她仍然堅持著要蒸一蒸吃，說它並沒有壞。

葛德和黃碧霞陪她到處去逛，老人家覺得城裏太熱鬧，也很新奇有趣，只是馬路上車子太多，商店裏的貨品太貴；她摸過一件標價若干萬元的貂皮大衣，說是夏天賣冬衣，又貴得離譜，只有神經病才會買來穿。但她仍然替女兒買了一條五錢八分重的金項鍊，作為送她的禮物，又送了葛德一雙新皮鞋——因為她看到葛德腳上的那雙皮鞋是舊得打了補釘的。

「看你真該換行業了，」她對葛德說：「你賣文章，賣了這許多年，房子沒房子，地也沒地，連一雙新皮鞋都買不起，真可憐哪！」

葛德苦笑起來，他不知道應該怎樣對她解說，而在她的眼裏，寫稿的人貧困卻是事實，除了極少數享有盛名的例外，他卻不是那種人。

「我會盡力養活碧霞的。」他只能這樣說。

「你實在要盡力的，」她說：「我老了，身體不好，也常生病，在世上還能活多久?!我要是不在了，能照顧她的，只有你啦!……靠她兄弟，那不可靠的。各人成了家，有了孩子，只能各人管各人自己。碧霞在城裏，無親無故的一個人，沒有根，你們兩人恩愛和好，才是真的。」

「我會的。」葛德望著老婦人那張多皺摺的臉，憂慮中泛著關懷，有一層愛的光，從她眉尖和眼神中散發出來，她的眼角，已經有些泛濕了。他很想對她多說一些什麼，但他說不出來。……他在早年失去了一位母親，如今不是又獲得一位母親了麼？他只能把這種心意，婉轉的講給女孩聽，讓她再跟她母親去解說了。

公證那天，秦牧野夫妻倆、古晉和克木都跑來幫忙，秦太太陪著新娘去做頭髮和化妝，克木的太太陪著新娘的母親，他們到法院的公證禮堂去，舉行了簡單隆重的公證儀式，便分乘兩部計程車去了烏來。

到烏來去祝賀新夫婦的朋友，一共只有十多個人，他們早就坐纜車登山，在山頂蒼翠的園子裏等候著新人了。多雲時晴的天氣，山頂涼爽宜人，一陣濃雲湧來時，陰陰的，蘊著雨意。當秦牧野他們擁著新夫婦來時，朋友們紛紛圍攏來道賀，正像平時郊遊一樣，沒有繁文縟節的形式上的拘束，大家都是輕鬆愉快的。

「寫作是要有合適的環境的，」秦牧野說：「早些年，我們一直為葛德擔心著，因為他的生活和情緒都不很穩定。現在不同了，他有新娘，有了家，我們除了祝賀他愛情生活美滿外，更翹盼著他寫出精采的作品。」

「一個人的寂寞，是孤寂，」古晉說：「小夫妻不涉及一般的交際應酬，共守著的寂寞，該算是最溫柔而又最甜蜜的，這是靈感的泉源。我相信以葛德兄的才情，和對寫作認真的態度，美滿的婚姻，是他作品的催生劑，這是毫無問題的。」

「我承認我能得到碧霞給我的幫助，」葛德說：「但我總認為，本身的資質有限，到時候，會使朋友們的期待落空的。」

「這是過度的責任感帶給你的感覺上的壓力，」克木說：「其實，這種壓力，我們每個人都有，不論我們的資質如何，盡其在我，努力寫下去，就已夠了。」

他們在半山的濃蔭下散步，聽泉聲，看游魚，然後回到旅屋去。被當成新房的旅屋，佈置得很淡雅，一片窗明几淨的清幽天地。

克木太太特意帶來一束含苞的黃菊，一束紅色的劍蘭，又在林子裏採了些松枝，替新房裏插了一盆花。她笑著對新娘說：

「妳記得范成大的瓶花那闋詞罷？這盆花不受風吹雨打，而在新房裏，讓燭照香薰了，……妳看這些黃菊，明天它就要開了。」

「人和花一樣，」古晉說：「明天也就不再是女孩兒了。生命也就是這樣，慢慢的升級，讓人們自去體會更上層樓的滋味。」

山下也許仍是晴天，但山上的浮雲卻帶來一場微雨，他們圍坐在旅屋的客廳裏用著茶點，談著文學、音樂和繪畫。葛德談初和女孩相遇時的情景，他說：

「碧霞如今是我的太太了，我們的愛情生活，雖然不敢說怎樣多采多姿，但我們彼此情投意合卻是真的，當初我真不敢夢想會有這一天，我常在想著，我能給她什麼呢？真的，除了情感，我實在不能給她什麼。」

「其實，夫妻在一起生活，情感是最要緊的，」秦太太說：「有了它，日子過得再清苦，也帶有甜味。」

「單身漢的日子過久了，往往會把家庭生活的擔子看得過重，」秦牧野說：「當然，我否認不了部分子女眾多的家庭，日子夠操勞的，生活擔子也真沉重，但對新婚夫婦來說，這非但不是一項問題，極可能婚後的用度，比較婚前花的錢更少，有了情感基礎，兩人同心合力的去積蓄，也會更容易的。」

由於一些朋友還有事，晚上的喜宴在黃昏時就開設了，就在旅屋的餐廳裏設了兩桌，大家喝著酒，談著原先沒談完的話題。

這時候，一陣黃昏雨蕭蕭的落下來，使滿山鬱綠染入眼瞳。宴會結束前，葛德再次的向朋友們道謝。

秦牧野拍拍他的肩膀說：「我們該謝謝你們兩位，使大家都分享了你們的快樂。人都說：春宵一刻值千金，你們只有幾天好度蜜月，很快碧霞就要回學校上課，所以我們不再耽誤你們的時間啦！伯母她決定搭晚班車回南部，由我夫妻代送好了。」

「媽，您這就回去了嗎？」新娘拉著她母親說。

「我留在這裏幹什麼？」做母親的說：「我已經來了好幾天了，我看著你們成家了，也該回去啦。」

葛德和黃碧霞兩個，一直送到纜車站那裏，目送著老人家和一群賀客登上纜車遠去了，他們才牽著手，在微雨中走回旅屋裏來。

天彷彿就要落黑了，他們並坐在沙發上，沒有開燈，讓柔黯的綠光把人圍繞著。如今，這世界完全屬於他和她兩個人了，葛德深深的凝視著他的新娘，彷彿是初識一樣，她也抬眼望著他，眼裏流露出深深的柔情。

「你想說什麼？葛。」

「我嗎？想得太多，也太亂，」他說：「一時真不知道說什麼才好，妳去寬寬衣裳罷。」

「你呢？」

「我吸支煙，歇一會兒。」

新娘到臥房去了一會兒，換上粉紅的睡袍，出來替葛德換斟了一杯熱茶。

「你要先洗澡麼？」她說。

「我等一會兒。」他拍拍沙發，示意她坐下來說：「我們靜靜的聊聊天，是最好不過的了。」

幸福的感覺使他悒鬱起來，也不知怎麼的，一個人飽經憂患流離之後，很難習慣突來的幸福。葛德就是這樣，他內心總把喜歡和悲痛、笑和淚，融混在一起。婚姻和愛情，對於一般年輕的生命來說，原是很自然的事情，但對他來說，就成了意外的珍寶。儘管屋頂是租賃來的，他並沒建立了穩定的事業基礎，未來的路程還艱難而長遠，單只是碧霞給予他的愛，便熱熾得灸痛了他了。如今有浥塵的微雨落在初夜，雨聲輕而繁，正適於作為深情款款的談話的自然配樂，而他所能談的，卻是在幸福之外的憂懷，無論如何，和眼前的情景不能相襯。

「真的，碧霞，」他說：「和妳相識之後，有一度時間，我真的想咬著牙，割斷這份情緣的，也許我有一份下意識的自卑，認為不能帶給妳幸福罷？……說也奇怪，真正的情緣是割不斷的。」

「葛，不要再說這些了，」碧霞說：「我不止一次告訴過你，我只是一個普通的鄉下女孩，你娶了我，能不覺得委屈，我已經心滿意足了。我沒有太多不實際的幻想，幻想將來怎樣美好，能夠實實在在的持家過日子，忙點、苦點、窮點，都沒有關係。」

「正因為妳這樣好，我的膽子才大了一點。」葛德說：「嫁給一個寫稿的人，實在是一種考驗。」

「我已經打算過了。」她笑說：「我相信我能耐得住，不會常常打擾你寫作，我們沒結婚那段日子，不就是最好的生活訓練嗎？」

「對不起，我忘了妳已經畢了業了。」

兩人說著，相對的微笑起來。

由於黃碧霞要顧及課業，他們的新婚蜜月，實際上只有三天，在一般的觀念裏，三天是極其匆忙短促的。對於葛德來說，他半生歲月裏，從來沒有這樣的消磨過三天，哪怕只是一時一刻，也有著使得他足以永遠記憶的溫柔。

浴罷回到臥室裏來，秦牧野的太太仍按照傳統的習俗，為洞房燃起一對紅燭，使雅靜的臥室，洋溢著一股喜氣。她走時特意交代葛德，說是這一對紅燭，要從傍晚一直點燃到第二天天亮，左邊的一支象徵新郎，右邊的一支象徵新娘，如果兩支燭一起點燃完畢，那便是上上的吉兆。

「秦太太的話，你相信嗎？」碧霞說。

「雖然不相信，但我仍願照她的話做，」葛德說：「我願意紅燭的光，照著我們的前途，人在心理上，都願意討個吉兆的。」

紅燭靜靜的燃燒著。春滿洞房，一分分都映出新夫妻的恩愛來，葛德在夜半時，附著黃碧霞的耳邊說：「碧霞，從今爾後，女孩這個稱呼，已經和妳告別了，而這就是人生罷。妳這個溫暖的小婦人……」

而她不說什麼，兩眼斜睨著花盆的插花，含苞的黃菊，已經悄悄的張蕊了。雨聲在枕側繁響著，簷瀝的淅淅和流水的潺潺，交織成一首靈韻天成的夜曲，她緩緩的微闔上了眼，彷彿藉此能略掩她的嬌羞。

三天的日子裏，兩人都摒除對於身外瑣務的惦記，優遊於山水之間。下山時，碧霞對葛德說：「我們在半山裏過的這幾天日子，只能收摺起來，珍藏在回憶裏面，我們就要回到現實生活裏去了，總是一條很長遠的路罷？那要我們一起攜手走下去的。」

「有妳在身邊，我相信再有多少艱難困苦，我也會克服它的。」葛德說：「我承認我曾經軟弱過，情緒經常不穩定，但我從沒放鬆過本身堅持的原則，那就是作為一個當代寫作的人，應該擔承的良心責任。」

「一般人常為生活過分的擔心，」她說：「我總覺得並沒有那樣嚴重。當然，一個子女眾多的大家庭，也許問題多，經濟壓力重些，但一般小家庭，只要兩個人勤勞刻苦一點，日子總會越過越寬裕的。你想，我們還會有什麼旁的艱難困苦呢？」

「如果日子過得順，那當然更好了。」葛德說：「我總是愛朝最壞的地方打算，比方說，像老友彭東……那樣。雖然我知道自己不該這樣想，但我很難擺脫那種印象；有時候，愛也會使人憂慮的。」

「快別這樣說，葛。」她說：「我不是迷信什麼忌諱的人，但我覺得你不該這樣想。其實，任何人不都有那一天嗎？可是，世上人仍然活得很快樂。我想，你的神經有衰弱的跡象，回去該看看醫生去了。」

她只是這樣說說，葛德也沒把它放在心上。下了山，她忙著去上學，葛德把小木屋退了租，搬到平房小屋來，繼續他的寫作生活。黃碧霞原就是個很細心、很堅定的女孩，婚後的生活上，她更能顯示出她的個性來，無論她怎樣的忙碌，對於家務處理，她都能夠兼顧，極力不讓葛德為此分心；葛德深受她的影響，也變得細心了，儘量利用閒暇，幫著她整理收拾。小夫妻倆，人口簡單，沒有孩子糟蹋，家裏很容易弄得整潔，平常只要略微注意保持就夠了。

每當葛德動手幫忙做些什麼時，她就說：

「葛，你不必做這些雜碎的事，還是寫你的稿子去罷，等我需要你幫助的時候，我會叫喚你的。」

「妳不是說我缺少運動嗎？」葛德說：「其實做做掃地、洗碗之類的家事，是最好的運動，免得單靠維他命，妳說是不是？」

「你既這樣說，算你有道理，」她說：「但也不要做到過分勞累的程度，你說過你已經不是年輕小伙子了。」

「好。」葛德說：「我答應妳。」

人也真是奇怪，一結了婚，生活便變得穩定單純起來。葛德呆在宅子裏，原有的冷清和寂寞的感覺，突然全部消失了，他多年愛出門流連的習慣，也不知不覺的改了過來，他滿意於小窩巢的寧靜、甜蜜和安詳的氣氛。

白天裏，黃碧霞準備飯菜，他寫他的稿子，她很快做完事，複習她的功課，從不打擾他。中午他有午睡的習慣，她卻從不午睡，在客廳裏編織，或是縫綴，她把這些當成一種消遣。她在傍晚前搭車出門去學校，葛德便留在宅子裏，散步、澆花、拔草，等著她回來。

一天她對他說：

「葛，傍晚時，如果你要出去走走，或是找朋友聊聊什麼的，你就鎖上門出去好了，我帶的有鎖匙，自己會開門的。」

「我知道。」葛德說：「但我目前並不想出去。」

「等我們積夠了錢，」她說：「也該買臺電視，你可以看看你喜歡的節目，如今電視每家都有，買它並不算是浪費，你覺得怎樣？」

「我覺得我並不需要。」葛德說：「有些人家買電視，多半是為老人和孩子，我從沒有那麼多的餘閒，把時間投擲在那些節目上。如果妳喜歡，那又當別論了。」

「你說看電視節目只是一種消閒性的、娛樂性的習慣？」碧霞有些困惑的說：「對一般人來說，我並不覺得新奇，但你卻是寫劇本的人，電視節目好壞是一回事，它卻是現實的一部分，你不希望引昇它嗎？」

葛德聳聳肩，嘆了一口氣說：「問題放在以後談吧，我倒寧願聽聽音樂，如果我有錢，簡單實用的音響設備，倒是很需要的。」

碧霞點點頭說：「就這樣罷，我也喜歡有一個好點的唱機，或者調頻的收音機，我們連這些都未曾有過，我們要逐步開始建立一個像是家的家了。」

日子在兩人共同的期望和努力下，變得異常安靜、穩定而和諧，葛德自覺像一艘航經怒海，飽受風暴侵襲的船，如今有了一個風平浪靜的停泊的港灣。

也許心情特別的好，他在蜜月期間，寫了好幾篇非常精練的抒情散文，並且完成了他在結婚前沒寫完的中篇小說。他用小說的稿費，買了一架調頻的收音機，使他們的生活裏有了音樂。

創作生活，該是怎樣的一種生活呢？葛德這才真正的體味到，一個人可以深入的進入群體和時代的生活，拓廣他生命的根鬚，但當他執筆時，卻需要和諧寧靜的生活環境，奔波和無定的飄泊，只能汲取感受，卻不適於發而為文。

天氣轉秋後，逐漸的涼爽宜人了，日子單純，使他能夠感覺和思考到更深邃的問題，那是作品的靈源，葛德自覺他的心情，從沒有像這樣的舒展平和，他不禁想起作家勞倫斯的名言來：一個人，他不僅用腦去思想，他的血液也在思想。他不否認他和黃碧霞的結合，是基於深厚的愛情，但她那溫熱的女體，同樣使他寧和，也使他的作品，達到一種前所未有的厚度。

婚姻會使男人更趨成熟，看起來是頗有道理的了。

第十五章　春的圖景

秋涼時，葛德計畫著手寫一部篇幅頗巨的長篇，這部書是他早就打算寫的，因為生活不安定，遲遲沒能動筆，如今總算安定了，他不願再把它拖延下去。

一般說來，一部長篇小說，發表的機會要比短稿少得多，若干的報刊，對長篇的刊載比較慎重，除了特約的作品，寄稿必須要寄上全稿，經過審查才能錄用，這樣一來，寫長篇稿，就得要有充分的生活費用。當葛德對黃碧霞提出他的計畫時，她在為這點擔心著。

「其實不要緊，我只是開個頭，慢慢的帶著寫。」葛德說：「夜晚我還是寫散文、寫劇本，或是寫短篇小說，……長篇只是等到有空寫一點兒。」

「生活費都靠稿費，我怕你會累著。」

「不要緊的，」葛德說：「稿子寫得多，難免會累一點兒，只要不過分勞累，就成了。」

「我還是想法子找份差事做。」她說：「你累，我也累，大家為家勞累，這樣才算公平。」

「妳現在又做家事，又上學，已經很夠勞累的了！」葛德說：「如果再找一份事情，使人擔心的不是我，就該換成妳了。」

「我想還沒有這麼嚴重。」碧霞說：「我就是找事，也要找一份工作不太繁重，又比較適合我做的，不論收入多少，總能多一些貼補，你寫稿，也會寫得安心些，這是最要緊的。」

她說了話，很快便去實行了，她利用白天，出去找事情，不久便找到一處收發兼抄寫的工作。有了這個工作之後，她把時間重新分配一下，每天一早起床就去買菜，除了葛德的午晚餐，她得準備她自己的便當盒，白天上班，接著夜晚上學，到十點多鐘才能回家。她出去後，葛德幾乎整天一個人留在屋裏，除了做些零碎的整理收拾的雜務，就是閱讀、沉思、寫札記和寫稿。

人說：如花美眷，似水流年。葛德也深深的感覺到，這樣安靜、忙碌但又有規律的日子，過起來特別的快速。他播撒在院子裏的草花種，都已經茁芽成長，快要放花了，他動筆寫的長篇，一頁一頁的寫下去，轉眼間已經積成厚厚的一疊了。

他和黃碧霞兩個人，像是一對啣泥築巢的鳥雀，忙碌著，有忙碌的理由和欣悅，葛德並沒有和她討論過孩子的事，但他看得出，黃碧霞滿心祈盼和等待著孩子，她主動的說到孩子，她說：

「葛，我曾經考慮過，我們是不是很快的會有小孩？當然，照目前情況來說，是我們忙碌著為這個家打根基，做準備的時候，似乎不適宜過早有小孩，尤其是我在上學，如果真的有了孩子，不知該怎樣照顧？是忙孩子呢？還是忙學業呢？……但我想到你的年紀，該算是晚婚，我就希望你早一天抱起你的孩子，哪怕只是一個孩子，我們可以為他多吃一點苦也不要緊，必要的時候，我可以休學，專心在家帶孩子。」

「妳提到孩子，我有些茫茫然，」葛德說：「真的，我從來沒想到過，自己會有一個小孩？記得北方有句俗語，說是卅無兒吃一驚，我卻沒有驚駭過，也許這年頭的老單身漢太多的關係。如果孩子來得太快，我在心理上恐怕一時還無法適應呢。」

「如今講家庭計畫，」碧霞說：「我們也不能不照生活情況、經濟情況、本身希望等等的，預先作一番打算，你有什麼看法沒有？」

「我對這事是個老迷糊，」葛德說：「從沒用過腦筋，一切由妳安排計畫就好了。」

「既然你這樣說，我就不得不決定讓孩子晚一些來了。」她說：「有個孩子，如果送到育嬰中心或是托兒所去，日夜托養，除去奶粉費用，每個月至少得要兩千塊錢，如果節省這筆錢，我自己來帶，小孩在家啼哭吵鬧，你恐怕就無法安心寫稿了。」

「這倒是實在話，」葛德說：「文壇上有些多產作家，不但作品寫得多，孩子也生得多，一多不算什麼，兩多就使人佩服了。妳想想，那麼多的小孩，這個哭，那個喊的，日夜纏著人，他們居然還能寫下去，神經恐怕是鐵打的。」

「任何生活，對人都是一種磨練，」碧霞嬌笑說：「臨到那一天，也許你會寫得比他們還多也不一定。」

「妳別忘記『兒多母苦』這句老話，妳如果真的生那麼多，辛苦勞累的，恐怕還是妳這個做母親的。」葛德說：「想來想去，我們目前仍然不要有孩子，至少，讓孩子晚一點降世，使我們有時間完成妥善待他的準備，這是對的。」

他們能夠在一起談談的時間，只有晚上她回來之後，或是星期假日裏。黃碧霞儘管很忙很累，她仍然很重視這些有關家庭生活安排的談話，並且把葛德的意願都記在她的日記上。

她說：「葛，我自認自己沒有很高的生活欲望，但既然有了家，一切都要有長遠的打算，朝好處盼望著。比如說房子，房租的費用，每個月都是一筆不小的負擔，當然我希望辛苦積賺，日後能有一個屬於自己的屋頂，客廳不更大，但你要有一間小小的書房……一個貧窮死去的作家，一輩子都在幻想他能擁有一間那樣的書房，他曾比喻說：

作家的書房比女人的梳妝臺更為重要。你不覺得？」

「朝好處盼望沒有錯，」葛德說：「但我總覺得太遙遠了，憑我所得的這一點微薄的稿酬，哪一天才能有自己的屋頂？每晚我在臥室裏寫稿，總怕燈光太亮，影響妳的睡眠，妳沒見我在燈罩上加了一層黑紙嗎？」

「不要為我擔心，習慣開燈睡覺，一樣睡得著。」碧霞說：「我們一步一步朝前走，總會有自己的屋頂的。」

「是啊！」葛德也幻想起來：「我喜歡低矮的小屋，地勢高一點，乾爽明亮，人在裏面，有溫暖充實的感覺。那些豪華的大房子，我反而極不習慣，它太空盪了，反而顯不出人味啦！」

「我們不光是幻想，」她說：「光是空空洞洞的胡思亂想，當然是幻想，如果我們勤苦的工作，逐步去實現它，那就是生活的理想，……經過理性考慮和思索過的，當然能夠實現它。」

一丸玲瓏的秋月貼在紗窗外面，夜色是安靜的，蘊著太多美的想望，美的遠景。按理說，有了這樣的一間小室，有了一室的溫暖，一個人應該額手稱慶了，但葛德在溫暖中，一顆心彷彿融化成一股流液，朝外滴落，他記得，當初有些朋友，曾把他比成屠格涅夫筆下的羅亭，在精神上和性格上，他確實有些羅亭的味道，一間屬於個人的，溫暖的小室，很難擋得住時代的風雨。……時代對於葛德而言，絕非是一個空洞的字眼，他曾用他的生命，穿經過這風暴般的時代的裏層，他目睹過抗戰的烽火，在英勇的保衛民族的戰鬥中，無數生靈飛灑出的熱血和拋擲出的頭顱。他曾隨軍轉戰在大江南北的戰場上，穿行過戰後的荒墟和陷敵的荒野，看到無數倖存的人們，是怎樣的生活和盼望！在戰鬥中，他發現那些兇殘成性的人形獸，是如何的肆虐，荼毒……他無時無刻，不在憶念著在一場魔魘般的情境中陷落了的河山。

此時此刻，他個人在海隅有了一個暫容棲止的窩巢，這更使他在思維時儆醒著，感覺到民族深沉的悲劇，這種思想上的重量，他必須承擔。

在現實生活的安排上，黃碧霞是實在的，但她有足夠的靈性，使她能體會到葛德的這種心情。

「葛，你一定想急於表露你內心的感情，你對這時代的認知，但卻不能心急。」她說：「我們看到古代文學家寫作，一生也不過寫一兩部書，他們沉潛在其中，不斷的琢磨，才會成為傳世的作品，……我又在對你說教了？是不是？」

「不，妳說的是實話。」葛德說：「不過，現代社會在結構上和古代社會不一樣，人們找不出那樣的閒暇，窮畢生之力而成一書，他們沒有那樣多的田地和產業，使他們專心寫作而不計較稿費。但這些仍是次要的問題，主要的是一個作者的生命深度和廣度……我自知在這方面還差得太遠，只能說盡力而為罷了。」

「能盡力而為，還有什麼話說呢？」她說：「我不敢說在寫作上怎樣幫助你，至少在生活安排上，我會盡力的使你能安心寫下去。」

葛德認真的把精力濺注在這部長篇作品上，一直到秋末冬初時分，他有了很可觀的成績，至少寫了十多萬字，但當他嚴苛檢視這些已寫成的初稿時，覺得它在深度上並沒有特殊之處，便輟下筆來，重新開始。

儘管在生活的安排上，碧霞對他的照顧很妥善貼切，一直潛心寫作的葛德卻又病了下來。最先是輕微的喉痛，他覺得情形並不很嚴重，便減少吸煙，同時早晚用李斯德林藥液嗽口，過幾天，喉痛是略見減輕了，但他又感覺到輕微的發燒，帶著一些兒咳嗽。

碧霞問起來，他說：

「不要緊，也許是著了涼，感冒了。」

「葛，我看你還是趕緊去看醫生去罷。」

「妳放心，我不會病倒的。」葛德說：「即使是感冒，也不是來勢洶洶的那一種，它是輕型感冒，妳明天到菜場，多買些老薑回來，我自己燒點薑茶喝，多飲些開水，出一陣汗就好了！」

「那怎麼成？」她說：「有些人總把感冒當成小毛病，不願意立即去看醫生，一拖會拖出大毛病來的。」

在碧霞的催迫下，葛德到附近的診所去看過病，醫生也照一般感冒開了些藥，讓他帶回來服用。按理說，真要是輕型的感冒，只要多休息，多喝開水，加上按時服藥，過幾天就該好的，但過了幾天，葛德反而自覺心悸、發燒、渾身無力，這情形看在黃碧霞的眼裏，她著起急來，硬拖著葛德到大醫院去做有系統的身體檢查。

「我覺得這樣太浪費了，也沒有這個必要嘛。」他說：「我的身體，雖不是健壯如牛那一型的，但也不至於差到弱不禁風的程度，這些年來，一直沒生過什麼不得了的毛病，何必去花那筆錢呢？」

「你這種想法，道地是個耕田的，」她說：「按照現代的保健觀念，人到中年，每年都該作一次全身的體檢，人說：留得青山在，不愁沒柴燒。有什麼比身體健康要緊呢？聽我的話，快去罷。」

葛德明知拗也拗不過她，還是乖乖的跟著去了。

不檢查不會發現，一檢查，很快便發現了葛德的右肺葉，有了結核的現象；醫生告訴他，他的肺疾很輕微，僅僅是初期症候，如果立即作適當的治療，很快就會痊癒。儘管醫生這樣說，黃碧霞還是非常驚恐，她問長問短的問了一大堆關於肺疾的各種情況和治療常識，醫生開給她藥物，要他們回去按時打針服藥，自行療治，同時囑咐葛德不可太過操勞，心情要保持開朗愉悅，飲食起居都要保持正常。

「我說得不錯罷？」碧霞說：「如果不來檢查，仍把它當成感冒來治，那不是把病拖著了？」

「真奇怪？」葛德說：「我從沒想到我會得上肺病，這種病，如今不算什麼了，但它卻是個富貴病，不能過度操勞是真的。」

「我不會讓你操勞的。」她說：「你不必朝這方面多想，活得輕鬆快樂就成了。」

碧霞雖然年紀輕，但她很懂得服侍病人，她買了煮針器，每天夜晚，按時替葛德打針，她外出時，總叮囑著葛德不要忘記吃藥。

天氣轉冷了，她時時注意他的衣著，要他保暖，要他提早休息，並且勸他暫時分床。

「葛，我真的當起你的護士來了，有些時，護士對病人要有些強迫性的，態度可以緩和，但原則決不退讓，你得要學乖才成。」

「當然當然，」葛德說：「我不是一切都聽妳的了嗎？我連吸煙都快戒絕啦！」

碧霞望著他，捧起他瘦削的臉，吻了他的額。

「記著，葛，有我在你身邊，一切都會好起來的。」她說：「我們不必把你有病的事透露給朋友們，只要按照醫生的交代，耐心的治療就行了。你的長篇稿子，可以慢慢的在白天帶著寫一點，這是急不得的。」

「對！」葛德說：「我不會把它放在心上的，妳給我的安慰太大了。」

碧霞不但在精神上安慰著他，生活上照拂著他，更在病人的飲食調配上煞費苦心，因此，她也顧不到平時的伙食預算了。這樣的維持了兩個月左右，葛德真是禍不單行，又患上了膽囊的毛病，逼得非住院不可。碧霞勸他不要焦慮，她手邊還存有結婚時朋友為他籌措的費用，以及葛德半年多稿費的餘款，數字雖不算多，但短期住院一般治療費用，暫時還不至於發愁。

葛德一住院，就面臨一個問題，黃碧霞為了陪伴他，在身邊照應，就無法兼顧她新找到的工作，她跟他提起這事，她表示說：

「葛，我也明白，在朝後的經濟收入方面，不能把擔子再多朝你的身上壓，就必須盡力分擔，即使這樣，困苦還是可以想見的，不過在目前，我不能不考慮把這差事辭掉，專心服侍你，差事朝後還能再找的，你的身體卻比什麼都要緊。」

「不必要這樣，碧霞，」葛德躺在病榻上說：「我沒到七老八十那種年紀，目前的病也沒重到不能動的程度，醫院有護士，妳不必辭去差事，真的。」

「你躺在醫院，我不能親自照顧你，怎能放得下心呢？」她說：「你這種膽囊的毛病，也許需要開刀的，單靠護士是不夠的。」

葛德的臉上有些陰黯的神情，幽幽的說：

「雖然人常說：人吃五穀雜糧，難免疾病災殃，有病是難免的，但我總覺得對妳抱愧，剛結婚不久，我就加給妳這樣一付沉重的擔子！……我每想到妳一個人，風裏奔、雨裏跑的，我的心就濕了。」

「快甭這樣講，葛，」碧霞急忙阻住他的話，不讓他再說下去：「這些都是我自己願意的，我一點都不覺得怎樣苦，能替你做些什麼，一直是我最大的心願。」

「這樣罷，碧霞，」葛德說：「妳聽我一次話，暫時不要辭掉差事，等到我的確要開刀的時候再說，好不好？……冷雨淋頸子排長龍找事的事，妳不會忘記罷，這年頭，能找個兼差做，真是太不容易了。」

「好罷，」她說：「我如果不辭掉工作，那只有每天夜晚十點以後才能來看望你，陪伴你，我不在身邊的時候，你要自己多照顧自己。」

葛德住院住了廿一天，總算沒開刀，把膽囊的毛病治好了，但他原本瘦削的身體，更顯得衰弱了。他記得早年的日本作家夏目漱石氏，在纏綿病榻時，曾經寫過一首詩，那時他已近彌留，大口大口的吐著血塊，人是骨瘦如柴，不能離榻了，他寫道：

淋漓絳血腹中文，嘔照黃昏漾綺紋。
病裏不知身是骨，臥床如石夢寒雲。

那是六七年前，他偶爾在一本刊物上讀到的，他一直深深的感動著，一個體弱多病而忠於文學的作者，在詩裏充分表露出他的情操，給人以一種深沉的悲劇性的蒼涼感覺，他很自然的就記得了這首詩，並且用它激發和勉慰自己。自己在年齡上並不算老，病況也遠不及夏目漱石氏，還用不著那樣感嘆，即使真到那一步，也該嘔心瀝血的寫下去，立誓抱筆以終，不負素志！

正因有了這樣的奮發心，他自己繪圖，設計了一種可以半躺著的，一邊有著活動臂架和圖板的椅子，使他可以半躺著，用鐵夾夾住稿紙和書本，很輕鬆的寫作，圖板上方，裝有小型日光燈，即使在夜晚，他也可以利用。

這種特製的寫作椅，在他堅持下做好了，葛德便利用它，繼續的寫他的長篇，和一些遺懷的散文小品。事實上，寫作的習慣是他多年來養成的，他無法中輟，假如一整天不看書，不寫稿，他就會覺得空洞無聊，好像那一天是白活了。

他即使覺得身體虛弱，和注射後臉部和皮膚產生輕度的蟻走感，但他決不願意透露出悒鬱不快的情緒來。正因為他能夠自持，碧霞也就顯得很快活。她利用星期假日，整天陪伴著他，她喜歡低低的唱幾首藝術歌曲給他聽，有時唱到他熟悉的歌，他會陸續的唱幾句，他嘲笑自己只會唱戰鬥的歌曲，直聲的怒吼，缺乏曲折有致的旋律感，她卻讚許他真純熱切，毫無做作。

葛德在病中，但朋友們都不知道這件事，由於大家都為生活奔忙，平時很少見面，有人還感慨的說：人一結了婚，就自然而然的變了，再不像單身漢那樣，東家跑跑，西家溜溜的了。葛德結婚後，通常去坐坐的音樂廳，也看不見他的影子了。

「改天得找個空，去看看那個老小子去！」古晉說：「我要問問他，畫眉之樂樂如何了？」

說是這樣，但大家並沒認真找個時間，聚會在一起，去看望這對住在狹巷裏的新夫婦。葛德和碧霞的生活，雖然忙碌，但仍盡力保有一份閒靜，並且把那份閒靜的特殊情韻，暈染到整個生活裏面去，讓它在兩人心裏蘊著，蓄著，回味著。

但碧霞始終不放棄她對家庭實務的經心，自從葛德病後，他的稿費收入已經明顯的減少了，她兼職的薪金，扣除車費和必要的零星支出，餘下來的數目，實在很微薄，如果不用早先積存的一些錢作為必要的貼補，根本連量入為出也談不到了。

她沒有對葛德說起過，但葛德也已覺察到這一點，他對她說：

「碧霞，妳不要過分擔心收入，我打算暫時把長篇停下來，朝後日子過得寬一點的時候才繼續寫下去。為了家用，我必須先趕寫兩個應徵的劇本，如果有得獎的機會，能拿到一筆錢來填補，有了家，得要有根，多少要有些積存才行。」

「你還是專心養你的身體罷，」她說：「目前存款還有萬把塊錢，並不那麼急著要你趕稿子，你就是要寫劇本，最好抽空帶著寫一點，千萬不能猛趕。」

「也許是我的性子急躁，」葛德說：「或者是我的寫作習慣喜歡一氣呵成罷，尤其是戲劇作品，講究情節緊密，氣勢一貫，我構思成熟了，一開筆寫下去，便忘記了時間，不能自已的寫下去了。」

「不要緊，」碧霞說：「我會時時注意，要你放下筆來休息的。我看你以及你的一些朋友，大家都只知伏案苦寫，對於身體的保養，比較不注意，早上不肯早起，夜晚又不肯早睡，我不相信文人都非要做夜貓子不可。」

「當然，當然，」葛德說：「不過，夜深人靜，思緒集中，寫起稿來比較順，這也是事實，妳也寫稿，應該體會得出來的。」

「有人也習慣在白天寫稿，」她說：「我看過很多老人，他們對保養身體，真是做得很好，又認真，又有耐性，有些參加早覺會，有些勤練太極拳，更有些不論冬夏，每天一早就跳進游泳池，洗冷水，多少年都不間斷，這種精神，可要比如今很多只顧忙家，忙事業的中年人強得多了！」

葛德認真的想了一想，赧然的說：

「事實真的是這樣，我想，許多正當盛年的人，大多都以為自己身體狀況不差，本錢充足，忽略了保健，不把它當成一回事。」

「問題就出在這裏了，」她說：「早先在家，聽人說過一個故事，說一個人的壽命，好像一倉的米，比如說是一百擔吧，如果每年吃一擔，可以吃一百年，如果每年吃兩擔，那只夠吃五十年了，也就是說，暗中的虧耗，自己並不覺得，等到病下來才會懊悔。」

「這道理人人都懂得，」葛德說：「但沒有幾個人認真去做的，早些年，我還曾有過一個怪念頭。」

「什麼樣的怪念頭，說給我聽聽看？」

葛德苦笑笑說：「我曾認為人在壯年，應該猛衝猛幹，用充沛的精力，發揮最大的生命潛能，多做一些有意義的事情，必要時，可以把老年的日子都借支出來，因為人到太老的年紀，想做事做不動了，耗著空空白白的日子，也沒有什麼意思，妳說這想法怪不怪？」

「很怪，真的很怪！」碧霞說：「你現在還這樣想嗎？我覺得這是很可怕的念頭。」

「那只是年輕時一時的怪念頭罷了，」葛德說：「後來我認真的想過，如果身體保養得好，不是常常纏綿病榻，一個人的老年，實在是有經驗，有境界的生之天地，他能活得更深，更透，更廣。」

「對啊！」碧霞輕輕的偎著他說：「這才是我喜歡聽的呢，希望你就像那樣活下去，活到你臉上都是皺紋，頭髮一根一根的變白，聽人說每一根白髮都象徵著時間和智慧，大白頭是很美又很豪華的。」

「瞧妳這樣的會說話，哪還像是年輕的鄉下女孩子？」葛德笑說：「真的，碧霞，妳是個出類拔萃的小精靈，我真奇怪妳是從哪兒學來這許多做人經驗的。」

「從我們高中的國文老師那兒學的。」她說：「他就是那種豪華的大白頭，每堂課，他除了講解文章，還會跟我們講說許多人生的故事，我必須承認，我受他的影響很大。」

「既然妳是有道行的大白頭的學生，我得聽妳的了！」葛德笑說：「我每年只吃一擔米吧。」

他和她這樣說著，都忍不住的大笑起來。經濟上的日漸拮据，彷彿一點也沒能影響他們。

天轉得更冷了，碧霞把葛德和她的衣裳分別檢點過，葛德床上鋪的和蓋的，都嫌單薄了，要添置的太多，但她不願意把手邊僅餘的存款花費在添置衣物上，他的病要長期的打針吃藥，她必須要準備他的藥費。

沒有和葛德商量，她到房東太太那兒，請對方幫忙，找了些手工回來，那是外銷毛衣上的綴花工作，她在夜晚回來，一邊陪著葛德，一面鉤花，工資的錢很有限，但她認為家裏多一文錢貼補都是好的。

「我說碧霞，妳光顧著說我，如今妳自己不是也在透支生命麼？」葛德看她這樣忙碌，忍不住的說：「看妳，白天要買菜，要上班，下午要上學，一直到夜晚，這樣已經夠累的了，還要加做這些手工，我瞧著妳累成這種樣子，心裏難受極了。」

「我只是帶著做一點，」她說：「你瞧，一邊和你說話，一邊做一點兒，這能算累嗎？我這樣每天帶著做一點兒，每個月多少賺些貼補家用的錢也是好的。」

「我不想讓家裏長期虧耗下去，」葛德說：「卻把撐持的擔子，都移壓在妳的身上。我的劇本能及時寫出去，得到一筆獎金就好了，我想我還能不斷寫些什麼，來維持這個家的。」

「當然，」她說：「只是如今一個家初建立，短缺的東西很多，像現在天冷了，你的冬衣不夠，如果要添置些，也得要錢，你鋪的蓋的都太單薄，要添置，也要錢，其中有些是能省的，有些是不能省的……也許過了這段時期，該添的都添了，該補的都補了，那就好得多了。」

「我的衣服用不著添，」葛德說：「我不是有一件在萬華估衣攤上買的舊大衣嗎？每年我都拖著它過冬，足夠禦寒的，倒是妳上班上學，得添幾件衣裳，總要穿得整齊些，不能像我這樣，可以馬虎。」

「我才不用添呢，」碧霞說：「我家裏還有些冬天的衣服，我要寫信回去，請我母親幫我寄來，你說的不錯，只要實用整齊就行了，何必花錢做新的。」

「被子其實也不用添了，我們合床分被，我就可以把褥子當成壓風的毯子，不是又省下一筆了嗎？」

「抱歉跟你談這些瑣瑣碎碎的事，」碧霞說：「談到生活上的事情，就沒有什麼詩情畫意了。你會不會覺得心煩？」

「怎麼會呢？生活裏的詩，才是真正的詩。」葛德說：「清苦貧寒的日子，我早已過習慣了，不同的是早先一個人過，連個商量的人都沒有，如今兩個人過，凡事有商量，精神上要寬慰得多。」

碧霞在精打細算之後，仍然抽了一筆錢，買了一磅半粗毛線，替葛德打一件高領的套頭毛衣，她說：

「葛，你的煙抽得久，氣管不很好，天冷了，胸部最忌受風招涼，有一件高領的厚毛衣，對你胸部保暖大有幫助，這是不能省的。」

「妳這樣的體貼我，我很感激，」葛德癡癡的望著她說：「妳又要上班，又要上學，又要忙家務，再加上做手工，一個人能有多大的精力和耐力？一想到妳為我忙成這樣，我的心就不安。」

「什麼時候，你變得碎嘴嘮叨起來了？」她抓著他的手說：「朝後我求你不要再說這些，成不成?我會分配時間，慢慢的帶著做，離最冷的天還早呢！」

他和她互相體諒著，彼此安慰著，度過每一個窘困的日子。不論碧霞再怎樣省儉，她手上的存款已經花用完了，生活上更拮据起來，儘管她極力隱忍著，葛德也敏感的看出她的焦急來。

「不要急，碧霞，」他說：「我雖有病，卻不是什麼不得了的重病，生活擔子，是我該挑的，我也還能夠挑。這兩個劇本，已經快寫完了，不論得不得獎，能有名次，就有錢拿，另外我打算多寫短稿，先換取稿費。」

「不，」碧霞說：「不管家用怎樣拮据，我也不能讓你抱病苦熬，我要寄信回家去，央請我母親設法借給我們一筆錢，日後日子寬裕了，我們再寄還給她。」

「那怎麼成呢？」葛德說：「妳們的家境，也不挺富裕，鄉下務農人家，積錢並不容易，我們剛結婚，就向妳娘家借錢，我實在沒有這個臉。」

「這有什麼呢？這不是說你沒有本領賺錢養家，而是因為你生了病，暫時周轉一段日子，」碧霞說：「橫豎錢是要用的，你去麻煩朋友，又怎麼好意思呢？」

葛德沉吟著，心裏很不是滋味。他結婚時，幾個朋友送了那樣厚的禮金，如今，沒有幾個月，再因為慢性的病去向朋友伸手借錢，如何能說得開口？那幾個朋友，又不是富有的人，借錢還是另一回事，累朋友們不安，更是他不願意的。

家是初初建起來的，雛型方具，但沒有根鬚，連送得進當鋪的值錢物件，也數不出幾件來，即使有，也只能應急，不是長久之計，唯一的方法，只有拚命趕稿，而碧霞說什麼也不讓他熬夜寫作。

每年都是這樣，盆地的冬季是寒冷陰濕的，雲層低壓著，冷雨連綿。碧霞成天撐著傘，外出忙碌，到黑方歸。葛德坐在他的寫作椅上，利用白天，一個人陷在孤寂中思索、寫稿，有時他很恍惚，又有些暈眩，他自覺像是一隻吐絲的蠶，吐著，吐著，彷彿連最後一點絲都吐盡了，再也吐不出什麼來了。

但他仍然奮力掙扎著……。

他把對於人間的，廣闊深遠的愛心，全壓縮在這個小小的窩巢裏。每看到碧霞穿梭於淒寒的風雨，但還對他露出笑容時，他的心就產生被割裂的痛楚。很顯然的，過度的辛勞，不息的奔波，使她在短短的日子裏變瘦了，她臉上原有的柔和的輪廓，也變得剛硬起來，可見她已把自己完全的投進生活的洪波，以極大的韌性奮搏著，她這樣的撐持，他絕不能因為有病而拖累她，他要寫下去。

他想到亡友彭東生前曾對他說過的話：文學不是譁眾取寵的東西，除了深深的潛進無邊寂寞之外，你將不可能看到屬世的奇蹟，一個創作者，天生就是為眾多心靈揹負軛架的人，生活上的貧困，更是餘事了。……這段話，他曾錄在札記上，常常回想到它。他寫稿，從沒打算從它獲得什麼樣的財富，或是身外的浮名，他只是想把內心的各種感知釋放出來。他懂得，很多創作者的原始創作的心胸，大多是比較單純的，一旦和現實生活摻雜在一起，就變得無比複雜了，因其複雜，便產生了更多的糾葛和痛苦，而這些，偏又餵養著一個創作者的靈魂。

平房在隆冬多雨季，顯得比平常的屋子潮溼，又有一種刻骨的陰冷，葛德坐著寫稿時，總用一床舊毛毯裹在膝上，但仍覺得很冷。

「我真奇怪，天怎會冷成這樣？」有一夜，葛德想起來說：「按照溫度表的度數，這種結冰降霜的程度，最多像北方的深秋罷了，但屋裏竟然這樣的冷，穿上厚厚的毛襪，還感到凍腳疼，這真是怪天氣。」

「我倒不怎麼冷，」碧霞說：「這也許是你一直呆坐在屋裏不動的關係。」

「妳不願聽我說的，」葛德說：「我想，這和年紀有很大的關係，當年我也過冬天，並沒覺得冷，如今卻覺得一年冷過一年，這是歲月不饒人的明證。」

「這不是道理，」碧霞嗔說：「我不是跟你說過，有很多常運動的老人，他們一點也不怕冷嗎？這和血液循環旺盛不旺盛，有很大的關係，天再冷，輕度的運動還是很需要的。」

「倒不是我不願意運動，」葛德說：「妳瞧瞧這種風寒雨溼的天氣，我連門都出不去了。」

「那就多做室內運動，踱踱步，活動活動筋骨也是好的，有些簡單的運動，並不要有多大的地方。……當然，這裏的季候溼度高，在人感覺上很陰冷，明天你最好去買雙棉鞋在屋裏穿，我抽空陪你一起去買好了。」

「有錢買鞋嗎？」

「買鞋的錢是有的，」碧霞說：「過幾天，我看還能不能多抽些錢，買一隻兩用的電暖器，夜晚你用它取暖，白天可以用它熱熱湯和菜。」

「我可憐的小新娘！」葛德用近乎喃喃的聲音說：「跟著我過這種樣的日子，嫁衣還沒褪色呢，妳已經變成凡事都精打細算的小婦人了。」

「總是興這種感嘆幹什麼?!」碧霞說：「人不怕身體有病，卻怕心裏衰弱，苦日子，我們心安理得的捱著過。我說過，你不必儘想著我，你的情緒這樣低，怎能早早的把病治好？」

葛德不再說什麼了，由於身體的衰弱，他發現自己無論怎樣奮力的去擁抱理想，但在現實生活的態度上，自己遠不及看來柔弱的碧霞那樣堅強。他不僅是感動，他仍然要接受她的感染，向她去學習這種完全面對現實的勇氣，她要比自己實在得多。

在這段寒冷的日子裏，葛德把寫完的劇本寄出去應徵了，另外還寄出兩篇小說和幾篇散文，其中有一篇被退了稿，其餘的都陸續刊登了，但計算可能得到的稿費，數目卻少得可憐——甚至還不及一個學徒的月費。

但碧霞仍然顯得很高興，她把她的收入和他的稿費加起來計算，扣除房租水電，用最節省的預算，估計可以用到十七、八天。

「差額並不算太大，」她說：「如今一般的公教人員，也都在月尾鬧窮，這裏省著一點，那裏扣著一點，也就過去了，日子過得特別寬裕的人家，為數不多，你說是不是？」

「前些時，我是因為寫長篇的關係，影響了稿費的收入，」葛德說：「從現在開始，我要多寫短篇小說，它發表容易，稿費也快些，我想，很快就會把差額彌補上。這段日子，實在周轉不過來，我去跟房東太太商量，可以把房租暫時緩緩，等下一筆稿費來了再交。」

「不，」碧霞說：「這樣不好，過日子，非到萬不得已，絕不能拖欠，一旦把預算弄亂了，每個月去打糊塗仗，那就更難收拾了。這些心，還是讓我來操罷。」

鏈黴素針劑的注射，使葛德的病情逐漸穩定下來，發燒發熱的感覺，和怔忡暈眩的情況都消失了，但每次注射後的蟻走感使他的思維難以集中，多少影響了他的創作量，也使他很不滿意自己的作品。

「笨！真笨！」他一面寫，一面會責備自己：「寫了這些年，對短篇小說還是掌握不住，很好的題材，寫得鬆浮邋雜，這樣的稿子，怎能朝外寄？」

他沒有立時撕掉稿子的習慣，但經過考慮，他還是把已經寫成的稿子廢棄了，重新結構，重新動筆。

碧霞多少瞭解一部分葛德的創作心理，她只有偶爾說幾句安慰他的話，葛德在煩惱著，便索性丟開筆，和她談起他的苦惱來。

「我承認，短篇小說很難寫，」他說：「有人形容說：一個短篇是一個世界，這是不錯的，由於題材不同、背景和人物不同，每篇小說都有不同的文體，不同的語言，不同的生活面的顯露，在我意想裏的、很好的題材，等到一落筆，就覺得味道不對了！……我發覺，我對於生活細節的體認不夠，寫不到深處去，即使費力刻繪，仍然是浮泛的、淺俗的，我不能忍耐自己寫出的作品，怎能用這種讀了臉紅的東西去混取稿費？」

「葛，我知道這些，」碧霞委婉的說：「你是整天關在屋子裏，和社會生活脫了節了，用社會生活的素材去寫作，當然會產生生活認知不足的困擾。這情形不單你有，別的作家也有，著急是沒有什麼用的，得要忍耐著，同時注意選取題材。」

「可是，日子總是要過的，」葛德痛苦的說：「也不知怎麼的，我最近常會數著稿紙的頁數，一面寫，一面計算稿費的數目，這簡直難受極了！」

「不要讓生活把你壓倒。」碧霞說：「前幾年，我讀過傑克倫敦、杜斯妥也夫斯基等人的傳記，那些舉世知名的巨匠，他們當年生活苦況，不知比我們差了多少倍。貧困應該是最好的磨練，它會使人生出力量來，我覺得這不僅是一種理論，這是事實。」

「到現在，我才覺得自己的意志還很薄弱，」葛德嘆口氣說：「考驗還剛剛開始，我就有些消沉了！」

「這全是你身體單薄，又生了病的關係，」碧霞說：「這種情緒上的低潮，很快就會過去的。」

「也許是罷，」葛德說：「對於妳，我卻不願意隱諱一切我心裏所想的。我希望我們生活上暫時的窘困，當寒冬陰雨季過去之後，能夠轉好。……碧霞，妳還記得今年春天嗎？我們上山看櫻花，在上元節去看花燈，我們有自己的生活夢想，如今我們在一起廝守了，那些夢想，仍像燈火樣的在我心上點燃著，無論如何，我們要朝那兒走，朝那兒盼望的。為了這份割不斷的緣，再苦我也願意！」

「是啊！」碧霞臉上浮現出淡淡的笑容：「不論將來的日子怎樣，有你這番話，這份心意，我已經得到安慰了。葛，你打針吃藥，已有一個多月了，身體應該覺得硬朗些啦，春天我們一樣去看花，去看燈，我們生活的夢，仍是那麼美，那麼鮮亮，不是嗎？」

他們在床上偎依著，窗外仍是綿綿的雨聲，透過寒冷和潮濕，他們共同擁有過的春的圖景重現了，遍山密密的櫻花，多采的人流，上元夜搖曳的燈光，這在中國的歷史上，只有盛世才有的生活的光景，使葛德深深的感動著。他深深的思想過，不論在任何理想的年代裏，一些純屬個人的悲劇，像貧、病帶來的困厄和哀愁，總是難免的。生命的本身不會無浪無波，人生有順境，也有逆境，無論環境的順逆，對於承受者，都具有它的境界，人能懂得領略那些境界，品味它的情味，才是要緊的。有眷如花，坐擁燈前，一時使他忘卻了咄咄逼人的貧和病了。

經濟上的困難，原是他早就曾料算得到的，也是他遲遲不願談論婚事的基本原因之一。他並沒對黃碧霞隱諱這些，正因她具有充分的勇氣，他才下定決心；如今兩人營了巢，就必須同心合力的抵禦風雨，他並不迴避這種事實，他有更多奮鬥的理由。

春天來了，他的病情還算穩定，但氣管仍然不好，常鬧喘咳，痰裏偶然夾有一些血絲，他認為那是毛細管破裂的關係。而最使他擔心的，倒不是他自己的病，而是一個第三者的突然闖入——碧霞懷了身孕了。

第十六章　撥開迷霧

對於這個，不但葛德感覺到突然，碧霞也沒有料到。她和他曾經商量決定，實行藥物避孕和排卵期避孕法的，但這兩種方法併用，仍沒能完全奏效，這個頑強的小生命，像是漏網之魚般的，說來就來了。

「嗨，我真有些不知怎麼辦才好的感覺，」她說：「一般說來，我應該高興才對，照你的年紀，我該及早為你生一兩個孩子，但照目前的日子來說，他又來得太早了一點，養一個孩子並不容易，何況你又在病著。」

葛德對這個小生命，懷滿了極為複雜的情緒，也不知是欣悅，是傷感？是喜樂還是憂愁？如果日子沒起大的波瀾，如果他仍在老家，按照北方一般早婚的習俗，自己的孩子，早該廿出頭了，如今，婚姻遲來了廿多年，孩子即使來了，也整整的差了一代，為什麼還要阻延一個生命的到臨？

他曾經看過，南方北地的農村裏面，一般根本沒有現代節育觀念的人家，認為孩子是天生天賜的福分，多男多女的人，是命中的福澤，即使貧困不堪，為父母的做牛做馬，也盡力養活著，拖帶著一窩孩子。但作為一個活在現代都市裏的知識分子，懂得多了，觀念變了，知道養活一個孩子，不光是餵飽他，還要給他充分的愛，要使他接受教育，從幼小到成人，將付出多大的代價。把這種種計算在前面，便極力主張優生，實行節育。

在這方面，他一直沒有認真的考慮過，那時他是個單身漢，認為問題並不十分迫切，究竟是應該聽其自然？還是應該施行節育？他並沒有固定的觀念，或者說，他認為可以看當事人的經濟情形，和父母雙方對子女的看法，自行決定。等到他和碧霞結了婚，問題顯得迫切起來了，他心裏仍很矛盾，按照他筆耕的微薄收入，養貓養狗都養不起，拿什麼去養育孩子？但他為什麼又不能擁有孩子？當碧霞跟他提出這問題時，為了她的學業，為了先建立一個新的家庭的經濟根基，他同意讓孩子暫緩出世，好使他們準備一個比較充分的環境，而孩子偏偏提早來了。

「我病著並不要緊，」他考慮說：「主要是怕對妳的學業有影響。懷孕後期，妳行動不方便，當然也不能再像目前這樣操勞，等孩子一落地，我們沒有許多錢把他送去育嬰中心去托養，少不得要自己照顧，那時候，妳怎麼再去上學呢？」

「我的問題當然是有的，」她說：「但並不怎麼嚴重，必要時，我辦休學就好了，假如繼續唸，推著嬰兒車去上學，也不怕誰會笑話我，……我聽說，從前就有已婚的女生，把孩子推到學校，寄放在教授家裏，下了課趕去餵奶換尿布，她一面做母親，一面苦學不輟的精神，很多人都很佩服，我不是不能那麼做。」

「那倒用不著，」葛德說：「我這個蹲在家裏不用上班的人，還能照顧孩子的。」

「問題是你的病更需要照顧，」碧霞說：「如果你好好的不生病，一個孩子還不難養活；如果你的身體還像現在這樣單薄，孩子就成了一個很大的負擔了。」

「我想我會好起來的，」葛德說：「從現在起，到孩子出生，還有十個月左右，我的病也該好了。無論如何，孩子既然有了，困難是一回事，我們總不忍心……剝奪一個生命降生的權利，是不是呢？」

「那當然。」碧霞說：「我真不知道那些把人工流產不當一回事的父母，心裏都是怎樣想的？」

事情就這樣的決定了，葛德和碧霞兩個人，也曾以這個沒出世的孩子為中心，商討過很多其他的問題，諸如可能存在的困難，如何克服這些困難等等。碧霞甚至擔心除了休學之外，她極可能會失掉現有的工作，因為這年頭，很少有人願意留用一個大腹便便的孕婦，……不管眼前有多少困難存在著，她仍決心留下這個孩子。

「到時候，總會過得去的，」她說：「人到這時候，不宿命一點兒也不成了。」

「碧霞，」葛德說：「妳真比我勇敢得多。這問題，我反覆考慮，越想膽子越小，越覺得有些惶懼。生活像薄刃的刀一般的銳利，什麼樣美好的夢，都會被它割碎的。何況這問題，在預想中就困難重重，我對早先聽熟了的『船到橋頭自然直』、『天無絕人之路』一類的觀念，也有了懷疑了，妳真願意等待那些可以預見的困難，來扼殺妳自己的前途嗎？」

「兒女本來就是一個包袱，做人都要揹的，」碧霞倒很豁達，她說：「我們的父母，不是也揹過？」

「生活並不是詩。」葛德說。

「我知道。」她說：「我也從沒把生活看成詩。但有了真實的情感在裏面，它就是詩了。李商隱的晚景那樣淒涼，不也有淒涼的詩境嗎？葛，我們把一切問題都暫時擱下罷，你寫你的稿，我做我的事，把日子朝前過下去再說。我前幾天寫信給我母親，借一筆錢，這幾天，錢就該匯到了。」

「嗨，我說過不要向妳母親借錢的，妳拿什麼理由去煩擾她老人家？」葛德痛苦的說：「不管是向誰挪借，借來填到沒底坑似的家用裏去，也不是長久之計呀！」

「我知道。」碧霞說：「我算到你要買藥了，伙食還得維持，你的劇本真要能獲獎，這點虧空，很快就能彌補起來，無論如何，你養病最要緊。」

日子總是要過的，就是刀山劍林，也得爬過去，葛德縱然滿心的感慨，到最後，總是無話可說，人常說一文錢逼死英雄漢，他有什麼辦法呢？女孩說得不錯，有了真實情感的生活，滿蘊著詩境，凄涼就讓它凄涼罷，人總算在裏面活過，領略過那種美的境界。

他出席一次文藝界的聚會，和朋友們見了面，有的人驚異的說他白了，有的人說他瘦了，但沒有誰知道他在病中，只有秦牧野感覺他的身體過分單薄，對他說：

「葛德，咱們是老朋友了，有些話湧到喉邊，我不能不說。你們小兩口新婚燕爾，很容易親密過度，你也許不覺得，但你已經不是年輕小伙子啦，身體還得保重些，你記得德萊塞所寫的『天才夢』裏的那個男主角嗎？……銷魂蝕骨的事兒，總得要有個節制。」

葛德原不知秦牧野要對他說些什麼，一本正經的聽著，及後忽然笑起來說：

「牧野，你弄岔了，我們一直是分床的。」

「奇怪了，那你怎麼會瘦成這樣呢？」秦牧野說：「我們夫妻倆總以為，你在結婚之後，生活安定下來，應該健壯些的。」

「也許一冬霪雨，季候太潮濕了，我鬧了一整季氣管的毛病罷。」葛德不願意把自己病況透露出來，免得使朋友們為他惦念，他略微遲疑了一下，仍然輕描淡寫的用一兩句話把它搪塞過去了。……人不管處在什麼樣的境遇裏，內心淒然，但總習慣用空洞的笑容，塗刷成輕鬆的外表。他一度憎惡人這樣虛矯，但當事情臨到他自己頭上的時候，他才體會出這是一種無奈而又難堪的困囿。屬於個人的境遇，是無需向誰去展示的，從古到今，像貧困病痛所造成的困境，總是那樣浮俗的格局，自己同樣陷在那種格局之中，不說也罷。

聚會之後，不知怎麼的，葛德在回程的路上感覺有些暈眩，這種暈眩從前也曾有過，但只是一剎掠過，不像如今這樣持續著，暈得不很重，有些像行船遇浪；他極力撐持著，一回到屋裏，便覺得噁心，開始嘔吐起來，碧霞去學校還沒有回家，他用白水漱漱口，便躺在床上睡了，他不願意立即告訴碧霞，也許這暈眩只是偶然的。

但病是瞞不住的，碧霞回來時，他還躺在床上，呻吟著，碧霞被他這樣子嚇壞了，扭亮燈，看看他的臉色，摸摸他的額頭，問他究竟怎麼了？

「沒什麼，」葛德說：「好久沒有出去，今天出去看看朋友，當時大家談談笑笑的，也都很好，在回來的車上，突然有些發暈，回到家，又吐了一陣，如今只覺房子有些打轉，身體有些虛得慌。」

「是不是你的膽囊的毛病又發作了？」碧霞說：「趕緊披件衣裳，掛個急診，請醫生看一看。」

「我看不用了。」葛德說：「我躺了一會兒，逐漸覺得好些了，如果好好睡一覺，明天還暈的話，再去找醫生好了。」

生了病去看醫生，是天經地義的事——那也得有醫藥費才成，葛德明知碧霞的小皮夾裏已經沒有錢了，他只有說得輕鬆一點，先拖一拖再說。

碧霞的母親匯來了一筆錢，並且寫了信來，囑咐葛德要特別當心身體。碧霞利用班上午間休息的時刻，替葛德買了針劑和丸藥，又買了乳白魚肝油和維他命丸，晚上提了回來，看見葛德白著臉，仍然半躺在他特製的椅子上寫稿，便勸說：

「你歇歇罷，葛，今天覺得怎樣？」

「好多了。」葛德說。

「我想到，你也許是吃了蟑螂爬過的東西了。」碧霞說：「明天沒有課，我去買一隻紗罩來，我們沒有冰箱，儘量不要賸菜，當天的賸菜要回鍋熱透，再用紗罩罩上，我真怕聽到你身體不舒服了。」

「我好起來很快。」葛德說：「今天我寫一篇散文，下筆挺順的，妳不在家，我寫了四、五張稿紙呢！」

「你寫些什麼？」

「櫻之憶。」葛德說：「去年我們不是上山去觀賞過櫻花嗎？看光景，今年花季我們沒空再去了，為文回憶一番也是好的。」

「只要你身體好起來，」碧霞說：「我仍會儘量抽空陪你出去散散心的。」

「再有一兩個月，妳的肚子就會大起來了，」葛德說：「行動也會不方便了，像晾衣啦、拎菜籃啦，都得要小心，萬一流產，不但失去了孩子，也會損傷妳的身體，妳雖然年紀輕些，但身子也不是鐵打的。」

「你放心，不要忘記我是鄉下女孩。」碧霞笑說：「我們家的阿嫂，生孩子才八、九天，就起床擔水，切豬菜，也沒有累病累倒。我的身體看上去不壯，但有耐力，不會嬌弱到要你擔心的。」

「但願妳很好。」葛德說：「我的身體不爭氣，說病就病倒了，累妳忙成這樣，萬一妳再有什麼岔子，那就難辦了。」

花季來臨，葛德和碧霞並沒有上山去觀賞，春天就在他們的小院子裏，顯出它的容顏來。葛德每夜都帶著寫點稿子，碧霞雖覺得有些疲累，但她仍強打精神，接了些加工的編織物來做，希望多得些貼補家用的錢。

她的身體真的很好，懷孕初期愛酸性食物，噁心和嘔吐情形，只偶爾有過一兩次，而且也沒有覺得倦怠和慵懶。由於決定要迎接這個小生命，她打算下學期就申請休學一個學年，這樣，她可以專心的做事和照顧孩子。

「那時候，一下班我就趕回家，你我和孩子，在一起度黃昏，」她說：「夜晚不忙著功課，我會輕鬆些，也可以重新拾起筆來，多寫些短稿。」

「雖然休學對妳是很大的損失，」葛德說：「但這樣也好。我相信妳寫的散文比我的文章更容易有發表的機會。如今的報刊，多半喜歡採用活潑明快的稿子，也許是心情的關係，再加上我性格冷僻，我的散文，在色調上太憂鬱了一些，想改也改不了的。」

「我可不是作家，」碧霞說：「我只要做一個兼寫稿的家庭主婦——如果稿費所得，能超過做手工的話，我就會繼續寫下去的。」

「前些年，一位作家在某地演講，好像報上登過他演講的題目，叫『寫作的內在動機與外在因素』，內容常然我沒有聽，我想一定是很堂皇的，」葛德寂寞的笑著說：「碧霞，妳剛剛說的，該算是『內在的動機』呢？還是『外在的因素』呢？」

「我想兩者都有。」碧霞說：「外在的因素，往往會影響內在的因素，我愛好文學是一回事，但它必須要能拿到錢，幫助我們生活，這是真的。」

「很實在的話，聽著也有些淒涼。」

葛德低說了這麼一句，便低下頭去，半晌沒有再言語，他的神情流露著生活的傷感。碧霞過去，彎下腰，輕輕的捧起他蒼黃瘦削的臉，帶著一股蜜意的憐憫，深深注視著他，更用小手絹點潤了他眼角湧現的潮濕。忽然的，她搖搖頭，跪下身來，把頭伏在他的膝上，抽抽噎噎的啜泣起來了。這是他們相逢和相處以來，頭一次，她這樣的啜泣過。

他有些呆滯的坐著，並沒有用言語勸慰她，只是像哄孩子一般的，輕撫著她的髮，拍著她的脊背，讓她熱辣辣的淚水，濕透了他的褲管，熱到他膝頭上來。

「今年的花季過去了，燈節也過去了。」他喃喃的說：「但留在我們心上的，不會過去，碧霞，我的寶貝，妳已經很夠堅強的了。」

「不，葛，」她說：「不要這樣的誇讚我，我不是那種人，這一切是我選的，也是我應該挑的擔子，我不能不掙扎！……你知道嗎？當我看著你的臉，想著你的病，幾次走過藥房門口時，我都興起一陣可怕的衝動──我真想自己偷偷買藥，把孩子打掉，失去一個孩子，將來我們還會再有，失去你，永不會再有了……但你知道，最後我還是決意讓你能抱著這個孩子，你自己的骨肉。我寫稿，全為了維持這個家，這動機是卑微的，但也是人性的，要我說成為生民立命嗎？為萬世開太平嗎？我不願那樣的自欺。」

「我知道妳的委屈，碧霞。」葛德說：「我不該引得妳傷感的，妳有許多五色繽紛的夢，但妳偏偏選上了我，妳那些少女期的夢，像早櫻般的謝了，燭火般的殘了！留下的，只是酸辛的日子。我並不是容易傷感的人，對妳的愛，使我軟弱起來了。」

「我是因為感激你這份心才哭的。」碧霞抬起臉，眼圈紅紅的說：「也許多哭一回，更多一分勇敢。來，我們早點回屋，讓我替你打針罷。我敢保證，不管朝後的日子多窮多苦，一等孩子落地，我做了媽媽，我就不會再哭了。」

天氣逐漸轉暖的時候，碧霞的肚子也開始膨脹起來了，她還是像平時一樣的忙碌著，他們沒有冰箱，每天都得趕早買菜做菜，儘管兩個人的伙食簡單，也必得親手去做才行，買完菜，接著上班，傍晚再從班上搭車轉到學校，上完課回來總得到十點多鐘，回來還得替葛德注射，當她歇下來時，腿和腳都有些浮腫了。

「碧霞，妳總是勸我要多休息，」他說：「妳自己卻忙成這樣，我實在太擔心了。」

「不會的，」碧霞說：「我自己會當心自己，腿和腳有點浮腫，我問過醫生，這是懷孕期常有的現象，這並不是什麼毛病。」

「不！」葛德說：「我看，妳還是把兼差辭掉罷，家裏需要用錢，我寧願向朋友開口去借，我真不忍看妳再這樣忙下去了。」

「葛，瞧你又那麼認真了！」碧霞溫柔的說：「我們只要熬過眼前這段日子，等你的病好了，一切都好辦了。如今家用拮据，我寧可辦休學，也不能辭去這份差使，向朋友借錢應急是可以的，若拿來填家用，將來哪一天能還給人家？」

葛德搖搖頭，心裏的憂急卻無法發作出來，碧霞所做的一切都那麼得體，表露了她對他的無比深切的情意，他只有感激的份兒，怎能對她吼叫呢？

一切都是由碧霞安排的，她跑去見過教授，安排她休學的事情，她明白的對葛德說出她的感覺。

「不讀完大學，對我也許有些損失，但它決不是不可彌補的，我有了丈夫和孩子，有了家要忙碌，人生有很多面，我不能面面都顧得到，當然只能選取其中比較重要的一面了，何況日後我還保留復讀的機會呢。」

「無論如何，對於我來說，妳的犧牲是太大了。」葛德說：「如果沒有遇上我這個窮愁潦倒的人，妳原可展開翅膀，自由自在的飛翔的，如今妳被捆得多緊。」

「我不是說過嗎，這一切都是我自己選的，」碧霞說：「我本身決不會有半個字的怨言，你為什麼總解不開心上的一把疙瘩呢？」

不論碧霞怎樣的喻解，葛德內心總是悒鬱著，他想過，人畢竟是人，他不是什麼超凡入聖的人物，能把堆積在心底的事情都化解掉，他常常為此失眠，又不敢翻身嘆息，怕把沉睡中的碧霞驚醒。

暑假來臨時，碧霞已辦妥了休學手續，葛德雖然很難受，但也喘出了一口氣，至少，她休了學，減了一半的奔波，每天黃昏時分，就可以回來休息了。碧霞雖是提早回家來歇著，但她兩隻手仍不停息，不是做手工，就是寫些短文，有些時，也會陪著葛德聊天，講一些生活裏有情有趣的事。

只有一點是她無能為力的，她從她母親那兒借來的錢，又是零零星星的貼補完了，家用的不足，使她難作無米之炊，這世界上，根本沒有那種超現實的巧婦。

葛德仍然在夢著，希望他送出去應徵的兩個劇本都能得獎，用一筆整錢，來緩和眼前經濟上沉重的壓力，但他突然發現，他不是一個煮字療飢的專業作家的材料。他寫稿，一向有打底稿的習慣，寫成初稿後，一遍又一遍的修改它，有時全部毀去，重新寫過。而生活不是這樣，它是絕對現實的。他的筆可以為藝術鍥入，但它和生活的基調根本配合不上。偏偏在他所抱持的觀念裏，生活和藝術之間，沒有妥協的餘地，這樣，他更深陷到痛苦的螺旋裏去，有越旋越深的感覺。

等到最後，他等來的並不是獎金，而是退件。

「真糟！」他說：「我沒有料想到會這樣。」

「不要緊，」她說：「多呢，我們多過，少呢，我們就少過，好在兩個人的生活簡單，缺也缺不了太多，我再把手工多接一點，勉強還能撐持一陣子，只是伙食上，你多少得受點委屈了。」

「怎麼會呢，」葛德說：「當年我單身人，時常飢一頓飽一頓的，攫著什麼吃什麼，如今我每餐按時吃，菜就是蔬淡點兒，總能吃得飽，不一定非要大魚大肉才有營養啊！」

「那就好，」碧霞說：「不過，我還會儘量顧到你的營養的。」

「嗨，何止是我要添營養？」葛德嘆口氣說：「妳懷著身孕，又何嘗不要添營養呢？我們朝後誰也不要說對方委屈了，我應該多寫出一些稿子來，用稿費來維持伙食，何況孩子落地前，我們多少還得為他做些準備。」

「不用煩這麼遠，」碧霞說：「其實生產的費用並不須花太多的錢，有人進醫院，住院分娩，當然要花錢，我們不必那樣，只要請個助產士到家裏來接生就行了，現在醫藥衛生都很進步，平常多到醫院檢查胎位，如果胎位很正，在家分娩並沒有什麼危險。」

「真抱歉，」葛德說：「我對這些根本不懂，但我知道，不管遇著任何事，手邊有錢總比沒錢好，這些錢，都是我應該及早準備的。」

葛德把創作計畫表貼在牆壁上，他寫得很苦，也想得很苦。他咯血的情形還沒見好轉，寫稿時，放一疊衛生紙在身邊，痰湧上來時，便捏起兩張衛生紙，吐了扔在字紙簍裏，紙背上仍會透出一絲絲掩不住的殷紅。

碧霞傾倒字紙時發現了，憂急的說：

「你是怎麼啦？葛，你在咯血！」

「不要緊的，」葛德說：「我的喉嚨不好，我想那是毛細管破裂的關係，早先也就有的，現在，針還在注射著，藥也在繼續吃，即使是肺有毛病，也會慢慢轉好的，妳看，我現在精神不是還好嗎？」

「不，葛，你瘦多了。」碧霞端詳著他說。

「是熱天來了的關係，」葛德說：「在我們家鄉，形容它叫枯夏，等秋天一過，我就會胖起來的。」

「照你說的都很好，」碧霞說：「其實仍然需要醫生去決定，如果把病拖在身上，一味盲目樂觀，可不是好辦法，……等我聚到一些錢，我還是要陪你去檢查的。」

這話說了沒幾天，一封由南部寄來的限時信，使他們的生活起了很大的波動；那封信是黃碧霞的哥哥嫂嫂寄來的，信上說到她母親的病發了，情形很沉重，她特別囑咐家人寫信，想見她一面……碧霞捏著信，兩眼紅紅濕濕的，半晌才說：

「葛，我心裏好亂好亂，你病著離不開人，我母親又發了病，我知道她心裏記罣著我，我不能不想法子回去一趟，陪陪她。」

「這是應該回去的，」葛德說：「她老人家年紀大了，平常都得有人照應，何況病下來的時候。我在這邊打針，可以到藥房去打，吃飯也很簡單，家裏車票錢總還有，妳得儘快買票朝回趕。做女兒的，在這時刻，更該敬一份孝心。」

「票我自己去買好了，」她說：「我寧願擠平快車，好早一點趕到母親身邊去。」

「按理論，我也該跟妳一起去的，」葛德說：「女婿算是半子，但我們連來回的旅費都沒有，說給別人聽，別人恐怕都不會相信的。」

「你不去不要緊，」碧霞說：「我媽知道你在生病，而且這一路的奔波勞累，你受不了的，我不能讓你跟我一起去奔波，何況家裏真的沒有錢了。」

「妳提到沒有錢，我才想起來，妳走時，手邊總得帶一筆錢備用，妳回來仍然要用錢的，我前些時，寄給克木一篇小說稿，如今還沒發表出來，我想克木是老朋友了，我可以去找他，先把那筆稿費借出來，交給妳帶著，非這麼做不行，……我不能讓妳回程時，還要借錢買車票，我今天就去找克木好了。」

「好罷，」碧霞紅著臉，輕吁了一口氣說：「實不相瞞，我手邊的零錢僅僅夠買單程車票的，既然克木是自己朋友，你就找他去商量好了，預支稿費，仍然是用自己的錢，總比伸手借錢要好一點。我下鄉後，如果母親病情能穩得住，我會很快就回來的。但你手上也得留些錢，不要忘了打針和吃藥，飲食上也要當心。你不會怪我嚕嘛罷？最近我好像變成碎嘴婆了。」

「妳知道，碧霞，」葛德感嘆的說：「若不是妳，我真不知道已經病成什麼樣子了！」

當天他跑去找克木，提到他岳母生病的事，透露出想預支稿費的意思，克木不但一口答應，而且當時就把錢墊付給葛德了，這筆錢的數目並不多，只有一千多塊錢，但除為碧霞買車票，再帶些作為回程旅費外，多下來的，維持他幾天的用度也夠了。

碧霞南下的那天早上，葛德送她到車站，兩人坐在候車室裏，另一班列車出站時，尖銳的汽笛聲蓋過了紛雜的人語，許多旅客在他們面前浪湧著，各人背著他們自己的生活和生活裏的故事。葛德抬起臉，帶著漠然的神情望著穿梭的人流，自覺這一次送碧霞南下，和初次送她南下時的心情大不相同了，不知怎麼的，他掩不住心裏的那一份淒涼的感覺。

保留這份感覺，對於藝術也許有益。他想過，他和碧霞的相遇和結合，太完美了，完美得彷彿脫離了真實。在一般人的想像裏，一個高中程度的女孩，不會有那樣的學識和涵養，也很難有這樣高的靈性，使他在生活上獲得這樣豐實的和諧。事實上，她確是一個極不凡的精靈，給了他太多的詩和夢，使他能在回顧裏掘發他自我的生命。

或許這份淒涼之感，正是從這裏來的罷？如果她像一般年輕的女孩一樣，有她的生活觀念和意見，也有三分隨俗的心，有時會抱怨，有時會爭執，那倒也不會使自己這樣的難過了，人們對於完美的事物，總是萬分珍惜的。

進站汽笛再響時，他和碧霞在進口處道別了，他緊緊的把她的手握著，沒再說出什麼話來，但他心裏卻寒森森的，有一份彷彿是不祥的預兆，他搖搖頭，努力驅逐了這種感覺，直到她的背影沒入車廂。

碧霞一走，世界在他感覺中立刻便顯得空蕩起來，他回到屋子裏，反芻著他和她共同擁有的日子，一情一景，充滿了難以言宣的意義，他總算擁有過這些，應該算是精神上的富人。但他深深體認到他的衰弱，人真的很奇怪，平常不生病的時候，一直認為身體是鐵打的，少有生理衰退的感覺，一旦病倒下來，便覺得身體是瀕臨崩潰了，他一個人在椅子上靜靜的坐著，彷彿能夠聽到他體內像裂冰般的崩潰的聲音，那聲音和若干過往的記憶鎖連著。

有一年，隊伍經火車載運，在無邊茫白的雪野上夤夜疾駛，去增援另一支奮戰的友軍。他太疲乏了，抱著槍枝，把腿倒懸在車外睡著了，醒來後，才發現天又落了大雪，朔風把雪花絞得亂飛亂舞，有些竟落到他的臉上，當他想起那條懸在車窗外的腿時，他的感覺裏已經沒有那條腿了！虧得夥伴們幫忙，才把他抬至車廂當中——他的那條腿，連靴帶褲，外面已經結了一層冰殼。

那就是他風濕症的遠因。

他的胃原來非常好，好得使他誇稱能夠消化石頭，但後來他經常飲食無定，硝煙洗臉的清晨和流火照亮的夜晚，使飲食也彷彿降為次要了，他的胃就那樣壞的。他從不曾怨過他穿經的日子，在風暴的年代，生活不是由人選擇的，但任何苦難，斬不斷人們精神上對於平安歲月的嚮往。事實上，世上沒有金剛不壞的身子。他從學習認字，學習閱讀，到能夠運筆為文，這些年來，他已經為中國文學竭盡耕耘之力了。

他自知本身不會具備作為一個偉大的作家的品質，他更缺乏足夠學養和深廣的生活知識。處身在民族文化的轉捩期，除了認知傳統，更要嘗試創新，他只是追隨在當代有智慧的作家群之後，對他所愛的民族作精神的奉獻罷了！……如今，唯一使他自感沉重的，就是碧霞了。

她原是潔白如紙的生命，由於情緣牽累，讓他把他的生命色調，塗染在她的生命之中，即使這份情感是真摯的，又當如何呢？萬一自己倒下身來，除了幾本書和一些殘稿，他連一塊立錐之土和一個屋頂都沒為她留下，要她帶著初降世的孩子，在茫茫人海裏掙扎求生，那將會是怎樣一種悲慘的光景？她會領著孩子，回到她生長的小山原去，去依靠她老邁多病的母親？天知道那慈心的老婦人又能活多久？

千萬不要這樣胡思亂想了，葛德。他警告自己說，碧霞不是一再叮囑你，要你好好的養病嗎？

為了強迫自己切斷那種飄游的思緒，他不再獨守在宅裏，他出門去散步，逛街，回到他單身時常坐的音樂廳去，找朋友們聊天，等著碧霞的來信。

這樣過了三四天，碧霞還沒有寫信回來，他意識到一定有事故發生了，他立即寫了一封限時信去，關切的問及她母親的病情，信剛寄出去，晚間他收到一封電報，那是碧霞拍來的，告訴他，她母親業已病故了。

兩天後碧霞寫的信也來了，她這樣寫著：

「葛，我知道你在病中，不宜出門，但母親逝世，你仍該南來參加她的葬禮。葬禮完畢後，我陪你一道回去，你知道我心裏悲痛，不能多寫。南來的旅費，請你自己張羅吧。」

葛德捏著信，呆了一陣，他跟碧霞的母親，一共只見了兩次面，一次是碧霞帶他回家，一次是她來參加他們的婚禮，但他心裏早已把她看成自己的母親，悼亡悼失的心情是異常難過的。他立刻坐車去秦牧野家，向他急匆匆的借了兩千塊錢，當天就買了公路局的車票南下，趕去奔喪去了。

他在深夜裏趕到玉井鄉下那幢宅子裏，見著碧霞，也見著了岳母的靈柩，兩人擁著哭了一場。碧霞抽噎的告訴他，母親這回發病時，一開始就很嚴重，不宜轉送臺南，只有在當地延醫治療，她趕來時，母親已經不能說什麼話了，如今，葬期已經卜定了，只等他來看最後一眼，就要封棺。

在昏暗的燈光下，碧霞的族人們移開棺蓋，讓為人婿的葛德作了一剎凝視。葛德用凝淚的眼，攝取了一剎的光景，那慈心的老婦人蒼黃瘦削的躺在那兒，穿著一身青黑色的壽衣，那麼輕，那麼小，那麼伶仃，彷彿是一具僵化了的黑蝶。她活在南方，他生在北地，由於碧霞，他直認這就是他的母親。緣是割不斷的，這社會上，到處都是情感的根鬚，參差縱橫的構成了人倫的網絡，在這陌生的小山原的背景上，他埋下了他深刻的痛傷。

那夜他披上麻，戴上孝，硬熬著要守靈，到了下半夜，他在一陣劇烈的咳嗽時，又吐了兩口帶血塊的痰，碧霞便扶著他到她的房裏歇了。沒熄燈，他躺著也沒閉眼，聽著崖下湧起的風濤聲，他不禁望著碧霞一直保留著的那隻紙鳶來。

時光從紙鳶的翅膀間，風般的掠過去，一代又一代的人，在一陣的紙灰飛旋中歸入泥土，什麼是生的喜悅或是死的哀愁？人生本來就是這樣罷了。思緒在極度疲倦中逐漸游離，輕飄飄的，跨入藍色的夢境裏去了。

送完葬之後，碧霞和他一起北上了。在車上，他說：

「碧霞，我不願驚嚇妳，那夜我作了一個夢，我夢見自己抱著筆躺下了，也穿上青黑色的衣裳，像一具僵凝的黑蝶。夢見妳收拾我的筆和沒寫完的餘稿，牽著孩子，在綠迷迷的草野上奔著，一路哭喊著我的名字。真的，我知道我的名字不會進入中國文學的歷史，但它確已留在我所愛的人的心裏，這也是一種完成吧……人總有那一天的，誰要是把死別之類的題材寫成悲劇，那個人就是天下第一等的白癡了！」

「葛，」碧霞牽起他的手捺在她隆起的肚腹上說：「他在動了，你覺著不？我倒希望有一天，等你孩子長大了，你親自告訴他這些感覺，而我只願跟你過苦日子，像歷史上很多有良心的作家所過的日子一樣。我想，回去之後，除了替你看病之外，應該讓你多吃點維他命E，它是能穩定神經的。……你知道，母親留給我一筆錢，足夠你寫成一部你所想寫的長篇，你該沒有別的理由了罷？」

「一筆錢？」葛德頓然呆住了。

「她辛苦半輩子積賺的，給我一部分。」碧霞抬起潮濕的眼說：「我從沒想到過的。它的意義，已不僅是錢，它能撥開我們生活的迷霧，讓你脫離貧病交迫的生活，安心釋放你的精神到稿紙上去，這就夠了。」

葛德呆呆的流著淚。

轟隆隆的列車在綠野上奔馳著。生命是風。

風裏有無數巨蝶，正在陽光下飛舞。

「我真該多吃點維他命E的。」他說。

全文完

割緣（親簽版）

作者：司馬中原
發行人：陳曉林
出版所：風雲時代出版股份有限公司
地址：10576台北市民生東路五段178號7樓之3
電話：(02) 2756-0949
傳真：(02) 2765-3799
執行主編：朱墨菲
美術設計：吳宗潔
業務總監：張瑋鳳

初版日期：2024年5月
版權授權：司馬中原
ISBN：978-626-7369-77-7
風雲書網：http://www.eastbooks.com.tw
官方部落格：http://eastbooks.pixnet.net/blog
Facebook：http://www.facebook.com/h7560949
E-mail：h7560949@ms15.hinet.net
劃撥帳號：12043291
戶名：風雲時代出版股份有限公司

風雲發行所：33373桃園市龜山區公西村2鄰復興街304巷96號
電話：(03) 318-1378
傳真：(03) 318-1378
法律顧問：永然法律事務所 李永然律師
北辰著作權事務所 蕭雄淋律師

行政院新聞局局版台業字第3595號 營利事業統一編號22759935

定價：400元

國家圖書館出版品預行編目資料

割緣（親簽版）／司馬中原著. -- 初版. -- 臺北市：風雲時代出版股份有限公司, 2024.04

ISBN 978-626-7369-77-7 (親簽版)

863.57 113002048